国家社科基金
GUOJIA SHEKE JIJIN HOUQI ZIZHU XIANGMU
后期资助项目

国家社科基金后期资助项目(17FZW042)研究成果

中国现代文论效用性研究

盖生　著

山东大学出版社
SHANDONG UNIVERSITY PRESS
·济南·

图书在版编目(CIP)数据

中国现代文论效用性研究 / 盖生著. —济南：山东大学出版社，2022.4
ISBN 978-7-5607-7206-6

Ⅰ. ①中… Ⅱ. ①盖… Ⅲ. ①中国文学—现代文学—文学评论—研究 Ⅳ. ①I206.6

中国版本图书馆 CIP 数据核字(2022)第 050944 号

责任编辑 郭凯迪
美术编辑 王秋忆

出版发行 山东大学出版社
社　　址 山东省济南市山大南路 20 号
邮政编码 250100
发行热线 (0531)88363008
经　　销 新华书店
印　　刷 济南乾丰云印刷科技有限公司
规　　格 720 毫米×1000 毫米 1/16
19.25 印张 333 千字
版　　次 2022 年 4 月第 1 版
印　　次 2022 年 4 月第 1 次印刷
定　　价 58.00 元

国家社科基金后期资助项目
出版说明

后期资助项目是国家社科基金设立的一类重要项目，旨在鼓励广大社科研究者潜心治学，支持基础研究多出优秀成果。它是经过严格评审，从接近完成的科研成果中遴选立项的。为扩大后期资助项目的影响，更好地推动学术发展，促进成果转化，全国哲学社会科学工作办公室按照“统一设计、统一标识、统一版式、形成系列”的总体要求，组织出版国家社科基金后期资助项目成果。

全国哲学社会科学工作办公室

目　录

导论　文学理论效用性研究的意义与现状

一、文学理论效用性研究的内涵与外延

什么是文学理论效用性研究？如果说，一般的文学理论是对文学整体所作出的系统的学理阐释，那么文学理论效用性研究，就是在此基础上，试图强化以“写”为中心，并在最大限度上保持文学作为“人学”体温而进行的有用性研究。不可否认，文学理论的效用性价值应该包含在一般的文学理论性质之中，或者说，旨在提高相对于“写”的有效性文学理论，仍然属于文学理论的组成部分。只是一直以来，人们没有把它从一般性文学理论中剥离出来，给予明确、专门的研究。但是，随着近年来国内外文学理论研究日渐“去文学化”，这种专门给予文学理论效用性研究的必要性则越来越明显而紧迫了。

众所周知，20世纪以来，西方的文学理论与文学创作及鉴赏几乎是两条互不相扰的平行线，文学理论研究似乎有越来越玄的趋势。一般的文学理论成果，很少与文学创作及鉴赏搭上关系，至多是在总体上有利于文学研究罢了。譬如，现代以来，西方文学理论大致经历了由外部研究的社会-历史批评，到内部研究的结构主义、叙事学，再到后来的更加宏阔的各种“新”“后”之学，还有文化研究等。如果从效用性视角审视这些理论，就会发现，它们或者是琐细、技术化的“只见语词不见人”的“人学的空场”，或者是宏观的“见物不见人”的“去文学化”，都因缺乏“人学”的体温而对创作缺乏实质性影响。国内的文学理论研究与此大致不差，新时期以来的追“新”逐“后”，虽然使文学研究呈现出前所未有的多元化局面，但是与文学创作却有渐行渐远的趋势。为了改变文学理论这种似乎是刻意与文学创作无关的研究状况，笔者在此提出一个准学科的命题——文学理论效用性研究，旨在突出并强调文学理论研究要对文学创作发生实质性影响，并在此意义上界定“效用”的内涵与外延，力求与主要追求学理的一般性文学理论区别开来，使文学理论的价值与学理的功能范

围更为明确而自觉。

事实上，长期以来的文学理论尤其是文学原理研究，习惯于把宏观与微观、学理与效用等问题放在“一锅煮”，这表面的体系完整其实是文学理论成果、学理与效用相互消解的重要原因：人们看到文学理论的宏观部分，诸如文学本质论、文学活动论、文学起源论、文学发展论等，会认为文学理论就是对文学现象的理性概括及逻辑阐释，至多是对理解文学、研究文学有所启发，而不能也不应该要求它们对文学创作有什么实质性影响；人们看到诸如文学价值论、文学体裁论、文学创作论、文学鉴赏论、文学批评论等部分，又会认为文学理论与文学创作及鉴赏应该有一定的关系，只是感觉这些理论有些言不尽意而已。于是，前者往往成为文学理论之于创作、鉴赏无用的口实；而这后者的顺延性结果则是，因顾忌于理论体系的平衡与学理的周延，有关创作的言说往往浅尝辄止或者言不及义。这说明，文学理论的本体性或体系性学理，与其本应释放出来的应用性或实用功能放在一起研究、论述，是很难获得价值相加的合力效果的。常常是强调了学理的周延，就得削减有用性的功能；强调了有用性的功能，似乎也应降解学理的纯度，否则，平铺力气全面论述的结果，就是两种价值在不同的理论目的驱使下，在相互制衡中相互消解。为此，笔者试图把这两个层面的理论分开研究，这样不仅能够很好地解决上述矛盾，还有利于扭转以往的文学理论研究学理过剩而有用性匮乏，对文学研究的影响甚巨却与文学创作、鉴赏不相干的局面。

当然，文学理论讲求效用并不是笔者的原创，譬如杨守森就曾编写一部《文学理论实用教程》。但是，该教程编写的目的，主要是反拨以往的文学理论教材为追求体系的完整性而造成的内容繁复与冗赘，主要是追求理论知识的简洁性，并没有明确提出文学理论效用性的概念。最明显的是，该教材把诸如文学的本质、起源、流变、发展、生态、思潮等宏观的“体系性”问题，仍然作为阐释的范围甚至重点。可见，他们所谓的“实用”，是理论教学的实用性，与本书旨在强调提高文学理论对文学创作鉴赏发生实质性影响的“效用”是不同的。

那么，文学理论效用性的基本内涵及其理论指涉范围是什么？一般而言，理论是由本体性和应用性两部分组成的。如果说，本体性文学理论更注重对“文学是什么”和“为什么是”的解答，那么，效用性文学理论则主要解决文学理论之于文学“有什么用”“如何用”以及“怎么才更好用”的问题。具体言之，强调文学理论的效用性，就是将文学言说的逻辑基点确定为“写”，并认为文学的一切问题及理论，都是由此延伸出来的阐释半径。文学理论的效用性，是这延伸半径最短的部分，它最大的特点是，一般不抽象地辨析距离这一核心较远的长半径问题，诸如文学与社会、文学与人生、文学与哲学、文学与宗教等关系，以及文学是如何产生的、文学是怎样发展的之类抽象宏大的命题，而是具体地谈与“写”相关的小问题，诸如为什么写、依据什么样子来写、怎么写、怎么读以及怎样写更好等等。当然，界定文学理论效用性的“效用”，关键在于以什么为基点。譬如，文学的最核心问题既可以是“写”，也可以是“读”，只不过，在此，笔者试图把“怎么读”作为“怎么写”的辅助问题，研究“读”的目的仍然是旨在提高“怎么写”。所以，笔者认为，文学理论效用性的内涵和外延并不是凝固不变的，而是随着核心的确定与漂移而有所变化。但是，无论如何，文学理论效用性研究不可能与“写”或“读”这一文学实践活动无关。

当然，既然是理论就应该在一定程度上讲究学理，强调文学理论的效用性也不能因此否定学理。只不过，一般的文学理论所追求的学理，主要是为文学的存在确定一种本体性依据，并为自身存在的合法性所进行的逻辑阐释；而强调文学理论效用性所产生的学理价值，则主要体现为对文学创作、鉴赏等实践活动发生实际影响的效能，并在此基础上，为其提供必要的理论阐释和逻辑支持。譬如，涉及某种叙述范型或表现手法时，文学理论效用性研究既不像一般的文学理论那样宏观、抽象、言不及物，也不如文学写作学那样，仅仅把它们作为写作技巧来介绍或解释，而是将它们置于相关的理论史平台上予以审视，评价其承前启后的意义和理论创新的价值等，为读者提供一种更为广阔的思想背景和深层效能，使这种应用更明确而自觉。不讲学理的文学理论效用性研究，必然沦为缺乏自我总结和自我证明的纯写作技巧介绍。因此，文学理论的效用性研究与文学理论的学理性必然会发生一定的交叉关系，或者说是建立在应用基础上的学理。

二、文学理论效用性研究与常识和常理

通过如上梳理文学理论效用性研究与一般的文学理论的关系，辨析文学理论效用性的内涵与外延，其特性应该说比较清楚了。如果说，诸如追问“文学是什么”的本体论、探索“文学与社会人生关系”的本质论、辨析“文学与历史逻辑”的发展论、追寻“文学是如何生成的”起源论等是学理性很强的文学理论大问题，属于宏观文学理论或大原理，那么，以“写”为中心的研究，诸如“为什么写”“依据什么样子来写”“怎样写”“怎么写才更好”“怎样读”等，就可以说是微观的小理论。对此，如果规

范一些表述，那就是所谓的文学价值论、文学体裁论、文学创作论、文学鉴赏论、文学批评论等。

以“写”为中心的文学理论效用性研究最大的特点，或者说它带有文学的体温，是因为它的言说紧贴着文学根部，即与文学所以为文学的基本事实相关联，并由此形成了问题域。无可否认，这些问题域中的问题，一般确实无关乎文学整体的存在或发展，但是它们却能使作家的文学创作及鉴赏的能力有所提高。同时，这种理论的表述多表现为平等的商量、客观的分析、好心的劝诫、循循的诱导等对话的方式，全然没有大理论那种不容置疑的权威与傲岸。至于在论述中产生的学理，不可能是关乎文学事业生死存亡的大发现，而可能只是使每一位写作者或鉴赏者直接受益的小道理，甚至是常识。但是，常识并不就是没有问题，恰恰相反，常识的问题可能永远存在，并且直接关乎具体文学创作的质量及鉴赏的层次。正如法国当代文学理论家安托万·孔帕尼翁所言：“人们一度以为这类令人烦心的问题已被文学理论一劳永逸地荡涤干净了。然而，答案过耳，问题犹在，并没有什么真正的变化。有些问题每代人都会重提，其形成早于理论，早于文学史，理论建立之后，冒出来的还是这些问题，几乎一模一样的问题。”[①] 这就是常识问题的特点。为什么会是这样？简单说，是因为常识的问题看似简单得几乎无须回答，其实谁都说不清楚，这与宏观文学理论的大问题恰好相反。譬如，关于文学是什么的本体问题，文学本质如何界定的问题，文学与社会生活、时代的关系等问题，表面上看玄奥无比，实际上反而在一定程度上可能说得比较清楚。因为言说的对象基本确定，对象之间的关系基本也是亘古不变的，所以无论是思辨还是认识的结果，只要是所谓真知灼见，这种言说就可能一步到位。例如，刘勰在《文心雕龙》中以“文变染乎世情，兴废系乎时序”[②] 来描述文学与时代的关系，至今仍然是至理名言。再如，亚里士多德强调“诗人的职责不在于描述已经发生的事，而在于描述可能发生的事，即根据可然或必然的原则可能发生的事”[③]。其作为文学的特质，应该说永远有效。其结果往往是后人难以否定，更难以逾越。那么，为什么还有那么多人一代代地竞相阐释呢？因为这些宏大的命题和定义，作为学界共识，具有天然的正确性。它们往往如箴言一般言简意繁，阐释空间较大。在这阐释对象价值确定的前

---

① 〔法〕安托万·孔帕尼翁：《理论的幽灵——文学与常识》，吴泓缈、汪捷宇译，南京，南京大学出版社，2011，第 8～9 页。

② （南朝梁）刘勰著，范文澜注：《文心雕龙注》，北京，人民出版社，2000，第 675 页。

③ 〔古希腊〕亚里士多德：《诗学》，陈中梅译注，北京，商务印书馆，1996，第 81 页。

提下，每一个阐释者的言说只要角度不同，就属于有意义的阐发，就是有效的积累，甚至就算是一种阐释创新，因此也就具有一定的学理价值。如果能够“接着说”几句，则更是意外的惊喜。可见，研究宏观文学理论价值的保险系数是很高的，这应该是学者们喜欢在这些领域做学问的重要原因。只不过，这些宏论及其学理，主要是针对文学整体而言的，所以对具体的文学创作及鉴赏质量，一般不会产生什么直接的实质性影响。

微观的文学理论的效用性维度，则产生于文学的基本事实，基本是以“写”为中心展开的问题：诸如文学为什么写、依据什么样子来写、怎么写、怎样写得更好等。这些问题都很具体，不存在什么玄奥的空间，几乎人人都能说上几句，这就是所谓的常识域。而且，这些问题都与更为具体的文学创作实践密切相连。应该说，每一次文学创作实践几乎都可谓一次独特的生命探险，都包含着诸多的不确定因素，绝不是可以标准化的操作规程。所以，对这类问题的阐释，就可能人言言殊，谁也休想垄断它的话语权，把它一次性说个透。既然一般学理所期待的诸如规律或本质，在此难以捕捉或形成，那么它们的学术价值也就难以确定，这就是这个领域难成热点的重要原因。

当然，从另一个角度看，这类常识性问题如安托万·孔帕尼翁所困惑的“答案过耳，问题犹在”，并且“每代人都会重提”，这恰好是它们生命和价值魅力之所在。因为几乎每一次的言说，都要回到问题的原点，所以就可能是一种原创，而不仅仅是阐释。当然，常识的问题所以会经常不断地“冒出来”，并不是因为它们之间不存在任何共识域，否则，就不再是常识了。正因为如上所言，常识所涉及的问题不可能一次性得到解决，而是在一次次阐释后依然存在。但是，重新阐释并不是完全没有意义的简单重复，其实，每一次阐释在留下未竟之意的同时，都会积淀下一定的思想印痕。这印痕，就是他人阐释时的依凭和参照，久而久之，就形成了相互通约的共识域。只是这共识域永远不可能凝固，也不会饱和。因为文学尤其是创作永远不会雷同，更不会停滞，创新是艺术的生命，创新就是变化，变化就会产生新的问题，所以这些问题域永远是充满张力的阐释空间，这就所谓的常说常新。而且，对于常识的问题，并不是要坚持习见的视野，更不是作重复庸常的思考，而是要重新发问，重新解答。每一次发问，都可能是对习见的颠覆，至少是一种修改、补充、完善。所以，为研究这些文学问题回归常识，包括两层含义：一是不否定既有的思想成果，而是力图价值整合；二是回到问题的原点，重新发问并重新解答，而不是对常识的重复。于是，对于常识的重新发问和解答，阐释、追寻的学理往往也是常理。

一般而言，常理就是论述不迂回，内涵不玄奥，是人人都懂得的道理，它们往往以平易性呈现真理的最自然形态。由于这些微观的文学小理论，主要是侧重于效用性研究，自然也是产生常识的问题域，因而，这种常理是一种学理，至少也具有一定的学理价值。但是，如前所述，由于常识域产生的学理是对以“写”为中心的问题的解答，而不同于宏观文学理论所追求的学理，譬如对文学本体的终极追问、对文学本质的宏观考量等等，因此常理的学理价值往往不被重视，只把它们当作实践性或操作性的技巧或知识。其实，这是一种误会。事实上，常识学理即常理和宏观学理共同构筑了理论大厦，尽管常理处于这理论大厦的底部。理论大厦不仅主要靠常理来支撑，理论的效用一般也是由它们来完成的。进一步说，这些微观的文学小理论，以其效用性维度所追求的学理，是围绕着文学的最核心的问题“写”所展开的问题域而实现的，如何能“写”得更好，就是它最大的学理；不同于宏观的一般的文学理论所追求的学理，往往是通过本体性追问和思辨，对文学整体或与其他学科及事物关系的理性把握有了新角度、新言说，或者对某种言说有所推进，进而取得的学理价值。这就是两种不同的文学理论研究视角追求学理的区别。

可见，文学理论的效用性研究，并不是不讲究学理，只不过它讲究的是小学理，重视的是某些大理论所不屑的实用性。譬如，在“怎样写”中，它回答如此写的妙处；在“依据什么写”中，它告诉你所依据的各种样式间的细微差别；在“怎样才写得更好”中，直接告诫作者如何才能提高写作水平，等等。总之，这种学理是以效用为目的，也就是有效性，即凡是能够直接对文学创作或与文学创作相关的活动如鉴赏发生影响，有利于它们质量提高的，都是这种“小”文学理论所追求的学理价值。

遗憾的是，虽然微观视野的讲究效用的文学“小”理论与宏观视野的一般性文学理论在建构文学理论大厦的过程中，起着同样不可替代的作用，但是因为前者在人们的习惯意识中学理性不强，一般不具备流传千古的穿透性，也没有令人耳目一新的震撼力，所以常常处于“常理不言”的失声状态，或者是被遗忘在实用的操作层面，以半理论的诸如创作谈、文艺随笔、文学批评等自为形式存在，其价值很少在理论层面上得到应有的重视和总结。

在笔者看来，恰恰是这些属于常识域的问题，才在最具体的层面直接影响到文学的实质性存在和发展质量与速度，没有“写”乃至“读”，所有的文学活动都失去了意义，所有的文学问题都要沦为空话，所有的学理价值都失去了依凭。质而言之，只要人类社会存在，只要文学对社会生活继续发生影响，无论是把文学作为消遣娱乐，还是干预生活的方式，抑或是审美鉴赏，文学创作在所有的文学活动中都是最重要的前提。在此意义上，一切文学理论的价值，其实都是建立在常理问题域所产生的微观的文学“小”理论的价值基础之上的。没有这个前提，什么文学本体、什么文学本质、什么历史逻辑、什么未来走向的研究等等，都无由展开，遑论建构什么理论“大厦”了。

据观察，欧美文学理论界历经了诸如结构主义、接受主义美学、读者反应批评、解构主义以及跨学科的文化研究，形成了无所不包的“理论”之后，近些年来已经进入了所谓后理论时代。姑且不论这是否属于普遍现象，至少，目前国内外都有一种倾向，那就是随着“去文学化”的大“理论”开始降温，以往所不屑的文学最基本问题又开始重新回到人们的视野。一个值得注意的现象就是，欧美关于文学创作的系列丛书，近年来引起了国内出版界的关注和译介。譬如，商务印书馆等出版社已经组织人翻译并出版的“创意写作书系”：《成为作家》《开始写吧！——虚构文学创作》《开始写吧！——非虚构文学创作》《开始写吧！——影视剧本创作》《小说写作教程——虚构文学速成全攻略》《情节！情节！——通过人物、悬念与冲突赋予故事生命力》《故事技巧——叙事性非虚构文学写作指南》等等。这在以前的大理论视野中，或者在习惯意识上，不是认为这些书所谈的都属于非学理的常识，不值得去写或拿过来读，就是认为作家或文学写作根本就不是可以培养训练的，所谓写作方法之类的都属于无效言说。而现在，以书系的规模堂而皇之地大量出版，虽不足以证明国内外的文学理论研究重心已经转向，但至少可以说明，以“写”为中心的文学最基本问题开始受到较为广泛的关注。其实，从西方近现代文学理论发展的路径看，尽管不能简单地说是大面积的理论回归，至少应该说，自后现代主义以来，所谓消解宏大叙事，尊重差异，强调小叙事，与此是具有一定逻辑联系的。

此外，除了如上重实效而轻宏观学理的写作理论开始受到一定的重视之外，欧美学界还出现了一些对我们研究微观的重实用的文学“小”理论具有启发意义的研究范式，那就是回归传统的视野，重新梳理、研究文学的基本概念和基本问题。譬如法国当代文学理论家安托万·孔帕尼翁所著的《理论的幽灵——文学与常识》一书，就是试图回到文学问题的原点，对诸如文学、作者、世界、读者、风格、历史等等最基本概念进行梳理和解析的成果。这本书不仅剔除了文化研究以来的非文学视角，而且摈弃了诸如结构主义、新批评、解构主义等所借助的语言学理论的晦涩玄奥的表达方式。虽然它基本属于关键词性质的研究，其主要的视角，应该说还是宏观的，算不上真正微观的文学“小”理论，但是它对文学问题给予常识般的通俗与浅近的阐释，还是给人以耳目一新的感觉。

国内近年来翻译并出版的如上书系可以说明，以“写”为中心的小理论开始受到一定的重视。虽然尚未成批出现大部头的相关专著，但是，诸如谈文体的、散文理论、小说理论、报告文学以及新诗等等研究，也不时出现于庄严纯正的学术期刊上。譬如结集出版的贾平凹的《关于散文》，余华等著的《文学：想象、记忆与经验》，阎连科、张学昕的《我的现实我的主义：阎连科文学对话录》，龙迪勇的《空间叙事研究》，王安忆的《小说课堂》等属于半创作理论的著作不断问世。这一切，都为文学理论的效用性研究提供了启示和素材。

三、为什么要以中国现代文论为研究对象？

本书所以要以中国现代文论为对象，而不以文学理论的效用性研究“概论”的形式推出，一方面是基于对文学理论的效用性研究资源的实际状况的考量，另一方面是试图借助有关中国现代文论的研究成果，循序渐进地推出并证明文学理论效用性研究的可行性，最终建立起文学理论效用性研究的专门领域。所以本书定名为“中国现代文论效用性研究”。

众所周知，中国现代文学的初始，恰好是文学创作的历史转折期。这不仅是个简单的表达语言“文”“白”转换的问题，而且是整个文学观念、价值体系、文学惯例的巨大变革。诸如“为什么写”“依据什么样子来写”“怎样写”“怎么写才更好”等，较之“文学是什么”“文学在社会生活中处在什么位置”或“文学与人生是怎样的关系”，以及“文学的起源”“文学的发展”等等问题还重要，更属当务之急。所以，在中国现代文学中，较之其他时期，符合以“写”为中心的文学理论效用性研究的对象性资源，存量还是很丰富的。只不过，它们往往散佚在各种芜杂的历史文献中，需要慢慢剥离和提取。文学理论的效用性研究应该在理论上有所创新，这是它立住脚的重要基础。恰好中国现代文论主要是建立在一种新的文学实践基础上的，所以它的每一次言说，每一次发问，一般都是回到问题的原点而进行的。到现代文学写作的起点去寻找理论话语资源，应该是研究文学理论效用性的一个必要途径。而把历史的言说却除具体语境的遮蔽，将其置放于当下相关的理论视域之下去审视，且与当下观点发生对比、碰撞，激活并赋予新质，则是本书所要达到的理论目标。

事实上，这批存量颇丰的理论资源并没有受到应有的重视，人们一谈到中国现代文论，往往会本能地想到诸如胡适的《文学改良刍议》、陈独秀的《文学革命论》之类宏观的号召性的里程碑式的文章，所谓理论的“宏大叙事”。固然，谁都不会否认这些文章的历史价值，不会否认它们在20世纪中国现代文学发展中的重要作用，但它们已经被人们从不同角度阐释得近于话语饱和了，也是不争的事实。中国现代文学史要说到它，中国现代文学运动史绕不过它，中国现代文学理论学术史要研究它，甚至中国现代思想史也要以它为重要的研究资源，等等。总之，只要是与中国现代文学问题相关的课题，都毫无例外地以之为研究对象。在笔者看来，它们即便再重要，也已经有了如此繁复的研究，哪里会有多少阐释的空间。相反，中国现代文论中以“写”为中心的微观的“小”理论，却一直被遮蔽在如上宏论的阴影里，少有人关注它们。

还有一个问题，就是那些在中国现代文学史上曾经发挥过重要影响的，譬如有关“文学革命或革命文学”“人道主义与现实主义”“文艺的阶级性和普罗大众文艺的关系”等方面的论著，的确在很大程度上影响了中国现代文学的走向和进程，所以，在这个意义上，对它们有较高的评价也是应该的。但是，如果从理论史的角度对它们进行学理审视，结论可能就会是另外一番样子。按照现象学的观点，“理解一种理论，先要回到它所面对的问题”①。就是说，如果要准确评价如上这些宏观的文学论著，就要回到当时的历史语境，重新面对那些曾经出现的历史问题。但事实上，我们的目光回溯历史语境时就会发现，时过境迁，那些历史问题不是早已随着历史事件的消失而不复存在了，就是在学理上已经得到了很好的解决。问题的消失等于理论的失效，所以那些只对特定历史语境的发言，在学理上既没有留下可继续言说下去的空间，也失去了指涉、覆盖当下的穿越能力，剩下的就只有历史的记忆和文学史上的丝丝履痕，除了有助于理解、研究中国现代文学种种历史事件以外，基本没有什么直接的学理价值。

相反，那些在现代文学史上，在当时没有或根本不会引发社会或文学热点的小问题、小理论，可能至今仍然具有一定的价值，包括学理价值。譬如具体论述文学价值的、文学体裁的、文学创作的，或对某些作品直接评论的，尽管比较零散、分散，却是丰富的。这些小问题、小理论所具有的价值，主要体现为对于当下文学创作仍然具有一定的启发性。当年的文

---

① 郭勇健：《文学现象学——英加登〈论文学作品〉研究》，上海，学林出版社，2011，第25页。

学创作曾面临的如价值取向问题、表现语言问题、结构技巧问题、艺术想象问题等诸如此类的困惑，在今天即便是有所变化，却不会完全消失，甚至可能更为坚挺明确，这就是对这些文学小问题的阐释可能产生一定学理价值的原因。虽然它们是在具体的历史语境中甚至是针对具体的作品提出的，但它们所涉及的问题一般是属于具体的文学活动中的共性问题，因而就有了跨越时代的可能性。

还有一个原因，就是在中国现代文学理论还处于比较幼稚的时代，作品是文学事实中最确然的存在，也是确证文学存在的关节点。关于文学的问题，最容易围绕着文学作品形成并展开：它前面连接着作家，后边牵引着读者，主要是指理想的读者——批评家，于是形成了一系列的问题链。当然，这些问题的思考人和书写者，大多数并不是真正意义上的理论家，基本还属于“说文者”，所以他们还不善于在学理层面抽象地谈问题，只是出于某种实用目的，或者告诉人怎样写作，介绍他们的创作经验，形成诸如“为什么写”“依据什么样子来写”“怎么写”等等问题域，或者通过评论某一作品而表达自己对创作及鉴赏的看法。这样，不可避免的是，中国现代文论中相关论述的学理纯度不高。但是，从理论史的角度看，重要的不是学理纯度，而是提出问题本身就是一种了不起的贡献。恰恰是学理纯度不高，才为后来者提供了进一步阐释的空间，留下了“接着说”的话题。

在此意义上，文学理论的效用性研究主要是开启或提出一些具有永恒生命力的话题，即便是问题的具体内容可能随着时代社会的发展而变异或漂移，但是这些话题的意义却永远不会消失。换一种说法，随着时代的发展，文学创作实践和社会阅读需求必然会发生变化，此时，理论问题的提问对象、提问方式以及语境也会发生变化，这样，表面的老问题实际上已经是新问题了。因此，回到中国现代文论生成的历史场域，旧话重提，一方面可以借助历史的视角回到文学现场，还原语境，在阐释中总结经验，评价长短是非；另一方面，也可以借题发挥，在“接着说”的基础上“说自己”。举一个最简单的例子，在梳理现代人物言说什么是诗、什么是小说、它们的文体特征是什么之类问题时，笔者固然承认这些文体仍在20世纪初文学界所划定的区域内，但在阐释中，却一定是自觉地融入当下视野，辨析出这些文体随着时代的发展，由于社会需求的不同和在不同作家的笔下一次次创造性书写，所呈现出的不同形态，以及其内涵在一次次的理论叙述中所发生的滑动、漂移、收缩、扩张等变化情况。就是说，此时笔者所论述的诸如诗、小说等，既似彼时的样子，又非完全是彼时的样子，内涵也是变化中有不变，不变中还有变化。这也就是我们在前面会说，那些存在于现代文学中的某些问题，直到今天还是问题的原因。笔者从理论史角度对它们进行研究和总结，找出值得借鉴和继承之处，甚至继续说下去，进而在文学理论的范畴内给予升华性提炼，使文学理论效用性研究能够以准学科性质的理论形态建立起来、存在下去，这应该就是该研究得以成立的必要性与可行性的依据吧？

还需要指出的是，从资源摄取的角度讲，尽管中国现代文学理论学术史、文艺思潮史、文学理论教材史等都曾经以现代文论为书写对象，譬如前些年陆续出版的杜书瀛、钱竞主编的《中国20世纪文艺学学术史》，吴中杰的《中国现代文艺思潮史》，毛庆耆、董学文、杨福生合著的《中国文艺理论百年教程》，庄锡华的《文学理论的世纪风标》等等。这些著作，都从各自特定的角度对中国20世纪文学理论的发展历程及成就与局限作了系统的阐述。但是，学术史、理论史是从学理的视角，关注现代文论中各色理论文本的学术地位、理论影响等；思潮史是从文艺运动发展的视角，对现代文论中曾经催生、促进文艺运动发展的诸如重要的文学社团的宣言，政治领袖、文学领军人物的文告、讲话，以及对文艺创作的整体态势发生影响的文学思想等文本进行研究；教材史是大学文艺理论讲义的更迭史，注重对各个时期各种文艺理论教材写作、使用的历史语境，文本体例，知识谱系，包括宏观、微观的诸种理论要素等进行梳理性研究，等等。而文学理论的效用性研究，关注的既不是理论史上的宏大叙事，也不是知识谱系、文本体例的变迁更迭及其规律，主要是文学理论的实用价值。如果用一句话对其特点作一下概括的话，那就是：重效用兼顾学理，以“写”为中心的常理性研究。这就是本书与以往相关著作的联系和差异，也是该研究意义之所在。

第一章　中国现代文学价值论：为什么写？

回眸历史，可能会发现这样的现象：中国现代文学的开端，其实是文学价值论最为凸显而且前置的时代。所谓凸显，指的是它处于社会思想文化的中心。所谓前置，指的是它不是在常态下，诸如社会生活诱发了某种倾向的文学创作，而此种文学创作的经验积累到了一定程度，或形成的某种文风足以引起理论家的注意和思考，进而升华为某种理论言说，然后这种理论言说再对文学创作发生某些影响；而是理论家基于种种原因，先对文学有了某种期待或设想，然后发表言论，鼓动文学创作实施，这就是所谓的价值前置。价值前置的原因当然是多方面的，但从根本上说，主要还是社会转型引起的对文学需求的变化，使文学的言说成为一种社会鼓动：与其说是一种学理的探索，不如说是借文学变革推动社会改革。具体而言，在20世纪初，中国刚刚开始由封建社会向现代社会转型、迈进，但是如何迈进，或者说，现代社会是什么样子的，国人并没有具体的感性经验可作参照。因此，学习西方通过文学创作，在想象中创造现代社会，转而影响社会改革，就成为当务之急。问题在于，创作什么，如何创作新的文学，无论是作家还是一般读者都不是很清楚。于是，某些敏感的文学理论家，或是从西方文学创作中受到启发，或是直接把从西方文学理论中汲取的有助于推进改变中国现状的思想推荐给国人。这些关于新文学探索的言说，即新的文学理论，必然与当时的政治、思想的社会启蒙复合在一起，甚至可以说，文学革命就是社会革命本身。虽然这样的文学价值理论即便是在学理上还很幼稚乃至浅薄，但在当时的社会语境中，必然地处于社会思想文化的中心位置，包括对文学现实的指涉、影响乃至指导，其价值都是前置的。这就是我们要将文学价值论——“为什么写”，作为研究中国现代文论效用性开始的一个理由。

耐人寻味的是，20世纪初，是中国文学价值论的草创时期，由于一切都刚刚开始，所以此时的文学价值论，其实不都是像陈独秀的《文学革命论》、周作人的《人的文学》这样的“指点江山”的“激扬文字”，而往往表现为常识常理的话题和言说。譬如，最先体现文学价值诉求的并不是什么启蒙主义思想，而是似乎看起来无足轻重的文体问题。就是说，文体论这本来应该是常识常理的范畴，但是在当时，却成为改变文学命运、扭转文学走向的大问题。在当时，提倡写白话诗、白话小说、白话散文、文明戏即话剧等新文体本身，无不体现着强烈的价值期待和焦虑。

第一节　“小说界革命”：文学价值论建构的预演

20世纪初，在这种价值焦虑的历史语境中，文体革命是大势所趋。众所周知，随着鸦片战争等令人痛心疾首的惨败，中国学人开始质疑传统文化的合法性，其中自然也包括对文学的社会功用的反思。于是，以梁启超为代表的一批受西方影响的学者，在考察西方发达国家所以发达时，发现其小说具有极为巨大的社会预言和文化启蒙的价值。尽管这里有相当的夸张性误读的成分，但总体说来，认为小说文体作为一种社会镜像，有着广阔的艺术表现空间和充裕、自由的叙述时间，还是基本符合文体实际的。

梁启超在其《论小说与群治之关系》中大声疾呼：“欲新一国之民，不可不先新一国之小说。故欲新道德，必新小说；欲新宗教，必新小说；欲新政治，必新小说；欲新风俗，必新小说；欲新学艺，必新小说；乃至欲新人心、欲新人格，必新小说。”① 这就是以更新文体为价值取向的典型观念。事实上，由于近代化，以及发达的出版业，更由于梁启超等学界领袖的鼓动、号召，据阿英《晚清小说史》提供的统计资料，1901～1911年，包括写作和翻译的小说，十年间共出版一千种以上②；而据陈平原《二十世纪中国小说史》的研究，应该在几千种以上③。

清末新小说如火山爆发式的崛起，说明了小说这种想象方式和叙述模式，已经成为观察世界和体味现实生活的最有效的工具而被知识阶层普遍认同和接受。但是，中国传统文论主要是针对格律诗的诗论，以它们为基础，并不能自然地推演出足以覆盖、阐释这些新型文学的理论。耐人寻味的是，梁启超等虽然曾经倡导过“小说界革命”，但没有生产出足以指导这些创作的理论，更没有明确地提出具有建设意义的文学价值理论来。如

---

① 梁启超：《论小说与群治之关系》，《饮冰室合集》文集之十，北京，中华书局，1989，第6页。

② 参见阿英：《晚清小说史》，北京，东方出版社，1996，第1页。

③ 参见陈平原：《二十世纪中国小说史》，北京，北京大学出版社，1997，第35页。

果追究起来，没有接受过西方现代文学理论严密、系统、逻辑的规约和训练，应该是最重要的原因。譬如梁启超只是以本土流行的佛家语汇，诸如“小说有不可思议之力支配人道”的“四种力”，即所谓的“熏”“浸”“刺”“提”，概略、描述性地暗示小说的特质和艺术魅力，不能够用精确的概念和范畴规范、分析、厘定，从而给人以准确的知识启迪。可以说，此时关于小说的论述，由于汲取的思想、话语资源都是所谓本土的，所以普遍缺乏学理的辨析和逻辑的规范，常常表现出古代文论所惯有的直觉式的感悟，给人的感觉往往是词不达意，似是而非。就是说，借鉴西方现代知识范型，学习严密的逻辑表述方式，在那时已是当务之急。同时也说明，相应的恰切的理论对于文学发展是极其重要的。

既然随着近代化社会的逼近，无论是古香古色的格律诗、章回体小说，还是感悟的、直觉的、随意的文论话语，都远不能适应时代社会文化的需要了，那么只有突破旧的知识体系和理论框范，寻找和建立新的，有着准确的概念和范畴、严密的逻辑推论和思维方式的理论构架，才能拓展出广阔的理论想象空间，催生并覆盖、阐释新的文学形式的理论话语。王国维的《红楼梦评论》所以至今仍然具有一定的学理价值，就是因为他借用了康德、叔本华的哲学及美学的思想，突破了传统的索隐派、考据派的知识系统，提出了一套新的艺术理论方法与观念，给予《红楼梦》真正意义的学理分析，也开辟了文学研究、文学批评的新路子。如上种种事实已经证明，单纯倚赖本国传统的知识系统和思想资源，至少在当时，还无法创生出足以催生和阐释新文学的理论，正如近亲繁殖不能产生强悍的后代一样。只有放开视野，以西方已有的逻辑的系统的文艺理论作为构建中国文艺理论的重要参照，不仅能够事半功倍，而且是时代发展的大势所趋。

一般而言，理论的基本价值在于对现象阐释的有效性。显而易见，此时梁启超们的半古色古香的本土化理论，无论是对于新出现的各种文学现象诸如新诗、新小说、话剧的阐释，还是给予文学批评以思想的支持，抑或是传播文学知识完成文学教育，乃至对自身学理的推进、完善，都显得力不从心甚至无能为力。五四新文学运动之后，以鲁迅为代表的作家群所创作的小说，如鲁迅的《狂人日记》《阿Q正传》，郁达夫的《沉沦》等；以郭沫若为代表的新诗创作群体所创作的新诗，如郭沫若的《女神》，徐志摩的《再别康桥》等，都以全新的方式表现了新的艺术内涵。新的文学形式和新的文学内涵必然会呼唤、吁求用新的文学理念来阐释。事实上，鲁迅、郭沫若们取得的文学实绩，在一定意义上，恰恰是受西方新的文学理念影响的结果。

梁启超们的“小说界革命”虽然在焦虑中没有真正建立起中国文学价值的坐标系，但可以说是一种必要的理论预演，没有它，也不可能出现后来真正的现代意义的文学价值论建构。

第二节 启蒙主义文学价值论的学理意义

如前所言，20世纪初，随着传统社会被迫向现代社会转型，以鲁迅、郭沫若为代表的新文学创作，吁求新的文学理论给予支持、覆盖和阐释。虽然经历了“诗界革命”“小说界革命”等不成功的尝试，但是毕竟开放了视野，接触了俄苏、欧美等国的启蒙主义文学创作及理论文本。所以，文学界的有识之士试图在观念上确定“什么是文学”的时候，必然会以“为什么写”作为基本依据，并以此建立文学的价值坐标，这就是启蒙主义文学价值论。当然，启蒙主义文学价值论并不是一元独出，至少出现了两种价值取向：一个是把文学置放到与社会生活的比照关系中确定其价值属性，一个是将文学和作家及读者个人的审美表达、需求联系起来作为文学的价值基准。前者，一般是社会学的视角，在哲学上以认识论的反映论为基础，看中的是文学能够真实地再现社会生活，进而对社会发挥启蒙、批判的功能，就是所谓的“为人生”的文学价值观；后者，基本属于美学视角，在哲学基础上与价值论或意义论相关联，关注的是文学对于作为个体人的作家和读者，在抒发情感及人性建设和境界提升方面的作用，即所谓的“为艺术”的文学价值观。这两种文学价值观，虽然表面看截然相反，但实际上都是以“启蒙”效用为价值准绳。区别在于，一个是价值重心向外，试图以文学改造社会人生；一个是价值重心内倾，力求以文学作为提升个人人生境界的推力。可见，这两种文学主张在效用问题上是一致的。由此可以推论，无论是“为人生”还是“为艺术”的文学价值论，尽管当时都无意或无力以此为基点建设各自的文学理论体系，但都表现出试图以各自的文学价值观介入进而指导文学创作的明显意图。

一、“为人生”而写与“为艺术”而作：异曲同工的文学价值论

“为人生”而写和“为艺术”而作，作为第一个层面的价值论，在当时的许多文章中都有体现。譬如文学研究会早期成员周作人在《新文学的要求》中曾言：“著者应当用艺术的方法，表现他对于人生的情思，使读者能得艺术的享乐与人生的解释。这样说来，我们所要求的当然是人的艺

术派的文学。”“关于文学的意义，虽然诸家的议论各各有点出入；但就文艺起源上论他的本质，我想可以说是作者的感情的表现。”[①] 在《文艺的讨论》中周作人又补充道：“我以为文艺是以表现个人情思为主；因其情思之纯真与表现之精工，引起他人之感激与欣赏，乃是当然的结果而非第一的目的。……我想现在讲文艺，第一重要是‘个人的解放’，其余的主义可以随便；人家分类的说来，可以说这是个人主义的文艺，然而我相信文艺的本质是如此的，而且这个人的文艺也即真正的人类的——所谓人道主义的文艺。”[②] 周作人在其起草的《文学研究会宣言》中宣称：“将文艺当作高兴时的游戏或失意时的消遣的时候，现在已经过去了。我们相信文学是一种工作，而且又是于人生很切要的一种工作；治文学的人也当以这事为他终身的事业，正同劳农一样。”[③] 而文学研究会的另一位代表人物沈雁冰在《社会背景与创作》中则说：“真的文学也只是反映时代的文学。我们现在的社会背景是怎样的社会背景，应该产生怎样的创作。”[④] 并针对郁达夫等人反对文学的功利主义，明确指出：“处中国现在这政局之下，这社会环境之内，我们有血的，但凡不曾闭了眼，聋了耳，怎能压住我们的血不沸腾？从自己热烈地憎恶现实的心境发出呼声，要求‘血与泪’的文学，总该是正当而且合于‘自由’的事。”[⑤]

表面看，早期创造社群体的文学价值观似乎是非功利的，譬如郭沫若在《文艺之社会的使命》中认为：“艺术的本身上是无所谓目的”，“艺术有此两种伟大的使命——统一人类的情感和提高个人的精神，使生活美化”。[⑥] 成仿吾在《新文学之使命》中说：“除去一切功利的打算，专求文学的全与美有值得我们终身从事的价值之可能性”，“我们要追求文学的全！我们要实现文学的美！”[⑦] 郁达夫在《艺术与国家》中说：“艺术所追求的是形式和精神上的美。我虽不同唯美主义者那么持论的偏激，但我却承认美的追求是艺术的核心”[⑧]，进而直言道：“文艺是天才的创造物。”[⑨] 郭沫若在《文学的本质》中称：“文艺的本质是主观的，表现的，而不是

---

① 周作人:《艺术与生活》,上海,群益书社,1931,第32、35页。

② 仲密(周作人):《文艺的讨论》,《晨报副刊》1922年2月8日。

③ 《文学研究会宣言》,《小说月报》1921年第12卷第1号。

④ 郎损(沈雁冰):《社会背景与创作》,《小说月报》1921年第12卷第7号。

⑤ 沈雁冰:《介绍外国文学作品的目的——兼答郭沫若君》,《时事新报·文学旬刊》1922年8月1日。

⑥ 郭沫若:《文艺之社会的使命》,《文学》1925年第4期。

⑦ 成仿吾:《新文学之使命》,《创造周刊》1923年第2号。

⑧ 郁达夫:《艺术与国家》,《创造周刊》1923年第7号。

⑨ 郁达夫:《艺文私见》,《创造季刊》1922年第1期。

没我的，摹仿的"[①]，"至于艺术上的功利主义的问题，我也曾经思索过。假使创作家纯以功利主义为前提以从事创作，上之想借文艺为宣传的利器，下之想借文艺为糊口的饭碗，这个敢断定一句，都是文艺的堕落，隔离文艺的精神太远了。这种作家惯会迎合时势，他在社会上或者容易收获一时的成功，但他的艺术绝不会有永远的生命"[②]。实际上，他们这种非功利观念，不过是反对传统的"文以载道"诗教理念的极端化表述罢了。他们反对把文学简单地作为某种政治宣传的实用主义，期待通过提升个人的审美修养，唤醒人的自觉意识而达到启蒙的目的。

我们在重新审视他们这些文学主张的时候，首先应该承认，无论是文学研究会的代表人物，还是前期创造社的主要成员，由于他们同处于文学理论的知识转型期或者是因急于发言、争论，他们关于文学价值的言述，在学理上还是比较粗糙的，逻辑上也不够严谨，准确些说，只具有一些理论元素，抑或是一些文学主张，还算不上严格意义上的文学理论。但是，不容否认的是，在文学事实上，这两种基本对立的观点，不仅开启了中国20世纪文学的两种价值取向，而且深刻地影响了文学创作发展的两种走势。假设说，这两种价值取向能够坚持下去的话，那么它们就会构成中国20世纪文学价值域中相互制衡又相互调适的两极张力，就会建构起文学的两个重要方向的价值坐标系。

以价值论的目光评价一种文学言述的价值，既应该看到这种言述在历史发展中的种种局限，也应该充分注意到它们对历史实际进程的影响。平心而论，虽然"为人生"与"为艺术"的文学主张都没有得到真正意义的理论化和体系化，但是他们以其文学主张介入文学，力求影响、指导文学创作的努力，使他们的观点的指涉效益最大化的用心，还是应该给予充分肯定的，这可以视为文学理论指导文学创作价值的初步体现。

二、"为人生"与"为艺术"文学价值论的学理意义

承前所述，文学研究会和早期创造社的代表人物们，尽管关于文学的"为人生"与"为艺术"的价值论在学理上都较为粗糙，但是，这些理论主张对当时文学创作的价值取向及发展路径，都产生了重大的影响。

具体说来，我们先以"为人生"的价值论为例。譬如他们关于人生的概念，在使用的语境中，内涵似乎并没有得到明确的界定，可是他们在文

---

① 郭沫若：《文学的本质》，《学艺》1925年第7卷第1号。

② 郭沫若：《论国内的评坛及我对于创作上的态度》，《文艺论集》，上海，光华书局，1930，第177页。

学与人生的关系中确定文学的价值取向，却是值得肯定的。因为无论如何，文学不可能与人生无关。他们的文学主张，基本上是一种外向的效用型价值论。所谓人生，应该泛指人的生活，既包括人的精神生活，也包括人赖以生存的物质生活。对于周作人来讲，他的理论出发点是人道主义，所以他所谓的人生主要指涉作为个体人自由的精神，以及在这种自由的精神观照下的社会生活，其实这与早期创造社代表人物的主张有某种同质性；而沈雁冰等，则从启蒙主义观念出发，他们所谓的人生，主要指时代的社会群体的生存状态。其实，这恰是人生的两个层面，如果把它们整合到一起，就应该是人生的基本意涵。

在周作人看来，文学主要与作为创作主体的作家的性灵、情感发生关系，文学的价值就在于能够自由地抒写在作家精神世界俯瞰下的对人生的“情思”与“解释”。用周作人的话说，就是“文学始终是个人的”，他所谓“为人生”的文学，是基于“个人主义的人间本位主义”。周作人所提倡的“为人生”的文学，不是为人生而人生，而是为了强调艺术的独立性。他曾明确地提出对人生艺术的理解：“泛称人生派的艺术，我当然是没有什么反对，但是普通所谓人生派是主张‘为人生的艺术’的，对于这个我却略有一点意见……‘为人生的艺术’以艺术附属于人生，将艺术当作改造生活的工具而非终极，也何尝不把艺术与人生分离呢？……总之艺术是独立的，却又原来是人性的，所以既不必使他隔离人生，又不必使他服侍人生，只任他成为浑然的人生的艺术便好了。”①

可见，周作人的个性人生文学价值论，虽然提倡关注人生，提倡“人的文学”和“平民的文学”，但由于他的价值重心在于作家对人生“情思”和“解释”的质量，就是说，所谓“为人生”的文学要处在保持文学作为艺术的独立性前提下，而不是作为人生的附庸。一方面，说明周作人的文学的人生价值论，在启蒙主义语境中，显得有一点精神贵族意味；但另一方面，实事求是地说，在学理上，周作人的观点还是比较平衡、周延的，可以说他为文学所以为文学的艺术独立性，在理论上保留了应有的张力。所以，周作人对后来的理论影响，主要是确定了“为人生”的文学价值，包括关注作家的主体建设和普通大众的精神解放两个维度，并在“为人生”的社会功利目的与保持文学的艺术独立性之间寻求一种平衡。在此意义上，应该说，周作人的文学主张不仅在指导文学创作上体现出较大的价值优势，而且在学理上也有一定的建树，为后来相关的文学理论发展提供

① 仲密（周作人）：《自己的园地》，《晨报副刊》1922年1月22日。

了较多的启示。

也许，周作人的理论影响是出人意料的。一般认为，胡风的文艺思想主要继承的是鲁迅的批判现实主义精神，但是，胡风所强调的文学创作应该“主观拥抱客观”，在理论结构上，尤其是其强悍创作主体不为客观所奴役的思想，与周作人的文学与人生浑然一体论有着一定的相似性或承继关系。或者说，胡风是在一定层面上，继承并改造了周作人的“为人生”的文学思想。例如，胡风认为：“伟大的作品都是为了满足某种欲求而被创造的。失去了欲求，失去了爱，作品就不能够有真的生命。”① 这种强调提高作家主观欲求力和对社会人生的穿透力，虽然因充满了焦灼的期待，而不同于周作人对人生优雅平和的“情思”，但在理论结构上却是基本一致的。另外，胡风在对待文学与人生的关系上，追求主客观的“拥合”，这也能看出受周作人影响的痕迹。“作者苦心孤诣地追求着和自己底身心底感应融然无间的表现的时候，同时也就是追求人生，这追求底结果是作者和人生的拥合，同时也就是人生与艺术的拥合了。”② 简言之，就是“反映现实，并不是奴从现实”③。很明显，这种“拥合”和“不奴从”，与周作人的“既不必使他隔离人生，又不必使他服侍人生，只任他成为浑然的人生的艺术”，在思想上是具有一定的可通约性的，在一定意义上，可以说是对周作人“为人生”的文学价值论的改造和发展。

再往下梳理还会发现，20 世纪 50 年代钱谷融的《论“文学是人学”》中，也有周作人“为人生”的文学价值论的思想踪迹。钱谷融以“论文学是人学”的命题对文学本质进行界定，虽然这借用的是高尔基的一句话，但仔细分析，却能发现这里边有与周作人“为人生”的文学价值论思想相通之处。表面看，钱谷融主要是强调文学创作要以人为中心，实际上，这只是问题的一个方面。因为在当时的社会语境中，直接强调作家在创作中的主体地位还很难被接受，只有在强调创作对象，即人的中心地位的同时，提倡提高作家自身素质，才能顺便把作家这“被改造”对象置放到创作的主体地位上。所以，钱谷融在引用当时属“准马列”的车尔尼雪夫斯基的话——“诗人指导人们趋向于高尚的生活概念和情感的高贵形象：我们读诗人的作品，就会厌恶那庸俗的和恶劣的事物，就会看出所有美和善的迷人的地方，爱好所有高贵的东西；他们会使我们变得更好，更善良，更高贵”之后，才顺势提出：“一切艺术，当然也包括文学在内，

① 马荒（胡风）：《为初执笔者的创作谈》，《文学》1935 年第 5 卷第 6 号。

② 胡风：《略论文学无门》，《中流》1937 年第 3 期。

③ 胡风：《一个要点的备忘录》，《抗战文艺》1941 年第 2·3 期。

它的最基本的推动力，就是改善人生、把人类生活提高到至善至美的境界的那种热切的向往和崇高的理想。伟大的诗人，都是本着这样的理想来从事写作的。要改善人的生活，必须先改善人自己，必须清除人身上的弱点和邪恶，培养和提高人的坚毅、勇敢的战斗精神。”这所谓文学创作要“指导人们趋向于高尚的生活概念和情感的高贵形象”，“改善人生”，“培养和提高人的坚毅、勇敢的战斗精神”，而不是被动地接受政治意识形态的指令，“不把他的人物当作工具，当作傀儡”才是他真正要表达的思想。可见，钱谷融已经把周作人“为人生”的文学本质思想推进到创作层面，由尊重作家的个性，推及尊重人物个性，这可以说是对周作人思想的推进和改造。不仅如此，我们还应该注意到，周作人和钱谷融都是人道主义思想的拥护者，只不过，他们所处的社会语境不同。在周作人的时代，人道主义在启蒙主义思潮中是一个时尚的名词，而且周作人看重人道主义之处，主要是对人的解放和对于人个性的尊重，所指涉的对象主要是作家和读者，即尊重作家个性和解放普通读者或谓大众的精神；而钱谷融则生活在政治统领一切的时代，他以为，人道主义必须获得政治的认可，所以首先强调：“马克思说过，真正的人道主义也就是共产主义”，又引述了高尔基的相关的言论，然后才明确提出“……说明了在文学作品中一切都是从解放人、美化人的理想出发的，一切都是为了人的。同时也说明了，伟大的文学家必然也是个伟大的人道主义者”。[①] 在此，我们发现，钱谷融所谓的人道主义与周作人的人道主义其实只是修饰语不同，其核心思想都是解放人、尊重人的个性。如此说来，钱谷融“文学是人学”的命题，与周作人“为人生”的文学价值论应该有一定的承继关系。

如果说钱谷融的关于“文学是人学”理论，是对周作人个性主义“为人生”的文学价值论的承继和改造的话，那么，新时期初期关于文学的人学性质大讨论，则主要是对周作人所钟情的人道主义的前所未有的深入研究。无论是“为文学正名”，还是重提“文学是人学”，所动用的理论资源之一，就是各种关于人道主义的思想，这就不可避免地又不能不回避涉及周作人个性主义的“为人生”的文学价值论。只不过，在思想解放之初，许多人还只能采取用其言而避其人的言述策略而已。当然，随着思想的不断解放和讨论的深入，关于“文学是人学”命题的理论局限也逐渐暴露出来，即文学的本质并非只有“为人生”一个维度，人道主义思想也不是文学的唯一价值。相比之下，周作人当年强调的“艺术是独立的，却又原来

① 钱谷融：《论“文学是人学”》，《文艺月报》1957年第5期。

是人性的，所以既不必使他隔离人生，又不必使他服侍人生，只任他成为浑然的人生的艺术便好了”的话，应该说还是颇具真理性价值的。在这个意义上，周作人关于文学是“浑然的人生的艺术”的思想，至今并没有失效。可见，一种思想能够如此蜿蜒曲折地伸延、影响理论界近一个世纪，其学理价值自然不可低估。

还有另一种“为人生”的文学价值论，即来自文学研究会的另一位代表人物沈雁冰。由于他把人生的视点放在与社会时代民众的生存状态的平视上，所以，在他看来，文学的价值就在于通过真实地再现社会底层人“血与泪”的生存状况，唤起人们反抗这种不合理社会制度的觉悟。由于视点和重心的不同、理论细节上的差异，沈雁冰的社会时代人生价值论与周作人的个性人生文学价值论，孕育或影响或变异出完全不同的文学思想。

如前所言，由于沈雁冰“为人生”的文学动机，在于启蒙和批判现实以“表现人生，指导人生”，所以其价值重心自然在社会群体。用沈雁冰的话说：人生就是社会，“文学家所欲表现的人生，决不是一人一家的人生，乃是一社会一民族的人生”①。在创作方法上，主要推重批判现实主义甚至自然主义，譬如沈雁冰认为“文学上的自然主义与写实主义实为一物”②。所以，在理论上强调真实地描写客观现实的同时，必然在一定程度上，会对作家的主体性有所压抑。尽管沈雁冰的社会人生论非常尊重文学的艺术性，譬如他曾批评由“为艺术”陡转为极端的革命功利主义的创造社的革命文学时说：“我们的‘新作品’即使不是有意的走了‘标语口号文学’的绝路，至少也是无意的撞上去了。有革命热情而忽略于文艺的本质，或把文艺也视为宣传的工具——狭义的——或虽无此忽略与成见而缺乏了文艺素养的人们，是会不知不觉走上了这条路的。”③ 但是，在革命文学成为文坛主潮时，为社会人生的文学价值论很容易成为社会意识形态功利论，事实也是如此。

我们再以早期创造社的文学价值论为例。有趣的是，早期创造社的主要成员们的“为艺术”的文学价值论，明显受到唯美主义的影响，有为艺术而艺术的倾向。当然，他们并不是真正的唯美主义者，而是为对抗传统的“文以载道”，以及为了区别于文学研究会的“为人生”的文学观而标新立异或极而言之。就是说，早期创造社主要成员同文学研究会“为人生”的文学观一样，实际上也非常关注社会人生，这也是他们能够随着革

① 佩韦（沈雁冰）：《现代文学家的责任是什么？》，《东方杂志》1920年第17卷第1号。
② 沈雁冰：《自然主义的怀疑与解答——复吕芾南》，《小说月报》1922年第13卷第6号。
③ 沈雁冰：《从牯岭到东京》，《小说月报》1928年第19卷第10号。

命形势蓬勃发展和他们对革命思想的接受，突然来一个一百八十度大转弯，陡变为极端的革命功利主义者的内在原因。应该说，创造社主要成员成为极端的革命功利主义者后，既是文学武器论的最早支持者和倡导者，也是文学是社会意识形态命题的最早酝酿者。

意味深长的是，被郭沫若等后来抛弃的“为艺术”的文学价值论，却被持文学是永恒人性表现本质论的梁实秋重新拾起，直到新时期还不时被人提及，成为抵制文学工具论的思想武器。不仅如此，早期创造社主要成员有唯美主义倾向的艺术自身即目的说，在陡转为极端的革命功利主义之后，几乎成为他们挥之不去的阴影，影响久远，譬如郭沫若在后来写的《创造十年》中认为：“我们当时的主张，在现在看起来自然是错误”①；而他们曾引之为荣的文学工具论，在今天看来，则负面效应远远大于正面意义，这是值得理论史研究学者深思的课题。譬如，郭沫若所言的“艺术的本身上是无所谓目的”，成仿吾所谓“除去一切功利的打算，专求文学的全与美有值得我们终身从事的价值之可能性”，与梁实秋的“文艺的价值，不在做某项的工具，文艺本身就是目的”②，三者何其相似！再如，郭沫若认为“艺术有此两种伟大的使命——统一人类的情感和提高个人的精神，使生活美化”。梁实秋说：“文学不能救国，更不能御武，惟健全的文学能陶冶健全的性格，使人养成正视生活之态度，使人对人之间得同情谅解之联系。”③ 在此，虽然梁实秋对文学的期待比郭沫若低调得多，但涵养精神、健全人格却是他们对文学的共同诉求。可以说，早期创造社主要成员和梁实秋所认定的文学价值，与王国维所谓的“无用之用”的审美价值论，都有着某种内在的一致性。

三、“为人生”与“为艺术”的文学价值论对创作的指导性影响

回抚和反思中国现代文学史会发现一个悖论式现象，理论言述的完整或兴盛，不等于对创作影响的实际效果，或者说，学理的积淀或推进，与相应的创作实绩往往并不对称。

具体言之，譬如文学研究会的“为人生”的文学价值论虽然作为一种文学理论体系不够完善，有的观点可能显得有些偏激甚至幼稚，但是，曾在“为人生”大旗下聚集的如茅盾、巴金、叶绍钧、老舍、曹禺、冰心等诸多优秀作家，不仅著述甚丰，还留下了众多的现代文学经典。

---

① 郭沫若：《创造十年》，《郭沫若全集·文学编》第十二卷，北京，人民文学出版社，1992，第140页。

② 梁实秋：《论思想统一》，《新月》1929年第2卷第3号。

③ 梁实秋：《现代文学论》，《偏见集》，南京，正中书局，1934，第157页。

以叶绍钧及其创作为例。叶绍钧是文学研究会最早成员之一，也是主张以“为人生”为文学的最高本质的作家之一。一开始，叶绍钧依照文学研究会宣言的主旨，试图以底层人民苦难生活为创作题材，以文学的方式研究现实的问题，探索人生的意义。但是在具体的创作中，他发现：“空想的东西我写不来，倒不是硬要戒绝空想。我在城市里住，我在乡镇里住，看见一些事情，我就写这些。……小说里的人物差不多全是知识分子跟小市民，因为我不了解工农大众，也不了解富商巨贾跟官僚，只有知识分子跟小市民比较熟悉。”①

这“为人生”，究竟是为哪些人的人生，在不同作家的观念中含义并不完全相同。譬如在叶绍钧的理解中，就是通过对他所熟悉的生活的真实书写，唤起人们对种种人生的觉悟；在沈雁冰笔下，就体现为关注现实，揭露时弊，勇于担当的社会责任感。其实，正由于文学研究会的“为人生”内涵理解的广泛，创作者才有充分选择的余地。有时，理论不够周延对于创作不一定都是坏事，因为任何创作都不可能完全依据某种理论进行。譬如，叶绍钧就不是从解决底层人生问题这一抽象的创作理念出发，而是基于自身对知识分子和小市民的人生了解的实际，创造出诸如《倪焕之》《潘先生在难中》《隔膜》等优秀的现实主义作品的。

巴金虽然不是文学研究会成员，但他却是以“为人生”为创作出发点和归宿的作家之一。用他自己的话说：“我五十年的文学生活可以说明一件事情：我不曾玩弄人生，不曾装饰人生，也不曾美化人生，我是在作品中生活，在作品中奋斗。”②

可以说，巴金是中国现代文学史上通过创作探索人生之路的第一人，无论是《家》《春》《秋》的“激流三部曲”，还是《寒夜》《憩园》《第四病室》的“人间三部曲”，无不是他艰苦探索人生意义心路历程的真实写照。众所周知，巴金许多作品中的人物，都有他的亲人、师友乃至他自己的影子。这些人物的性格发展和命运，往往都是他在生活的煎迫下，通过艺术思考人生的结果，是他在以艺术逻辑表现生活逻辑的过程中，为现实人生寻找切实的答案。至于他所寻到的答案是否符合他的人物或现实生活的实际是另外一回事，但探索人生的真理的确是他毕生的追求。虽然巴金的早期作品中似乎有“革命＋爱情”的影子，但这并不是他以某种先验的政治理念嵌入创作，而是他尊重生活、忠实于生活的结果。因为在革命作为激进知识分子追求的时尚的年代里，要真实地表现人生，就无法规避革

① 叶圣陶：《我写小说》，《叶圣陶集》第九卷，南京，江苏教育出版社，1990，第326页。

② 巴金：《关于〈砂丁〉——〈创作回忆录〉之九》，《文汇报》1980年11月29日。

命。这说明，“为人生”的文学价值论，不仅是文学研究会成员们遵循的创作方向，而且是有社会责任感的作家自觉的文学选择。

就是说，文学研究会“为人生”的文学价值论，并不是作为一个理论命题而提出的，至少不是为解决理论问题而提出的，而是出于社会生活对文学的紧迫需求，对文学创作提出的一种要求，或者说是为创作提供的一个基本价值依据和努力方向。其实，“为人生”作为文学创作的一种价值诉求，不仅今天仍然有效，而且将永远有效。尤其在前些年诸如“美女写作”“身体化写作”“玄幻写作”等商业化写作盛行的时候，把“为人生”作为文学创作的价值取向更有其不可替代的现实意义。如果说重提文学应该“表现人生，指导人生”，是人生的教科书，“作家是人类灵魂的工程师”，似乎给人以高高在上的精神贵族训诫人的感觉，但作家在整体上，精神层次高于普通读者应该是必需的。否则，由于文学与人生的紧密关系，作家低品位的价值诉求，则可能制造出更加低品位的作品，从而导致读者审美品位的下降，造成低级趣味，甚至产生一定的社会危害，至少，不利于人的精神健康。在这个意义上，“为人生”的文学价值论，虽然作为严格意义上的文学理论命题，在学理上可能有失周延，但是作为一种文学创作的自觉取向，将永远富于生命力。

早期创造社“为艺术”的文学价值论，由于这种“为艺术而艺术”的理论并没有表达出时代及他们自己对文学的真实诉求，他们就是五四新文化运动的倡导者和实践者，启蒙才是他们的文学目的，所以，譬如郭沫若的《女神》《屈原》，郁达夫的《薄奠》《沉沦》等，其实轻而易举地就突破了他们自己设置的所谓“为艺术而艺术”的理论规范，成为另一个层面上“为人生”的文学。这说明，文学理论与文学创作的关系并不是单线的因果联系，有时可能是错位的，理论提倡是一回事，创作则可能是另外一回事，创作过程永远要比理论逻辑复杂得多。

第三节　延安时期及左翼作家文学价值观举例

在中国现代文学的历史上，延安时期的作家、理论家的观点是当时文学基本理论生态的重要组成部分。需要说明的是，所谓延安时期的作家，在此并不仅仅限于严格意义上的，在 1936～1948 年这一特定历史时期在陕北工作、学习、战斗过的人，而是一个大致时段里所谓革命作家的统称。毫无疑问，孙犁是延安时期的作家，他的文学创作价值取向，必然受其身份及经历的影响。譬如，他认为：

> 一切文化事业的功用，无非是改造旧的世界，创造新的世界。人类的文学，曾经做了不少这样的工作。在文学里，我们觉到了人类的欢乐和悲苦，看到了人类一切的梦想和希望，一切的失望和愤怒。文学告诉我们人生的意义和目的，坚定了我们的意志和信仰。……使人们看见全世界正义的人们有着共同的思想、感情、理想。人们从苦难的生活里挣扎出来，创造好的生活和爱好美的东西。①

在孙犁看来，文学不是供人消遣解闷的闲书，文学是有用的，是“一种事业，中国人民的事业”。这不能不使我们想起前面所言的《文学研究会宣言》：“将文艺当作高兴时的游戏或失意时的消遣的时候，现在已经过去了。我们相信文学是一种工作，而且又是于人生很切要的一种工作；治文学的人也当以这事为他终身的事业。”值得注意的是，撰写此文时，毛泽东的《在延安文艺座谈会上的讲话》已经发表。当时作为晋察冀解放区文艺工作者的孙犁，虽然是革命的功利主义的倡导者和实践人，但是他对文学的效用期待还是实事求是的，并没有逸出文学“为人生”的基本价值范围。

应该说，强调文学的社会价值，本来就是孙犁作为有责任心的进步作家文学思想中的应有之义。一方面，孙犁看重文学在“改造旧的世界，创造新的世界”的功用；另一方面，他又反对由于政治的急功近利而忽略文学功用的特殊性，即认为文学应该是在审美愉悦的基础上，才谈到它引领人生、点燃希望、鼓励生活勇气的社会作用：“文学加深人们的意识，扩大了人生的乐趣。好的文学走在生活的前面，叫人们明白自己不是奴隶，是生活的主宰，是美满自由生活的创造者。它燃烧起人们的勇气，照亮前进的道路。”这后者，在今天看来，才是最为可贵的，也是孙犁的文学思想具有较强的历史穿透力的原因。把文学最大的功用，定位为“告诉我们人生的意义和目的，坚定了我们的意志和信仰”，其实在当下也是非常正确的。要达到文学这最大功用的途径是，作家要“爱人生，爱生活，有为人生的热情”，但这是当下许多作家所不具备的，因此更为重要。②

事实上，孙犁的创作充分践行了他的价值诉求，小至短篇小说《荷花

---

① 孙犁：《文艺学习——给〈冀中一日〉的作者们》，《孙犁文集》（四），天津，百花文艺出版社，1982，第15～16页。

② 孙犁：《文艺学习——给〈冀中一日〉的作者们》，《孙犁文集》（四），天津，百花文艺出版社，1982，第16页。

淀》，大至长篇小说《风云初记》，无不体现了他所谓的“文学加深人们的意识，扩大了人生的乐趣。好的文学走在生活的前面，叫人们明白自己不是奴隶，是生活的主宰，是美满自由生活的创造者。它燃烧起人们的勇气，照亮前进的道路”的文学理想和主张。这不仅是他个人的文学价值观，而且是现实人生所需。尤其在外敌入侵的残酷岁月，应该说，处处是黑暗，处处是泪血，国人不仅需要直面现实的泪血，更需要直面现实活下去并起来斗争的勇气，这就需要作家通过作品，“叫人们明白自己不是奴隶，是生活的主宰，是美满自由生活的创造者。它燃烧起人们的勇气，照亮前进的道路”。这与当下某些作家的作品形成对照，譬如不问现实的娱乐化、身体化、隐私化；或者专门搜集人性的丑恶加以连缀，没有洞察，没有提炼，没有升华，更没有“照亮”，这很容易使读者对社会或人际关系产生失望和否定的情绪。所以，孙犁的文学价值观还有继续提倡的必要。

徐懋庸也是延安时期的作家之一。他是 1936 年到的延安，但是他的文学价值思想，主要集中在 1936 年由光明书店出版的《街头文谈》里。而此时他还没有到达延安，基本上还属左翼作家的理论面容。徐懋庸《“为谁而写作”》一文的标题就很有意思。他认为，所谓“我只为我自己写作”在理论上是难以成立的：“他无所写作，所以他是真的为我。一有所写作，便成了为他了，原来文字是将自己的思想和感情传达给他人的工具。或人张皇个人主义满口唯我唯我，然而将自己的话印在杂志上，并希望其杂志能卖上几千几万，供天下人阅读，这和提倡沉默而著书十万言，正是同样的矛盾。由此可知，虽是个人笔调，到底也不能离开多数人而生存，那么世间就没有绝对为我的作品了。”①

徐懋庸也承认，“作家的写作品固然也有仅为了满足自己或少数人的某种需要的，但是作品成后，他的精力就需要一种报酬，一种响应，一种保存，而这是只有多数人能够给与的。”② 就是说，在作家职业化的现代社会，即便是作家主观上有“只为自己写作”的想法，客观上也是不可能实现的。因为仅从作家的生存来讲，只为自己甚至少数人写作是不可能的，况且一旦作品出版，什么人、多少人来读，就不是作家所能控制的了。徐懋庸在此否定作家“只为自己或少数人写作”的可能性，主要是为作家提供一种文学创作的价值指向：“作家们的意识范围的大小，决定他们的作品的读者的多少，也就决定他们的作品的价值的大小。”③ 那么，

① 徐懋庸：《“为谁而写作”》，《徐懋庸选集》第一卷，成都，四川人民出版社，1983，第 345 页。

② 徐懋庸：《“为谁而写作”》，《徐懋庸选集》第一卷，成都，四川人民出版社，1983，第 345～346 页。

③ 徐懋庸：《“为谁而写作”》，《徐懋庸选集》第一卷，成都，四川人民出版社，1983，第 346 页。

伟大的作品从何而来呢？由此推论："若是伟大的作家，那么他的意识常常有意或无意地能够超越他的本阶级，感受别的阶级的人们的思想和情感，而表现在他的作品里。于是他的作品能够获得大多数的读者，而成为大作。"① 徐懋庸在此抓住了文学作品能够成为伟大的作品的关键原因，即要有大格局、大胸怀、大悲悯，只有如此，才会有大手笔，这即便到今天仍然是值得充分肯定的。

把"为自己写作"作为一个问题，不仅在当时是延安文坛上的一个热门话题，即便是在沦陷区，一些有思想的作家、批评家也对此有所批驳。譬如秋萤在《论刘爵青的创作》中，就痛斥刘爵青"只为自己写作"的倾向：他"始终是带着小市民（小资产阶级）的态度，用一种观念论的看法，表现出他极端自我的意识，一种超现实的神秘怪诞的梦幻，极力逃避眼前的现实，他并不会表现出现阶段社会的嘴脸，自己孤立着不受人的活动所影响，所以作者的作品没有一篇能表现出社会中人生的高度"。也许受沦陷区文人的生存情势所迫，也许就是持这样一种创作理念，刘爵青似乎并不以为如此创作有什么不妥，所以他曾坦言："有许多人劝告我把自己精神的运用怎样脱离私人的感情而移到社会的现实上去，这样的劝告虽然因我的强拗的个性有时甚至变成谩骂和唾弃，可是我永远踟蹰在私感情的或喜或怒的圈子里。"②

如果说，出于沦陷区作家的自我保护意识，以只写自己的方式作为消极抵抗，还有一定道理的话，那么在一般意义上，所谓"只为自己写作"，在有社会责任感的批评家眼里，都是不可谅解的误区，都是应该批评的倾向。

其实，为谁而写作的问题，至今仍然没有得到很好的解决，近年来，仍然有作家声称只为自己写作。这在逻辑上是根本无法成立的命题，正如徐懋庸所言："一有所写作，便成了为他了，原来文字是将自己的思想和感情传达给他人的工具。"因为，文学不可能是一种纯粹的个人行为，除非他写作不打算发表，只为自娱自乐，否则，一旦进入读者的视野，即所谓社会生活的消费领域，无论是正向的还是负面的，总会发生一定的社会效应，成为不折不扣的社会行为。在笔者看来，把文学作为个人的事，不过是作家们为自己的文化良知减负，为自己通过文学写作换取私利又不愿意承担负面社会后果的理论辩解而已。耐人寻味的是，当下一些涉世不

---

① 徐懋庸：《"为谁而写作"》，《徐懋庸选集》第一卷，成都，四川人民出版社，1983，第345～346页。

② 秋萤：《论刘爵青的创作》，张毓茂主编，阎志宏、李树权选编：《东北现代文学大系》第一集《评论卷》，沈阳，沈阳出版社，1996，第398、399页。

深、没有多少人生历练的青年作者，可能有一定的想象力和才情，尽管他们都声称只写自己，可写出来的“自己”竟大同小异。原因在于，他们这些“自己”，其实都是商业社会的“消费至上”、媒体社会的“娱乐无底线”、网络世界的“虚拟人生”、校园爱情的“及时行乐”等模式化情境中的无限复制的产品罢了，哪里还有多少他们真正的“自己”。至于那些虽则并不写自己的，却往往过多地受到网络游戏、未来影片、穿越剧等的影响和暗示，写一些奇奇怪怪的非逻辑、非现实甚至非人类的东西。这些完全虚构、杜撰的东西，由于无法与他人的现实生活形成比照关系，还不如只写自己有一点价值呢。总而言之，时下有的所谓创作，失却了文学应有的人文精神和起码的社会担当，已经不是比喻意义的，而是真正的无用之物乃至文字垃圾。由此可见，徐懋庸从创作动机和价值预设上寻找成就伟大作品的原因，今天仍然值得进一步思考。

从逻辑上讲，“为自己”与“写自己”虽然有联系，但是并非一回事。前者是创作目的，后者是写作题材，但是创作目的往往决定写作题材，至少，创作目的的高下会直接决定视野的宽窄，从而影响写作题材的范围大小。一个人只为自己写作，尽管事实上不可能完全做到，但是这既定目标必然决定他不会对别人的事情感兴趣，也不会写好别人的事。渺小的目标决定了狭窄的取材范围，其结果，一方面，是题材越来越窄，你写自己，我也写自己，诸如此类的自己如果剔除了社会内容，就只剩下欲望、本能了。事实上，人的本能都差不多，人与人之间只有精神世界才是千奇百怪、千变万化的，如果大家都写欲望本能，当然容易撞车了。另一方面，一个人如果只沉湎于自己的内心世界、所思所想，就只有自己才能了解，正如谢冕先生曾经批评那些所谓只为自己写作的诗人：“只有小的诗人，在那儿嘀嘀咕咕的，都是自己的一些事情，而不顾及外面的世界，外面的世界是非常广阔的，是千变万化的。诗人越来越往内心走，走得越来越小越窄化，小得别人都不知道到什么程度了，别人都读不懂，成为梦呓。”①这样的作品，与别人有什么关系呢？没有关系，别人自然不会感兴趣，当然也就谈不上有什么价值了。

同时，为了确立较高的超越自身某些偏狭的创作目的，徐懋庸还特意论述了“创作的态度”问题。他明确指出，作家“为读者”并不是要取悦读者，不能为了拥有更广大的读者，就曲意逢迎读者，取媚读者，作家是有尊严的。

---

① 素予、谢冕：《诗歌，为了自由和正义——诗评家谢冕访谈》，《文艺报》2013年2月27日。

“凡有写作，当然是想获得读者的。但作家的获得读者，并不像娼妓获得狎客那样靠了媚悦的手段。作家是像传道者那样，用了自己的精神，去打动别人的精神，在某种意义上，作家是任性的，他只是表现自己所要表现的东西。他从生活中看到了丑恶就暴露丑恶，不管有洁癖的人们作呕。他从生活中所看到的是斗争，就歌咏斗争，不管太平主义者们缩头。但若是伟大的文学，那么虽然暂时使人不舒服，使人害怕，最后却能征服这些作呕、缩头的人们，使他们也非佩服不可。在这意义上，文艺是征服的工作。”① 对此，笔者的理解是，读者是分属不同层次的匿名的群体，即使是伟大的作品，也不一定能百分之百地受读者喜爱。况且，伟大的作品不一定都是令人愉快的，而完全可能因为暴露了人世间的丑恶使人感到难受。本来，大自然和艺术世界中就存在着可直接感受的优美，以及需要通过主体强大的意志去征服才能获得的崇高，伟大的作品往往属于后者。不能因为有的读者不喜欢，作家就放弃对伟大文学的追求。在文学活动中，作家毕竟是始动者，其艺术境界直接影响了接受者的品位，不可能作家只创作低俗之作，读者却形成了高尚的文学趣味。因此，作家只有提高自身的人生境界和文学品位，才有可能对读者产生好的影响。

徐懋庸此论，如果说，在“以笔做刀枪”的战争年代，出于社会功利需求，要最大化地发挥文学的社会作用的话，那么，在商品经济、一切向钱看的社会语境中看去，就是深刻的警语和必要的告诫了。曾几何时，“痞子文学”把写作当作“挣钱的手艺”，所谓“玩文学”，“下半身写作”把暴露隐私、“尖叫”“快感”等作为卖点，少年写手为迎合青春期叛逆心理，把玩另类人生和矫情的忧郁等等，都放弃了文学的起码的道德底线和社会责任，这就是我们今天重新挖掘徐懋庸等文学价值论的意义及必要性之所在。

第四节　潘梓年的文学价值观

潘梓年是最早接受马克思主义的理论家之一。但是在文学思想上，总的说来，潘梓年还是个文学为人生论者。他的关于文学价值的观点，比较集中地体现在 1931 年出版的《文学概论》著作中。潘梓年认为：“文学是以情感为灵魂的，对于生活有了新意义，就又产生新文学；文学又能震荡

① 徐懋庸：《创作的态度》，《徐懋庸选集》第一卷，成都，四川人民出版社，1983，第 348 页。

人的思想，使人越发清醒，这就是说文学是表现人生，批评人生，指导人生的。……但在这里我们可以看出为文学的动机的只是表现人生；至于指导人生，批评人生的话，只是文学的功效，不能是文学的动机。”①潘梓年在此区别“功效”与“动机”是有深意的。文学创作没有动机，即没有目的，也就没有价值指向，而以“表现人生”为动机，则可能凝聚创作能量，充分发挥文学的审美效应，譬如“指导人生”“批评人生”，从而实现文学的价值。但是，如果把文学的“功效”诸如“指导人生”和“批评人生”作为“文学的动机”，则可能为实现这动机而不择手段，甚至有偏离艺术表现轨道的可能，从而出现公式化、概念化的状况。可见，潘梓年主要强调的是要以艺术手段实现“表现人生”的目的，至于能否获得“指导人生”“批评人生”的功效，则只能看这“表现人生”的手段如何了。

潘梓年还以“用文字做形式来表示生命之流的纯粹感情”来定义文学，这与他反对把“指导人生”和“批评人生”作为文学创作动机在逻辑上是一致的。但这并不表明他是一个唯情论者，因为从语境看，他所谓的“纯粹感情”，不是超越于现实的纯粹心理体验，而是相对于日常的现实功利性情感的艺术情感或谓审美情感。他不仅不排斥，反而在强调为人生的前提下，把诸如道德、政治及思想性等整合为“文学中理智的要素”。从潘梓年以整整一讲的篇幅，专门论述“文学中理智的要素”就看得出来，他对道德、主义等之于文学价值构成的重视程度。

在笔者看来，潘梓年之所以要讨论“文学中理智的要素”，主要为了辨析文学究竟是“有所为”还是“无所为”，即文学是否具有功利性或谓价值问题。当然，在当时“为人生”和“为艺术而艺术”争论不休的语境中，主张文学“有所为”还是“无所为”，确是一个两难的选择。用潘梓年的话说：“说是有所为，就像把文学贬成人生中次一着的活动，是把文学看做用以达到其他首着活动的一种办法，不免减低了文学的地位。说是无所为，又把文学变成了一种极其神秘的东西，好像文学是别有天地，不在人间，不是‘人’的活动，而是超人——所谓天才——的仙佛行为。”②但是在论及文学与道德关系时，潘梓年首先分别对文学和道德的性质进行界定，认为它们“原是两个面目完全不同的东西；文学的意义在创造，在开辟新境，道德的价值在保守，在尊重现实”③。在此基础上，潘梓年又对道德和道德性作了一个区别：“道德性也是和道德并非一物的东西。文

① 潘梓年：《文学概论》，上海，北新书局，1931，第115页。

② 潘梓年：《文学概论》，上海，北新书局，1931，第78页。

③ 潘梓年：《文学概论》，上海，北新书局，1931，第78页。

学所以不能用道德的眼光来观照，只因道德是已经有了固定的标准，替人们的观念定了一个活动的范围，不准有所荡逾，而文学是既以创造为原则，就不能有什么固定范围可以叫她就。但所谓创造，就是生命力的新发展，就是不住的向上，而这向上就是一种道德性。”①

潘梓年的意思是说，文学创作不能从道德目的出发，但不等于不可以体现出一定的道德性，只不过这种道德性不是现成的道德律令，而是在文学创作中对新道德的吁求和探索。应该说，在此，他寄予文学创作以很高的价值期待，同时也说明，他所谓的道德性，其实是充分审美化了的。因为潘梓年把美与正义及道德联系在一起，“‘所谓美的东西，即不外乎最高的正义。’实际上，美的活动，便是创造生命的努力。……道德原是维持正义的，可惜正义已‘兔脱而去’，道德却还守着空冕在维护，使得正义不得不另倩艺术来呼出它行踪之所在。……道德是在用服从的方法维系已经大家公认的正义，艺术是在用反抗的方法喊出尚未有人承认的正义”②。

其实，这是一种迂回肯定道德作为“文学中理智的要素”的理论策略。这样，既没有简单地把道德与文学置于对立面而否定其在文学中的作用，也没有混淆道德本质及目的与文学本质及目的，而是以正义为中介，赋予文学创作反抗旧道德、吁求和探索新道德的艺术效能，将美与道德的内在逻辑联系起来。但是，在美与道德的关系上，同时期的老舍则与他相反。老舍认为，“美是不偏不倚，无利害的，因而也就没有道德的标准。美是一切艺术的要素，文学自然不能抛弃了它；有它在这里，道德的目的便无法上前。……凡是好的文艺作品必须有美，而不一定有道德目的。就是那不道德的作品，假如真美，也还不失为文艺的……在文学中，道德须趋就美，美不能俯就道德，美到底是绝对的；道德来向美投降，可以成为文艺，可是也许还不能成为最高的文艺”③。应该说，老舍此论大致不差，但是所谓“道德须趋就美”“美到底是绝对的”，明显受到了王尔德的影响，有些唯美主义倾向。潘梓年则在学理上调节了美与道德在文学表现中的对立关系，使道德由外在的与文学相对的范畴，转变为文学的内质，成为文学在反映和表现社会人生时自然体现出来的一种文学自觉和社会责任感。这是一种聪明之举，也是两全之策，在客观上，既符合当时的历史语境，也为我们今天关于文学与道德关系的探索提供了一定的启发，显然要比老舍把美与道德并列，非得谁服从谁稳妥得多。当然，简单否定既有的传统道德

---

① 潘梓年：《文学概论》，上海，北新书局，1931，第 79 页。

② 潘梓年：《文学概论》，上海，北新书局，1931，第 80～81 页。

③ 舒舍予：《文学概论讲义》，北京，北京出版社，1984，第 48、50 页。

并不可取，但是鼓励文学在创造中探索新的道德观念及形式还是值得重视的，尤其是在文学创作中道德较为缺席的当下，这种从“创造生命的努力”、尊重人的发展角度来探索文学与道德关系的思路还是值得肯定的。

此外，潘梓年所谓的“主义”，主要指各种政治诉求。文学与主义的关系，基本上可以理解为文学与政治的关系。对此，潘梓年首先强调“文学是要有时代的精神”，“文学最大的价值，就是能够表现一个时代”，即发挥介入社会、批评社会的效能。但是，潘梓年同时认为，发挥文学的效能不应该偏离文学作为艺术的本位，因为“文学是属于文化的一种东西，是不得自由即归委顿的东西，要让她在自己的基础中开发自己的进路，她才能滋长荣茂。我们无论怎样地期望某时期的文学应有某种精神，决不能以一种主义做前提来立一种文学论”①。为了不让人误以为他是主张非政治的纯艺术的唯美主义，潘梓年又补充道：“文学不是主义的宣传品，不是说文学和主义毫无关涉”②，而且在事实上也不可能，因为“主义是笼罩着一个时代的潮流的全体的，什么都要受其支配”③。就是说，文学要真实地表现社会人生，就不可能规避各种主义。正如新时期后期以来，一些理论和创作，纷纷以去政治化为价值取向，而去政治化的结果往往是商业主义、低俗化及黑幕文学的泛滥。

潘梓年所追求的文学效能，其实就是希望在与其所坚持文学的艺术本位之间，寻找一种内在的一致性，这种一致性就是要具体落实为文学情感与思想性之间的平衡。因为无论是道德还是主义，即所谓的“文学中理智的要素”，都属于文学作品思想性的重要组成部分。可以说，潘梓年的文学价值论，是以情感为依托、以艺术为本位、以思想为提升的三位一体论。譬如，他认为：

> 思想的好坏对于他文学作品的价值，的确有很大的关系。思想在文学里面始终是很重要的。固然，文学的创制，纯乎是情绪的作用，文学的欣赏，也纯乎是情绪的作用。但实在说来思想与情绪有密切关系；思想不健全的人所表现的都只是片面的，和其余部分没真实关系，故其表现的情绪也常是变态的。④

---

① 潘梓年：《文学概论》，上海，北新书局，1931，第 81 页。

② 潘梓年：《文学概论》，上海，北新书局，1931，第 89 页。

③ 潘梓年：《文学概论》，上海，北新书局，1931，第 89 页。

④ 潘梓年：《文学概论》，上海，北新书局，1931，第 91 页。

总之，潘梓年虽然重视情感但不是一个唯情论者，他的文学价值观，在为人生的前提下，既“无所为”又“有所为”。具体言之，所谓“无所为”，是“因为当文学家创制一篇作品时只应惟有纯粹艺术的信念，基于纯粹艺术的立场，为情感忠实的表现，不能有什么道德的或主义的观念参谋其间。另一面，说‘有所为’，文学也可以说是有所为的；因为文学决不是无聊时的消闲品，它在人生上实有重大的意义，不容有违反潮流的制作”[①]。可见，为人生，既是潘梓年文学价值观的基本前提，也是其理论的落脚点。文学是“无所为”还是“有所为”，关键是看对人生是否有利，这就是潘梓年的文学价值论在学理上的周延之处。可见，潘梓年作为一个受马克思主义熏陶的文艺理论学者，深得唯物辩证法的精髓，他既坚守了文学的艺术本位，又突出了它的社会效能，而没有像其他同时期有的所谓的“马克思主义者”一样，只会僵化地套用一些政治理论，生硬地切割文学现象，这实在是难能可贵的。

其实，把文学是“无所为”还是“有所为”的命题，作为文学价值来考量，至今并没有过时，仍然是学者们应该继续思考的问题。譬如，近年来，有的学者把这个问题归结为审美的超越性还是功利性关系的问题：“审美的超越是要超越一己当下狭隘的功利眼界，它并不企图超越整个人生，相反，只有超越了狭隘的实用功利，人才有可能复归于生命的本真，这也便是审美给人带来的‘无用之大用’了。”“不承认审美背后的功利性，一味鼓吹精神超越，结果使审美真成了虚无缥缈的‘彼岸世界’；而否认审美的超越性能，一力要让潜伏于后台的功利思考挤到前台显身，又必然会将艺术品转换成‘教科书’，从而失去了艺术自身的魅力。”[②] 时隔九十余年，虽然在具体阐述上更加缜密严谨，但是基本理论框架并没有超逸出潘梓年当年的论阈，理论落脚点仍然在人生上。这并不是今人思想滞后，而是前人视野超前，提出了一个常说常新的话题。

第五节　学理型学者为文学价值寻找基点

承前所述，20 世纪初期的无论是提倡“为人生”“为艺术”的启蒙主义者，还是左翼作家或理论家们，他们关于文学价值的阐发和论述，都具有独到的学理价值和指导意义。但是，细加分析就会发现，他们的论述还

---

① 潘梓年：《文学概论》，上海，北新书局，1931，第 81 页。

② 陈伯海：《艺术与审美——论审美传达》，《文艺理论研究》2010 年第 2 期。

不甚缜密，一个最突出的问题是，他们都没有把文学价值与文学的特质自觉地联系在一起，而是把文学作为一种毋庸置疑当然的价值存在。应该说，这种理论论证在逻辑上是缺项的，尤其在现代文学观念还没有真正确立的当时更是如此。只有确定了文学的特质，文学的价值才能真正得到落实，否则，所谓的价值就不一定是文学所独具的，而可能是所有文化共有的。换句话说，只有建立在文学特质上的文学价值论，才是逻辑完整的价值论，才可能成为以“写”为中心的微观文学理论的逻辑起点。

那么，在当时文学界看来，什么是文学的特质？笔者检视了中国现代文论诸多文本后发现，追求学理的学者，往往对此用心颇多。相比之下，这应是此类论述的价值之所在。譬如，作为学者兼小说家的许钦文所写的《文学概论》，在论证文学特质的方法上就有较多的可取之处。这主要表现在，许钦文一开篇就明确提出：“‘文学’属于‘艺术’，就是艺术的一种。”[①] 这就省去了同时期如曹百川、马宗霍等所撰写的《文学概论》，只在文学之于人生的功用关系中确定文学特质，或者如李幼泉及老舍等人的《文学概论》，虽然承认文学是一种艺术，却不是在艺术范畴内，而是在与哲学、科学、道德等关系中确定文学特质的诸如此类的迂回论证。这当然是因为当时的文学学者，一般不喜欢也不善于抽象追问“文学是什么”这类本体论问题。许钦文虽然没有进行深层追问，但是通过与绘画、音乐、建筑、戏剧电影等艺术的比较，认为文学“特殊的优点，就是时间可以保持得长久，空间可以传播得广阔”[②]。就是说，许钦文虽然没有通过下定义的方式确定文学特质，但通过与其他的艺术相比较的方法来讲，这可以说是更接近文学的本体了。

当然，许钦文只认识到文学的优点是能够在时间上保持得更久，在空间传播上范围更广阔，并没有充分认识到文学的真正优势，也没有跳出诸如薛祥绥、曹百川等曾经推举的“永久性”的窠臼，甚至没有认识到，文学的真正优势在于，就作者而言，在艺术表现上能够做到如刘勰在《文心雕龙·神思》中所谓的“思接千载”“视通万里”，具备占有和跨越时空的自由性与可能性；对读者来讲，则在于文学作为以语言为媒介的艺术，能够通过文字语言激发读者相应的想象，营造一个深广丰富且可以反复咀嚼的内心世界。诸如绘画、音乐、建筑、戏剧电影等虽可直接作用于人的感官，其物质性在超越时空的限制和难以呈示微妙复杂的感觉等方面，在文学的表现中却是自然而然天经地义的事。但是，许钦文毕竟朦胧地意识到

---

① 许钦文：《文学概论》，上海，北新书局，1936，第 1 页。

② 许钦文：《文学概论》，上海，北新书局，1936，第 2 页。

了，文学的优势与时间和空间有关。最重要的是，他明确指出，“文学在艺术中占着最重要的地位。艺术是各项文化的结晶体，能够表扬文化，也是能够促进文化的。所以文学，也是在文化中占着最高的地位的了”[1]。这说明，他已经隐约意识到文学较之其他艺术形式，包蕴着更丰富的文化内涵。同时，将文学推至文化中最高的地位，也是前所未有的见解，与后来所谓“文学是文化之母”的说法不谋而合。在这个意义上说，许钦文在确定文学特质的方法上，较之老舍们，离文学的特质更近些，离文学能够发挥其独特价值的原因也就更进了一步。

在确定文学作为以文字为媒介的艺术的特质上，梁实秋的观点较之许钦文应该说更为学理化。梁实秋在《文学的美》中一方面承认“文学是艺术的一种”，但他并不是笼而统之地承认，而是从文学与美学的关系入手，认为既然“美学正是探讨一般艺术原理的学问，所以美学的原理应该可以应用在文学上面”。另一方面，他又指出其他艺术形式如音乐、绘画所蕴含、所体现出来的美，无论是在量和质或者在表现方式上，都与文学有很大的不同。譬如音乐、绘画几乎就是美本身，而“美在文学里的地位是这样的：他随时能给人一点‘美感’，给人一点满足，但并不能令读者至此而止，因为这一点满足是很有限的，远不如音乐与图画，这一点点的美感只能提起读者的兴趣去做更深刻更严肃的追求”。至于“文学里的音乐美是很有限度的，因为文字根本的不是一个完美的表现音乐美的工具。艺术中的各部门，各有各的任务，其间可以沟通，但不容混淆”。尽管诗在文学中离音乐最近，但如果“把诗里的音乐成分看得太重要，是有弊的，因为对于诗的意义（sense）这往往是一种牺牲”。同理，“文学里的图画美也是有限度的”，“中国画最讲‘意境’”，“而文学根本是一种‘时间的艺术’用文字来表现‘空间艺术’的美，那是如何的勉强？意境是稍纵即逝的，若想用文字把它固定下来，只能用极少数的文字”。“所谓意境，在伟大作品里永远是点缀而已”，因为文学所要表现的内容，较之图画能够表现的内容要复杂得多，文学题材“一定要选有意义的，一定要与人生有关系”。[2]

梁实秋通过文学与音乐、绘画的比较，可以说已经完整地揭示了它的特质，尤其是认识到在诸种艺术中，文学是最复杂的，内涵是最为丰富的。虽然他有把美单纯化狭义化的意味，但是恰好在此意义上，才能廓清文学作为以文字为媒介的艺术与其他艺术如音乐、绘画在美学意义上的区

① 许钦文：《文学概论》，上海，北新书局，1936，第4页。

② 梁实秋：《文学的美》，《东方杂志》1937年第34卷第1号。

别。对于音乐、绘画而言，美可能就是其价值的一切，文学却不能作如是观，文学远要复杂得多。用梁实秋的话说，固然“因为有美所以文学才能算是一种艺术，才能与别种艺术息息相通，但是美在文学里面只占一个次要的地位，因为文学虽是艺术，而不纯粹是艺术”①。因为除了美之外，文学不仅要“含有人性的描写、情感的表现，甚至说含有哲理”，还应该包括诸如对社会生活深层意蕴的开掘、对人生意义的思考等等无法用美来覆盖的内容。至今，有的文学理论教材仍然喜欢把文学之美分解为人性美、情感美、哲理美及生活意蕴美等等，其实，如此归纳分类有过滥之嫌。因为如此一来，文学不就等于美学了吗？在笔者看来，对美的滥用，等于取消了美。同理，美学的边境如果无限扩大，就等于没有美学。事实上，新时期以来的文学理论美学化，就是美学泛化的结果。梁实秋在那个年代就能清醒地认识到美学有所能，也有所不能，应该说是一种先见之明。况且梁实秋没有把文学之美仅限于诸如音乐美、意境美之类上，同时还强调，“小说的结构往往有建筑性的美；戏剧的布局也有其穿插错综之妙；甚至辞赋律诗八股其间排比对偶之处也颇有匠心，也颇能给人以相当的快感”②。这是文学在可能的范围内关涉美的客观之论。

当然，梁实秋所论，在当时的主要目的在于廓清文学作为以文字为媒介的艺术与其他艺术，在艺术表现方式、目的等方面的区别，区别的目的在于确定文学的特质，也为确定文学的价值提供了理论前提。

梁实秋此论并不限于确定文学的特质，他还有更深一层的用意，那就是以此校正文学批评的价值取向，即不以美为文学批评的唯一标准。梁实秋认为：“文学与人生既有这样密切的关系，批评文学的人就不能专门躲在美学的象牙之塔里，就需要自己先尽量认识人生，然后才能有资格批评文学。批评文学不仅是说音节如何美意境如何妙，是还要判断作者的意识是否正确，态度是否健全，描写是否真切。所以一个好的批评家不仅要充分了解作者的艺术，还要充分了解作者的思想体系与情感的质地。批评家而忽略美学与心理学诚然是很大的缺憾，但是若忽略了理解人生所必需的最低限度的理论学、政治学、社会学、经济学以及历史的智识，那当是更大的缺憾！”③ 在一般人的感觉中，梁实秋是一个抽象的人性论者，也是一个躲在艺术的象牙塔里的纯粹学者，甚至给人以唯美主义的印象，但是看了如上之论，我们就会发现这种感觉并不准确。其实，梁实秋也是一个人

① 梁实秋：《文学的美》，《东方杂志》1937 年第 34 卷第 1 号。
② 梁实秋：《文学的美》，《东方杂志》1937 年第 34 卷第 1 号。
③ 梁实秋：《文学的美》，《东方杂志》1937 年第 34 卷第 1 号。

生论者，他与茅盾、许钦文等人生论者的区别在于，他不是以文学为“表现人生”“批评人生”“指导人生”的工具，而是在承认文学是艺术的前提下，充分发挥文学“为人生”的价值。就是说，梁实秋既反对“唯美主义”，又反对“教训主义”，在这一点上，他与周作人甚至他的论敌鲁迅的观点倒有些相似。当然，在此，梁实秋是以文字媒介作为确定文学特质的关节点，进而与其他艺术形式相区别，这才是该理论的主要价值。

相对而言，笔者认为，朱光潜在《文学与人生》一文中，对文学特质的确定，较之梁实秋更为精确，这主要表现为“语言文字”的连用。不要小觑这种简单的调整，其实这是对文学作为语言艺术特质的深层体认。此前的理论家，包括梁实秋在内，都是将文字而不是语言文字作为文学的媒介。譬如梁实秋认为：“我们要讲文学的美，我们只能从‘文字’上去找具体的例证。因为离开了文字，便没有文学。文字不是文学，文字是文学的形体，离开了形体文学便不能存在。”[①] 从文学的物态化的存在来讲，说文学的媒介是文字并不算错，但是光提文字而不说语言，是把文字与其他艺术的媒介，例如色彩、线条之于绘画，节奏、旋律之于音乐等同化了。忘记了文字其实只是记录语言的物质载体或呈现符号，文学的真正媒介是语言，只是因为语言无法独立存在并表现于具体的言说行为之外的时空之中，必须借助于文字方能超越口述限制而完成传播罢了。朱光潜把语言文字连用，不仅是为了说明语言和文字的“演化程序”，是先有语言后有文字，而且是为了使语言和文字融为一体。在文学中，语言就是呈现的文字，文字就是语言的载体，语言的物质化、文字的意义化，是文学作为一种艺术能够独立存在的根本原因。仅有文字只是一堆没有意义的线条组合，光有语言只能转瞬即逝，无法传播到言说者在场以外的地方，两者结合才使文学真正成为区别于并傲视于其他的语言的艺术。

固然，正如朱光潜所认识到的，自文字产生，文学就成为知识阶级至少是识字阶级所能欣赏的专利，文字成为全民拥有文学的障碍，使文学与民众疏远甚至有隔阂。但是，文字使语言能够脱离言说者而独立存在，这不仅使文学“可以不纯由记忆保存，也不纯由口诵流传，它的影响可以扩充到更久更远”。更重要的是，尽管朱光潜当时没有言及这一点，但是从他对语言文字之于文化意义的认识，已经暗示出他对文学作为语言艺术特质的认识。譬如他认为，“人之所以为人，不只因为他有思想感情，尤在他能以语言文字表现思想感情。试假想人类根本没有语言文字，像牛羊犬

---

① 梁实秋：《文学的美》，《东方杂志》1937年第34卷第1号。

马一样，人类能否有那样光华灿烂的文化？文化可以说大半是语言文字的产品。有了语言文字，许多崇高的思想，许多微妙的情境，许多可歌可泣的事迹才能流传广播，由一个心灵出发，去感动无数心灵，去启发无数心灵的创造”①。这不能不使人想起海德格尔所谓的“语言是存在的家园”。按照朱光潜的思路，我们不难推论出这样的潜台词：由于文字与语言的结合，文学因此而使作家获得一种得以反观、审视的对象和距离，使创作经验尤其是技巧得以积累，能够得到不断的修改和完善，同时能够在不同时空中，为他者提供欣赏、借鉴、学习、揣摩。这是文学能够不断发展、创新的根本原因。

朱光潜一个“语言文字”连用之举，使文学的媒介名实相副，真正落实为语言的艺术，而不是文字的艺术。只有在此基础上，才能推演出如下一系列命题：文学创造的形象是间接的形象，而间接的形象具有那些直接诉诸感官的艺术的形象所不具备的可以自由超越时空的特点，能够极大地激发接受者的主观想象力，不仅使之油然产生一种亲历创造的成就感，而且能够获得人各不同的艺术想象与感受。总之，文学由此成为模糊的充满歧义又极富创造性的艺术。可见，“文学作为语言艺术”这个旷古以来人人心中有却个个口下无的命题，只有在朱光潜的论述中才基本得以完成，从而更精致、更有效地确定了文学的特质，怎么评价其学理的启发意义，应该说都不过分。

当然，朱光潜确定文学特质的学理价值不限于此。如果说，如上所述的梁实秋的文学特质论有把美与道德对立起来的倾向的话，那么，朱光潜的《文学与人生》就很好地弥合了两者之间的裂隙，这是朱光潜之于文学特质论的又一贡献。

朱光潜试图调和美与道德的对立关系，源于对文学是有用还是无用的辨析。在他看来，所以会认为文学无用，是基于“浅狭的功利主义”观点。但是超越这种“浅狭的功利主义”的视野就会发现，“文学也不能说完全无用。人之所以为人，不只因为他有思想感情，尤在他能以语言文字表现思想感情。试假想人类根本没有语言文字，像牛羊犬马一样，人类能否有那样光华灿烂的文化？文化可以说大半是语言文字的产品。有了语言文字，许多崇高的思想，许多微妙的情境，许多可歌可泣的事迹才能流传广播，由一个心灵出发，去感动无数心灵，去启发无数心灵的创造”。言下之意，难道这不是一种有用？基于此，朱光潜认为，在文学创作或欣赏

① 朱光潜：《文学与人生》，《中央周刊》1943年第24期。

中，审美和道德不是对立而是互补的一对："在创作与欣赏的聚精会神的状态中，心无旁涉，道德的问题自无从闯入意识阈。但是离开美感态度来估定文学在实际人生中的价值，文艺的影响决不会是不道德的，而且一个人如果有纯正的文艺修养，他在文艺方面所受的道德影响可以比任何其它体验与教训的影响更为深广。"① 他的意思是说，本来，在单纯文学创作与欣赏的审美状态下，外在的道德是无由介入的，即便是真实的社会人生就包蕴着一定的道德内涵，那么，对于一个有着"纯正的文艺修养"的人，无论是创作者还是欣赏者，他"所受的道德影响可以比任何其它体验与教训的影响更为深广"。为什么呢？因为对文学中的道德不能作狭隘的理解，文学的道德，不应该是"道德教训"，"文学没有义务要变成劝世文或是修身科的高头讲章。如果释'道'为人生世相的道理，文学就决不能离开'道'，'道'就是文学的真实性"②。换句话说，在朱光潜的语境中，在文学中，"道"不是外在的道德教训，而是与"志"一体的，就是"志为心所之"的真实的思想情感，就是"主观的、热的、通过作者的情感与人格的渗沥，精气与血肉凝成完整生命的"③。如此，整理一下，朱光潜所谓的文学特质，就是由美、真实的思想情感组构的"一种与人生最密切相关的艺术"。其实质，就是"根据现实世界而铸成另一超现实的意象世界，所以他一方面是现实人生的反照，一方面也是现实人生的超脱"。在这里，朱光潜继承文学研究会"为人生"的文学传统，并在本体论意义上，确定了文学与现实世界的不同和联系，用后来的文学理论命题来归纳，就是所谓的"源于生活又异于生活"，使"为人生"的价值指向，落实在文学作为语言艺术的命题上。朱光潜还通过有用与无用的辨析，第一次在学理上完成了文学的价值归属问题，或者说，为文学的价值寻找到一个坚实的基点。在或者是把文学价值作为当然的存在，无视文学特质，或者是以诸如"美丽性""永久性""普遍性"等抽象粗放的话语来确定文学特质的当时，这可以说是一种超前而缜密的洞见。

---

① 朱光潜：《文学与人生》，《中央周刊》1943 年第 24 期。

② 朱光潜：《文学与人生》，《中央周刊》1943 年第 24 期。

③ 朱光潜：《文学与人生》，《中央周刊》1943 年第 24 期。

第二章　中国现代文学体裁论：按照什么样子写？

文学体裁是文学创作的最基本依据，也是文学最现实的载体，更是作者与读者之间的约定和默契，所以，体裁论在以“写”为中心的文学理论效用性研究中的地位十分重要。

20世纪初，虽然社会生活在名义上已进入现代社会，但由于现代文学尚属草创阶段，因此，现代文学体裁的确立，就成为那时的当务之急。众所周知，在现代以前，中国历史上虽然有过文笔之分，也有如曹丕的“诗赋欲丽”的强调，文学观念有所净化，但是总的说来，纯文学的观念并没有建立起来，文学与非文学的界限仍很模糊。譬如民国初期的章太炎在《国故论衡·文学总略》中仍以“文学者，以有文字箸于竹帛，故谓之文；论其法式，谓之文学”[①]为文学下定义。所以，现代文学体裁的建立，是现代文学观念净化的依凭和标志。在此意义上，文学体裁的确立，是文学进入现代化的第一步，既是文学创作所必需，也是当时最基本且最重要的理论建构。

文学体裁并不是恒定不变的规矩，而是一种在突破与坚守的博弈中保持相对平衡的活态形式。就是说，每一次创作之先，作者都必须依据一定的成规样态，否则无法进行；但是在创作过程中，往往会自觉不自觉地对这既定规矩有所改变或突破。因为这是一种全新的生命体验，不仅包括既有的人生积累和艺术积累，而且作者此时的精神状态、情感强度等等诸多不确定性所达到的临界点，都是决定创作质量的因素。完全规规矩矩是无法完成真正创作的，这是创作与制作的最大区别。这一方面，固然会给理论概括及研究带来困难，但另一方面，也为理论发展提供了活力空间。就是说，体裁永远是相对的，在求变中有所保留，在保留中有所创新，这应该是文学体裁的恒定法则。

① 章太炎：《国故论衡》中卷，上海，中西书局，1924，第91页。

无可置疑的是，中国现代文体的分类，主要是受西方文体分类的影响。譬如马宗霍在其《文学概论》中直言："西洋普通分文学为四类：一曰散文，二曰诗，三曰小说，四曰戏由。"① 当然也有三分法，如马仲殊的《文学概论》和钱歌川的《文艺概论》都将文体分为诗、小说、戏剧。② 事实上，四分法至今基本还在延续着，这也是我们可能以现代文论为对象研究文学体裁问题的原因。

第一节　关于新诗理论的价值

一、"诗界革命"的功过

20世纪初，以黄遵宪、夏曾佑、谭嗣同、梁启超为代表所发动的"诗界革命"，可谓是从古典格律诗走向现代新诗不算成功的尝试。虽然不算成功，但并非毫无意义，它至少告诉后来者，简单的"旧瓶装新酒"是不行的。

当年，黄遵宪等深感古典诗歌已无路可走，于是在《与朗山论诗》中曾作过如下表述："自古至今，而其变极尽矣"，认为，"诗固无古今也"，"苟能即身之所遇，目之所见，耳之所闻，而笔之于诗，何必古人？我自有我之诗者在矣"。简单说，就是要"我手写我口"。③ 梁启超在《夏威夷游记》中认为，诗界革命应该取法西方："欧洲之语句意境，甚繁富而玮异，得之可以陵轹千古，涵盖一切"，于是表示要"竭力输入欧洲之精神思想，以供来者之诗料"。④ 康有为在《与菽园论诗兼寄任公、孺博、曼宣》中也说："新世瑰奇异境生，更搜欧亚造新声。"这些意见反映了新派诗人追求新思想、新事物的努力。但是，梁启超强调所有这一切都必须与"旧风格"谐和，即"以旧风格含新意境"。梁启超在《夏威夷游记》继续强调："欲为诗界之哥仑布、玛赛郎，不可不备三长：第一要新意境，第二要新语句，而又须以古人之风格入之，然后成其为诗。"⑤ 并且在《饮冰室诗话》直接提出自己"旧瓶装新酒"的主张："革命者，当革其精神，

---

① 马宗霍：《文学概论》，上海，商务印书馆，1925，第91页。

② 马仲殊：《文学概论》，上海，现代书局，1930；钱歌川：《文艺概论》，上海，中华书局，1930。

③ 黄遵宪：《与朗山论诗》，《岭南学报》1931年第2期。

④ 梁启超：《夏威夷游记》，《饮冰室合集》专集之二二，北京，中华书局，1989，第189、190页。

⑤ 梁启超：《夏威夷游记》，《饮冰室合集》专集之二二，北京，中华书局，1989，第189页。

非革其形式。吾党近好言诗界革命。虽然，若以堆积满纸新名词为革命，是又满洲政府变法维新之类也。能以旧风格含新意境，斯可以举革命之实矣。”①

梁启超的意思是说，“诗界革命”，必须表达新思想，这是确定无疑的。但是，新思想如果用新形式表达，势必会失去传统诗歌的典雅、和谐的诗味，所以，他所谓的“诗界革命”是内容的革命，与形式无关。其实这是很幼稚的想法。因为，作为常识，形式和内容是互为前提、相互依存的关系，甚至很难区分什么是内容、什么是形式，往往内容就是形式，形式就是内容。既然内容是新的，那么必然要求嬗变出与之相应的新的形式，否则，这新的内容必将因没有可依凭的形式而消退或者变质。事实上，正由于梁启超们只强调“革其精神，非革其形式”，结果才是“诗界革命”无疾而终。正如“辛亥革命”是中国走向现代社会的必要阶段一样，“诗界革命”也是后来的新诗运动的一种理论及实践的准备，至少是一种试错，为新诗运动提供了“旧瓶装新酒”不可行的经验教训。

当然，梁启超的担心被后来的新诗创作证明并非完全多余，大多数新诗的确有自由有余韵味不足的毛病。同样，以旧的形式表达新的内容并非全是失败的例子，譬如鲁迅、毛泽东的诗词所取得的成就就是证明。可见新诗的问题是很复杂的，甚至至今也算不上已经得到了彻底解决。

可能是基于梁启超等“诗界革命”失败的经验教训，后来者完全没有穿新鞋走老路。胡适是最早倡导新诗的理论家之一，早在 1917 年，他就在《新青年》上发表了《文学改良刍议》。紧接着，陈独秀发表了《文学革命论》，引起了文学界白话文的运动。当诸如小说、散文已基本完成了从古典到白话的过渡，诗歌成为旧文学最后一个堡垒时，1919 年，胡适在《星期评论》纪念号上发表了《谈新诗——八年来一件大事》一文，开启了新诗理论探索的范例。

二、新诗的理论探索

如前所述，胡适可能是吸取了“诗界革命”“旧瓶装新酒”失败的教训，所以观点十分鲜明，就是要白话入诗，就是要打破一切束缚，砸碎旧瓶。在他看来，“形式上的束缚，使精神不能自由发展，使良好的内容不能充分表现。若想有一种新内容和新精神，不能不先打破那些束缚精神的枷锁镣铐”。所以，在写法上，胡适主张“不但打破五言七言的诗体，并

① 梁启超:《饮冰室诗话》,北京,人民文学出版社,1959,第 51 页。

且推翻词调曲谱的种种束缚；不拘格律，不拘平仄，不拘长短；有什么题目，做什么诗；诗该怎么做，就怎么做”①。

必须肯定的是，以白话入诗，打破一切束缚，解放诗体，对确立新诗的主体地位是十分有利且必要的。在一定意义上说，没有当年的诗体大解放，就没有诗歌精神的解放，也就没有后来的一个波次又一个波次的新诗运动。在帝国主义列强的枪炮声下，传统格律诗赖以存在的封建文人田园诗般的闲逸生活环境被打破。在火车、轮船的汽笛声中，古色古香的格律所包裹的古色古香的意象和感觉——春花秋月、柳岸长堤、小桥流水、东篱采菊、夕阳箫鼓以及缠绵悱恻、凄清冷漠的种种幽怨情思，基本上荡然无存了，代之以现代人的喧嚣、激动、快意和焦虑。在这个意义上说，诗体解放，白话入诗，恰逢其时。但是，事情并不如此简单。

应该说，新诗晚于小说、散文的文体改革，是情理之中的事。因为小说本来就是最大众化的文体，一直属于不登大雅之堂的“稗官野史”。明清时期的小说，诸如《三国演义》《水浒传》《西游记》《儒林外史》《红楼梦》等本来就属于接近白话的“俗文学”，因此完全以白话写作就人们的接受心理来看，不会遭到太大的抵触。散文中的小品文及时评文章，一般以抒情达意及尽量发挥社会影响为目的，所以通俗易懂也应该是其求之不得的诉求。只有诗歌，向来都是高高在上的雅文学，是文人赖以保持其特殊的文化身份的重要标志。正因为此，古典格律诗的写作，一般需要较高的文化修养和较为艰苦的专门的技术训练才能完成。所以，由格律诗而为新诗，不仅是一个白话还是文言的问题，而且是一个文化身份消解嬗变的问题，甚至是文化权力更迭的问题。可见，抵制者抵制的不是一种表现工具，而是某种既有文化优势的衰落。

破除格律的限制，在实践上是否可行，还有待于掂量。很简单的道理，限制往往是激发韵味的艺术压强，失去这种艺术压强的“自然流露”是否还是诗，还有没有诗味诗趣，应该是个问题。后来的实践证明，这种担心及问题一直未断，也并非完全多余。事实上，胡适此论虽然足以发聋振聩，但毕竟是激情有余却实证不足，而他在文中所列举的，也应该是他认为最有说服力的新诗“佳作”，从诗味的角度看，大多数也不甚理想。实事求是地说，这些诗缺乏耐人寻味的意境，缺少必要的含蓄及暗示，有的甚至意象粗俗，不仅没有格律，甚至没有起码的节奏和韵味，使诗情的“自然流露”变成散文化的直白浅露。譬如他举周作人的《两个扫雪的

---

① 胡适：《谈新诗——八年来一件大事》，《星期评论》纪念号1919年10月10日。

人》，这算是他精选的最能代表新诗水平的吧？

> 祝福你扫雪的人，
> 我从清早起，
> 在雪地里行走，
> 不得不谢谢你。

品品看，这诗味何在？意境在哪？可以与柳宗元的《江雪》相比吗？简直就是大白话叙述。

再如胡适所举自己所作的新诗《老鸦》：

> 我大清早起，
> 站在人家屋角上哑哑的啼，
> 人家讨嫌我，
> 说我不吉利：
> 我不能呢呢喃喃讨人家的欢喜！[①]

这一个倒是有一点韵脚，但是能体会到什么象征和意蕴？感受到什么审美趣味或情调？与古典诗相比，为什么新诗的创作并没有预想的那样成功？资深诗人兼学者郑敏先生后来总结道："古典诗有它的平仄规律，这是诗的音谱轮廓；同时又有字数排列的规定，这是它的形体模式。当一个思想带着它的色彩、情感来到诗人心灵的听觉时，诗人就可以将这些诗词的'元素'装入它既定的音谱轮廓和形体模式内，于是一首古典诗词诞生了。""但是新诗是自由体，它没有任何既定的字数与音谱的诗歌艺术模子，当诗的灵感来叩门时，诗人如不是一位即兴为灵感现造一个诗之艺术模子，包括字数、行列所排成的整体轮廓和字音所表达的情感、辞藻所显现的颜色等，这首新诗也是很难成为'佳作'的。"[②]

作为过来人，又是研究者，应该说，郑敏先生的见解是深刻的，近一个世纪的时间距离会使重审的目光更清澈。就是说，在新诗体裁规范尚未建立起来的初创期，创作的难度实际是加大了：写容易，写好不易。

---

① 胡适：《谈新诗——八年来一件大事》，《星期评论》纪念号1919年10月10日。

② 章燕：《中国新诗的发展进程及其出路——诗人郑敏访谈》，《文艺报》2013年1月14日。

三、关于新诗格律

事实上，对于建立新诗体裁规范的吁求，后来越来越迫切。因为，随着不断的尝试、探索，新诗缺乏诗味的散文化问题暴露得越来越充分，已经到了不能回避、不能再装聋作哑的时候了。于是，闻一多挺身而出，当然，时间较胡适发表《谈新诗——八年来一件大事》已过去了六年。闻一多在1926年5月13日的《晨报副刊·诗镌》上发表了《诗的格律》，专门谈了新诗的格律问题。

关于新诗格律，闻一多主要发表了如下观点：第一，凡是诗，就要讲格律，诗如果打破音节，“要它变得和言语一样——这真是诗的自杀政策了”。第二，诗就是要“戴着镣铐跳舞”，“越有魄力的作家，越是要戴着镣铐跳舞才跳得痛快，跳得好。只有不会跳舞的才怪脚镣碍事。只有不会作诗的才感觉得格律的缚束。对于不会作诗的，格律是表现的障碍物；对于一个作家，格律便成了表现的利器”。第三，新诗蕴含“音乐的美”“绘画的美”“建筑的美”的潜质。第四，新诗格律不是复古，不是千篇一律的格式，也不是内容与形式各自独立的，而是“根据内容的精神制造成的”，“新诗的格式可以由我们自己的意匠来随时构造”。[①] 在笔者看来，所谓“戴着镣铐跳舞”，道出了诗的魅力发生的原因，就在于这限制与创造之间的张力，张力越大，魅力也就越强，正如水转才生力，或高差越大所产生的压强也越大一样。相反，一切都没有了限制，就会如人行太空一样：没有压力，自然也就没有重心，一切都轻飘飘的无依无靠，因此也就无趣、无味。

与闻一多意见相近的还有于赓虞。于赓虞在其《诗之艺术》中曾这样表述诗的创造与纪律之间的关系：“漫无纪律者，当以诗为万能而利用之，不知诗仅为抒情的艺术。过信纪律者，乃无灵情，无生命，徒有诗之外形而无诗之力量。漫无纪律，则诗将不成为诗；过信纪律，则诗将止为死骸。”[②] 针对当时有人以为新诗写作就是打破一切规则节律，于赓虞明确指出：“所谓将旧的格律与形式打破以后诗并非无节律，无形式的散漫的文字，因它必有寄托其生命的躯壳。所谓节律与形式不过是使诗的内在的力量格外的加重加深，使诗更有一种美的风韵美的姿态而已。”[③] 就是说，节律与形式表面看是一种限制，但如果运用得恰到好处，也会使诗更有诗

① 闻一多：《诗的格律》，《晨报副刊·诗镌》1926年第7号。

② 于赓虞：《诗之艺术》（一），《河北民国日报副刊·鹞》1928年第3期。

③ 于赓虞：《诗之艺术》（二），《河北民国日报副刊·鹞》1929年第13期。

味，更具美的风韵。因此，他认为“诗的文字之选择，一半在其所含之意义，一半在所含之音韵”[①]，正如适当的化妆和衣饰，会使美丽的面容和身体更美一样。于是，于赓虞将诗与节律及形式之间的关系总结为这样的辩证法：“诗应有节律，诗应有形式，固无疑问，但诗不应有一定之节律一定之形式，更属真理。”[②] 确实，没有节律不能称之为诗，但诗的节律与形式不应该是千篇一律的，而应根据具体内涵表达的需要而变化或产生。正如闻一多所谓：“新诗的格律是根据内容的精神制造成的。”[③]

理论的一个重要价值在于对创作实践发生积极影响，从20世纪40～60年代中国诗歌发展的状况来看，从李季的《王贵与李香香》，到贺敬之的《雷锋之歌》等，都不同程度地体现了闻一多的新诗格律理论：几乎每一篇，都是由具体的内容生发出相应的特定形式，而每一个诗人，又形成了相对稳定的表现风格。譬如臧克家对于较长的诗篇，往往采用四行一节、排列较为整齐、一节一转韵的格式，如果篇幅较短，就分行排列，上下一体，连绵不绝；贺敬之阶梯式、基本一韵到底的诗；郭小川的诗则根据不同的题材，有的是四行一节，如《团泊洼的秋天》：

> 秋风像一把柔韧的梳子，
> 梳理着静静的团泊洼；
> 秋光如同发亮的汗珠，
> 飘飘扬扬地在平滩上挥洒。
> 高粱好似一队队的“红领巾”，
> 悄悄地把周围的道路观察；
> 向日葵摇头微笑着，
> 望不尽太阳起处的红色天涯。
> 矮小而年高的垂柳，
> 用苍绿的叶子抚摸着快熟的庄稼；
> 密集的芦苇，
> 细心地护卫着脚下偷偷开放的野花。

有的则是不分行，一气呵成，如《祝酒歌》，但是他的诗往往一韵到底，气势磅礴。他们的诗，基本都体现了闻一多所谓的“音乐的美”“绘画的

① 于赓虞：《诗之艺术》（三），《河北民国日报副刊·鹑》1929年第14期。
② 于赓虞：《诗之艺术》（二），《河北民国日报副刊·鹑》1929年第13期。
③ 闻一多：《诗的格律》，《晨报副刊·诗镌》1926年第7号。

美”“建筑的美”。

其实，从学理上讲，闻一多主张新诗要讲格律，是“戴着镣铐跳舞”，也是公允之论。因为格律固然是一种束缚，但是哪一种艺术形式不都是一种束缚？没有必要的束缚，何来的艺术？何来的魅力？艺术异在于现实生活，就在于它比现实生活多了限制少了芜杂。格律是一种区隔，区隔诗与散语；也是一种过滤，滤除情感和语言的冗赘及琐屑；还是一种增压，故意为语言设限，压缩艺术表现空间，没有压缩哪有浓烈的情感和凝练的言语？况且闻一多主张的是“新诗的格律是根据内容的精神制造成的”，不是如传统格律诗那样，把各种各样的情感、意象都塞入一种固定的格式，岂不是文质彬彬相得益彰？在此意义上，如果说胡适的历史功绩主要在于他打破了传统格律诗的条框限制，使诗体的解放促进了诗歌精神解放，从而确立了新诗在诗坛上的主体地位的话，那么，闻一多的新诗格律理论的价值，就在于他既及时地纠偏了新诗写作散文化、缺乏诗意的无政府主义，而且没有因为强调格律而复古，从而使新诗理论具有了一定的张力，引领后来者在他所拓展的理论空间中继续深入、不断探索、发展下去。

四、朱自清的诗论

朱自清在《中国新文学大系·诗集》导言中对于新诗，多有中肯之论。譬如充分肯定了夏曾佑、谭嗣同等人的“诗界革命”的历史功绩，认为“这回‘革命’虽然失败了，但对于民七的新诗运动，在观念上，不在方法上，却给予很大的影响”。这是符合历史实际的，即便是失败的探索，对于后来人都是可贵的经验教训。再如他一方面肯定了胡适在倡导新诗创作上的首倡之功：“那正是‘五四’之后，刚在开始一个解放的时代。《谈新诗》切实指出解放后的路子，彷徨着的自然都走上去”；另一方面，也没有讳言新诗创作中的种种弊端，指出新诗中“自然音节和诗可无韵的说法，似乎也是外国‘自由诗’的影响。但给诗找一种新语言，决非容易，况且旧势力也太大。多数作者急切里无法甩掉旧诗词的调子，但是有死用活用之别”。譬如“胡氏好容易造成自己的调子，变化可太少。康白情氏解放算彻底的，他能找出我们语言的一些好音节，《送客黄浦》便是，但集中名为诗而实是散文的却多”，等等。从朱自清对诗作的评点来看，他十分重视新诗的诗味、表达的含蓄与优美。譬如他批评周启明的译诗“不能把捉那刹那的感觉，也不讲字句的经济，只图容易，失了那曲包的余味”；而称赞闻一多的《红烛》“讲究用比喻，又喜欢用别的新诗人用不到的中国典故，最为繁丽，真教人有艺术至上的感觉”；对于徐志摩诗的评价更为贴切:“他是跳着溅着不舍昼夜的一道生命水”,“最讲究用比喻——他让你觉着世上一切都是活泼的,鲜明的”,看重的是其诗风的灵动、富有生气。[①] 从朱自清如上的种种评价看得出,他的新诗观是推崇诗意、韵味、灵气的,而这一切,在新诗的最初写作中恰恰可谓凤毛麟角。所以,作为一种总结历史、指导未来的“新文学大系”导言,尽管朱自清此论的视角是宏观的,评价也是粗略的,但其价值取向,对于后来诗歌的创作走向,仍然起到一定的推介、影响的作用。

类似的思想,朱自清在其他文章中也有所表示。譬如他在写于 1936 年的《新诗的进步》中指责“自由诗派的语言大抵熟套多而创作少(闻一多先生在什么地方说新诗的比喻太平凡,正是此意),境界也只是男女和愁叹,差不多是千篇一律”[②]。在《诗与哲理》中更直接指出,“胡先生(胡适——笔者注)所提倡的‘具体的写法’固然指出一条好路。可是他的诗里所用具体的譬喻似乎太明白,譬喻和理分成两橛,不能打成一片;因此,缺乏暗示的力量,看起来好像是为了那理硬找一套譬喻配上去似的”[③]。可见,朱自清十分重视诗的譬喻的运用,强调暗示、含蓄,反对直白、俗套、缺乏诗味。

此外,对于胡适所谓的取消格律主张“自然的音节”,朱自清也有不同的看法。他在《诗的形式》中指出:“‘自然的音节’近于散文而没有标准——除了比散文句子短些,紧凑些。一般人,不但是反对新诗的人,似乎总愿意诗距离散文远些,有它自己的面目。”[④] 这是从诗的本体论视角,强调诗独立存在的基点就在于它不是“自然的音节”。更为深刻的是,朱自清为了进一步阐发他的这种诗的语言本体论观点,把视野扩展开来,从白话文与口语乃至诗的语言作为艺术创造的成果与日常口语的差异出发,为诗的存在与价值确定了最基本的依据。“新诗的白话,跟白话文的白话一样,并不全合于口语,而且多少趋向欧化或现代化。本来文字也不能全合于口语,不过现在的白话诗文跟口语的距离比一般文字跟口语的距离确是远些;因为我们的国语正在创造中。文字不全合于口语,可以使文字有独立的地位,自己的尊严。”[⑤] 在此,朱自清强调的是,用白话文写诗,并不等于用口语写诗,白话诗是诗,也是艺术创造,也有艺术规范,不是

---

① 陈思和主编:《中国现代文论选》,上海,上海教育出版社,2010,第 283、284、285 页。

② 朱自清:《新诗的进步》,《新诗杂话》,北京,三联书店,1984,第 8 页。

③ 朱自清:《诗与哲理》,《新诗杂话》,北京,三联书店,1984,第 24 页。

④ 朱自清:《诗的形式》,《新诗杂话》,北京,三联书店,1984,第 100 页。

⑤ 朱自清:《诗的形式》,《新诗杂话》,北京,三联书店,1984,第 105 页。

随意写来的大白话，正如白话文不等于口语的记录一样。这种区隔是有效的、深刻的。因为文字就是创造物，所以书面语永远不能与口语完全重合，否则，就等于取消了书面语。书面语是人类创造的可超越时空限制的凝固的语言形式，目的是便于反观和反思，也便于留存于世。完全是口语，没有提炼与升华，就等于作者放弃了回味、审视的距离与空间，放弃了修改权；对于读者，也是种不负责任的侮慢，似乎他们不需要“有意味的形式”。其实，这是对大众化的误解，也是一种历史的倒退。所以，这不是胡适所谓诗的语言是“自然的流露”在表述上存在着误区，就是人们对此理解有偏颇，而朱自清澄清了这个误区，可以说是归还给新诗以独立和尊严。

朱自清对于语言与诗的理解还不限于此，他在《译诗》中，表明了他对诗的语言特质有较为深刻的理解。譬如他认为诗有可译与不可译两种，不可译的诗，主要是“带有原来语言的特殊语感，如字音，词语的历史的风俗的涵义等，特别多”①，这就是诗的语言原质。强调诗的语言原质，实际上是承认较之其他语言艺术，诗有更特别之处。这种特别之处，其实就是镌刻在语言深层的文化密码，这种文化密码，一般只保留在非普遍意义层面的诗的语感里，只可意会不可言传，处于该文化之中，就能够感觉得到，不处在该文化之中，无论如何也难以理解。因为这种文化密码在另一种语言中无法找到与之相对应可兑换的文字来表述，这就是诗的语言的文化特质。应该说，这种见解是深刻的，甚至是超前的。

更为重要的是，朱自清不仅认识到情感的有序化表现是诗的特质，而且不同的形态、性质的情感只能对应于不同的艺术形式。他主要是从中国现代诗坛短诗多、长诗少的现状中，敏锐地意识到问题的所在，即情感不发达、不持久，担心长此以往，“情感将有萎缩、干涸的危险”。朱自清认为，正是由于情感类型的不同，诗的长度才应该不尽相同，有的适合作短诗，有的则应该作长诗。“我们的情感有时像电光底一闪，像燕子底疾飞，表现出来，便是短诗”；而“有时磅礴郁积，在心里盘旋回荡，久而后出；这种情感必极其层层叠叠，曲折顿挫之致”的情感。“短诗固万不能表现它……这里必有繁音复节，才可尽态极妍，畅所欲发；于是长诗就可贵了”。② 此论不仅具有创作上的启发，而且对诗的本体性理解也具有重要意义。对此，梁实秋有过进一步的思考，不妨拿来一并论述。

在梁实秋看来，文学作品虽然不是说长就一定比短好，但是由于艺术

① 朱自清：《译诗》，《新诗杂话》，北京，三联书店，1984，第68页。

② 佩弦（朱自清）：《短诗与长诗》，《诗》1922年第1卷第4号。

容量，它们的价值还是有差别的。“据我看，最伟大的作品，都是有相当的长度。长篇作品不一定就是伟大，可是伟大的作品却没有篇幅很短的。”这不仅是事实，而且是真理。“因为内容的性质之需要，绝非三言两语所能宣泄无遗，必定要有相当的长度，作者才有用武之地，才能把繁复深刻的思想与情绪表现得干干净净的。”① 无论是朱自清还是梁实秋，从他们的论述中我们都可以推导出这样的观点：第一，文学作品尤其是诗，情感是其魂魄。第二，诗的创作对于情感的要求是苛刻的，不同的类型、质地的情感，只能以与之相适应的形式尤其是长度进行创作，因为作品的长度及容量最终决定艺术表现的空间及形态。这两点，应该属于理论问题，但更是实践效率问题，只有加深对诗的情感特质及其艺术表现特点的认识，才能更有利于思考怎样提高诗的创作质量问题。

不仅如此，朱自清还把艺术想象之于诗的创作质量提到一个新高度：“诗也许比别的文艺形式更依靠想象。”在此，他并不是简单地作一种强调，而是在学理上辨析其性质、结构等深层次的东西，这是此前很少有人留意的角落。他认为，就想象的范围和程度而言，有“所谓远，所谓深，所谓近，所谓妙”，可以说道出了想象的类型及特点。而想象的组成结构，则是感觉，感觉就是想象的素材。那么，什么样的感觉才能构成诗创作想象的素材呢？在他看来，就是“敏锐的感觉”。所谓敏锐的感觉，就是“诗人的触角得穿透熟悉的表面向未经人到的底里去，那儿有的是新鲜的东西”②。能否穿透熟悉的表象，寻找、体验到新鲜的感觉，是区别好诗与坏诗的最重要的标识，也是诗能否存身立命的依据，还可以说是能否提高诗创作的真谛。对于有一定的创作经验的诗人来讲，此论应该具有一定的启发意义。在有效性视野下，诗歌理论的价值在于能否为诗歌创作起到覆盖、阐释、促进的作用，朱自清的新诗理论应该具有这样的意义。

五、文学原理文本对诗的阐释

文学原理是关于文学最基本问题的阐释，它的价值一般不在于理论的原创度，而主要体现为学理的贯通与理论知识的普及。对于前沿探索性理论，一般不作简单收录，至多是对已经取得学界共识的探索性观点进行价值整合。因为文学原理一般是作为教材，或者是文学爱好者的启蒙读物，所以传播文学知识是其主要价值之所在。

按照惯常的理解，新诗运动对文学原理的研究和写作必然会发生一定

---

① 梁实秋：《论诗的大小长短》，《新月》1931 年第 10 期。

② 朱自清：《诗与感觉》，《新诗杂话》，北京，三联书店，1984，第 15、16 页。

的推进作用和影响，但是事实上，在文学原理视野中，新诗不过是诗的一种，因此如上所论的新诗诸说，并没有出现在文学原理文本之中。这恰好与新诗理论形成互补：专注于新诗理论的探索，创新度固然较高，但是关于诗的一般性问题可能涉及甚少；文学原理中的诗论，创新度当然无法与新诗理论相比，但是它的视野宏阔，以古今中外的一切诗歌为研究对象，这样就有可能在关于诗歌的知识上，具有更全面、更准确的特点。这样，诸如诗的定义、诗的本质、诗的要素，就成为文学原理不可回避的话题。

（一）什么是诗？

关于什么是诗，即便是在今天，在一般的文学原理文本作者眼里，也是一个颇为踌躇的问题。因为任何命名都是一种冒险，更何况在上个世纪初，学人一般还都普遍缺乏严格的逻辑训练。因此，在前期的文学原理文本中，基本没有文学文体的专门论述，即便是有所涉及，也常常是以描述诗歌的要素来代替定义。譬如许钦文在其所著的《文学概论》中，首先是对诗的外观进行描述："形成狭义的诗，形式上有着三点，就是'韵'，'律'和一行一行的分开来写"，然后又把诗的内在特质描述为"一定要有'超然的感觉'，就是'诗意'"，所谓的"超然的感觉，是'不功利'，'不重理知'的"，"诗是重情感的"。[①]

其实所谓的诗意，就是对现实实利的超越，在心理上与感官欲望拉开距离，"不以物喜，不以己悲"，审美地对待一切。应该说，许钦文的描述，基本上涵盖了诗的特征：就形式而言，有韵有律，分行排列；就内质来讲，则具有"超然的感觉"及"重情感"的"诗意"。尤其是以"诗意"作为诗的内质，尽管较为粗疏，但多少有一点本体论意味，这不能不使我们想起俄国形式主义批评把文学性作为文学的定义。在笔者看来，对于早期的文学原理文本，不能苛求它们的定义在学理上如何严谨，关键应该看其在理论上是否具有一定的启发性。在这个意义上，以"超然的感觉"的"诗意"来定义诗，可谓抓住了诗之魂。虽然诗歌有诗意，诗意也可以作为某种艺术境界的比喻，但是其本源，毕竟是在诗歌的境界中，正如文学性不仅体现于文学作品中一样。许钦文此论，可以说具有一定的理论创新。况且，广义的诗意，向来是以超越于现实为特征。一个人如果仅仅匍匐于大地之上，无暇或无意于偶尔仰望一下蓝天，那么诗意何来？在此意义上，许钦文以"超然的感觉"定义诗意，可以说是道出了几分诗的真味。

---

① 许钦文：《文学概论》，上海，北新书局，1936，第81、82页。

老舍的《文学概论讲义》中有两章论述诗歌的内容，可见诗在老舍心中的位置。由于那是授课的讲义，旁征博引古今中外相关论述往往被视为理所当然，所以原创性、逻辑性不一定很强，但是透过较为烦琐的种种引证，在其阐释中，仍然可以看出老舍对诗的一些颇为独到的理解。譬如，老舍在论述韵律之于诗的关系时说："诗中的律动是必要的，但是这个律动决不是指格式而言，而且诗中的律动必须与诗的实质同时的自然的一齐流荡出来。好诗不仅仗着美好的律动，思想与文字必须全是诗。诗的一切都是创造的。""诗中的真情真理与言语合而为一，那感情是泪是血，那文字也是泪是血。"又说："读散文的能记住内容也就够了；读诗的便非记住文字不可。"在此，最值得重视的观点，是老舍要求诗的"律动"与"诗的实质"的完美结合，它们是"同时的自然的一齐流荡出来"的，情感自不待言，甚至包括"思想与文字必须全是诗"。在老舍看来，诗中不应该单独存在所谓的律动、情感、思想和文字，它们是在有机地融合在一起的，一切的诗味、诗情、诗意，既是它们互融的前提，也是它们融汇的结果。老舍认为，诗是"言语的结晶"，在诗中，"言语的特质与神味"完全是一体的，无法切分，甚至不可翻译，因为"丢失了言语之美，诗便死了一大半"。[①] 这与我们前面所论及的朱自清所谓的诗"带有原来语言的特殊语感"，是一个意思。应该说，老舍和朱自清都意识到诗的语言的原质性和特殊性，意识到诗的诸要素的浑然一体性，这是最切近诗的本真的观点。

强调诗的语言的原质性及诗的诸要素的浑然一体性，其实都是为了抵制片面的形式决定论或内容决定论。没有诗作为前提，一切形式与内容都没有意义，用老舍的话说，就是"只有内容永远不能成为诗，诗的思想，精神，音乐，故事，必须装入（化入或炼入较好一些）诗的形式中，没有诗的形式便没有诗"。同样，没有内容的形式永远不能成为诗的形式，譬如"把诗看成是格式的寄生物"，或者由炼字生发出，使用好的文字会决定诗的价值等观点。老舍认为，没有诗的内容，徒有诗的格式，只能是文字游戏，根本不是诗，并举苏轼的《祥符寺九曲观灯》的灯景为例。他还说到炼字，"作诗一定要选字"，但并不是文字本身有多么重要，"由文字的本身看，文字都是一样有用的，文字自己并没有天然的就分为两类：诗的字与非诗的字。文字正像色，会用色的人才会画图，颜色本身并不是图画。文字自己并没有诗意，是在诗人手里才成为诗的组成分子"。[②] 在老

① 舒舍予：《文学概论讲义》，北京，北京出版社，1984，第 90、92、93 页。

② 舒舍予：《文学概论讲义》，北京，北京出版社，1984，第 99、153 页。

舍看来，好诗是从诗人心灵中自然流淌出来的血和泪，已经分不清什么是内容，什么是形式了。

如果说，文学使语言变厚，那么，诗的语言不仅厚而且更加不透明，日常语言或科学语言那种平滑和透明、直接表意的指涉性，在此变得间接隐晦暧昧，甚至反讽、悖论、歧义、指此而言他等等。因为诗的语言不仅裹挟着生活原质中的文化密码，而且是以浸透着情感的意象的形态表现出来的，这样的语言必然与所要表现的内容扭结融合在一起而难分彼此，这样的表达，自然是模糊朦胧，歧义丛生。非如此，不能诱发读者的无限想象，使其回味无穷，这就是古人说“诗无达诂”的原因。

当然，不可否认的是，老舍并不善于逻辑的学理性的表述，甚至没有给诗下一个规范的定义，更多的是以描述性语言暗示诗的某些特质。其实，这是当时学界较为普遍的状况。这固然会在一定程度上，影响理论文本的学术性，但是由于在论述中加入了较多的个人的创作体会，因此对学诗者和读诗人的影响，应该说要比那些晦涩抽象的学术话语来得更直接。

（二）关于诗的要素与特质

如前所述，由于《文学概论讲义》是老舍在青岛大学讲课时用的稿子，通俗实用是它的特点，所以这本书虽然给人学术性不强的感觉，但是颇具操作性。首先，老舍在该书中通过诗与散文的比较，来确定诗的要素之一是“律动”。这种方法其实非常有效也符合逻辑，正如不相似者不可放在一起比较，没有区别、没有不同就无法确定本体的性质一样。“律动”，在老舍看来，就是音乐性。“律动好像小石击水所起的波颤，石虽入水，而波颤不已。”“诗词是以文字的平仄长短来调配，虽没有乐器辅助，而所得的结果正是与音乐相似。”[①] 虽然诗如散文，也有一定的律动，但是散文“不求音乐的规则”，而诗要“严格的与音律相关联”。可以肯定的是，老舍在此绝没有把音乐性绝对化和唯一化的意思，因为他特意明确区别了诗与“韵语”的不同。其实，这种比较是为了弥补前面的诗与散文的不同而留下的逻辑缝隙。众所周知，诗与散文是文学语言的两级，一个没有韵几乎不成诗，一个所以为散文就是因为无韵，两者差异太大，而韵语与诗至少在形式上是最接近的。如果说，诗与散文相比，由于语言形态差异过大而各自的特点更为突出的话，那么，把在语言形态上最为接近的诗与韵语相比就是使诗的特质内在化、实质化。譬如，老舍认为，两者虽然都有律动，但韵语是“死板的”，没有创造性的，而“诗是创造的，不专

① 舒舍予：《文学概论讲义》，北京，北京出版社，1984，第 85 页。

以排列音韵为能事”[①]。这种区别是有效的，也说明老舍不是一个形式主义者。所谓“韵语”，其实就是只有韵律没有诗味、意境之类的顺口溜。所以，可以肯定，老舍主张以音乐性为诗的首要特征，是以此前关于诗的内容与形式一体论观点为前提的，如此推论，老舍以音乐性为诗的要素是必要的。当然，如果老舍再进一步把创造性与意境结合起来，他的观点就更完备了。

其次，老舍把感情作为诗的要素之一。当然，老舍也承认，“戏剧与小说里自然也有感情，可是，戏剧小说里不必处处是感情的狂驰”，而“诗是感情的激发，感情激动到了最高点”。这种区别是有意义的，因为比较而言，诗的规模一般都较小，艺术表现空间较之戏剧、小说相对要狭窄得多，又有格律限制，所以，它的优势就是以情动人，以情感人。恰好是受到这狭窄的艺术表现空间和格律的限制和挤压，诗所表达出来的情感才格外浓烈，读起来才给人以特别的震撼。因为它没有戏剧、小说等叙事文学才有的诸如人物、故事、地点、时间等要素可以利用，所以“诗是以感情为起点，从而找到一种文字，一种象征，来表现他的感情。他不像戏剧家小说家那样清楚的述说，而是要把文字或象征炼在感情一处，成了一种幻象。只有诗才配称字字是血，字字是泪”。在此，不要误解老舍是个唯情论者，他的情，其实总是与思想结合在一起的，因为他认为“诗自有诗的逻辑”，“诗人的象征便是诗人的感情与思想的果实，他所要传达出的思想是在象征里活着，如灵魂之于肉体”。[②] 老舍这种通过与小说、戏剧等叙事文学的对比来确定诗的激情特质的方式，既符合逻辑也非常有效。虽然诸如律动、情感等是文学甚至一切艺术的共同特征，但是诗与之的区别就在于这“关键的少数”，正如人类与黑猩猩的基因相似度达到96%，黑猩猩却不是人一样。这是老舍以作家的感觉和经验，体会、理解文学理论问题惯用的阐释方式，他绝不会用从概念到概念的抽象思辨弄晕读者。

当然，当时还有许多既无力于原创，也不能创造性阐释的文学原理文本。譬如马仲殊在其所著的《文学概论》中就只能套用当时所谓的文学的诸如感情、思想、想象、形式四要素，来解释诗的要素。“感情为诗的重要的分子；又不能缺少理性；而诗之形成为想象的文字；要有最能传达最美丽的形式。”[③] 连律动这最基本的要素都没有纳入其中，这不能不说是粗疏而片面的。

---

① 舒舍予：《文学概论讲义》，北京，北京出版社，1984，第89页。

② 舒舍予：《文学概论讲义》，北京，北京出版社，1984，第148、149页。

③ 马仲殊：《文学概论》，上海，现代书局，1930，第116页。

谭正璧的《文学概论讲话》对诗的要素则有自己的理解和阐释。虽然谭正璧同样是以当时所谓文学要素的通行说法，诸如情感、想象、思想来解释诗的要素，但是他认为，在这“三者中尤其是情感和想象，别种文学或可偶一不备，而在诗中，则缺少了便不成其为诗了”，“情感是诗的灵魂，无情感的冲动，诗便不会产生”，“诗是最具刺激性的，最能激动他人的情感，引起他人的共鸣”。[①] 在谭正璧看来，情感与想象在诗中的地位、作用和所占的比例，是其他文学形式无法比拟的。这是符合实际的。如前所述，因为诗的艺术表现空间较之其他文学形式要狭窄得多，叙事、描写等都非它所长，只有以更为浓烈的情感，才能给予读者的心灵以强烈的冲击和震撼，才能给予情感以熨帖的温润，并且只有借助更为出奇的想象，才能将这种浓烈的情感表达出来。当然，谭正璧只是意识到浓烈的情感之于诗的产生及艺术感染力等作用，尚未认识到在诗中，情感应该以什么方式来表达，譬如情感是不是越浓烈越好、表达是有序还是随意、是直接喷射还是委婉暗示等深层的文艺心理学问题。但是谭正璧在把诗与其他文学形式相比的过程中，能够同中见异，而不是如前面所提的马仲殊等，直接套用他人模式，也应为难得的了。

此外，谭正璧在阐释想象之于诗的意义上，也颇有见地。“正因诗人富于想象力，所以推其极，往往能无中生有，见神见鬼，使死的机械都成为活动的，生机旺盛的。”[②] 说诗人的想象是“推其极”“无中生有”“见神见鬼”，可谓道出了诗的个中三昧。虽然其他文学形式也在不同程度上具有这些特点，这也是文学能够涵盖诗的一个原因，但是只有在诗中，想象的丰富、出奇和大胆，才是其本体性特征。这不仅是表达相对浓烈的情感的需要，而且是诗的自身存在的特质，如果完全是实事求是的实话实说，还有什么诗味可言？

此外，在关于诗的特质的种种阐释中，钟敬文的《诗底逻辑》是别具一格的。他首先强调：“诗到底是一种独殊的存在物。它是一种特殊的文化现象，一种特殊的艺术。”特殊在何处？简单说，“就在它底那种情绪性，主观性上面”。钟敬文也承认：“情绪本来是一切艺术底基本性质之一，但是作为‘艺术之一种’的诗，在这项性质上却显得格外凸出。”就是说，诗的情绪是“高度的或浓度的情绪的”，“在诗上，所谓主观性是很广泛很深重的。除掉情绪，想象等以外，主要的还有‘欲求’。诗人对于世界和人生的态度，不单显示着强烈或深沉的爱憎，往往也带着浓重或固

① 谭正璧：《文学概论讲话》，上海，光明书店，1934，第 54 页。

② 谭正璧：《文学概论讲话》，上海，光明书店，1934，第 55 页。

执的欲求……他们底欲求，显然比平常人甚至别的艺术家来得更壮旺，更强烈”。[①] 在钟敬文看来，虽然在情绪性及主观性方面，其他艺术都有不同程度的存在，但是诗的特异之处就在于无论是情绪还是主观方面，都更浓烈、更壮旺、更强烈，在诗中所占的比例更高。其实，这是公允之论。诗的特质不在于它对某种艺术元素的独占，而主要因这种艺术元素在诗中更突出、更强烈、更典型。正因为钟敬文破除了非此即彼的绝对化思维，他对诗的特质的讨论才更深入。关于此，他的主要观点集中在两方面：一是诗人能够移情于物，二是诗人可以无中生有。具体说来，就是认为情绪性和主观性“能够自由地伸缩客观事物底性质，形态和机能。它能够打破事物间的某种界限。它能够把人类自己底许多属性给与客观事物，它能够使人和自然界发生亲密关系。它能够任意去构成或评断那些客观上实有的或乌有的事物”。这可以说就是诗的特质，致使诗具有“一种特殊规律——特殊逻辑。这种逻辑，依照诗学上的某些语例——好像是‘诗底正义’‘诗底真实’……‘诗底逻辑’”[②]。

正由于诗具有这“特殊的逻辑”，它与非诗及其他艺术才得以区别开来。后来，钟敬文在其《诗心》中把这种区别表述为：“诗歌违反逻辑的地方，正是它吻合逻辑的地方。它违反的是理论的逻辑，而吻合的却是情感的逻辑。”[③] 将“逻辑”与“诗”联合使用，至少在中国现代文论上钟敬文是第一个。“诗的逻辑”是一个悖论式创新性命题。在此影响、启示下，后来人们把它扩大到整个艺术领域，并且以“艺术逻辑”或谓“艺术表现逻辑”的名义确定下来，这在理论史上是应该记上一笔的。诗，一向给人的感觉似乎是情绪的非逻辑的，所以它往往意味着对现实的超越，是想象、浪漫、非理性；而逻辑则意味着关联、理性、规律，所以“逻辑”与“诗”连用，就是既要诗的情感浓烈，依托想象飞升，完成对现实的超越，又要有所关联：意象与情感的关联、想象与现实的关联、超越与皈依的关联。简单说，就是为强调诗中的情感是有节制、有序化，在表达上，也应该是含蓄的、暗示的、象征的，这才是美的。可以说，“诗的逻辑”命题的提出，抓住了诗的灵魂，阐发了诗的真谛，所以钟敬文此论在理论史上属于有推进的创见。

（三）关于诗的分类

分类是诗歌研究的最基本方法，也是提高研究有效性的基本途径：分

---

① 钟敬文：《诗底逻辑》，《岭南学报》1947 年第 1 期。

② 钟敬文：《诗底逻辑》，《岭南学报》1947 年第 1 期。

③ 钟敬文：《诗心》，《钟敬文集》，广州，广东人民出版社，2018，第 80 页。

类使诗的特征细致化，便于读者及初习者把握。在当时的文学原理中，最初的对于诗的分类，就是所谓客观诗和主观诗。据谭正璧介绍，这种分类是“今人杨鸿烈斟酌西洋古希腊所用的三分法，把中国诗分成客观的诗，主观的诗两大类”①。在当时的语境中，客观诗主要指歌谣、叙事诗等，主观诗主要指抒情诗。这种分类法在当时较为流行。应该说，这种分类是相当粗糙的，甚至有些文不对题。因为所谓主观、客观，本来是哲学认识论的基本范畴，用在极富创造性的艺术形式之一的诗歌分类上，实在有些不伦不类。后来，较为普遍采用的是西方叙事诗、抒情诗、剧诗三分法，譬如老舍的《文学概论讲义》就持此说。由于剧诗或者叫诗剧在中国本土缺乏实例，更因为即便是在欧洲，“剧诗已经演变为后世的戏剧”，所以基本采用的是叙事诗、抒情诗的二分法，譬如钱歌川的《文艺概论》和赵景深的《文学概论讲话》等都如此分类。这种分类，特点是删繁就简，容易把握，所以直到今天，人们仍然喜欢以诗的表现方式为划分依据，即将诗分为叙事诗和抒情诗。从客观诗、主观诗到叙事诗、抒情诗，虽然这两组对称诗体的含义基本能够重合，但是由于称谓不同，其各自所具的特质，也有消解和突出的差别。譬如说主观诗、客观诗，在语感上就给人以没有诗味的印象，诗似乎是认识的对象或结果；而说抒情诗、叙事诗，由于是以诗的两个最基本的表现手法为区分的标志，标志与内涵是一体的，既突出了诗的特征，在语感上也更接近诗的本体。

在阐释抒情诗的特征上，钱歌川在其《文艺概论》中有比较精彩的论述。“抒情诗是以独创味为生命的。这虽是一切文艺共同的要素，不过在抒情诗上，特别地显明。”“抒情诗因为要求纯粹，所以它是短洁的。人类紧张的纯情也不许长期延续。”② 应该说，钱歌川此论道出了抒情诗一般都较短的原因。所谓“独创味”，是指既具有独创性，又意味无穷，所以“短洁”是其必然要求。“人类紧张的纯情也不许长期延续”，更道出了几分问题的实质。炽烈的情感往往是一种生命的燃烧，虽然有序、克制是艺术表达的必要条件，但情感集中膨胀到一定时候，也应该如烟火瞬间爆发，任何拖沓、平庸和冗赘都是对其的消解乃至扼杀。在笔者看来，这是当时对抒情诗特征所作的最恰当的表述。

恰当的分类或命名，并不是只以外在的某种标志作区隔，而是作内外兼顾的内涵性划分和定义。准确的划分为创作留下较为充裕的空间，让初学者有迹可循；恰当的定义便于人们把握，起到鼓励、推助诗歌创作繁荣

① 谭正璧：《文学概论讲话》，上海，光明书店，1934，第39页。

② 钱歌川：《文艺概论》，上海，中华书局，1930，第49页。

发展的作用。至于按照格律划分，当时的文学原理文本，论域一般还都仅限于传统的诸如中国的律诗、绝句、古体诗、近体诗等，以及欧洲的十四行诗、日本的俳句等，很少论及新的自由体诗。当然，这是文学原理的相对保守性特点所致。因为当时的新诗，无论是写作，还是理论，都处于探索阶段，对于尚未定论、缺乏基本共识的、一般的文学原理少有涉及。总之，以表现方式把诗划分为抒情诗、叙事诗两类，为后来的诗歌划分奠定了基础。

（四）通过如何写诗确定诗的特质

如何写诗，是当时最为重要的问题之一。因为所有关于新诗的理论，其实主要还是为了更好地写诗。界定诗的特质和边际，就是为如何写诗提供前提，确定诗的特质也是为了更好地写诗，所以讨论如何写诗，就是在探索诗的特质。譬如周作人在《论小诗》中曾言："诗的效用本来不在明说而在暗示，所以最重含蓄。"① 这与其说是在研究如何写诗，不如说是在标示诗的特质；或者把这句话反过来说：只有含蓄和暗示，而不是明说的才是诗，这可作为诗的定义。再如郭沫若在《论诗》中认为诗是诗人自我的表现，"诗只要是我们心中的诗意诗境底纯真的表现，命泉中流出来的……生底颤动，灵底喊叫；那便是好诗"，因此说"诗不是'做'出来的，只是'写'出来的"。写，就是记录自我的直觉和感受："我想诗人底心境譬如一弯清澄的海水，没有风的时候，便静止着如像一张明镜，宇宙万汇底印象都涵映着在里面；一有风的时候，便要翻波涌浪起来，宇宙万类底印象都活动着在里面。这风便是所谓直觉，灵感，这起了的波浪便是高涨着的情调。这活动着的印象便是徂徕着的想象。"② 这既是郭沫若对诗特质的理解，也可以说是对写诗过程的描述。在这里，郭沫若把直觉、灵感、情调和想象等作为诗特质的构成元素，并用诗情画意般的语言，对这几者的关系作了形象的比喻和描述，使写诗的方法寓于美的体验之中。

如果说如上周作人、郭沫若等关于如何写诗的描述还是比喻性、描述性的暗示的话，那么梁宗岱在 1931 年 4 月 20 日发表于《诗刊》第 2 期上的《论诗》一文的表述方式就是逻辑化和理论性的了。和当时其他的诗论家一样，梁宗岱也非常重视人生体验，甚至赞同这样的话："我们应该毕生期待和采集，如果可能，还要悠长的一生；然后，到晚年，或者可以写出十行好诗。"但是，梁宗岱并不限于此，而是认为"活着是一层，活着

---

① 仲密（周作人）：《论小诗》，《民国日报·觉悟》1922 年 6 月 29 日。

② 郭沫若：《致宗白华》，《时事新报·学灯》1920 年 2 月 1 日。

而又感着是一层，感着而又写得出来是一层，写得出来又能令读者同感又一层”。① 这种观点的深刻之处在于，虽然人生体验对于写诗很重要，但是生存着不等于就有人生的体验，有人生体验不等于就有创作才能，有创作才能不等于就了解读者的审美需求。这几者的关系，是层层递进却不可互相替代的，每一个环节都有其自身的规定性。在这里，梁宗岱连接了写诗与读诗、作者与隐含读者、生活基础与人生体验、创作能力和审美需求等之间的关系，而写诗只是作为这系列活动中的一个环节。这种整体观的理论视角，在学理上是有贡献的。可以说，这与艾布拉姆斯关于文学活动的世界、作者、文本、读者的四维理论，有着极大的相似性。从诗之于生存基础，联系到人生体验，由人生体验推及创作才能，再由创作才能考虑到读者接受，这里边很有些发生学意味：既涉及了诗的资源，又涉及如何将这资源转化为能量，并使能量变为创作动力，最后落脚在读者对诗的感受上。把写诗看作系统活动中的一个环节，而不是仅仅关注于技巧，是梁宗岱整体观的逻辑推论，超越了当时其他诗学家。

六、诗论专著的学理价值

民国时期，关于诗歌理论的专著不算多，主要有汪静之的《诗歌原理》（商务印书馆 1927 年版）、潘大道的《诗论》（中华学艺社 1924 年版）、傅东华的《诗歌原理 ABC》（ABC 丛书社 1929 年版）和朱光潜的《诗论》等。其中，最有价值的还属朱光潜的《诗论》。

（一）汪静之的《诗歌原理》

汪静之的《诗歌原理》成书时间较早，最先一版是 1927 年由商务印书馆出的。总的来说，该书的学术价值不是很高，虽然名为“诗歌原理”，其实是对当时译介过来的文学原理乃至文学理论著作在诗歌领域的简单搬用。譬如温彻斯特（C. T. Winchester）在其《文学批评原理》中，提出情绪、想象、思想、形式为文学的四要素，汪静之确定诗歌特征时，只是将情绪改变为情感，其余则全盘照搬。全书只有五章，除第一章“艺术的由来”概述一下艺术的特征外，另外四章，就是把温彻斯特文学四要素换成诗的四要素进行分别阐释，如第二章“何谓诗歌”，第三章“诗歌里的情感”，第四章“诗歌里的想象”，第五章“思想与形式”。而且，他说的对象其实还是文学整体，至于诗歌自身的特点，则少有涉及。

但是，这并不等于汪静之的《诗歌原理》毫无价值，如果抛开基本的

① 梁宗岱：《论诗》，李振声编：《梁宗岱批评文集》，珠海，珠海出版社，1998，第 20 页。

理论框架，在具体的论述中，我们发现，作为诗人的汪静之对于诗歌还是有一些自己的理解，这使其《诗歌原理》零星地散布了一些闪光点。譬如在第二章“何谓诗歌”中，汪静之不仅旁征博引了外国诸如爱伦·坡等人关于诗歌的定义，而且在此基础上提出“诗歌所以是诗歌，也有一点最要紧的东西，那就是诗意，诗意乃由情感，思想，想象等综合，调和，变化而生出来的一种新东西，不复是情感，思想，想象”①。这应该是汪静之的关于诗歌的整体观念，虽然不够精确，但是以“诗意”为诗歌所以为诗歌的终极因，倒也有一些本体论的意味，如同我们前面提过的俄国形式主义把文学性作为文学所以为文学的本体性存在一样。如果说，汪静之此著的理论框架主要着眼于文学种属性的话，那么他以“诗意”定义诗歌，就是诗歌自身的特征了。我们在前面还说过，许钦文曾经在其《文学概论》中也使用过“诗意”的概念，但是他把“诗意”的内涵单一化了，指的就是“超然的感觉”，而汪静之则是在综合意义上使用的“诗意”，是“由情感，思想，想象等综合，调和，变化而生出来的”。应该说，汪静之的“诗意”较之许钦文的“诗意”，内涵更丰富，更具有覆盖性。况且，汪静之此著出版于1927年，许钦文的《文学概论》出版于1936年，哪个可能影响哪个，或者说，他们所能获得的思想资源的状况，都是不言而喻的。

汪静之在诗歌的情感与想象关系的论述上，也有自己的心得。他认为：“情感与想象关系极密，二者互相为因，互相依附，不可须臾离。无想象，情感固不能灿烂，无情感，想象亦无从兴起。情感不管是内部自发的还是感于外物而发的，但总要有了情感的兴奋，而后想象才活动起来。情感乃是想象的导火线，又是想象的准绳。”② 能够意识到情感与想象的关系，并且把它作为诗歌原理的一个问题，汪静之是较早的阐释者之一。虽然由于心理学尤其是文艺心理学的学养有限，因此他在论述中缺乏深层追问。但值得肯定的是，他毕竟认识到“情感的兴奋”与想象的活动之间存在一定的因果联系：“情感乃是想象的导火线，又是想象的准绳。”其实，按照现代心理学的观点，人的大脑具有若干个功能定位区，情感和想象功能定位区，同属大脑右侧的优势半球，因此在兴奋的发动上，情感和想象之间的相互点燃、相互鼓舞，确有一定的生理学依据。譬如情感的激动引发想象的飞升，想象的飞升又激发情感的进一步沸腾。但是，在诗歌中，想象并不是如天马行空毫无限制，这种限制，就是情感运行的逻辑，包括情感的质量、向度等，一切想象都由此发生，又以此为度，否则，与

---

① 汪静之：《诗歌原理》，上海，商务印书馆，1927，第20页。

② 汪静之：《诗歌原理》，上海，商务印书馆，1927，第38页。

情感相左，想象很快就会因失去能量和依托而消逝。打个比方，情感就像热气球的火，想象就是热气球，热气球飞升的高度、方向，完全由火的大小控制，热气球一旦失控，就是它坠落之时。在此意义上，汪静之所谓“情感乃是想象的导火线，又是想象的准绳”，尽管这种阐释没有完全到位，却可以说已经到了解密的端口，这在20世纪初是难能可贵的。

对于想象及其与经验、情理的关系等，汪静之也有自己的理解。一方面，他认为诗人的想象“能够创造出美来，他能够扩大现实的世界”，另一方面，想象必须有所依据，这依据之一就是“经验”。但是这经验不等于想象，“经验有如一粒种子，想象却是一朵花了；经验有如一缕缕的丝，想象却是有花纹的纹罗锦绣了……”① 就是说，想象大于经验，经验只是想象的基础，不是想象的约束，想象是经验的升华和创造，没有经验的想象是幻想，是杜撰，只有经验的想象是复制，两者都是诗歌创作的大忌。在汪静之看来，想象的依据之二是“情理”。在诗中，想象是“有范围”“有限度有准绳”的，那就是“情理”。以情理为想象的依据，是对如上所谓情感是“想象的准绳”的进一步深化和补充。在汪静之的语境中，诗的情感，是情理结合的情感，也就是现在所谓的理智的情感或谓审美情感。借此推论，理智的情感才能在艺术表现中有序化、优美化，想象才能捕捉到出奇的意象并创造出耐人寻味的意境来，才能诱使读者进入意境并与之共鸣。所以，尽管诗人的想象神奇，来时“像浙江的潮水那样汹涌，去时像庐山的瀑布那样急速，飘飘然忽来忽去，迷迷糊糊，混混沌沌，有如浮泛的云，有如不羁的风，有如奇幻的雾，如神如鬼，如水中月，如镜中花……但因他们是有真情为根基的，所以他们的想象不背于情理”②。在此，明显可以看出汪静之作为诗人的理论特质：深谙创造诗的个中三昧。其实，至今关于想象与情理的关系，尚鲜有人深入这个层面上来论述。譬如在新时期初期的关于“形象思维”的讨论中，有人还从形象思维和逻辑思维在文学创作中交互作用的角度论述情感、想象、理智之间的关系，其实这种角度较之直接讨论想象与情理关系是粗略的、迂回的。

关于诗中思想的价值，汪静之也有较为周延的论述。值得注意的是，汪静之不是把诗中的思想作为独立的思想来评价，而是将其放诸具体的诗境中，与情感、想象诸因素一起谈。这样，思想的价值就在于对诗意的提升，而不是其在思想史上的意义，从而没有给概念化留下钻空子的余地。应该说，这是一种卓见，对于当时某些“标语口号式”的诗作也有理论警

---

① 汪静之：《诗歌原理》，上海，商务印书馆，1927，第42、43页。

② 汪静之：《诗歌原理》，上海，商务印书馆，1927，第44页。

告的作用。譬如，汪静之直言："诗歌里真理是教人直觉地懂得人生，不是教人理性地知道人生，是教人笼统地了解人生，不是教人分析地研究人生；它有时简直是十分不通，不合逻辑，然而它不顾那些，它只要于情理上通得过便是，只要合于艺术的目的便是。这种真理有时差不多像情感一样只使人感动，不是使人知晓，我想取它一个名字叫'情感的真理'。"① 他的意思是说，对于诗中的思想，不能以哲学家的眼光来看，不能将其作为思想史资料来看待。说到底，诗是给人以审美享受的，不是生产思想的。宏观地看，诗不能没有思想，没有思想的参与，诗境也可能是庸常的。但是，诗中的思想，不是赤裸裸的概念或哲学命题，而必须是诗境、诗意的有机组成部分。用汪静之的话说："诗的真理不但不必深奥，并且不必新奇"，因为"诗是诉于人们的情感，故不必新奇。虽然真理不必新奇，而事实，背景，艺术等却要新奇"。② 简言之，就是具体的艺术手法、意象等要新奇。这样，即便是慨叹人生短暂这一真理的诗作，譬如"陶渊明，李太白，辛稼轩的集子里差不多首首也都说的是人生短暂……但他们的真理虽同，背景，事实，表现法却各异"。所以，他们的诗就各有其美，而不会叫人感到是老生常谈的重复。他的意思是说，诗的意义不在于揭示出原创性的思想或真理，能够揭示当然更好。思想是诗境、诗趣的内质，而不是外在的图标，其主要价值在于通过优美的耐人寻味的意境给人以审美享受，在此基础上，再给人以某种理性的启迪或感悟，而不是直接叫人领会什么思想的教诲或获得什么理性的认同。

这样，思想本身的深度或创新并不重要，重要的是这种思想是不是通过优美的语境暗示出来的，至少是与之融为一体的。就是说，"诗的真理"，是在让人感受到美的同时，享受到某种智趣的快乐。不应该对诗中的思想过于苛求，因为它从来就不会单独展现，而必须借助于不同的意境来呈现。由于意境不同，思想所呈示的形态就不同，给人的审美感受自然也不相同，所以"诗的真理"具有抗重复性质。即便是在哲理诗中，也要首先创造出一种诗境，从中生发出一种耐人寻味的诗趣，最后才给予人以某种人生的启迪。譬如苏东坡的《题西林寺壁》"横看成岭侧成峰，远近高低各不同。不识庐山真面目，只缘身在此山中"，呈现在读者想象中的，首先是崇山峻岭，苍翠葱茏，俯仰盘旋，有如影视镜头里的推拉摇移般的意象，反复读过后，方才领悟苏东坡在此所表现的具有禅味的诗趣。其实，这种诗趣如果以现代存在主义哲学的话语来阐释，就是事物的存在都

① 汪静之：《诗歌原理》，上海，商务印书馆，1927，第48页。

② 汪静之：《诗歌原理》，上海，商务印书馆，1927，第50页。

是相对的，视角不同，认识的结果也就不同，而且，真正意义的存在都是此在，有主体在场，任何人都不可能获得存在这绝对真理。就是说，苏东坡在此表达的禅味的诗趣使他的诗具有了永久的艺术魅力，既意味深长，又诗意盎然。同时，这说明汪静之对“诗的真理”命题的提出与阐释，具有一定的理论创新度。

（二）朱光潜的《诗论》

在当时的诗歌理论著作中，朱光潜的《诗论》所以明显高出一筹，不仅因为他具有中西比较诗学的学术背景，而且在于他本身是一个著名的美学家。由于在当时，谈诗的更多的是诗人或作家，因此，朱光潜兼具着鉴赏与思辨的双重素养，就有了几乎是无人可比的优势。朱光潜的诗论论域较广，涉及如“诗的起源”“诗与谐隐”“诗的境界”“诗与散文”的比较，“诗与乐”“诗与画”以及“诗的节奏与声韵”的关系等等诸多方面。在此无意写一全面的书评，只择其创新度较高的观点作些价值评估。

1. 诗的本体论

朱光潜的《诗论》在“诗的境界——情趣与意象”中，提出一个具有诗的本体论意味的观点。诗“本是一刹那，艺术灌注了生命给它，它便成为终古，诗人在一刹那中所心领神会的，便获得一种超时间性的生命，使天下后世人能不断地去心领神会。本是一片段，艺术予以完整的形象，它便成为一种独立自足的小天地，超出时间性而同时在无数心领神会者的心中显现形象”，于是总结道：“诗的境界在刹那中见终古，在微尘中显大千，在有限中寓无限。”[①] 在此，朱光潜表达了这样的思想，诗源于“人生世相”，即社会生活是“本”，但必须是“有所创”，即有“作者的性格和情趣的浸润渗透”，这就是诗。其中，“艺术”是一种先在的本体，只有在它的烛照下，“人生世相”在“作者的性格和情趣的浸润渗透”中，才能成为诗。换句话说，诗所以是“人生世相”的“一刹那”成为“终古”的永在，不仅是因为“诗人在一刹那中所心领神会”，而且是先在的“艺术灌注了生命给它”，说到底，诗人的“心领神会”，源自对先在的艺术本体或者说是艺术惯例的领悟才能完成。

虽然朱光潜此说有些玄妙，很明显是受佛家思想的影响，但是道出了诗的真谛。简单说，只有领悟什么是诗，感受诗趣，体味诗境，才谈得上写诗。在此，他也许是无意间提出了在诗人与社会生活之间存在一个先在的本体——诗形艺术这一命题，这与近些年才传入中国的现代阐释学的某

① 朱光潜：《诗论》，北京，三联书店，1984，第46页。

些观点，可谓是不谋而合，也许是因为他在留学期间，曾较早地受到胡塞尔的现象学影响。无论怎么说，朱光潜这种关于诗的境界的命题，来自在艺术本体的烛照下，诗人对“人生世相”刹那的“心领神会”，要比后来所谓的诗是诗人基于对社会生活的真切感受的抒发之类的命题，应该说要完整深刻得多。

2. 移情与诗境的创造

在诗的境界的创造中，朱光潜提出一个概念——“见”。在他看来，“‘见’为‘见者’的主动，不纯粹是被动的接收”①。其实，这“见”就是艺术发现。虽然朱光潜没有明确提出诗本体的先在性，但是根据他此前的相关论述能够推演出来。就是说，诗人面对的虽然是客观的自然或社会事物，但是由于诗人先存一个诗的理式或本体，所以这种“见”，就是在这本体的烛照下的一种艺术发现。因此，“见”，就使诗人所面对的客观自然或社会事物，已不再是自然或社会事物本身，而是被“艺术灌注了生命”的活生生的形象，这“灌注的生命”，就是“移情作用”，就是艺术创造。可见，朱光潜所谓的艺术之“见”，就是在诗的本体诱发下，被释放出来的情感发生转移，即移情的过程。虽然移情的概念并不是朱光潜原创性提出的，而是受利普斯的影响，但是，正如鲁迅所言：“别求新声于异邦”，至少，他对移情的阐释在当时的诗论中或者说在中国的文学理论界不仅是开创性的，而且是周延的。在他看来，移情是诗境发生的原因，“移情作用是极端的凝神注视的结果，它是否发生以及发生时的深浅程度都随人随时随境而异”。譬如在欣赏自然，“即在自然中发现诗的境界时，移情作用往往是一个要素。大地山河以及风云星斗原来都是死板的东西，我们往往觉得它们有情感，有生命，有动作，这都是移情作用的结果”。②移情的结果是“情景相生而且相契合无间，情恰能称景，景也恰能传情，这便是诗的境界”。所以，在朱光潜的语境中，“见”，不是单纯的看，而是心见，或谓审美观照，其实就是移情。“情景相生”是移情的结果，移情也就是诗的境界产生的主观原因。很明显，这种从文艺心理学的视角阐释诗的境界的创造，较之后来所谓的诗是社会生活的反映之类的僵化的哲学命题，更接近诗的本真。

正由于朱光潜深谙文艺心理学，所以他对王国维论诗境的“有我之境”与“无我之境”的阐释，才更加到位，甚至更正了多年以来的一个误区。他认为王国维“所谓‘以我观物，故物皆著我之色彩’就是移情作

---

① 朱光潜：《诗论》，北京，三联书店，1984，第 49 页。

② 朱光潜：《诗论》，北京，三联书店，1984，第 50 页。

用”，这种认识是正确的。“物”所以会“著我之色彩”，是由于“我”之情移入、投射的结果，否则何以“著我之色彩”？但是朱光潜显然并不满足于以移情重释王国维的一句话，而是以移情的概念更正两个长期以来人们习以为常的命题，即“有我之境”和“无我之境”。在朱光潜看来，王国维所谓“‘有我之境’其实是‘无我之境’（即忘我之境）”。因为“他的‘无我之境’的实例为‘采菊东篱下，悠然见南山’，‘寒波澹澹起，白鸟悠然下’，都是诗人在冷静中所回味出来的妙境（所谓‘于静中得之’），没有经过移情作用，所以实是‘有我之境’”。既如此，朱光潜认为，“与其说‘有我之境’与‘无我之境’，似不如说‘超物之境’和‘同物之境’，因为严格地说，诗在任何境界中都必须有我，都必须为自我性格、情趣和经验的返照”。同理，王国维所谓的“‘有我之境’（其实是‘无我之境’或‘同物之境’），比‘无我之境’（其实是‘有我之境’或‘超物之境’）品格较低”①。因为从移情的观点看来，“同物之境”是移情的结果，我即山，山即我，所以品格必然高；而“超物之境”是没有经过移情作用的，仍然山是山，我是我，所以品格自然要低。以移情作用划分诗的境界，可谓通俗准确，不似王国维由于没有给所谓“有我之境”和“无我之境”作一个明晰的界定和区别，致使众说纷纭。况且，事实上，的确“诗在任何境界中都必须有我”，没“我”何以有诗境？不过是“我”在诗境中的存在有明显和不明显的差别罢了。既如此，以“有我”或“无我”来划分诗境，覆盖面有多大？有效性在哪里？其实时至今日，仍然有人在相关文学理论著述及教科书中，不加甄别地简单引用王国维的所谓“有我之境”和“无我之境”作为诗境的基本分类，可见朱光潜此论的前瞻性。

3. 论情趣

情趣是朱光潜在《诗论》中提出的一个重要的诗学范畴，从他所使用的语境看，大致说来，相当于情感、趣味的合用。虽然朱光潜不是第一个在诗论之中使用情趣这一概念的，但是却可以说是他明确地把情趣作为诗歌理论或者美学的重要范畴的。情趣与钟嵘《诗品序》中的“滋味”有相似之处，但是要比后者内涵更丰富。滋味是对品尝食物时产生的味觉感受的引申，应用到对诗的风格的品评中，更侧重于诗味之于读者的感受；而情趣则是诗境的敞开——情感与趣味的互渗，从诗人的生气灌注，到读者从中获得的诗味的感受，是一种双向交流的心理流程。

① 朱光潜：《诗论》，北京，三联书店，1984，第55页。

朱光潜所谓的情趣至少包括两种含义，从他所谓“诗是情趣的意象化，或是意象的情趣化”看，在此所谓的情趣应该是指诗人的一种情感倾向，因为他是把情趣作为与意象相对应的概念来使用的。一般而言，心理学意义的意象是物象反映到人的大脑中，大脑依据认知的结果及以往的相关印象而进行初步加工的心理表象，文学意义的意象则是客观物象经过创作主体独特的情感活动而创造出来的一种艺术形象。简单地说，意象就是用来寄托主观情思的客观景色、物象，或者说，是客观物象经过创作主体独特的情感浸润而创造出来的一种艺术形象。根据朱光潜所谓的艺术创作的第一阶段是情感＋意象＋语言＝表现（传达＝艺术活动）的公式，他的意象是心理学意义的，没有情感介入的心理表象。如此，朱光潜的情趣就是较之意象的一种抽象的情感倾向，须灌注或寄予到意象之中，才能成为诗的一种元素。

值得注意的是，朱光潜又把情趣确定为诗的特质。譬如他认为，诗的特质在于“感”，而不是“知”。“‘知’者大半可以言喻，可‘感’者大半须以意会。”又说：“‘知’贵精确，作者说出一分，读者便须恰见到一分；‘感’贵丰富，作者说出一分，读者须在这一分之外见出许多其他东西，所谓举一反三。”[①] 当然，这些话是在诗与散文的比较中表述的，虽然说散文的特质就是“知”未必合适，但是说诗主要是“感”却符合实际。所谓诗贵“感”，就是文字后面有情趣，可玩味，是有意味的形式。对于作者来讲，情趣就是通过暗示、象征、比喻等修辞及其他表现手法，使诗的语言变厚，模糊、朦胧且情境化；对于读者而言，情趣就是可意会，可联想，却难以言传且回味无穷的感受。可见，朱光潜在此所谓的情趣，是一种形态化的意味，而不仅是一种情感倾向。但是，无论是在何种意义上使用的，情趣范畴的提出，都有一定的学理价值，至少，它是对传统意境说的一种补充。可以说，意境的重心在诗本身，侧重于客观性，而情趣的重心则在于诗人与读者的感受交流与互动，侧重于主体性。因此情趣与意境作为相对的范畴，强化了诗的创作与接受的主体性意味，情趣范畴的提出，可以说补上了在诗境中，意境侧重于客体形态的展示，主体动势不足的缺憾。

4. 论诗的音乐性

朱光潜对诗的音乐性十分看重。在《诗论》十三章的篇幅中，有六章内容是关于诗的节奏、韵律的，足见音乐性在他的诗论中的位置。尤其联

① 朱光潜:《诗论》,北京,三联书店,1984,第108页。

系到他写此著作的时候，是在强调诗体解放的新诗潮之后，应该说更有其深意。在朱光潜看来，“诗的形式是语言的纪律化之一种，其地位等于文法。语言有纪律化的必要，其实由于情感思想有纪律化的必要。文法与音律可以说都是人类对于自然的利导与征服，在混乱中所造成的条理”[①]。这与我们在前面所论及的闻一多的观点有更多的相似之处。由于《诗论》是学术专著，所以较之闻一多讨论关于诗的格律的论文，具有更为系统、学理化的特点。朱光潜把音律之于诗，与文法之于文相提并论，不仅十分恰当，而且颇具原创性。没有文法不成文，没有音律自然也难为诗。但是，音律虽然是诗的纪律，却不是诗意的限制，而是诗意的张力源。因为，一方面，诗的“情感思想有纪律化的必要”，为了情感思想表达的有序化，就必须依托于表现语言的纪律化。“这种带有困难性的音律可以节制豪放不羁的情感想象，使它们不至于一放不可收拾。”另一方面，习惯成自然，一旦诗人掌握了这种纪律化的语言，就会“从心所欲，不逾矩”，因为“战胜技术的困难是艺术创造乐事，读诗的快感也常起于难能可贵的纯熟与巧妙”。[②] 应该说，这种观点，与闻一多所谓的“戴着镣铐跳舞”相比，虽然都是强调没有约律就难有诗味，作诗就要战胜束缚，但朱光潜更看重诗律作为束缚所带来的快乐。

在朱光潜看来，“音律是一种制造‘距离’的工具，把平凡粗陋的东西提高到理想世界”。因为有音律，诗的语言已非日常语言，“所以读者也不至以日常生活的实用态度去应付它，他可以聚精会神地观照纯意象”。[③]就是说，音律使诗的语言与日常生活中的大白话“区隔”开来，从而使诗的境界得到升华，使诗更纯、更美。其实，人们一般习惯性认为，诗的音律，不过是便于记诵，或者其本身有一定的乐感，读起来朗朗上口罢了，而没有意识到音律还具有与日常生活的实用感觉拉开“距离”的作用。所以，音律存在的意义在于提示人们，要以纯粹审美的态度对待诗。应该说，这种发见洞开了一个长期以来被人们忽略的盲区。

朱光潜也十分看重诗与乐的同源性，在一定意义上同情伯列蒙的“纯诗”说，认为“诗是直接打动情感的，不应假道于理智”。但是他不同意诗“应该像音乐一样，全以声音感人，意义是无关紧要的成分”的观点，而认为“音乐只用声音，它所用的声音只有节奏与和谐两个纯形式的成

---

① 朱光潜：《诗论》，北京，三联书店，1984，第118页。

② 朱光潜：《诗论》，北京，三联书店，1984，第120页。

③ 朱光潜：《诗论》，北京，三联书店，1984，第121、120页。

分，诗所用的声音是语言的声音，而语言的声音都必伴有意义”。[1] 他看到了诗与乐的同源性，却没有因此而忽略它们的差异性，应该说这在当时，具有防止因强调诗美而滑入唯美主义和形式主义的作用。

5. 论新诗

朱光潜写此论时，已是新诗潮由打破一切束缚向总结经验教训，回归讲求新格律的当口，所以他的观点，更具有理论的针对性。就是说，朱光潜不仅重视其诗论的学理价值，更重视诗论对新诗创作的影响、规范、校正的作用。于是，他在《给一位写新诗的青年朋友》中，直截了当地指出了新诗的一些弊端，认为一些青年作者所以喜欢作新诗，主要是“以为新诗容易做，既无格律约束，又无长短限制，一阵心血来潮，让情感‘自然流露’，就可以凑成一首”。但是事实上，“许多青年白费许多可贵的精力去做新诗，幼稚的情感发泄完了，才华也就尽了”。这是“对于诗就根本无缘，做来做去，只终身做门外汉”。其实，这些青年作者没有认识到，“诗是最精妙的观感表现于最精妙的语言，这两种精妙都绝对不容易得来的，就是大诗人也往往须费毕生的辛苦来摸索”。[2] 可谓一语中的，道出了当时新诗多而质量差的原因。

朱光潜没有简单否定旧诗的价值，反而认为，就背景而言，旧诗其实比新诗更容易作一些。因为“旧诗有‘七律’‘五古’‘浪淘沙’之类固定模型可利用，一首不甚高明的旧诗纵然没有它所应有的个性，却仍有凡诗的共同性，仍有一个音节的架子，读起来还是很顺口；新诗的固定模型还未成立，而一般新诗作者在技巧上缺乏训练，又不能使每一首诗现出很显著的音节上的个性，结果是散漫芜杂，毫无形式可言”[3]。这种观点是实事求是的，也是深刻的。一般以为，没有约束的诗才好作，其实这恰恰没有理解诗的本真。没有约束就是没有形式，没有形式就没有规律、模式可循，结果必然是失去了诗的生命。因为内容与形式是相辅相成的，“做诗的人应该真正感觉到自己所感所想的非诗的方式决不能表现”，真正的好诗，诗的形式应该是为内容天造地设的一般。因此不论什么形式，只要是由内容生发出来的，哪怕是旧诗的形式，同样会是好诗。事实上，像李叔同等人的旧体诗，不是同样写得很好吗？所以朱光潜举例说：“七律、商籁之类模型的功用在节奏的规律化，或则说，语言的音乐化。情感的最直接的表现是声音节奏，而文字意义反在其次。文字意义所不能表现的情调

---

① 朱光潜:《诗论》,北京,三联书店,1984,第123页。

② 朱光潜:《给一位写新诗的青年朋友》,《诗论》附录,北京,三联书店,1984,第279页。

③ 朱光潜:《给一位写新诗的青年朋友》,《诗论》附录,北京,三联书店,1984,第282页。

常可以用声音节奏表现出来。”[①] 就是说，对于情感而言，往往声音节奏本身就已经化为这情感的一部分了。基于这样的观点，朱光潜认为，有的新诗写得不好，其实并不是因为作者没有找到一种最佳的表现形式，而是根本就没有值得写的东西，所以才“没有什么值得说的话”。他举例子说：“你对明月思念你的旧友，对秋风叶落感怀你的身世，你装上一些貌似漂亮而实俗恶不堪的词句，再‘啊’地‘呀’地几声，加上几个大惊叹号，点了一行半行的连点，笔停了，你欣喜你做成了一首新诗。”[②] 这本来就是“为赋新词强说愁”，更遑论什么最佳形式了。无疑，这种观点是深刻的，也说明形式和内容的不可分割性。

对于五四时期的新诗，朱光潜的评价则是历史的、实事求是的。一方面，肯定了他们“勇于改革和尝试的精神固然值得敬佩”，另一方面，也没有回避这些探索者的失误及其原因。“他们想学西方诗，而对于西方诗根本没有深广的了解；他们想推翻旧传统，而旧传统桎梏他们还很坚强。”于是，朱光潜一针见血地指出：“他们是用白话写旧诗，用新瓶装旧酒。”“他们的致命伤是没有在情趣上开辟新境，没有学到一种崭新的观察人生世相的方法，只在搬弄一些平凡的情感，空洞的议论，虽是白话而仍很陈腐的词藻。”[③] 这应该是五四时期新诗普遍缺乏诗味的根本原因。“新瓶装旧酒”，这是一个别致而深刻的称谓，表现语言是解放了，而对社会人生的领悟及艺术感觉的方式却仍然在原地踏步，这确实是限制新诗健康发展最直接也是最根本的原因。历史证明，后来的诸如臧克家、李季、贺敬之、闻捷、李瑛、郭小川等活跃于新中国诗坛的诗人，都经历了从情趣到艺术感觉的蜕变，最终铸成了以陕北民歌为基调的新诗形式。至于这些新诗的艺术价值如何，我们在此姑且不论，至少他们人各一样甚至一诗一体的新诗形式，部分地验证了朱光潜当年对新诗写作的种种吁求的正确性。

七、袁可嘉的现代主义诗歌理论

袁可嘉是中国最早介绍、研究现代主义诗歌，倡导新诗现代派的理论家之一。1947～1948 年，他发表了一系列此类文章，其中，以《新诗现代化——新传统的寻求》影响最大。联想到当时还有一些人仍然停留在讨论如何写新诗，甚至直到新时期，徐迟、梁谢成等人还在重提诗歌的现代派与现代化，应该说袁可嘉此论还是颇具理论的前瞻性和前卫性的。

---

① 朱光潜：《给一位写新诗的青年朋友》，《诗论》附录，北京，三联书店，1984，第 281 页。

② 朱光潜：《给一位写新诗的青年朋友》，《诗论》附录，北京，三联书店，1984，第 282～283 页。

③ 朱光潜：《给一位写新诗的青年朋友》，《诗论》附录，北京，三联书店，1984，第 283 页。

袁可嘉所提倡的现代派诗歌，主要基于以法国的象征主义、美国的意象主义诗歌为蓝本的诗歌观念。在他看来，现代派诗歌应该是“现实，象征，玄学的综合传统”，即“现实表现于对当前世界人生的紧密把握，象征表现于深厚含蓄，玄学则表现于理智感觉，感情，意志的强烈结合及机智的不时流露”。[①] 值得重视的是，袁可嘉一方面反对诗与政治“二者之间有任何从属关系”，另一方面却“绝对肯定诗与政治的平行密切联系”，这种“平行密切联系”，主要是通过“现实表现于对当前世界人生的紧密把握”自然而然实现的。原因在于，“诗是生活（或生命）型式表现于语言型式，它的取材既来自广大深沉的生活经验的领域，而现代人生又与现代政治如此变态地密切相关，今日诗作者如果还有摆脱任何政治生活影响的意念，则他不仅自陷于池鱼离水的虚幻祈求，及遭遇一旦实现后必随之而来窒息的威胁，且实无异于缩小自己的感性半径，减少生活的意义降低生命的价值”[②]。就是说，诗固然不能从属于政治，但是由于政治生活本来就是内在地包含在社会人生之中的重要组成部分，诗人想摆脱政治，无异于“池鱼离水”。所以，诗人如果无视于政治因素在社会生活中的客观存在，就只能以减低诗的艺术价值、社会价值，诸如“缩小自己的感性半径，减少生活的意义降低生命的价值”为代价。不可否认，这里其实谈的是宏观的文艺与政治的关系，但是联系到新时期初期关于文艺与政治关系的讨论，以及后来的种种“去政治化”的理论言说，应该说袁可嘉对包括诗歌在内的文艺与政治的关系的定位颇具启发性，而且具有客观合理性。

另外，还应该看到，袁可嘉发表此论时，作为当时中国现代派诗歌的蓝本——西方象征主义诗歌，所表现的主要是对资本主义文明厌烦、失望、消极、颓废等情绪，常常以虚无缥缈的梦幻，强调诗歌的象征暗示和音乐美，不仅所表现的生活面十分狭窄，而且唯美主义倾向也非常明显，往往忽略诗的社会意义；以及西方意象主义诗歌，虽然言语精美，表现含蓄，富于质感，但往往内容贫乏，甚至有很多为炫耀创新，以诸如意识流、时空交错、自由联想等新技巧的使用为乐，实际上，却是无病呻吟的游戏之作。在此意义上，袁可嘉的现代化诗歌理论，是对西方现代诗进行理论提炼，并结合当时中国现代派新诗创作的实际，做到了“青出于蓝而胜于蓝”：既有限度地汲取了西方象征主义、意象主义诗歌的一些表现技巧和创造意象的方式，又摈弃它们消极颓唐的内容，从而建构了有中国特色的现代派新诗理论。具体说来就是，第一，强调诗歌对现实人生的影响

① 袁可嘉：《新诗现代化——新传统的寻求》，《大公报·星期文艺》1947年3月30日。
② 袁可嘉：《新诗现代化——新传统的寻求》，《大公报·星期文艺》1947年3月30日。

作用，即要用“对当前世界人生的紧密把握”和“对人生经验的推广加深”，以区别于西方现代主义诗歌或为强度自我或为形式创新而忽略其社会意义的表现。第二，认为现代化新诗应该建立一种“现实，象征，玄学的综合传统”，以区别于古典诗乃至五四以来“散文化”的新诗。这种诗，就是“现实表现于对当前世界人生的紧密把握，象征表现于深厚含蓄，玄学则表现于理智感觉，感情，意志的强烈结合及机智的不时流露”，从而获致“最大量意识活动”。

换句话说，现代派新诗的特点就是“只有变化多，弹性大，新鲜，生动的文字与节奏才能适当地，有效地，表达现代诗人感觉的奇异敏锐，思想的急遽升替，作为创造最大量意识活动的工具”①。用当下的诗学语言表述，就是意象丰富、不确定，感觉敏锐细腻，意涵多，信息量大。应该说，新时期的譬如关于朦胧诗等现代诗理论的崛起，包括袁可嘉本人在内，在一定意义上说，也是继承和发展了他当年的现代派新诗理论。

第二节　小说理论建构的学理价值

由于小说在传统社会属“稗官野史”，所以关于小说的理论建设一直不被主流学界接受，只是到了 20 世纪初，在梁启超等人的竭力倡导下，才逐渐被重视起来。但是实事求是地讲，梁启超等对小说文体的理解和表述还是粗糙的，甚至是肤浅的。譬如梁启超在《论小说与群治之关系》中，没有直接从文体学的角度谈小说，或者说，是因为他缺乏理论概括的能力避言何谓小说，而是通过描述小说的功能（当然是夸大了的功能）隐约地暗示小说的特征：“小说者，常导人游于他境界，而变换其常触常受之空气者也。此其一。人之恒情，于其所怀抱之想象，所经阅之境界，往往有行之不知习矣不察者……有人焉和盘托出，彻底而发露之，则拍案叫绝曰：‘善哉善哉，如是如是’，所谓‘夫子言之，于我心有戚戚焉’，感人之深，莫此为甚，此其二。”② 总而言之，即认为小说有支配人道的四种力：熏、浸、刺、提。这是那一时期常用的以功能的描述，能做什么，替代给事物下定义，即是什么的理论言说方式。所以如此，除缺乏理论概括能力外，更重要的是，梁启超在此并非专门研讨学理，而主要是作一种社会鼓动，即试图以鼓励作家创作或翻译政治小说，推动社会改革。再如

① 袁可嘉：《新诗现代化——新传统的寻求》，《大公报·星期文艺》1947 年 3 月 30 日。

② 梁启超：《论小说与群治之关系》，《饮冰室合集》文集之十，北京，中华书局，1989，第 6～7 页。

夏曾佑专门撰述的《小说原理》一文，却无关于小说的定义、小说的要素之类的应有的论述，只是描述性地谈一下小说与历史著作及评论文章等在阅读感觉上的差异，以及小说在写法上的特点，即“五易五难”：“写小人易，写君子难”，“写小事易，写大事难”，“写贫贱易，写富贵难”，“写实事易，写假事难”，“叙实事易，叙议论难”。[①] 其中，确实涉及小说创作与生活经历、人生境界、想象力等关系，但这些几乎都是文学创作乃至艺术创作的共通问题，并非小说创作的专利。所以此文虽曰“原理”，对小说文体这最基本的问题却涉及甚少。再如，狄平子在《论文学上小说之位置》中从读者感受角度谈小说的特征：“读他书如战，读小说如游；读他书如算，读小说如语；读他书如书，读小说如画；读他书如作客，读小说如家居；读他书如访新知，读小说如逢敌人。”[②] 其仍然是以描述代替定义。

稍晚，随着西方现代小说理论的引进及小说创作的实际需求的增长，中国现代小说理论的正规化建设也提上日程，一时间，竟取得了不菲的成绩。下面，将按照问题的分类，大致参照写作、发表的时间择要加以评述。

一、关于小说的定义

关于小说的定义，也许是缺乏自觉的文体意识，在民初的启蒙家眼里并不重要，重要的是小说能够发挥怎样的作用。譬如刘半农认为小说家最大的本领主要有二：“第一是根据真理立言，自造一理想世界”，“第二是各就所见的世界为绘一惟妙惟肖之小影”。[③] 这两点，如果用今天的话来表述，其实已经涉及创造性或想象力、艺术表现力和概括性等概念及其关系了。如果说，所谓“根据真理立言”还出于启蒙诉求的急功近利而有些概念化意味的话，那么，“自造一理想世界”，就隐约触及了小说的本体，即小说与现实世界的关联性与对应性。关联性，是指小说创造的本源性；对应性，是指小说世界与现实世界的异在性与独立性。至于“各就所见的世界为绘一惟妙惟肖之小影”，则是说小说家想要“自造一理想世界”，就应该具有“心思之细密，观察力之周至，直能将此世界此社会表面里面所具大小粗细一切事物，悉数吸至笔端，而造一人类的缩影”的能力。这包括广阔的观察视野、细致的视角；周密、巧妙的构思；对于所观察的事

---

① 别士(夏曾佑)：《小说原理》，《绣像小说》1903 年第 3 期。

② 郭绍虞、罗根泽主编：《中国近代文论选》(上)，北京，人民文学出版社，1959，第 235 页。

③ 刘半农：《诗与小说精神上之革新》，《新青年》1917 年第 3 卷第 5 号。

物，从内到外，由表及里，方方面面，都能够以细腻的笔法描绘出来。但并不是将这外在的世界照搬到小说之中，而是“造一人类的缩影”：小说世界一定要与现实世界在形态上具有相似性，在内在逻辑上符合人情事理。应该说，刘半农的这些思考虽然不完整，也没有深入下去，但还是富有启发意义的。

俞平伯在1928年2月的《小说月报》第19卷第2号上，发表了《谈中国小说》一文。这是最早对小说作为概念和文体作专门考察并区分广义与狭义的文章之一，为学习、研究小说提供了一个基本的知识前提。“广义的小说，乃准原来之义而立，所谓小说，即‘小言’‘小语’之谓……其初原是子史之流裔……后来所作渐多，由志怪鬼神而渐及于描写人情，别起附庸，蔚成大国，遂脱离说理记事之范围”；而“狭义的小说，属于宋人说话之一种……在唐时即有之，至宋而盛……此等话本即为白话小说之滥觞。白话小说既渐盛，于是距话本渐远”。[①] 可见，俞平伯所谓广义的小说，主要是对古代图书、文章的一种粗疏的归类，大致指一些不入流的与经、史、子、集相对的所谓“残从小语”，虽然都称为小说，但形态、含义却不一。狭义的小说，则是本没有小说的名称，而是根据现代小说观念的一种后天指认。现代小说的观念，在俞平伯看来，是指“在想象诸事实之系列里显示人生之真”，而唐宋以来的说话、话本、白话小说，恰好符合“在想象诸事实之系列里显示人生之真”的现代小说的含义，所以被称为狭义小说。

对小说作广义和狭义的区别，有利于对小说丰富概念的多重理解，从知识传达的角度，也能够有效地防止概念的混淆引起逻辑上的混乱而不便于理解和操作。对小说作概念和文体双重的知识考古，虽仍嫌简略，但确是在小说研究上，开辟了一种思路和视角，使小说理论建设又多了一个维度，这是非常有意义的。

相比之下，20世纪前期众多的文学原理文本，却少有对小说的概念和文体作知识考古的，这本是题中应有之义。目前所见，只有李幼泉、洪北平的《文学概论》有所涉及，但只限于抄录了《汉书·艺文志》所谓“小说家者流，盖出于稗官野史，街谈巷语，道听途说者之所造也”，远不算不上什么知识考古。但是，该书也有可观之处，那就是从表现人生需要的角度，意识到小说与其他文学形式相比，在表现社会人生方面的艺术优势。其一是“小说只能以他较诗歌或戏曲更自由更真实的手段尽他对文艺

① 俞平伯：《谈中国小说》，《小说月报》1928年第19卷第2号。

以及对人生所应负的责任”，其二“最能表现这繁复生活”。① 至于小说何以“只能以他较诗歌或戏曲更自由更真实的手段尽他对文艺以及对人生所应负的责任”和“最能表现这繁复生活”，就只是点到为止，语焉不详了。虽如此，能够有所意识，能为后来者有所启发，也应算是难能可贵了。其实，小说能够在20世纪，由不为主流文学界所重视的“稗官野史”，一跃而为文坛重镇，确实有它自身的优势和社会需求诸多方面的原因。其中，无韵而且是白话，降低了接受的门槛，粗通文墨就能看，即使不认识字起码也听得懂，这是一个原因。另外，其叙述视角灵活自由，艺术表现空间广阔，表现时间充裕，有利于表现复杂的社会人生，则更是一个原因。所以说它是“最平民式的文学上的形式”是恰当的。而写于同时期的老舍的《文学概论讲义》对小说文体的论述恰好补上了李幼泉们虽论及小说艺术表现优势，却点到为止、语焉不详的缺憾。

二、关于小说的文体特点

老舍是从小说与其他文体相比较，在表现方式上的优势谈起的。

> 小说呢，它既能像史诗似的陈说一个故事，同时，又能像抒情诗似的有诗意，又能像戏剧那样活现，而且，凡戏剧所不能作的它都能作到；此外，它还能像希腊古代戏剧中的合唱，道出内容的真意或陈述一点意见。这样，小说是诗与史的合体，它在运用上实在比剧方便得多。……小说的形式是自由的，它差不多可以取一切文艺的形式来运用：传记，日记，笔记，忏悔录，游记，通信，报告，什么也可以。它在内容上也是如此；它在情态上，可以浪漫，写实，神秘；它在材料上，可以叙述一切生命与自然中的事物。它可以叙述一件极小的事，也可以陈说许多重要的事；它可描写多少人的遭遇，也可以只说一个心象的境界，它能采取一切形式，因而它打破了一切形式。

从老舍如上论述，可以概括出一个核心观点，那就是小说在艺术表现上的最大优势，就在于文体的兼容性，即它可以采取任何文体的表现手法，却不受这种文体应有的限制。“它既能像史诗似的陈说一个故事，同时，又能像抒情诗似的有诗意”，却不必讲格律；既可以“像戏剧那样活现”，甚至“凡戏剧所不能作的它都能作到”，但是，小说却不必受戏剧的诸如舞

① 李幼泉、洪北平：《文学概论》，上海，民智书局，1930，第149、146页。

台空间、表演时间、人物集中、故事集中、没有叙述人语言等限制。总之，“它能采取一切形式，因而它打破了一切形式”。①

小说文体的兼容性，可以说是当时乃至现在许多人没有充分意识到或意识到也没有认真思考的地方，而这，恰恰是它的最大特点和优势。能明确认识到这一点，与老舍自己就是小说家，拥有丰富的创作经验是分不开的。小说家的创作经验和文学理论学者的善于概括、归纳、总结的能力，使老舍对小说文体特质的阐释，至今都很到位，甚至难以超越。

小说与剧本同是叙事文学，两者之间确实具有一定的可比性。对于这一点，潘梓年也意识到了。他在其《文学概论》中，曾把小说和剧本放在一起进行了一番比较。通过比较，潘梓年虽然没有明确地概括出如老舍所意识到的小说文体的兼容性特点，但他的论述，却比老舍的更为细致、具体。可以说，潘梓年在比较中，说出了一些老舍在比较中没有说出的潜台词，使他对小说文体特性的认识更近了一层。

潘梓年认为小说与戏剧有六点不同或者说是优势，概括起来，主要是小说不受时间和空间限制，可以自由操控；小说家可以自己出面说话；小说是供人阅读的，阅读的时间、地点不限；小说的工作是个人性的，相对于集体合力创作的戏剧，可以较少理会艺术表现以外的因素，如现场看客心理等，因此创作能够更自由一些，等等。如果说，潘梓年的小说文体论有所创新的话，主要体现在他明确指出，小说有叙述人语言，在对时间、空间的操控调度上更自由；小说的创作更能体现作者的个人意愿；由于小说是阅读文本，所以能够拥有更多的受众，是更大众化的文体，等等。②

其实，小说最大的优势在其表现语言上。小说的文体在形成中有意无意地与读者达成一项约定，它的表述言语，可以不受诸如格律、叙述的时空等限制，所以无论是写人还是叙事，小说的言语和其他文体比较起来都是最自由的。因为言语是以意识的直接现实的形式出现的，小说的言语就是这意识的现实形式，所以作者可以变换任何一种描写和叙述的角度，只要是意识所及，甚至包括模糊的非理性的潜意识，都可能或直接描述，或间接暗示、象征，把它们几乎是“穷形尽象”地表述出来，这就是小说文体的最大特点和优势。用别林斯基的话说：“长篇小说和中篇小说现在居于其他一切类别的诗的首位；它们包括了一切艺术文学，以致任何其他作品和它们比较起来，都显得是稀见而偶然的东西了。这原因应该追溯到作为诗底类型的长篇和中篇小说的本质上去。和其他任何类型的诗比较起

① 舒舍予：《文学概论讲义》，北京，北京出版社，1984，第170、171页。

② 参见潘梓年：《文学概论》，上海，北新书局，1928，第109～114页。

来，在这里，虚构与现实、艺术构思与单纯但须真实的自然摹写，可以更好地、更贴切地融汇在一起。长篇和中篇小说甚至在描写日常生活中最平凡而庸俗的散文时，也可以是艺术极境和至高创造活动的表现；另一方面，如果长篇和中篇小说仅仅反映生活中美妙而崇高的瞬息，那就会失去了一切诗，一切艺术……长篇和中篇小说是最广泛的、包罗万象的一类诗；才能在这里感到无限的自由。其中结合了一切其他类别的诗：既有作者对所描写事件的感情吐露——抒情诗，也有使人物更为鲜明而突出地表达自己的手段——戏剧因素。其他类的诗所不能容忍的旁白、议论和教训，在长篇和中篇小说里都有其合法的地位。长篇和中篇小说给作家的才能、性格、趣味、倾向等主导性能以充分发挥的余地。"① 就是说，小说几乎囊括了一切文学体裁所具有的表现优势，却不受相应的限制，这就成全了它的得天独厚的文体特点。

总之，20 世纪初，文学原理文本的研究与写作，对于小说文体特质的知识性阐释，经历了感想式表达，概念、文体的知识考古，文体间比较，已基本接近小说的文体特质，这些都为后来的小说创作和小说研究，提供了明确的依据和参照价值。

三、关于小说的要素

其实在潘梓年等发表诸论前后，关于小说，已经有了较为丰富的研究成果，甚至有了小说研究的专论专著。譬如，发表和出版了诸如玄珠（茅盾）的《小说研究 ABC》（上海世界书局 1928 年版）、郁达夫的《小说论》（光华书局 1926 年版）、鲁迅的《中国小说史略》、胡怀琛的《中国小说研究》、范烟桥的《中国小说史》等著作。但是此时的著述，作史多于立论，这不能不说会在一定程度上影响学理价值。关于小说的定义，茅盾在《小说研究 ABC》中说："小说是散文的文艺作品，主要是描写现实人生，必须有精密的结构，活泼有灵魂的人物，并且要有合于书中时代与人物身份的背景或环境。"② 这就是中国较早的关于小说的三要素说。后来，大多数文学概论的编写者，都采取了此说。譬如马仲殊的《文学概论》，谭正璧的《文学概论讲话》，顾仲彝、朱志泰的《文学概论》等，几乎无一例外地如此为小说定义。

在今天看来，以结构、人物、背景作为小说构成的三要素，在逻辑上

① 〔苏〕别林斯基：《一八四七年俄国文学一瞥（1848）》，《别林斯基论文学》，梁真译，上海，新文艺出版社，1958，第 200～201 页。

② 玄珠（茅盾）：《小说研究 ABC》，上海，世界书局，1928，第 14 页。

违反了同一律。结构明显属形式因素，人物和背景是内容因素，把它们相提并论并不合适，况且光言结构，哪一种文体没有结构，如何将小说与其他文体区别开来？但是在缺乏严格的逻辑思维训练和学理追问精神的当时，学人们凭着直觉言说，甚至人云亦云，还是较为普遍的。譬如钱歌川在《文学概论》中，竟然把随笔与长篇小说、短篇小说并列。这种明显缺乏逻辑常识的例子，在当时的文学理论著作中其实有很多。

当然，虽然当时大多数学人都认同结构、人物、背景为小说三要素，但不等于所有的论述都毫无建树。比较而言，李何林编写的《小说概论》，是一部系统的小说理论著作。该书以结构、人物、背景为小说三要素，并且以之为凝聚学理贯穿全书的主线，而在具体的论述中，却常常有一些颇具启发性的见解。譬如在论述结构技巧时，他提出一个可概括为“水转生力”的结构方式，即在叙事中，“插入一见似乎是阻止事件的进行似的事件，使系列一时中断；这个结局能增强到达于预定的高潮点的效果……便是如同以堰阻急流，益强其水势。这样的事件，直接虽是抵抗着事件之展开，不过间接因了这个抵抗，反而能收效果”。就是说，“一板一眼按着因果的顺序而行积极的事件的呆板的配列法，若因插入了一见似乎是妨碍系列的展开似的消极的事件，而增添了变化和紧缩，那末它的结构将能如实地暗示和我们当面于现实的生活所感得的是一样的一种混乱的脉搏”，从而“间接地能愈使向究极的高潮点的到达成为紧张”。① 从当下叙事学的角度讲，这就是所谓的高潮延宕之法。正如美国当代作家杰里·克利弗把“渴望、障碍、行动”概括为小说故事三大要素，认为“如果三大要素尚未运转正常，那么，故事就无法启动，情节就不能取得戏剧性进展”。因为读者阅读兴趣的激发，很大程度上在于这样的“戏剧性”悖论：“越是让小说人物困窘不堪，读者就越能享受到其中的妙处。为什么呢？因为它迫使人物最大限度地使出浑身解数，而一旦人物将自身发挥到极限，我们就最大限度地体验到了他们的生活。”②

李何林能够在半个多世纪前就意识到在叙述中插入意外，增加堰阻，延宕高潮的到来，增强情节的紧张度，从而激发读者兴趣，应该说还是很有价值的。文学文体论的价值有无，并不完全在于学理是否严密和表达是否清晰，而主要应该看其能否为读者尤其是初习写作者提供一定的启发。虽然李何林不是一个作家而是一个文学史家，但是他高超的审美鉴赏力和

---

① 李何林编：《小说概论》，北平，北平文化学社，1932，第46、47页。

② 〔美〕杰里·克利弗：《小说写作教程——虚构文学速成全攻略》，王著定译，北京，中国人民大学出版社，2011，第49页。

丰富的艺术感觉，使他对小说结构技巧的论述，不仅在学理上颇富新意，而且在实践上也极具可操作性，这就使他的小说理论对于创作具有较高的指导意义。

在关于小说结构的论述中，李何林还对小说结构作了诸如单纯结构、副结构、散漫体结构、紧缩体结构等分类，其中，最有价值的是提出了“网状式结构”的概念。应该说，李何林至少在中国是较早提出这个概念的人。他所谓的网状式结构，是指在小说作品中，“不单是两系的事件，也有组织三个四个以上的因果的系列，终使在高潮点相合的”[①]。这与今天所谓的复式结构大致相同，当然仍有称网状结构的。对于长篇小说而言，具有网状式结构的可谓不胜枚举，譬如《红楼梦》《三国演义》都是典型的网状式结构。这种结构方式，较之《水浒传》的连环套式的结构具有更大的艺术容量，因此也更富于表现力。遗憾的是，李何林对于网状式结构只是点到为止，没有作更多的阐释。不过，对于初创理论的价值评价，不应该只盯着它在学术逻辑上是否完整，重要的是看它能否给予后来者开启一些能够接着说的话题，并给创作者以写作方面的实质性指导。李何林所提出的网状式结构概念，基本上可以起到这双重作用。

还有值得一提的是，在论及小说的人物要素时，李何林初步涉及了典型的概念。李何林出版此书是在1932年，据查，在当时的学界，典型的概念刚刚被瞿秋白从苏联翻译引进，基本还没有很正式的论述，所以无论李何林的观点如何浅薄，都应该说有一定的理论价值。不可否认，李何林的典型概念，还具有浓重的类型化、概念化色彩。他把典型称为“代表的特性”，认为“这是因为作中人物，是那一个阶级的代表的典型的缘故。因为他们象征那个阶级，到在实际生活上万不能看到的程度”。他举例说：“所有的理想的梦想家，都可由当·吉河代（堂·吉诃德——笔者注）代表；所有的吝啬家，都可由阿尔巴公（莫利哀尔原作）代表；所有的伪善家，都可由他尔条夫（莫利哀尔原作）代表……”但是，并不是说，李何林完全忽略个性在典型中的意义，恰恰相反，他认为，虽然作家“一方面制造那个阶级的典型精髓，同时应当还要给以充分的个性的特色。正是真实的‘个’，常能是真实的‘全’；正是真实的‘普遍’，常能是真实的‘独立’。作家若不赋与作中人物以有以别于那个阶级的别的代表者（无论在实在或在创作）底一定的个人的特色，那末将不能使他的创造的人物有生动之气”。最后得出结论说：“所以杰作里面的人物，不得不表示个人的

---

① 李何林编：《小说概论》，北平，北平文化学社，1932，第51页。

特色和普遍的特色底紧密的微妙的结合。非很能是典型的，普遍的，作中人物不会成为真实；非很能有个的特色，作中人物不能具有确实性。”①很明显，李何林在这里所使用的典型，还是它原初的代表之意，但是他却将这“普遍的特色”与所谓“个性的特色”相结合，也就构成了今天所谓的典型概念。应该说，典型作为文学理论的一个范畴，本来就主要指写实性叙事文学中具有一定涵盖度的特征性的人物形象，李何林把它仅仅归结为某一阶级或某一类型的代表固然失之偏颇，但是他把这种代表性以“代表的特性”来表述，就与后来何其芳所谓的“共名说”有些接近了。李何林将“代表性”与“个性的特色”相结合虽然有拼贴之感，不过宽容地看，在强调了典型的“代表性”之后就能够及时地以“个性的特色”来纠偏，也不失为一种理论的平衡。

在阐释人物形象作为小说的要素时，李何林还提出了“静的人物”和“动的人物”两个概念。所谓“静的人物”，是“在故事里，从头到尾，都没有任何变化和发展”。所谓“动的人物”，就是“因了四周的境遇，自己的意志或他人的意志的影响而有消长”。这“静的人物”和“动的人物”，恰好可以与福斯特在《小说面面观》中所谓的“扁平人物”和“圆形人物”形成有趣的对比及互补：一个着眼于时间中的存在，一个强调在空间中的呈现。只是令人费解的是，至今，一般的小说理论，往往只喜欢提“扁平人物”和“圆形人物”，而很少言及“静的人物”和“动的人物”。当然，静与动都是相对的，所谓“静的人物”，无非是在故事的展现中性格变化不大，并不等于没有审美价值，正如“扁平人物”仍然有存在价值一样。其实，在小说中，最基本的艺术表现手法，主要还是叙述和描写，在叙述的维度中，不能不重视人物个性的变化，即是静的还是动的；而在描写的维度里，则必然强调人物性格刻画的效果，是扁平的还是圆形的。这两组概念，本来就应该相辅为用，不可偏废。在这个意义上，李何林所提出的“静的人物”和“动的人物”，在小说理论中还是非常有意义的。

关于小说的第三个要素——背景，李何林也时有一得之见，譬如他提出的“背景的反语”概念，就颇有创意。所谓“背景的反语”，就是“背景的心境和人物的心境的情绪的对比若更走向极端，那末便成为一种反语”②，其实就是新批评的反讽。在某些小说中，确实存在着背景、氛围与人物心境及行为之间的对比反差的描写，但是在接受、解读小说还没有成为一种自觉的理论意识的当时，把这种创作现象和阅读感受定义为“背

① 李何林编：《小说概论》，北平，北平文化学社，1932，第68、69页。

② 李何林编：《小说概论》，北平，北平文化学社，1932，第116页。

景的反语”，并且给予概括和总结，应该说李何林具有一种非常珍贵的理论敏感性。如果说新批评的反讽容易使人产生修辞学方面的联想的话，那么，“背景的反语”则会给人一种叙述学的印象，似乎距离小说的特征更近一些。

总之，李何林的《小说概论》，虽然整体的学术水平不算高，但是在如上所述的枝枝节节的具体问题上，偶有一得之见，集腋成裘，作为中国现代小说理论的一种积淀，也可谓价值不菲了。

四、短篇小说理论及小说分类

对短篇小说给予高度关注始于胡适所撰《论短篇小说》。这是一篇影响深远的理论文章，在文章中，胡适主要论述了短篇小说在文体上的特点。文章写得很现代，开篇即设问：“什么叫做‘短篇小说’?”然后，胡适明确给短篇小说下了一个定义：“短篇小说是用最经济的文学手段，描写事实中最精彩的一段，或一方面，而能使人充分满意的文章”，然后再分头论述。从文学知识传达的角度讲，这是最简捷有效的，也是现代学术论文惯有的写作方式。尤其值得肯定的是，胡适在论述短篇小说特点时，首先提出一个至今仍在沿用的关键词——横截面。虽是比喻，却很恰当。用胡适的话说：“横面截开一段，若截在要紧的所在，便可把这个‘横截面’代表这一人，或这一国，或这一个社会。这种可以代表全邦的部分，便是我所谓‘最精彩’的部分。”① 这是在讲短篇小说选材的特点，正因为短篇小说短，所以选材要选生活中“最精彩的部分”，这样才能以小见大，反映出一种人生、一个时代社会特点来。

胡适又阐释了所谓的“最经济的文学手段”，就是描写、叙述都要做到“不可增减，不可涂饰，处处恰到好处，方可当‘经济’二字”。就是说，短篇小说应该有标准，应该是内容和形式相符，无论“叙事”还是“写情”，都能充分发挥“短”的优势，即“用最经济的文学手段，描写事实中最精彩”部分的文体。“凡可以拉长演作章回小说的短篇，不是真正‘短篇小说’；凡叙事不能畅尽，写情不能饱满的短篇，也不是真正‘短篇小说’。”② 胡适在此已经意识到篇幅、字数并不是短篇小说的最重要标志，内容表达的“精彩”“经济”才是最关键的。这与后来鲁迅把短篇小说比作“在巍峨灿烂的巨大的纪念碑底的文学之旁”的或譬如“大伽蓝

---

① 胡适:《论短篇小说》,《新青年》1918 年第 4 卷第 5 号。

② 胡适:《论短篇小说》,《新青年》1918 年第 4 卷第 5 号。

中”的“一雕阑”[①]，在学理上，可互为补充。

关于短篇小说的特点，后来也有人关注，观点与胡适大同小异，似受胡适的影响或启发。譬如许钦文在出版于1936年的《文学概论》中这样讲：“一篇短篇小说，或者只是一个断片，或者是由几个断片凑合起来的”，并且，直接采用了近似“横截面”的说法：“断片的描写，可比是一个树木的截断面。虽然只是一个平面，可是，皮层的厚薄，树身的大小，年轮的多少……是一目了然的。”[②] 再如顾仲彝、朱志泰在出版于1945年的《文学概论》中言：“短篇小说不仅篇幅较短，技巧也是不同的。长篇是叙述整个人生而短篇是描写人生的某一部分，所以在技巧上短篇小说只能采用最能表现作者意旨的叙述方式，不但不能随便插入铺张或无关紧要的描写，而且每一句每一字都需要斟酌，要以最经济的文字发挥最动人的力量，以技巧言，短篇较长篇更为精致。”[③] 应该说，同样受到了胡适观点的影响。顾仲彝、朱志泰从技巧使用的角度阐发短篇小说特点，是有一定创意的，较之胡适的“最经济”“最精彩”也更为具体。

此外，胡适为了有效地区别小说叙事与历史叙事，认为在历史小说中，“最好是能于历史事实之外，造成一些‘似历史又非历史’的事实，写到结果却又不违背历史的事实”[④]，这就与郭沫若后来说创作历史剧要“大事不虚，小事不拘，实事求似”非常接近了。在此，胡适已经透露出一定的小说本体论观念，意识到小说的虚构与真实性之间应该存在一定的张力阈，这是值得充分肯定的。

当然，由于胡适过于推崇短篇小说所谓“用最经济的文学手段，描写实事中最精彩部分”，以至于将其作为短篇小说唯一的标志，却无视或忽略了小说文体最基本也包括最外在的特征，即用散文语言讲述虚构的故事，甚至把公认的如陶渊明的散文《桃花源记》，以及有叙事元素的诗歌，如《孔雀东南飞》《木兰辞》《石壕吏》《琵琶行》《长恨歌》等也算作短篇小说。应该说，这无论是在常识还是学理上都讲不通。另外，虽然“用最经济的文学手段，描写实事中最精彩部分”道出了短篇小说最基本的文体特征，但是仍嫌抽象含混。如果进一步阐释，能够在人物的多少、故事的长短、场面的大小等方面，与长篇小说作一下比较区别，也不枉他专论一

① 鲁迅：《〈近代世界短篇小说集〉小引》，《鲁迅全集》第4卷，北京，人民文学出版社，1973，第140页。

② 许钦文：《文学概论》，上海，北新书局，1936，第66页。

③ 顾仲彝、朱志泰：《文学概论》，上海，永祥印书馆，1945，第47页。

④ 胡适：《论短篇小说》，《新青年》1918年第4卷第5号。

次短篇小说。

不过，应该肯定的是，胡适以短篇小说为题作此专论，这种行为本身，就是对短篇小说这种二级体裁的强调和推举。胡适在那时就能够意识到短篇小说的价值，主要是因为当时正处在时代变革、向现代社会迈进的关口，生活节奏加快，人们普遍感觉缺少余暇。正如鲁迅后来总结的那样，人们“只是偶然也还想借书来休息一下精神，而又耐不住唠叨不已，破费工夫，于是就使短篇小说交了桃花运”[①]。社会对短篇小说的需求较大，胡适当时专论短篇小说，就是为了倡导作家去写，以满足社会的需求。在笔者看来，虽然表面上，与长、中篇小说相比，短篇小说在表现生活刻画人物性格方面似乎处于先天性的劣势地位，但是小有小的难处，小也有小的便利、小的特点，它在反映社会生活上，虽然地盘小，但如果能充分利用它特有的艺术空间，能够以小见大自然更好，即便是以小见小亦未尝不可，小故事、小情境，同样可以给人以欢乐。这样，在狭小的天地里展示丰富多彩的社会生活中最敏感的地带，尤其是在急剧变化的时代，其他形式的文体尚未来得及酝酿，短篇小说就可以大显身手了。胡适撰述此论时，应该是意识到了这一点。在此意义上，胡适此论的价值不仅在知识意义上，辨析了短篇小说作为二级文学体裁的学理，更为重要的是，使这种学理直接转化为对创作的支持和对阅读的引领。同时，如前所述的，首先提出问题，然后推出观点，最后分头论证阐释，这种理论文章的写法，一反惯常的如梁启超等的感想式表达，应该说是一种很好的学术示范。还有，也是最主要的，就是该文为后来界定短篇小说提供了几个不可规避的关键词——横截面、最经济、最精彩等，这是该文的知识、学理价值之所在。

另外，胡适在五四新文化运动尚未兴起，文学的概念还较为模糊的1918年，就以短篇小说为题作此专论，应该说是一种先知先觉。这对小说的文体分类，奠定了重要基础。他的短篇小说概念是根据英文short story翻译的，虽然他强调，短篇小说“在文学上有一定的范围，有特别的性质，不是单靠篇幅不长便可称为‘短篇小说’的”，就是说，“特别的性质”是界定短篇小说的标准，但是，篇幅的长短毕竟是不可回避，而且是小说最外在的标志。胡适在文章中言“那些几十万字的长篇小说，几乎没有人做了”，而没有提及中篇小说，看来他是把小说大致分为长篇、短篇两种。[②] 后来，从篇幅为小说分类时，有的人还真同意沿用这种二分

---

① 鲁迅：《〈总退却〉序》，《鲁迅全集》第5卷，北京，人民文学出版社，1973，第219页。

② 胡适：《论短篇小说》，《新青年》1918年第4卷第5号。

法。譬如许钦文的《文学概论》就明确提出："小说可以分作'长篇'和'短篇'两种"，同样强调"这并非只是字句多少的不同，结构上根本两样，不能够把一个长篇随便截开分作几个短篇，也不能够把几个短篇随便接拢作为一个长篇。长篇在于描写得详尽，短篇是在摘取精彩"。[①]

当时持此二分法观点的大有人在，譬如钱歌川在出版于1930年的《文艺概论》中言："小说普通分长篇、短篇两种。"[②] 有趣的是，即便是三分法，却有把随笔列入其中的，譬如谭正璧的《文学概论讲话》："小说的体制的分别，从未有过严格的规定，据常见的而说，大概可分为随笔、短篇小说、长篇小说三种。"[③] 应该说，这显然是缺乏分类的基本常识。当然，那时介于长篇和短篇之间的小说还不多，所以对中篇小说缺乏自觉意识，明确使用这个概念的尚属鲜见。据查，马仲殊出版于1930年的《文学概论》，似乎是较早在小说分类中加上中篇小说的："小说可分为三类，即：长篇，中篇和短篇。"[④] 赵景深出版于1933年的《文学概论讲话》也持此说[⑤]。

老舍在其《文学概论讲义》中，虽然承认中篇小说的存在，但主要还是重视长篇小说和短篇小说，认为"所谓长篇与中篇者不过是指篇幅的短长而言，并没有一定的界限"。由于中篇小说在当时确实没有多少创作的实绩足以证明其独立存在的价值，所以老舍没有对其给予足够的重视还是情有可原的。但老舍对短篇小说特点的认识却值得一说，譬如他认为"短篇小说是一个完整的单位，增一分则太长，减一分则太短。在时间上、空间上、事实上是完好的一片断，由这一片断的真实的表现，反映出人生和艺术上的解释与运用"。[⑥] 就是说，短篇小说尽管篇幅短小，但它还是承载了人生的一个完好的片段，而且这种片段，最好用短小的体格表现才合适。这种看法，应该说是对胡适"横截面"的"接着说"。正因为此，老舍才在另一篇文章中表达了这样的看法：短篇小说在小说中是最讲究技巧的体裁，"是后起的文艺，最需要技巧，它差不多是仗着技巧而成为独立的一个体裁"[⑦]。因此，讲究技巧是短篇小说存身立命的依据，由于短小，任何粗疏或瑕疵都可能是致命的。

---

① 许钦文:《文学概论》,上海,北新书局,1936,第63页。

② 钱歌川:《文艺概论》,上海,中华书局,1930,第50页。

③ 谭正璧:《文学概论讲话》,上海,光明书店,1934,第179页。

④ 马仲殊:《文学概论》,上海,现代书局,1930,第122页。

⑤ 参见赵景深:《文学概论讲话》,上海,北新书局,1933,第58页。

⑥ 舒舍予:《文学概论讲义》,北京,北京出版社,1984,第176、177页。

⑦ 老舍:《我怎样写短篇小说》,《好文章》1936年创刊号。

当下，小说有越写越长的趋势，而且人们对短篇不短早已司空见惯。这恰好从反面证明了胡适所谓“最经济”“最精彩”，许钦文所谓“长篇在于描写得详尽，短篇是在摘取精彩”，老舍所谓“短篇小说是一个完整的单位”等论断仍然是有意义的。

当然，能够有意地区分小说的长、中、短篇，毕竟是文学文体自觉的深化。迄今为止，按照字数篇幅为小说分类，仍然是最基本的分类方法。因为字数、篇幅直接决定了小说艺术表现的空间、表现手段的使用以及结构等方方面面的问题。所以，赵景深在其《短篇小说的结构》中明确指出：“短篇小说与长篇小说主要不同的地方，便是篇幅简短，只能够描写生活的片段，不能描写社会的众生相，而因此结构却也能够紧严，前后脉络相联，形成一个极有组织，一丝不漏的东西。”[①] 这种分类法较之当时如胡怀琛把小说分为所谓演义体、描写体、记载体、诗歌体四类，应该说更准确有效，因为后者的分类标准是多元的，连起码的逻辑同一律都不符合。赵景深还关注到短篇小说的结构，这是更为难能可贵的。他把短篇小说的结构手法概括为四种情况：“逆溯的”，即倒叙；“互交的”，如欧·亨利《麦琪的礼物》中人物之间由于误会而发生错位；“循环的”，如一件礼物送了一圈又送回来了；“潜藏的”，即故意隐去关键情节直到最后才揭晓，如莫泊桑的《项链》。[②] 应该说，他列举的四种结构手法有以偏概全之嫌，但是他认识到采取适当的结构手法对于叙述效果影响甚巨，还是有较多的创作经验作为支撑的。例如他认为“潜藏的”结构，可以“与人以最后的大愉快或悲哀”，如“平平坦坦的前进，突然高起来，兴会高涌，全都贯注到终点上”，“只是为了要使读者发生较大的惊异”；而用倒叙的手法，“只是为了把前前后后的事凑在一个短时间内给人较深刻的印象”，等等。[③] 这些见解，即使现在来看也未必过时。这些观点，与其说是短篇小说理论，不如说是阅读欣赏理论更确切些，或者说，是整合了阅读鉴赏视角的短篇小说理论。这一方面，注重小说的结构方法本身，提高了短篇小说理论研究的自觉性；另一方面，通过阅读鉴赏视角带出小说的文体特征，可谓一石二鸟。

后来仍有一些作家、学者谈论短篇小说。譬如叶灵凤在《谈现代的短篇小说》中认为短篇小说是“从整个的人生中爽快的切下了一断片，借着这一个断片暗示出整个的人生”，可谓是对胡适观点的延续，并且在一些

---

① 赵景深：《文学讲话》，上海，亚细亚书局，1930，第 11 页。

② 参见赵景深：《文学讲话》，上海，亚细亚书局，1930，第 12～19 页。

③ 参见赵景深：《文学讲话》，上海，亚细亚书局，1930，第 19 页。

具体的问题上，由于有自身的创作经验作为支撑，也偶有闪光之见。例如认为，故事虽然是短篇小说的重要标识，但是“对于主要人物的特性的描写，内心分析的精细”，能“为现代短篇小说立下最好的畴范”，这恰好是当时短篇小说乃至整个小说创作所欠缺的。用茅盾的话说就是许多人写小说只会记账式的叙述。另外，叶灵凤认为短篇小说应该有自己的题材和特有的写法，不能“用着长篇小说的余绪，用着剩余的精力，或者剩余的题材，来从事短篇小说的制作”①。这些观点，虽然不算独创之见，但至少是一种必要的提醒，无论是在理论上维护短篇小说文体的独立性，还是对于创作者的写作实践，都具有一定的启发和警示意义。

短篇小说创作名家沈从文的见解也值得一说。他在 1929 年所撰写的《〈石子船〉后记》中提到，按照当时一般的说法，“短篇小说的必需条件”，是“‘事物的中心’，‘人物的中心’，‘提高’或‘拉紧’”。虽然沈从文强调自己创作时不屑于照此规则，而是“愿意在章法外接受失败，不想到在章法内得到成功”②，但是，短篇小说创作以人物或事物为中心，“提高”或“拉紧”，就是为了增加密度，即剪裁更精练，故事更集中，结构更紧凑，文笔更精彩，至少在理论上是符合短篇小说实际的，也是必要的。沈从文这种观点，直到新世纪还有遥远的回音。譬如擅长书写短篇小说的刘庆邦 2013 年 5 月 8 日在《文艺报》发表的《短篇小说的境遇与出路》一文中表示：“短篇小说写的时间越长，反而觉得越难”，“每写一个作品都是在挑战自己。因为对短篇小说怀着敬畏之心，所以要严阵以待。这时写的短篇会发‘紧’发‘雕’，严谨得让人看不懂”。这说明，从文学创作实际出发思考短篇小说的文体特质，往往具有难以阻遏的历史穿透性。

不过，一种文体的发展状况，并不完全取决于理论探索及文体的自觉水平。譬如进入 21 世纪以来，随着商业意识在文坛的弥漫并深入，短篇小说早已边缘化。用有的作家的话说：“即使最完美的短篇小说，也只是个作品，你没有办法将它像长篇小说那样变成商品，得到利润。发表一篇短篇小说，从文学刊物领取千字一二百的稿费，要是精益求精，创作周期再长一点，这点微薄的稿费恐怕连烟钱、房钱都抵不上，更不要说吃饭开销了。”③

有的作家把短篇小说边缘化归因为“长篇沙文主义”“涉及的是隐形

---

① 叶灵凤：《谈现代的短篇小说》，《六艺》1936 年第 3 期。

② 沈从文：《〈石子船〉后记》，《沈从文全集》第 5 卷，太原，北岳文艺出版社，2002，第 318 页。

③ 蒋峰：《从一个点子开始说起》，《文艺报》2012 年 12 月 24 日。

的文学权力的分配”“权力的垄断和‘某种’奴役”。有的作家认为“一种文体的衰落和繁荣与时代的文学制度有着密切的关系”，譬如可以通过国家专门设立短篇小说奖来鼓励边缘化文体的发展。也就是说，在空前复杂的当下，理论探索不能只盯着文体本身，历史语境的研究也很重要。①

可能是由于短篇小说短，相对于长篇和中篇，特点比较突出，很多人都对此作了专门研究，而长篇小说则往往融入小说的一般性的论述之中，似乎所谓的小说，其实就是指长篇小说，所以在中国现代文论中，很少有专门论述长篇小说文体特征的。情况确也如此。长篇小说在所有的文学体裁中，由于体量最大，兼容性、包容性最强，在时空的占有上，几乎具有无限的广阔性和延展性，所以小说相对于诸如散文诗歌的一般性特征，大体都出自其名下，即便是论述，人们也喜欢在文体之外说事儿。因此在中国现代文论文本中，很少有对长篇小说作专门论述和研究的。甚至时至今日，譬如余华在其艺术随笔《长篇小说的写作》中，最关切的不是它的特征，而是由于写作时间长，创作信念能否坚守，创作冲动是否继续，作家的身体能否保持良好的状态，这些看似无关本质，实际于创作质量干系重大的问题。② 因为说到底，长篇小说最大的问题不在于能否突出小说的文体特征，而是如何对付、利用、发挥它“长”的优势。莫言甚至以“捍卫长篇小说的尊严”为题，为长篇小说之长作辩护，认为“没有二十万字以上的篇幅，长篇小说就缺少应有的尊严”。笔者对此深以为然。既然是长篇，就应该有足够的篇幅，这样才能有广阔而充裕的表现空间，才能充分展示小说的诸多表现优势，譬如最自由的语言、最复杂的结构、最曲折动人的情节等等。正如服装模特一般都选择个子比较高的，非如此，不足以从容地表现出胸、腰、臀、腿的各种线条曲线的美一样。虽然小巧玲珑也是一种美，但那绝不是修长优雅之美，没有一定的身材体量，很难展现出女性温婉俊爽之美、男性阳刚劲健之美。莫言还追加了长篇小说的另外两个特点——密度和难度。密度，防止为增加篇幅人为地把故事拉长或注水，而要细节简洁，整体从容，增加人物的鲜明度和故事的节奏、频率变换。难度是强调原创性，叙述结构要一篇一样，表现语言要体现出陌生化意味，等等。③

---

① 具体内容见“短篇小说的境遇与出路”研讨会上苏童等人的发言，会议内容刊登于《文艺报》2013年5月8日。

② 参见蒋原伦编选：《中国当代先锋艺术家随笔选》，北京，中国社会科学出版社，1998，第178页。

③ 参见莫言：《捍卫长篇小说的尊严（代序言）》，《丰乳肥臀》，上海，上海文艺出版社，2012，第1页。

其实，莫言诸多的创作，基本实践了他对长篇小说的要求和期许。仅以小说叙述结构为例：《生死疲劳》借一个地主的鬼魂托生驴、牛、猪、狗等等轮回视角讲述故事，反映时代的变迁；《檀香刑》则采取的几乎是炫技式的凤头—猪肚—豹尾的结构形式，每一节都借一个人物自述，不停地变换视角但又都围绕着行刑展开；《蛙》又把视角集中到女乡村医生的侄子、剧作家小蝌蚪，给日本友人写信借以叙述故事；《丰乳肥臀》则把第一人称的有限叙事改造为无限叙事，即虽然文中有"我"，却不以"我"为视角，也不以"我"为限制，"我"只是无数个被叙述的对象之一。类似的例子不胜枚举，莫言的小说，几乎每一部的表现形式都没有重复的。在笔者看来，这一切，固然主要仰仗莫言高超的艺术创造力，但是，长篇小说的长，也为他的创造带来了无限的便利。事实上，莫言的短篇小说在表现形式上就没有格外引人注意的地方。因此，长篇小说由于其篇幅之长，必然带来体量、艺术空间、表现语言、结构等形式上的一系列变化，为小说创作的形式创新提供可能，这理应给予格外重视，尽管在现代文论中对其关注不够，作为后来人，我们也应该给予专门细致的研究。

五、现代小说创作理论

通过谈如何写小说来证明、确定小说特质，与通过描述功能效果来定义小说体裁一样，是在理论缺乏自觉时代比较常用的做法，当然，这也是指导创作最直接有效的方法。鲁迅的《我怎么做起小说来》就是如此。它的别致之处在于作者没有构制任何煞有介事的逻辑阵势，而是实话实说。其实恰好是这种实话实说，才为后人留下许多的创作格言。

鲁迅强调写小说应该从读小说开始，而不是先读"小说作法"之类的理论。"'小说作法'之类，我一部都没有看过，看短篇小说却不少，小半是自己也爱看，大半则因了搜寻绍介的材料。"① 其实，这是符合学习写作小说的实际的。因为在读小说的过程中揣摩小说的特点和写法，正如在战争中学打仗更直接有效一样，战场情况瞬息万变，从本本出发只能是纸上谈兵，创作也是如此，每个创作者所熟悉的生活各不相同，所选择的小说表现形式结构形态也应该与之相适应，而不能千篇一律。所以，从"小说作法"出发学习写小说肯定是找错了方向。当然，也不能把鲁迅的话理解得过于绝对化，好像"小说作法"根本不可能对学习写作小说以任何帮助，而只能坏事一样。其实，鲁迅的话是有前提的，这句话的真理性在

① 鲁迅：《我怎么做起小说来》，《鲁迅全集》第5卷，北京，人民文学出版社，1973，第106页。

于，对于没有任何有关小说方面感性经验的人，不要以为搞到一本“小说作法”就找到了写作小说的捷径，那是有害无益的。因为方法永远是抽象的，而生活则是具体的，甚至千变万化的，小说的具体写法必须与其所要表现的生活相适应。创作与制作的最大不同在于它是创造，本应该人各一样，连遣词造句的方式习惯都不相同。制作一般是标准化作业，方法完全一致，是批量生产，产品都一样。制作可以按照同一方法，但是创作如果也按图索骥，或无法进行，或照抄作业。当然，并不是“小说作法”之类的书毫无用处，如果学习写作者是在阅读揣摩小说，学习写小说并已经取得了一定的创作经验后，再参照研究“小说作法”之类的理论文本，就可能收到事半功倍之效，至少会少走许多自己摸索的弯路。因为理论文本毕竟是创作实践的总结，它那高屋建瓴的视角，可能突破个人研读小说文本时的种种局限，况且也不是人人都有鲁迅的创作悟性，不需要理论的启迪。事实上，新时期以来，许多当时已经小有名气的青年作家，譬如李存葆、莫言等，当年都曾进入文学院校一边学习理论，一边研究创作，之后才有了近乎突飞猛进的提高。

对于学习写小说是否需要学习理论，不同作家也有不同的看法。譬如茅盾就主张写小说应该学习小说理论，认为有的小说写法，“是从西洋短篇小说学来的，能够学到这一层的，比起一头死钻在旧章回体小说的圈子里的人，自然要高出几倍；只可惜他们既然会看原文的西洋小说，却不去看研究小说作法与原理的西文书籍，仅凭着遗传下来的一点中国的小说旧观念，只往粗处摸索，采取西洋小说里显而易见的一点特别布局法而已”[①]。再如张资平在其《小说研究法》中，明确提出学习写作小说，应该主要围绕三方面：“一般小说论之研究”“欧美名家之作品研究”“研究怎样去创作小说”。关于第一项，张资平列举了《小说法程》《小说研究》和《小说的技巧》三本书，另外还有一两部比较完美的《文学概论》，这是在他看来必不可少的需仔细研读的理论书籍。第二项是说应该以欧美名家名篇为模范，研究其笔法技巧，这也是必不可少的。第三项是指在前两项的基础上，自己研究怎样创作小说，力求总结出一套符合自己情况、切实可行的方法来。所以说是自己总结，是因为张资平此论，就是为了“打破这种迷信——创作小说有方法的迷信”，别人的方法只是参照借鉴，而不是必须遵守的金科玉律。[②] 应该说，这种理论与实践兼顾，并强调自我总结的方法，对于准备学习小说创作者有一定的启发意义。如果说，鲁迅

---

① 沈雁冰(茅盾):《自然主义与中国现代小说》,《小说月报》1922 年第 13 卷第 7 号。

② 参见张资平:《小说研究法》,《国民文学》1934 年第 1 卷第 2 号。

关于学习写小说应该从研读小说开始只完成了半边的真理，茅盾的观点还有些偏激的话，那么张资平如上的思考就比较周延了。

当然，鲁迅关于小说创作言说的价值并不仅限于这半边的真理，其实鲁迅谈小说创作最有价值之处是他确定了为人生的创作目的。“多采自病态社会的不幸的人们中，意思是在揭出病苦，引起疗救的注意。”还有关于小说的技巧，诸如精练：“力避行文的唠叨，只要觉得够将意思传给别人了，就宁可什么陪衬拖带也没有”；“可省的处所，我决不硬添，做不出的时候，我也决不硬做”。写人要抓特征：“要极省俭的画出一个人的特点，最好是画他的眼睛。”还有虚构的技巧：“所写的事迹，大抵有一点见过或听到过的缘由，但决不全用这事实，只是采取一端，加以改造，或生发开去，到足以几乎完全发表我的意思为止。”① 另外，“选材要严，开掘要深，不可将一点琐屑的没有意思的事故，便填成一篇，以创作丰富自乐”②。这些都是非常有用的创作格言，至今对小说创作仍然有指导意义。

在当时，由于现代小说的写作大多数还很幼稚，所以关于小说创作的言说，有的甚至具体到最基本也是最重要的描写和对话。譬如茅盾在《自然主义与中国现代小说》中指出一些作家“连小说重在描写都不知道，却以‘记账式’的叙述法来做小说”，而且“他们不知道客观的观察，只知主观的向壁虚构……不能客观的描写”，还认为当时的小说创作“描容貌举止还容易些，要口吻逼肖却是极难。现在的青年作者……大都是犯了对话不逼肖的毛病”，等等。③ 这些虽然是经验之谈，算不上什么理论，但是这些毛病确是当时小说创作最常见的，甚至被文学史奉为现代文学经典的如萧红的《生死场》和庐隐的《海滨故人》等名篇，都不同程度地存在这些问题。其实，这些毛病至今在文坛上并没有绝迹，譬如当下只会玩弄叙事圈套而忽略描写，不善于写对话，或把人物对话融入叙述话语中而导致叙述线索混沌不清等毛病，仍然很严重。

与茅盾主张向西方自然主义小说学习客观的描写和逼肖的对话意见相反，施蛰存在其《小说中的对话》里，对当时一味地模仿西方“拖沓冗长”的对话提出异议。“西洋文学流传到东方来之后，我们大家都知道了法国有费了几十页文字去描写一个人的行动思想的佛罗贝尔、左拉等作家。大家都把他们奉为圭臬，从来没有一个人敢于提出过一点异议。对于这种作家的摹仿之结果，足以使我们的作家完全忽略了他的读者也是一个

---

① 鲁迅：《我怎么做起小说来》，《鲁迅全集》第5卷，北京，人民文学出版社，1973，第108、109页。

② 鲁迅：《关于小说题材的通信》，《十字街头》1932年第3期。

③ 沈雁冰（茅盾）：《自然主义与中国现代小说》，《小说月报》1922年第13卷第7号。

如他自己一样的有经验有思索有想象力的人。”于是，在他看来，“无论把小说的效能说得如何天花乱坠，读者对于一篇小说的要求始终只是一个故事。与其费了一大堆文字去描写一言一动，而终于被多数读者跳过不看，何如以简洁的文体叙述之使读者在掩卷之后有一个想象体味的余地呢?”他举例说：“曹雪芹描写一个林黛玉，不曾应用心理分析法，也没有冗繁地记述对话，但林黛玉之心理，林黛玉之谈吐，每一个看过红楼梦的人都能想象得到，揣摩得出。”[①] 不可否认的是，施蛰存此文较之茅盾的文章整整晚了十五年，其间已由力倡向西洋文学学习，到了因一味模仿造成一定的积弊，必须进行反思的时候了，所以施蛰存的基本意见不仅在当时颇具针对性，而且在今天看来也是有一定的道理。小说的写法应该顾及国情，即本土的阅读习惯。由于人种、地域、民族、文化等差别，西方人喜欢沉思并玩味自己的内心世界，尤其当时中国读者的阅读习惯多从听说书转换过来，因此一般喜欢快节奏的叙述而不喜欢冗长的心理描写和拖沓的对话。当然，这一切并不是亘古不变的，读者的阅读习惯往往会随着新的阅读而发生改变。而且，读者也是分不同层次的，中国读者固然有“对于一篇小说的要求始终只是一个故事”的习惯，但并不是所有的读者都满足于此。本来，阅读趣味是发展的，随着现代小说阅读量的增加，中国读者的审美趣味必然会多元化起来。就是说，适当的心理描写和精彩的对话，较之单纯的叙述故事，肯定会给予有着较高文学品位的读者更多的美感。所以施蛰存此论在当时固然有矫正时弊之功，但在学理上是不无偏颇之处的。

关于描写，洪深曾经专门写过一篇《小说中的人物描写》。应该说，剧作家的创作经验，使洪深对小说人物行动描写的探索和思考更上层次。该文值得注意的主要有两点：一是如何在与环境的关系中写人物行动，二是怎样描写人物行动。在他看来，前者在人物与环境的关系中，一般会导致两种行动：改善环境或者调整自己。改善环境是积极行动，调整自己是消极行动，这是一个人行动的缘由。后者，是指要在行动中写出一个人行动、心理的复杂性，认为人的行动一般分三个阶段：“第一，可称为立时的反应：这是一个人乍受刺激未想办法前的举动，如一个人忽闻恶声而勃然变容，或神色不改之类；这当然是多少地说明一个人的气质、品格、个性的……第二阶段，是考虑的犹豫期：这时候须要他底自制和远见了，他思索着他应取的办法；他也许想到好几件可以做的事；他研究那实行每种

① 施蛰存：《小说中的对话》，《宇宙风》1939 年第 39 期。

办法的手续……他制成了改变'环境和他的关系'的计划。第三阶段，是实际的解决：这时候他已尽所能的计划好，只待依照实行了；而实行时的态度，有的坚决，有的摇动，有的镇静，有的慌张，又多少可以说明一个人的个性的。"① 应该说，这人物行动的三个阶段，基本概括了人物行动描写的全过程。如果说，"情节是人物性格发展的历史"的话，那么，这人物行动的描写，其实就是在研究如何展开情节。从叙事学角度讲，情节的展开和叙述的技巧，关键在于合理地延宕，尽量推迟高潮的到来。就是说，没有足够的阻力，情节的发展和展开就不够充分，高潮轻易到来，给读者感受的冲击力就小；从刻画人物性格的角度，没有适度的阻力（包括自我阻力的"犹豫"），人物性格的展示就不充分。所以，"犹豫"就是情节充分展开和延宕高潮的关键。可见，洪深能够总结出近似叙事学的人物行动模式，完全仰赖于他写戏重冲突、重故事情节的创作素质。这种反应—犹豫—行动的过程，可以说是概括出了人物行动的真实性和人物性格的复杂性。而把人物性格作为人物行动的落脚点，是洪深理论不同于或超越于现代叙事学为叙事而叙事，把人物非性格化，仅仅作为"行动元"的关键点，也是洪深小说人物描写理论的周全之处，这与美国当代作家安·拉莫特所谓"情节是从角色身上发展出来的""角色不应该被你自己设计好的情节绑架"② 是一样的道理。

综上关于现代小说创作的种种言述，虽然理论纯度不算太高，学理价值不够巨大，甚至是依靠自身的创作经验来描述小说特质，但是对于当时的小说创作却具有十分直接的指导意义。在特定的历史语境中，这也许是个悖论，如果追求学理，虽然可能因此具有了超越一定时空的永久性价值，却可能与创作实践隔而且远；如果追求对创作发生影响的有效性，那么理论的纯度可能就不高。我们承认这一点并不是说要做非此即彼的选择，恰恰相反，是为了尊重价值的多元性，即无论是哪种价值，只要是对文学整体有利，对人文建设有利，就应该充分肯定。

六、文学原理文本中关于小说的概述

在现代文论中，文学原理文本关于小说文体的论述无疑不应该缺席。但是，事实上，总体说来，许多文学原理文本的作者，并没有给予小说体裁应有的重视，不是语焉不详，就是缺乏理论提炼，甚至没有相应的阐

---

① 洪深：《小说中的人物描写》，《新中华》1935 年第 7 期。

② 〔美〕安·拉莫特：《关于写作——一只鸟接着一只鸟》，朱耘译，北京，商务印书馆，2013，第 77 页。

释。当然，也不是毫无建树。其中，最具代表性的，是钱歌川独著、马仲殊独著以及顾仲彝、朱志泰合著的《文学概论》。这三本《文学概论》具有一些共同的特点，一是视野都比较开阔，具有中西对照的眼光，尤其对欧美的文学史状况比较熟悉，例证几乎是随手拈来，论述也头头是道；二是都具有较为直接的小说创作经验，与其说他们是在传达小说相关的知识，总结小说体裁的特征，不如说是借此在逻辑上推演小说创作及阅读的方法。下面，我们主要以顾仲彝、朱志泰合著的《文学概论》为例，剖析一下他们对小说的理解。

由于顾仲彝、朱志泰都有较为丰富的文学创作及翻译经验，翻译，这可以说是一种高级的阅读和再创造，所以他们的《文学概论》并不满足于搬弄现成的文学理论名词术语和条文规则，或者按照惯常的写作规则，先行给小说下一个定义，也不急于概括小说的文体特征，而是以自己的创作及阅读文学作品的经验为支撑，在提出小说的结构、人物、环境三要素之后，在分头阐释的基础上，结合自身对小说写作、阅读的体验，在阐释中自然而然地带出所要论述的小说特征。这种体验性的阐述方式尽管可能同样是理论纯度不够，学术性不强，但是读者却可能在自觉不自觉中获得某种启迪。所以无论是对初习写作者，还是想提高阅读能力者，都具有较为直接的效益。

譬如谈小说的结构。当然，如前曾述，按照当下的所谓内容与形式二元对立原则，把结构与人物、环境相提并论，是有违逻辑的同一律，但是，情节与结构并不完全重合，而仅仅提情节又往往无法涵盖诸如写法、组织、预设阅读效果等结构手法。事实上，后来把结构情节化论述的结果，往往会使本来应该融为一体的论述支离破碎。所以，笔者认为，在此以结构代替情节，突破了所谓的内容形式二元对立，虽然不符合同一律的逻辑规则，但可能给人以完整感，在此意义上，还是有其必要性的。

在此，虽然顾仲彝、朱志泰把结构作为小说写作的第一要素来论述，但他们并不否定故事或者说是情节在小说中的地位，只是不限于论述故事或情节本身，而是透过它们揭示其背后的结构的意义，诸如结构体现为对故事的剪裁、布局等等。他们指出结构的最基本原则是“统一”。所谓“统一”，“作者在一篇小说之中必须要有一个重心，一切布置都是为这重心而设，一切动作和演变也都是为了完成这目标而推进。每一直接或者间接的事实都有因果关系”[①]。应该说，顾仲彝、朱志泰对于结构的“统一”原则讲得很准确、透彻。所谓“重心”，可以说是主题，也可以说是作意，但是重心要比其他两种称谓更形象、贴切、准确，也更具有可操作性。一切人物设置、故事布局、情节演进，都因此而合情合理，各种关系因此而和谐有机，作品因此成为完整体。顾仲彝、朱志泰还结合自身创作体验，经验性地梳理了作者在一般情况下构筑结构时惯常采用的方法。“作者首先介绍人物，说明他们的关系，这一阶段须缓慢而清楚，于是故事真正开始，人物逐步发展，演变逐渐复杂，齐向高潮推进。”同时指出：“浪漫派的小说高潮大都是在主角遇到最危险关头的时候，有些故事，结束就是全书的高潮，高潮过去也就是困难获得解决，接着就是全书的结束了。通常在高潮之后新的人物是不可再有出现的。同样一个故事，因为作者处理的不同，可以有不同的结构。”[②]

在此，值得注意的是如下三个关键性信息：第一，顾仲彝、朱志泰强调，在故事的发展向高潮推进的过程中，一定要“缓慢而清楚”，就是说，一定要有耐心，要有定力，不急于揭底。非如此，人物关系不能清晰，高潮也不能有力。在今天看来，这绝对是经验之谈，而非理论概括，但是对于学习写作者，这种经验之谈较之精彩理论概括肯定是更直接有效的提醒和启示。第二，“通常在高潮之后新的人物是不可再有出现的”。这更是经验之谈，当然也是一句中肯之语。不明白这一点，或者没有充分意识到这句话的含义，就可能犯低级错误。因为高潮之后至多是自然的下落，一般不会有太多的时间和空间给予新人物表现，与其让新的人物匆匆而过，甚至无效拖延，狗尾续貂，不如给来不及充分表现的人物再一次上色，给人留下深刻的印象。第三，“同样一个故事，因为作者处理的不同，可以有不同的结构”。这句话并不深奥，它的意思是说，小说创作没有标准答案可对，一切都是作者根据自身的理解自由调度的结果。而这，恰恰破解了小说创作的宿命般的神秘感。一般说来，初习写作者对小说，尤其是名作是如何写的，往往有一种盲目的崇拜，似乎一切都是命定的，不可改易，非如此不可似的。顾仲彝、朱志泰在此则告诉人们，小说创作既不是没有任何规则的游戏，也不是天才独异卓绝的创造，小说的结构，本来就是见仁见智的设计，没有最好，只有更好，这对尝试写作者无疑是一种鼓励。

顾仲彝、朱志泰的《文学概论》在小说构成的第二个要素，即人物的理解上，也有值得注意之处，那就是他们把“类型”和“个性”作为描写

---

① 顾仲彝、朱志泰：《文学概论》，上海，永祥印书馆，1945，第34页。

② 顾仲彝、朱志泰：《文学概论》，上海，永祥印书馆，1945，第34页。

人物的性格的两个层面。如前所述，李何林在其1932年出版的《小说概论》中初步提出了典型的概念，并且认为典型是由“普遍的特色”和“个性的特色”组构的。顾仲彝、朱志泰出版《文学概论》是在1945年，可以有理由认为，前者对后者是有影响的。譬如，顾仲彝、朱志泰所谓“‘类型’是普通的，‘个性’是特殊的”观点，应该是从“普遍的特色”和“个性的特色”蜕化出来的。但是，顾仲彝、朱志泰并不是简单拿来就使用，而是赋予它们一些新的含义。譬如认为，“人物具有类型才能真实，具有个性才能具体，给予读者深切的印象”。所以说“人物具有类型才能真实”，是因为只有具备某类人的共同特征，才能说明这个人物的塑造是有根基的，具有一定的代表性，读之，可以唤起更多人的共鸣。而“具有个性才能具体，给予读者深切的印象”，是因为这个人物不是某种概念的化身，而是有血有肉活生生的人。在此，由于他们没有把类型与典型相对，而是将其作为表征性的称谓，较之后来把共性、个性叠加为所谓典型，似乎更确切些。

他们还沿用李何林的分类法把人物分为所谓“静止的”和“活动的”两类，但不是简单地抄袭性使用，而是创造性阐释，即所谓“接着说”。在他们看来，“静止的”人物“不受环境的影响”，“自始至终只是一种性格”，而“活动的”人物则“随着环境的转移而改变他的性格”。[①] 应该说，强调人物分为“静止的”和“活动的”两类是有意义的，这与后来所谓的单纯人物和复杂人物有某些重合之处，但又不完全相同。单纯人物是指理想化的人物，表达了作者的某种观念，譬如《三国演义》中的诸葛亮作为智慧的化身，变化性的确不大，这有“静止的”一面，但是并不应该就此简单地视之为类型化人物，因为作者所关心的主要是能否完美地表达关于智慧的理想，至于形象本身是否有所变化并不是关键。换句话说，“静止的”人物是顾仲彝、朱志泰对传统小说创作的某些实际状况的无奈总结，单纯人物是小说作者们为表达某种理想在创作中作的一种积极设定，两者的起因、结果都不同。同理，“活动的”人物是指人物在一定环境的作用下自然而形成变化性，复杂人物指其在多重因素作用下而形成性格的多色调，他可能随着环境的变化而变化，但复杂性并不仅仅是因为环境的变化，而往往是作者为了表现某种人性深度开掘的结果。因此，复杂人物与所谓“个性”化人物并不完全重合。所谓“静止的”人物与“活动的”人物，既是顾仲彝、朱志泰对中国古典小说创作中某些实际状况的总

① 顾仲彝、朱志泰：《文学概论》，上海，永祥印书馆，1945，第41页。

结，也蕴含了一定的褒贬之意，甚至可以说是对小说创作的一种警示。也就是，认为所谓“静止的”人物形象，由于与具体的环境脱节，性格缺少变化，因此即便表达的是一些可穿越生活表层具有永恒人性的共通性和普遍性的观念，却也只能是公式化、概念化的产物；而“活动的”“个性的”人物形象，则因具体环境变化而变化，体现为个别性和差异性，往往自然鲜活生动。无疑，他们对前者是否定的，对后者是鼓励的。正因为此，他们特别重视人物性格与环境的互动关系。他们认为，环境与人物个性的关系，是根基于人性的自然反应：正如“在不同的环境里会发生不同的感觉，在绿叶成荫的树下便想小坐休息，流水之旁使人发生莫名的快感，日常生活中因时间地点的改变而产生不同的感觉是很平常的。小说中因此往往以环境来引起情节，这情节既由环境而所引起，环境就成为这情节的动机了”①。可见，顾仲彝、朱志泰关于“静止的”和“活动的”人物与他们此前所强调的“类型”及“个性”具有一定的对应关系，并且在理论上，与后来所谓的单纯人物及复杂人物有一定的互补性。综合起来看，他们对小说人物的理解不仅能对小说创作起到一定的警示、鼓励、引导的作用，而且在学理上，的确做到了“接着说”，因此具有一定的推进作用。

钱歌川编写的《文艺概论》学理性也不强，但他对小说特征的论述，即使在今天仍然有值得琢磨的地方。譬如他说：小说“原来是一种虚构的东西。它的目的是在想象的事情中，将人生的真理，使其具体化。小说既是一种虚构，所以它的要素，就是传奇，使人读得津津有味，不忍释卷。普通是把世间的事实拔萃出来，而加以润彩，以趣味为经，以普遍为纬。它的形式不像诗歌、戏剧那样的严格，并无一定构成上规则，只要以兴味为中心，一切都可自由地舒展”②。在这里，钱歌川此论透露出这样几个关键词语：虚构，这是区别于非虚构叙事文章的关键；想象性，区别于概念性论述文字；传奇性，区别于常态的事实；“以趣味为经，以普遍为纬”，是强调可读性与社会教益的结合，防止偏狭的唯趣味化；表达的自由性，没有诗歌戏剧之类的诸多限制。

可见，钱歌川的小说论虽然不是定义性的论断，而是描述性的罗列，但是内涵丰富，基本概括了小说的基本特征。当然，此论的意义并不仅仅在此，对我们今天仍然有启发性的是，他把“兴味”这诗的特征作为小说文体的中心来强调。在此，钱歌川把“趣味”与“兴味”混合使用，并不是不严谨，而是有他的用意。他把“趣味”与“普遍”相对，此时的趣味

---

① 顾仲彝、朱志泰：《文学概论》，上海，永祥印书馆 1945，第 44～45 页。

② 钱歌川：《文艺概述》，上海，中华书局，1930，第 49 页。

主要指有趣，而兴味虽然也具有趣味的含义，但更多的还是指引起读者的丰富想象和回味。所以，钱歌川说“以兴味为中心”，并不排斥产生社会功利的普遍性，而是力求兼而有之。

众所周知，由于当时“启蒙”“解放”的社会大势所趋，自文学研会成立以来，社会功利性就成为小说创作的第一要务。后来，受欧美现代派小说诸如新小说、感觉主义小说、分析小说等影响，如穆时英、施蛰存、林徽因等人的小说又有把逐新、仿新本体化的倾向，这不仅偏离了小说故事化的传统，还与小说的可读性对立起来。如何才能既有趣又有益、有效，直至当下，仍然是作家们备受困扰的难题。小说毕竟不是劝善文，有趣、耐读、值得回味如诗，理当是作家们追求的目标，但是，真正能够在理论上给予覆盖和支持的，却凤毛麟角，至少，钱歌川应该算一个。

第三节　现代散文理论的初步建构

一、现代散文概念的确立

众所周知，中国历史上有过文笔之分，笔就是所谓的散文。但是中国古代的散文不是一个独立的文体概念，而是与韵文相对的散语体文章的合称。最早在理论上涉及现代散文即文学性散文概念的应该是周作人。他在1921年6月8日的《晨报副刊》上以“子严”为笔名，发表了《美文》一文，这“美文”基本就是今天所谓的散文。据周作人讲，在西方，有一种“记述性的，是艺术性的，又称作美文”，这种美文“可以分出叙事与抒情，但也很多两者夹杂的”，这基本上指的就是现代意义的文学性散文了。值得肯定的是，周作人不仅在理论上确定现代散文的概念，而且是力倡并实际写作者。他认为美文是介于小说和诗之间的文体，“有许多思想，既不能作为小说，又不适于做诗”的，就可以写成美文。所以在此意义上，周作人不仅奠定了现代散文的理论基础，还有首倡、示范之功。

胡梦华将散文称为“絮语散文”，之所以在散文前加一个“絮语”作为修饰词，首先是为了强调散文在取材方面的广泛性，以诸如个人经历、情感、家常掌故、社会琐事等等作为“它最得意的题材”，即便是取材于国家政闻、社会舆论等，“但不是言词正意地有头有序的纪出来，只是散漫地零碎地写着”；其次是为了标示写作态度的平易性及写作手法的灵活性："这种散文不是长篇阔论的逻辑的或理解的文章，乃如家常絮语，用清逸冷隽的笔法所写出来的零碎感想文章。这里面未尝没有逻辑的议论，甚至还有很激烈的争辩。但它不像批评文或理论文带着很庄严的态度……它乃如家人絮语，和颜悦色的唠唠叨叨地说着。"这可以说是抓住了现代散文的一些基本特征。更为难得的是，胡梦华为防止人们误会此种散文只是"平淡无奇"的无聊琐事的记述，一方面强调"它自有它文学上一定的美质"，另一方面认为还要表现出作家的人格，"他的人格的动静描画在这里面，他的人格的声音歌奏在这里面，他的人格的色彩渲染在里面……所以它的特质是个人的，一切都是从个人的主观发出来"①。到此为止，胡梦华已经把散文的特征，诸如题材的广泛性、写法的灵活性、态度的平易性以及个人化、人格化等等基本揭示出来了，这为现代散文概念的确立，奠定了重要的学理基础。当然，胡梦华此论所以能够如此接近现代散文概念，主要是基于他对西方著名散文家诸如蒙田、兰姆等作品的理论总结，甚至可能是受西方散文理论的启发。但是无论如何，能够在中国文坛上最先总结、推举散文特征，应该说也是难能可贵的。

郁达夫作为《〈中国新文学大系·散文二集〉导言》的撰稿人，对现代散文自然有许多话要说。开宗立义，他先要辨析"散文"这一概念。在他看来，在中国古代，散文是有其实而无其名的，"大抵总是或'妙发性灵，独拔怀抱'，或'达幽显之情，明天人之际'"等等之类的无韵的文章，并没有散文的概念，认为散文的名称，"是西方文化东渐后的产品，或者简直是翻译也说不定"。② 郁达夫的观点是符合实际的，其实直到今天，散文的概念仍然边界不清，一个重要原因，就是这从古代就延续下来的名实分离的观念。名实分离的观念纵容了人们至今仍然从二重性角度看待散文：作为文学体裁概念或者是狭义的散文，一般指的是专事写景、抒情、记事的个人化很强的一类文章，其特征，是诸如形散神不散、取材自由、写真景抒真情等等；而作为分类的或广义的散文，则把诸如传记、杂文、札记甚至报告文学等所有无法归类的文体也一股脑儿地堆放进来。结果就是在讨论散文特征时各取所需：一个说的是内涵性散文，一个说的是外延性散文，自然不会取得共识。

如果说，郁达夫在此关于散文的概念的阐释还嫌过于简约的话，那么朱自清结合着他文体的特征，来分析散文的特质就显得具体多了。朱自清认为，各种文体存在着个别的特性："抒情的散文和纯文学的诗，小说，

---

① 胡梦华：《絮语散文》，《小说月报》1926年第17卷第3号。

② 陈思和主编：《中国现代文论选》，上海，上海教育出版社，2010，第314页。

戏剧相比，便可见出这种分别。我们可以说，前者是自由些，后者是严谨些：诗的字句，音节，小说的描写，结构，戏剧的剪裁与对话，都有种种规律，必须精心结撰，方能有成。散文就不同了，选材与表现，比较可随便些；所谓‘闲话’。”①

在与小说、诗的比较中确认散文特质的，还有李广田的《谈散文》。李广田是一长于理论的散文家，所以他的理论文章，具有极强的价值指涉及理论的有效性。李广田首先解析了散文之“散”，这可以说是抓住了问题的实质。散文之“散”，“是既可以现出散文之长，也露出了散文之短。它的长处大概在于自然有致，而无矜持的痕迹。它的短处却常常在于东拉西扯，没有完整的体势”。他所谓散文之长处，应该是平易性和浑然天成性。就是说，散文的妙处往往在于它如亲人絮语，娓娓道来，毫无骄矜做作之态，这确是散文文体的长处。所谓其短，其实是文体表面的缺欠，或者说是写得较差的散文常有的毛病，并不是散文文体与生俱来的固有的毛病。一般而言，文体只有运用得好与差，没有绝对的缺欠或优势。但所谓散文的本质之散，可以说是道出了散文文体的核心价值。一切规矩如律诗，结构严似戏剧，虚构如小说，则就不能称其为散文了。当然，在李广田看来，散文之散，散在表面，在其内在结构上，则应是有所系的红线，用后来有人总结的那样，是形散神聚。就是说，在形散神聚的前提下，散文的“本质是散的”命题才能成立。这个命题，后来成为一切散文理论的出发点和归宿。

李广田不仅把散文与小说及诗放在一起比较，而且已经深入人物、故事、描写、语言运用等各个具体层面了，这是他较之如前的朱自清的文体比较更为翔实之处。例如：

> 小说中或有故事，或无故事，但必有中心人物；散文中或有故事，或无故事，却不必一定有中心人物。
>
> 小说宜作客观描写，即使是第一人称的小说，那写法也还是比较客观的；散文则宜于作主观的抒写，即使是客观的事物，也每带主观的看法。
>
> 小说以人物行动为主，其人物之思想，情感，性格等，都是在行动中表现出来，即使偶然描写一些自然景物，也还是为了人物的行动；散文则不必以人物行动为主，只写一个情节，一段心情，一片风

① 朱自清：《〈背影〉序》，《背影》，上海，开明书店，1940，第7页。

景，也可以成为一篇很好的散文。

小说须全作具体描写，即便是议论，是感想，或是一种观念的陈述，也必须纳入具体的描写之中；散文则可以作抽象的言论，如说明一种思想，一种感情，一种论断等。①

应该修正的是，故事一般应是小说的要素之一，散文一般没有故事，即便有，也不是故事，而是本事，即原本发生的事件的记述，并不存在作者主观追寻、设置的因果联系。因为小说与散文的最大区别在于对事件是否虚构上，虚构的事件就是故事，就是小说，不虚构的事件就是本事，就是散文。换句话说，没有虚构就没有小说，而虚构的就不是散文，因为散文是“写真事抒真情”的文体，这也是它存身立命的依据，或者说是它的文体伦理。至于中心人物则要看怎么定义，如果说中心人物是指通过一系列虚构的故事所塑造的鲜明、完整的人物形象，那么散文就不必一定有中心人物；如果说中心人物就是指作品中的主要人物，那么散文也未必没有，譬如鲁迅散文中的藤野先生、范爱农、章太炎，朱自清《荷塘月色》中的“我”，《背影》中的父亲，都可以说是中心人物。

当然，说小说一般较重客观描写，散文描写多主观抒写，倒是符合实际的。因为小说是通过虚构再造一个世界，所以，像造物主创造世界一样，在这个世界中，一切都要有因有果、有根有底，重在客观地呈现出完整的故事；散文则一般是实话实说，不需要通过虚构再造一个世界，表达的就是对现存世界的直接感受，所以重在主观抒写。正因为此，散文才不需要必须以“人物行动为主”，往往“一段心情、一片风景，也可以成为一篇很好的散文”，甚至在小说中不能容忍的抽象的议论，在散文中也有可能单独存在而不影响其艺术质量。

李广田也把散文与诗进行了比较，主要意思是诗贵简练，以少胜多，含蓄、暗示以及夸张，散文的特点则是相对铺张、显豁、直陈、老实朴素等等。在此基础上，李广田提出散文在诸多方面的特质。“散文的语言，以清楚，明畅，自然有致为其本来面目，散文的结构，也以平铺直叙，自然发展为主，其所以如此者，正因为散文以处理主观的事物为较适宜，或对于客观的事物亦往往以主观态度处理之的缘故。写散文，实在很近于自己在心里说自家事，或对着自己人说人家的事情一样，常是随随便便，并不怎么装模作样。”② 应该说，这些总结都很到位，无论是对散文的题材

① 李广田：《谈散文》，《文学枝叶》，上海，益智出版社，1948，第45～46页。

② 李广田：《谈散文》，《文学枝叶》，上海，益智出版社，1948，第47页。

特点、言语个性，还是结构特征，抑或是写作态度，都抓住了散文的特质。正如今人赵瑜所言："优秀的散文应该具有最基本的五个元素：个性的语言、开阔的视野、深度叙事的能力、有写作者个人的体温、动人的细节。"[①] 王安忆也说过，由于散文不能虚构，"它失去了创造的武器，有些赤手空拳的意思，所以凭的倒是素质性的能力"[②]。她所谓的素质性能力，意思与此相似，就是有思想内涵，有生活底蕴，有感悟人生的能力。

对比起来，李广田的见解还是具有一定前瞻性的。尤其值得注意的是，李广田往往不把话说死，所谓的特点，都是相对而言的。"因为散文之中有偏重描写的，有时就近于小说，又有偏重说明的，有时就近于理论，又有偏重抒情的，有时就近于诗了。"[③] 这些补充是非常必要的，世界上不存在绝对纯粹的事物，文体尤其如此。无论是表现手法，还是言语特征，一切都是相对的，一切都在发展过程中。其实，所谓的文体，不过是在遵循文学惯例又在一定程度破坏它乃至创造新的文学惯例之间的一种平衡的结果罢了，没有哪一种手法技巧是哪种文体的专利。

综上，现代散文概念的建立，为散文创作提供了前提和自觉性基础，这应该是最直接也最有力的理论价值指涉和覆盖。体裁是作者之间的同意，也是作者与读者之间的默契，它既有内涵的规定，那就是不允许虚构，也有外延的宽松，只要在真情实意的前提下，采取什么手法，全凭作家的习惯。在共时性维度上，它不应该是画地为牢的限制；在历时性的发展中，也不是刻舟求剑的千古不变的标准，而是一种大致的约律和基本共识。这样，在相对弹性的空间里，写作者在有法可依、有迹可循中，享受着自由创造的快乐。

当时，由于理论的提倡，作家的散文创作热情也受到鼓舞，产生了一大批流传至今的堪为经典的作品。朱自清在 1928 年 11 月 25 日《文学周报》第 345 期所写的《论现代中国的小品散文》中介绍道，胡适在 1922 年 3 月所写的《五十年来中国之文学》中，对散文有过十分积极的评价。"白话散文很进步了。长篇议论文的进步，那是显而易见的，可以不论。这几年来，散文方面最可注意的发展乃是周作人等提倡的'小品文散文'。这一类的小品，用平淡的谈话，包藏着深刻的意味；有时很像笨拙，其实却是滑稽。这一类的作品的成功，就可彻底打破那'美文不能用白话'的迷信了。"

① 赵瑜：《关于散文》，《文艺报》2013 年 12 月 25 日。

② 蒋原伦编选：《中国当代先锋艺术家随笔选》，北京，中国社会科学出版社，1998，第 11 页。

③ 李广田：《谈散文》，《文学枝叶》，上海，益智出版社，1948，第 47 页。

朱自清对现代散文的成绩评价甚高，欣喜之情，溢于言表。“最发达的，要算是小品文散文。”“就散文论散文，这三四年的发展，确是绚烂极了：有种种的样式，种种的流派，表现着，批评着，解释着人生的各面，迁流曼衍，日新月异：有中国名士风，有外国绅士风，有隐士，有叛徒，在思想上是如此。或描写，或讽刺，或委曲，或缜密，或劲健，或绮丽，或洗练，或流动，或含蓄，在表现上是如此。”[①] 确实，即使用今天的眼光看，现代散文的经典名篇也如云蒸霞蔚，难以胜数，是中国现代文学史上一道不可遮蔽的靓丽风景线。这固然与时代需求密切相关，而当年的理论研究和倾力提倡自然也功不可没。

如果从作者的写作需求角度讲，也有它所以繁荣的道理。譬如，尽管20世纪上半叶是社会急剧动荡的年代，但毕竟是从传统封建社会向现代社会的过渡，所以，作为试图使文学对社会改造有所用的文学人，诸如周作人、朱自清、胡适等等，一方面具有公共知识分子的心忧天下的人文情怀，另一方面，则不可避免地仍然残留一些文人情趣。无论是以文涉世，还是著文自娱，或者是想纪事、要抒情，抑或是求达意，最方便、随意、不受条条框框限制的就属散文。写散文不需要小说虚构所必备的想象力，也不需要填词赋诗所需要的炼字功夫和激情，只是对自己身边事、身边人、身边景以及以往的经历有所感、有所想，只要具有一些基本的文字表达能力，一般就可能挥洒一篇，当然写成上乘之作还是不容易的。从读者的阅读心理来讲，20世纪伊始，各色新小说的创作可谓日渐纯熟，各种各样的故事在文坛上争奇斗艳，人的精神需求本来就是多样化的，看腻了虚构的文字，转而对实在的非虚构散文发生兴趣，也是情理之中的事，正如新世纪以来兴起的散文热。这一写一读，就应该是当年散文写作如云蒸霞蔚的主要原因。

二、散文的分类

关于散文的分类，大致是从外在形态和表现手法两个方面着眼。传统的“文”“笔”之分，是最早也最笼统的分类方式，现代散文当然不能满足于这种粗疏的分类。王统照在1924年2月21日和3月1日的《晨报副刊·文学旬刊》第26、27号上，就直接以“散文的分类”为题，专门论述散文的分类问题，可见他关于散文的自觉意识之强。王统照提出了“纯散文”的概念，以区别于“其发源是多数由散文的形式中创出”的诸如小

① 朱自清：《〈背影〉序》，《背影》，上海，开明书店，1940，第8页。

说、戏剧等。这是非常有意义的，不仅使散文摆脱了仅仅作为与韵文相对的一切文体的大而无当，而且能够与同属叙述文学类的小说、戏剧等进行有效区分。进而，王统照将这纯散文又分为历史类散文、描写的散文、演说类散文、教训的散文、时代的散文五类。根据王统照的描述，他所谓历史类散文，就是史传散文；描写的散文，就是以写景为主的抒情文；演说类散文在当时的中国还不多见，属于演讲稿；教训的散文属于以传播知识为目的的说明性散文；时代的散文其实就是时评性杂文。这五类散文，如果套用今天一般的分类方式，把演说类、教训的、时代的散文都归为论说类的话，那么王统照所谓的五类散文，就可以大致归为叙事类、抒情类、议论类三大类。当然，如果反过来看，也可以说，王统照奠定了中国现代散文分类的学理基础。即便是仍然按照这五类分法，其实也未尝不可。因为今天仍然有将边缘化的诸如演讲稿、说明文、杂文等文体作为散文的二级分类，所以可以说王统照的分类基本是有效的。

王统照对这五类散文的划分，虽取材于韩德（T. W. Hunt），但加了他“个人的判断”，较之此前的“以散文为除掉有韵的诗歌便无所不包”，确是一个大的进步，而且在这五类散文的论述中，也有一些自主之见。譬如他在所谓的历史类散文论述中指出：“这类散文最重要的是传记与历史本质……加上的文学性是统一，连续，单纯，优美，外形的技艺，清显与准确，惟其能如此，则中心的事实既可在著作家的逻辑次第中现出——在有艺术的体裁中决定——又可达到精细描摹的勇力的过程；既不曾失却真实，又能引起人感兴的趣味，这方是历史散文家的手腕。”① 用现在的话说，就是历史真实与文学性或谓高超的艺术表现手法完美结合。在散文刚刚进行有效分类的当时，就能够明确提出历史类散文的历史性与文学性的双重特质，是难能可贵的。

在王统照看来，如果说，历史类散文是在保证历史真实的基础上再“加上文学性”的话，那么，“描写的散文其注重艺术之点较历史的散文为尤重要。因为历史的散文当是以事实为根据，而描写则偏倾于从风景与视力之中绘画事实加以理想化”。就是说，描写的散文更便于采用各种的文学表现手法，因此文学性更强、更纯，而且为历史散文所严格限制的艺术想象，在此也有了广阔的天地。“此类散文须有想象的融化——再现如其显现相同——受象示的支配比受事实的支配为大，其理想的与意象之真实的表现及其活动，恰与实体的东西无异。”② 意思是说，在描写的散文中

① 王统照:《散文的分类(未完)》,《晨报副刊·文学旬刊》1924 年第 26 号。

② 王统照:《散文的分类(未完)》,《晨报副刊·文学旬刊》1924 年第 26 号。

所出现的景物，已经不是展现于作家目前的纯客观的自然景物了，而是经过作家“想象的融化”，较之自然景物更美、更理想、更便于抒情的创造性景物。美中不足的是，王统照把“中国唐人小说与清代的聊斋等”也归为此类，说明他的文体观念仍然有些混沌。另外，王统照所谓“教训的散文”及“时代的散文”在命名上也不确切，“教训的散文”给人以训诫文或劝善文的感觉，无形中消解了文学色彩；“时代的散文”的“时代”应该与“历史”相对，应指内容新锐、追踪社会热点的文章，但这种命名与其补述的所谓“能以包括许多形式就中取得论列上的便利及文字上不受任何形式的拘束易于自由挥发”等特性看不出有什么直接联系，还不如就用“杂散文”更确切些。当然，分类的最基本意义在于把混沌一体的事物区分开来，至于分类后的命名是否确切还是其次的问题。所以王统照最大的理论贡献是他最先把散文作了较为有效的分类，至少启示了后来者的思路，以便继续研究下去。

郁达夫为《中国新文学大系·散文二集》撰写了导言，所以他不能不对散文的种类有所归纳总结。在他看来，“散文的外形”，即散文的外在标志，“既是无韵不骈的文字排列”，“似乎是专指那一种既不是小说，又不是戏剧的散文而言……是新文学发达之后才兴起来的一种文体”。就是说，散文是无韵不骈（区别于诗）的区别于小说、戏剧的第四文体。当然，在郁达夫的语境中，散文首先是作为一种文学样式，而不是非文学的论文，它是与小说、戏剧、诗相对应的一种文学体裁。从表现手法讲，郁达夫确认那种以“描写、叙事、说明、论理的四大部类”或者是“以实写，抒情，说理的三项来包括的”分类方式。①

应该说，郁达夫的四分法或三分法，较之王统照的五分法更为确切，易于把握。一般而言，无论是写作者还是欣赏者，都希望有所依凭，而散文分类的意义，恰恰在于能够满足人们的这种需求。用鲁迅的话说：“分类有益于揣摩文章，编年有利于明白时势。”② 在笔者看来，散文的分类，就是公布散文家族的家底、分支和谱系。不言而喻，分支就是同中有异，谱系就是异中有同。正因为散文家族庞大，分支林立，谱系复杂，有效的分类，才能使散文写作及欣赏有序化进行。

其实，一直以来，散文分类归分类，创作归创作，并没有人以诸如抒情文、说理文、记事文之类的名目写作，有的只是譬如美文、小品文、报

---

① 朱自清：《〈中国新文学大系·散文二集〉导言》，陈思和主编：《中国现代文论选》，上海，上海教育出版社，2010，第314、315页。

② 鲁迅：《〈且介亭杂文〉序言》，《鲁迅全集》第6卷，北京，人民文学出版社，1973，第13页。

告文学、散文诗之类的写作。这也合理，因为分类的目的，不过是提高创作、欣赏的理论自觉罢了，并不是体裁本身。下面我们将逐项梳理一下。

（一）小品文

钟敬文虽然不是小品文的命名者，却是给予小品文以具体的学理研究的理论家之一。他在《试谈小品文》中，不同意胡梦华将英语中 familiar essay 译为"絮语散文"，认为译为"小品文"更确切。在笔者看来，这种命名较之絮语散文要简洁明白许多，而且小品文至少更像一个独立的文体，也容易与古代如明代的性灵派散文接续文脉。钟敬文此文的理论贡献在于，他赋予小品文的内涵以两个元素——情绪与智慧，认为"平常的感情和智识，有时很可用以写小说做议论文的，移到小品文，则病其不纯粹，不深刻。它需要湛醇的情绪，它需要超越的智慧，没有这些，它将终于成了木制的美人"。这种以情绪、智慧为小品散文特质的看法影响久远，至今学界仍然普遍认为散文的魅力主要在于表现了人生的感悟及智慧、隽永而纯真的情感。好的散文，确如陈年老酒，愈久愈醇，所以才有青年由于浪漫喜欢想入非非而适宜写诗、中年人生经验丰富又不乏情感适合写小说、老年则因富于人生智慧最适宜写散文之说。

钟敬文对现代散文理论的另一贡献在于，他提出（或总结）小品文的韵味应该是"精悍、隽永"。因为所谓的小品文本来就篇幅短小，不同于小说尤其是中篇、长篇小说，任何冗繁都是不能容忍的败笔，所以，精悍、隽永几乎是它存在的唯一理由。当然，钟敬文并非要求小品文的风格、韵味要整齐划一，恰恰相反，他认为小品文应该有不同的格调："有人的幽淡，有人的奇丽，有人的娇俏，有人的滑稽，只要是真纯的性格的表露，而非过分的人工的矜饰矫造，便能引人入胜，撩人情思。"[①] 这为后来散文创作的价值取向多元化提供了理论支持。

鲁迅也曾专门谈过小品文，如 1933 年发表的《小品文的危机》、1935 年发表的《杂谈小品文》等。在鲁迅看来，当时盛行的小品文是"常常取法于英国的随笔（Essay），所以也带一点幽默和雍容；写法也有漂亮和缜密的"。应该说，这种小品文与钟敬文所谓"情绪与智慧"是小品文的元素，"精悍、隽永"是其韵味，是可以兼容的。但是，鲁迅出于时代的需要，又赋予小品文战斗的品格，认为"生存的小品文，必须是匕首，是投枪，能和读者一同杀出一条生存的血路的东西；但自然，它也能给人愉快和休息"。[②] 不可否认的是，从学理角度讲，钟敬文对小品文的界定是准

① 钟敬文：《试谈小品文》，《文学周报》1928 年第 349 期。

② 鲁迅：《南腔北调集》，北京，人民文学出版社，1951，第 171～175 页。

确的，鲁迅所谓的小品文实际上是充分杂文化了的，甚至与杂文难以区别。但是仅就时代需求讲，钟敬文的小品文的确过于休闲了一点，而鲁迅的小品文则完全符合战斗的需要。

1935年叶圣陶在《太白》杂志第一卷纪念专辑上发表《关于小品文》，认为“小品文不单指篇幅短小的文字而言。篇幅短小，不一定就是小品文”。那么，什么是小品文呢？叶圣陶把枯燥乏味的教科书的讲义体作为小品文的对立面进行描述，认为小品文应该是“作者见到什么想到什么就说什么，见不到想不到就不硬要来说。那是不只是提供一些概念的：作者怎么得到这一些概念的过程，也在文字里精密地叙述出来，有时还用了画家的画笔似地描出一些生动的印象。那是抱着一种亲切的态度的：读者读了，总觉得自己跟作者同在这个世界里，所谈论的也正是这个世界里的事”。为了说明问题，叶圣陶还把小品文与讲义体比作文学与非文学的两极：“精粹的小品文是一个极端，好比最深色；讲义体中间的尤其坏的是另一个极端，好比最淡色。”① 如果概括一下，在叶圣陶看来，小品文就是题材广泛、随意，文笔亲切随和，描写鲜活生动，给人以亲临其境的感觉，其实就是所谓的“美文”。再结合叶圣陶论述所谓随笔的特点“在于新鲜的意趣”，那么小品文的特质就比较完整了。

（二）杂文

鲁迅是杂文的提倡者和创作者。众所周知，20世纪初，中国社会急剧动荡，政局变幻莫测，作家们为了便于向社会发言，抨击时政，干预生活，于是，杂文这种不拘形式、不限体裁、创作自由度最大的文学形式就应运而生了，其实也就是前面王统照所谓的“能以包括许多形式就中取得论列上的便利及文字上不受任何形式的拘束易于自由挥发”的“杂散文”。当然，文坛上对杂文不以为然的大有人在。譬如有位叫林希隽的人（据说，林希隽当时是上海大夏大学的学生）曾这样评介杂文：“最近以来，有些杂志报章副刊上很时行的争相刊载着一种散文非散文，小品非小品的随感式的短文，形式既绝对无定型，不受任何文学制作之体裁的束缚，内容则无所不谈，范围更少有限制。为其如此，故很难加以某种文学作品的称呼；在这里，就暂且名之为杂文吧。”② 在他看来，既然杂文是散文的一种，就应该有所限制，即有作为文学体裁的固定形式，内容也应该有所谈而有所不谈。这固然符合一般阅读和写作人的心理，有固定的体裁规

---

① 《叶圣陶论创作》，上海，上海文艺出版社，1982，第295页。

② 转引自鲁迅：《做“杂文”也不易》，《鲁迅全集》第8卷，北京，人民文学出版社，2005，第418页。

范，便于揣摩分析文章的写法及结构，但是如果这样的话，那就不是杂文了。所以，这种指责明显是一种书生之见。杂文在当时所以大受欢迎，就是因为它在写法上不受限制。

鲁迅当然是杂文的热烈拥护者和写作者，他从文学发展的实际出发，而不受制于现有体裁的条条框框，认为“杂文这东西，我却恐怕要侵入高尚的文学楼台去的。小说和戏曲，中国向来是看作邪宗的，但一经西洋的‘文学概论’引为正宗，我们也就奉之为宝贝”。在这里，鲁迅指出杂文在当时受到抵制的两个原因：一是理论落后于创作实际，当时还没有更多的人在理论上为杂文确定其文学的地位；二是一些人基于崇洋心理不承认，因为当时从西方舶来的《文学概论》之类的理论著作尚未将杂文收入其中，仍将之视为野狐禅。那么，杂文的价值究竟如何？在鲁迅看来，主要是“和现在切帖，而且生动，泼剌，有益，而且也能移人情”。[①] 就是说，杂文和现实生活结合得紧密，而且形式不拘一格，活泼生动，既能晓之以理，又可动之以情，几乎具有其他文学体裁的一切可能性，所以完全有资格进入文学之列。

李长之是研究并对鲁迅的杂文给予高度评价的人之一，他在《鲁迅批判》一书中专设一节“鲁迅之杂感文”，认为鲁迅杂文的特点是“常有所激动，思想常快而有趣，比喻每随手即来，话往往比常人深一层，又多是因小见大，随路攻击，加之以清晰的记忆，寂寞的哀感，浓烈的热情，所以文章就越发可爱了”[②]。李长之对鲁迅杂文的评价可以说明，他眼中的杂文应该是情感浓烈，有激情，此为文学的特质；思维敏捷而机智，比喻恰切而深刻，此为杂感文的特质，凡斯种种，成就了鲁迅杂文不可替代的价值。事实上也是如此，杂文作为散文的二级体裁，由于鲁迅等人的不懈努力，通过理论上的倡导和创作上的示范，包括诸如李长之的高度评价，终于为中国现代文学史留下了丰富的成果。

（三）报告文学

报告文学是否属于散文的一种，虽然至今仍然没有定论，但是它属于广义的散文，或者说是离散文最近的文体，应该是没有问题的。茅盾是最早使用“报告文学”这一文体名称的作家、理论家之一，他在 1937 年 2 月20 日《中流》第 1 卷第 11 期发表的《关于“报告文学”》，是关于报告文学文体专论的文章。根据茅盾的考察，报告文学在当时是刚刚由欧美

---

① 鲁迅：《徐懋庸作〈打杂集〉序》，《鲁迅全集》第 6 卷，北京，人民文学出版社，1973，第 291、292 页。

② 李长之：《鲁迅批判》，北京，北京出版社，2011，第 141～142 页。

引进的新的文学样式，而且国内标本式的报告文学还很少见，大概只有夏衍的《包身工》堪为代表。在茅盾看来，报告文学最容易与小说混淆，原因是两者无论在篇幅还是写人写事上都有很多相似之处。但区别也是明显的，这主要表现在"'报告'的主要性质是将生活中发生的某一事件立即报道给读者大众。题材既是发生的某一事件，所以'报告'有浓厚的新闻性；但它跟报章新闻不同，因为它必须充分的形象化。必须将'事件'发生的环境和人物活生生地描写着，读者便就同亲身体验，而且从这具体的生活图画中明白了作者所要表达的思想"。这是报告文学的新闻性与文学性两重特点。报告文学的社会价值在于，"'报告'作家的主要任务是将刻刻在变化刻刻在发生的社会的和政治的问题立即有正确尖锐的批评和反映"。报告文学与小说确有相似之处，那就是"好的'报告'须要具备小说所有的艺术上的条件——人物的刻画，环境的描写，氛围的渲染等等"。但是"报告"和"小说"的区别也是明显的："前者是注重在实有的'某一事件'和时间上的'立即'报道，而后者则是作家积聚下多少的生活体验，研究分析得了结论，借创作想象之力而给以充分的形象化。"准确些说，"'小说'的故事，大都是虚构——不过要合情合理，使人置信。'报告'则直须是真实的事件"。

茅盾对报告文学文体特征的阐释，或者说是划界，具有开创性的意义，至今仍然有效。无论是将其概括为"新闻性""形象化"（文学性），还是强调其"注重在实有的'某一事件'和时间上的'立即'报道"，而不是虚构的故事，都非常准确地提炼出其文体特征。同时，把它与小说相提并论也是非常必要的，因为在诸种文学体裁中，只有报告文学和小说在体量、构成上有诸多相似之处，而且同属叙事文学。

茅盾这一观点在今天看来也是合适的，按照当下国内外非虚构文学写作的共识，报告文学与小说的区别，已不在于是否有情节，而是看这情节是怎么来的。作为虚构性叙事文体，小说的情节是作家出于刻画人物性格的需要而设计的，要达到这一目的就必须虚构。只不过，虚构并不是天马行空随意胡编，而是要符合社会生活的常情常理，其关键，就在一个"巧"字。报告文学所叙述的事件，虽然是自然发生的现实事件，一般没有太明显的因果联系，不会有如小说可能具有的跌宕曲折的故事情节，但事情也不是那么绝对，如果经过作者详细考察、认真采访，再加上作者采取特殊的叙述手段，也有可能具有几乎与小说相媲美的精彩的情节。这一点，已经被当下国外的一些优秀非虚构文学的创作成果证明。正如美联社前写作指导布鲁斯·德斯尔瓦所说："每个真实的故事……有着同样的潜在结构……人物总有个问题。他因这个问题而挣扎。故事的大部分都是关于这种挣扎的。在故事的最后，你会读到人物要么战胜困难，要么被困难打倒。”① 总之，在杰克·哈特们看来，非虚构文学也有故事，“叙事加上情节，便等于一个故事”，而情节“就是一系列有意安排的事件……情节就是‘为什么’”。② 在他们看来，自然发生的社会事件中，也存在一个“为什么”，就是所谓的“潜在结构”。因为任何事件都会有问题，而“当问题出现时，故事就发生了”，所以，尽管非虚构文学故事的营造可能较之虚构文学如小说更不容易，但是经过细致采访和在此基础上的精心设计，还是有可能把这“潜在结构”发掘出来的。

据美国非虚构文学理论家杰克·哈特介绍，一个叫马克·拉勒比的记者听说这样的故事：在一场毁灭性的暴风雨中，一个养狗的妇女差点被淹死，几乎失去了所有的动物，只剩下一个小狗，于是他找到了养狗人，详细询问每一个细节，最后终于写成了“一篇感人至深、活灵活现的故事”。杰克·哈特认为，在叙述中，“列出的情节点越多，故事就显得越好”。而对情节点的充分利用，是非虚构文学成功的关键。在叙述中，“一定要突出最后的谜题”。就是说，各个情节点，应该“从小到大逐步解开，将最大的谜题留到最后揭晓”。这就是成功的非虚构文学的叙事策略：既引人入胜，扣人心弦，又不失其真实。相反，如果“把他们在核心人物身上得到的信息一股脑都放进背景介绍中去，从而推迟了本该一开始就抓住读者的故事线……当一切都知晓时，故事已然不复存在”，读者的兴味自然也就不存在了。可见，讲究叙述方法，可以弥补不能虚构的缺憾，唤起事件自身的魅力。在此意义上，茅盾说报告文学“须要具备小说所有的艺术上的条件——人物的刻画，环境的描写，氛围的渲染等等”，不仅是可行的，而且是必要的，因为它毕竟是文学。

具体言之，小说由于是虚构的叙事文体，所以在写人叙事方面在兼顾所谓的常情常理的前提下，一般是无所顾忌的，在这一点上报告文学无法与其相比。但是，小说可以动用的手段，无论是肖像描写、行动描写等等，在报告文学中，都可以通过细致的采访、考察、分析而获得使用权。用杰克·哈特的话说：“非虚构作家也运用间接塑造的手法来描写人物的羞怯、傲慢、强悍或者消极。”“现代出色的小说作家和非虚构作家都会让

① 转引自〔美〕杰克·哈特：《故事技巧——叙事性非虚构文学写作指南》，叶青、曾轶峰译，北京，中国人民大学出版社，2012，第5页。

② 〔美〕杰克·哈特：《故事技巧——叙事性非虚构文学写作指南》，叶青、曾轶峰译，北京，中国人民大学出版社，2012，第6页。

人物自己说话，布若威称这种方法为‘直接塑造人物’。他们可能偶尔会对人物发表看法。但是，通常他们会选择运用细节，引导读者给人物作总结。对于非虚构作家而言，这就意味着他们必须详细的报道。他们的笔记本上记满了有关人物的外貌、财产、行为、语言等方面的详情，他们要选择那些最能展现人物细节的内容。”① 虽然茅盾写此文时，报告文学刚刚在国内兴起，甚至欧美文学界也没有多少创作和理论上的积累，但恰恰是理论上的不够完善，才没有形成自我限制的定式，才有可能产生超前的且与今天相一致的诸多见解，这其实是很耐人寻味的。

巧的是，茅盾撰写此文后的两个月，沈起予在1937年4月10日《新中华》5卷7期上，也发表了一篇关于报告文学的文章——《报告文学简论》。说是简论，文章的确不长，也就千把字，但在文章中，沈起予表达了与茅盾有所不同的观点。如前所述，茅盾基本主张“报告”与“文学”并重，两者是并列词组，而沈起予不满足于此，明确提出“报告文学不能仅仅是‘报告’，而首先必须是‘文学’”，似乎认为应该偏重“文学”，两者是偏正结构。有趣的是，茅盾虽然口头上宣称“报告”与“文学”并重，但是在具体的论述中，却仍然认为报告文学“须要具备小说所有的艺术上的条件——人物的刻画，环境的描写，氛围的渲染等等”，实则“文学”重于“报告”；沈起予则恰好相反，他虽然口头上承认“报告文学不能仅仅是‘报告’，而首先必须是‘文学’”，实际上，却认为“报告”在一定程度上应该限制文学性。在笔考看来，这种限制还是必要的，甚至可以说，恰恰是这种限制，才使报告文学得以不偏不倚地发展。沈起予认为，首先要对报告文学的题材有所限制，即认为“报告的对象”是“值得我们‘报告’”，例如“街头巷尾的日常茶饭不是报告文学的对象”，“它必须有特殊的事件，特殊的内容”。“所谓特殊的事件和内容者，是指客观社会中发生的非常动人的变故或现象——而这种变故与现象，又是完全不为普通大众所知道，或完全被歪曲地传达了出来，并且也还时时刻刻在演进，在转化，使一般人不容易捕捉其真相及本质者。”就是说，不是随便什么都可以成为报告文学的对象，它必须是典型、有意义的事件，这就为报告文学的新闻价值确定了前提。其次，他又对报告文学作者的创作态度有所限制。“需得他是一个该事件的参与者，或至少也是一个亲临实地的调查者。”“根据新闻杂志等材料”或者“仅据道听途说”来写报告文学是不可以的，“普通的小说之类可容许作者的想象力的驰骋，报告文学则绝

① 〔美〕杰克·哈特：《故事技巧——叙事性非虚构文学写作指南》，叶青、曾轶峰译，北京，中国人民大学出版社，2012，第28、24、82～83页。

对排斥作者对事件的自由创造”。这与茅盾所谓的“须要具备小说所有的艺术上的条件——人物的刻画，环境的描写，氛围的渲染等等”主张形成对比和制衡，倒是与今天的杰克·哈特所强调的非虚构文学作者“要选择那些最能展现人物细节的内容”观点相一致。

当然，沈起予并没有忘记“文学”要求，他要求作者的“描写也必须与其他的文学样式同样地要求形象化。要这样的题材才值得我们‘报告’，要这样写出来的东西才对读者有强烈的申诉力”。问题在于，报告文学需要怎样的“形象化”，沈起予却有些语焉不详，这是令人遗憾的。[①]

总的说来，沈起予的报告文学观是新闻性与文学性并重的，说是“首先必须是‘文学’”，其实是以“报告”限制“文学”，以“文学”促进“报告”的可读性效果。纵观中国报告文学发展的历史，沈起予的观点基本上被后来的文学界普遍接受。譬如后来几乎所有的文学理论教材，在对报告文学进行文体特征界定时，都是先讲“新闻性”（或谓“真实性”“及时性”），然后讲“文学性”。其实，“报告”的新闻性是受文学性限制的有限新闻性；“文学”之文学性，则也是受“报告”限制的有限的文学性。无论是以文学性消解新闻性，还是新闻性扼杀文学性，都是双向伤害，而要获得双赢效果，就必须二者并重，这是报告文学这种文体能够长久立足于文坛的根本原因。在此意义上，沈起予的观点较之茅盾的主张更为周全些。

叶圣陶对报告文学的某些见解堪为如上观点的补充。譬如他在写于1936年的《文章例话》中对夏衍的报告文学《包身工》进行评点，并认为报告文学的“作用在向大众报告一些什么，而它的本身却是文学”。但是，他不同于茅盾等人主要是从“报告”与“文学”的一致性界定该文体的特征，而是从两者的“写作动机”的不同，指明报告文学与一般的应用文的报告书的区别，这倒是一种别致的思路。报告文学与一般的应用文的报告书不同的是，它“绝对不在应付事务上的必需。只因作者对于社会中某一方面的情形非常熟悉，而这一方面的情形不只是几个人的‘身边琐事’，那是很有关于社会全体的。一种强烈的欲望激动着他，必须把他所熟悉的一五一十告诉给大众知道才行，不然就像在饥饿的人群中间私自藏下一两碗多余的饭，是不可饶恕的极端的自私行为”。在叶圣陶看来，“报告文学本身是文学，而应用文的报告书不是”，“应用文的报告书，写作动机在应付事务上的必需”。[②] 这样的报告书不会掺杂写作者的情感因素，

① 参见沈起予：《报告文学简论》，《新中华》1937年第7期。

② 《叶圣陶论创作》，上海，上海文艺出版社，1982，第318～319页。

而报告文学则是在“一种强烈的欲望激动着他”的情形下，不吐不快的产物。可见，如果把叶圣陶关于报告文学的文体特征的指认，与茅盾、沈起予等人的观点结合在一起，就应该是报告文学的“圆照之象”了。

第四节　戏剧及电影理论价值撮要

严格些说，戏剧和电影都不属于真正意义的文学体裁，而是综合性的表演艺术，文学性即剧本只是它们诸多因素中的一个，能够称为文学体裁的应该是戏剧文学和电影文学。但是，由于在当时，纯文学的观念刚刚建立起来，人们还没有来得及仔细分辨综合性表演艺术与阅读性文学文本之间的区别，而且，历史所流传下来的戏剧都是以剧本的形式存在的，所以，在一般的文学概论著作及探索性理论文章中，人们还是习惯于将戏剧与戏剧文学、电影和电影剧本混为一谈。对此，我们只能尊重历史的称谓。

一、进化论与戏剧改良

在1918年10月《新青年》第5卷第4号上，胡适发表了《文学进化观念与戏剧改良》一文，这是中国现代文学史上较早研究戏剧（至少是对戏剧发生影响）的理论文章。胡适此文的立论依据是进化论。不可否认的是，进化论是科学主义的产物，而科学主义对于中国现代文学是一把双刃剑：一方面，科学主义对于启蒙去蔽具有不可替代的价值，因此它成为文学启蒙的重要武器；但另一方面，科学主义又与文学在表达方式及价值取向等方面相左，或者说，凡是文学的领域，科学（自然科学意义的）阐释都有些力不从心，或者是生硬切割乃至南辕北辙，这就决定了胡适此说必然呈现为价值的正负两面性。

具体言之，胡适从进化论的角度，认为“文学乃是人类生活状态的一种记载，人类生活随时代变迁，故文学也随时代变迁，故一代有一代的文学”。“文学乃是人类生活状态的一种记载”，如果是以认识论的反映论的观点为依据，应该说此论大致不差。在此基础上加上时间的维度，就会得出进化论“一代有一代的文学”的结论，也应不无道理。但是此论却不可绝对化，否则，就会导致历史虚无主义。事实上，胡适只看到历史的进化，却忽略甚至否定了历史承传的必要性。譬如，胡适认为：“一种文学的进化，每经过一个时代，往往带着前一个时代留下的许多无用的纪念品；这种纪念品在早先的幼稚时代本来是很有用的，后来渐渐的可以用不着他们了，但是因为人类守旧的惰性，故仍旧保存这些过去时代的纪念品。”在此，他所谓“无用的纪念品”或谓“遗形物”，指的就是戏剧中的乐曲、脸谱、嗓子、台步、武把子、唱工、锣鼓、马鞭子、跑龙套等等。其实，胡适这是带着科学主义的偏见来看待中国戏剧的“遗形物”的。换一个角度，诸如乐曲、脸谱、嗓子、台步、武把子、唱工、锣鼓、马鞭子、跑龙套等等，其实恰好是传统戏剧所必需的元素，否则还叫什么戏剧？本来，戏剧作为一种文化，一种艺术，无所谓进化不进化，有的只能是发展或变化，因为进化就意味着对此前的否定和扬弃。众所周知，在后殖民主义语境中，文化只有不同，无论孰优孰劣。同样，具体的艺术自然有好有差，但在整体上，尤其在不同的艺术形式之间，不存在孰高孰低的问题。况且一种艺术形式的存在，主要在于表演与观众之间的默契，既然观众认同诸如乐曲、脸谱、嗓子、台步、武把子、唱工、锣鼓、马鞭子、跑龙套等程式，就说明有它存在的理由。提倡或推行新剧种譬如话剧当然很好，但是以话剧的标准否定传统戏剧则是一种幼稚的价值错位。

胡适还以科学主义和写实的观念否定传统戏剧表演的虚拟性、程式的合法性。“再看中国戏台上，跳过桌子便是跳墙；站在桌子上便是登山；四个跑龙套的便是一千人马；转两个弯便是行了几十里路；翻几个筋斗，做几件手势，便是一场大战。这种粗笨愚蠢，不真不实，自欺欺人的做法，看了真可使人作呕！既然戏台上不能演出这种事实，又何苦硬把这种情节放在戏里呢？”在今天看来，这恰恰体现了中国传统戏剧艺术简洁、含蓄的妙处：凭借着与观众的默契，以少胜多，计虚当实。因为舞台空间有限，表演模仿过实，就会陷入无法表演的尴尬。难道表演“登山”就真的要登山？“一千人马”就上台一千人马？“一场大战”就要血流成河？所以虚拟、程式都是表演所必需的，而且这些后来甚至成为西方现代派戏剧的启发源。

也许是时代发展了，也许是学养的不同，或者本来在学术观点上就存在差异，后来的宗白华对于中西戏剧的不同质，就给予了最大的理论包容和艺术理解。譬如宗白华认为：“西洋讲究透视学，舞台也要求透视。先有布景，后有人物。中国戏曲不同，人物出场，手拿马鞭就说明是骑马出来了。是两种不同的境界。”① 在宗白华看来，中国传统戏剧舞台上，以

① 宗白华：《中西戏剧比较及其他》，《艺境》，北京，北京大学出版社，1987，第387页。

虚当实不仅不是缺陷，反而还是一种独创性和表现优势。"'戏曲的布景是在演员身上。'演员结合剧情的发展，灵活地运用表演程式和手法，使得'真境逼而神境生'。演员集中精神用程式手法、舞蹈动作，'逼真地'表达出人物的内心情感和行动，就会使人忘掉对于剧中环境布景的要求，不需要环境布景阻碍表演的集中和灵活。'实景清而空景现'，留出空虚来让人物充分地表现剧情，剧中人和观众精神交流，深入艺术创作的最深意趣，这就是'真境逼而神境生'。"① 可见，宗白华的见解是深刻的、到位的，同时具有穿透历史的原创性。

当然，胡适此文还是有积极建设意义的一面。譬如胡适认为中国传统戏剧缺乏"文学的经济方法"，这种提法是否准确姑且不论，但确是击中了传统戏剧之弊。在传统戏剧中，按照胡适的说法，譬如"《长生殿》全本至少须有四五十点钟方可演完，《桃花扇》全本须用七八十点钟方可演完"，这也说明为什么传统戏剧一次只能唱几出了。这种松散芜漫的演出确实不完整、不经济，因此戏剧性必然也不强。所以，在胡适看来，戏剧的演出，应该遵循"三一律"原则，即"（1）一个地方，（2）一个时间，（3）一桩事实"。具体说来，就是遵循"（1）时间的经济。须要能于最简短的时间之内，把一篇事实完全演出。（2）人力的经济。须要使做戏的人不致精疲力竭；须要使看戏的人不致头昏眼花。（3）设备的经济。须要使戏中的陈设布景不致超出戏园中设备的能力。（4）事实的经济。须要使戏中的事实样样都可在戏台上演出来；须要把一切演不出的情节一概用间接法或补叙法演出来"。应该说，胡适此论确实更符合演出规律。事实上，后来戏剧按照"三一律"的方法进行了改造，不仅方便演出，而且戏剧的内容即剧情也更紧凑，更富于张力，也更吸引观众。只不过，说这一切符合所谓"时间经济""人力经济""设备经济"等等，不如用简约来表述更恰当。

不仅在戏剧形式改造上有所建树，在戏剧内涵建设上，胡适也功不可没。譬如他明确提出，"中国文学最缺乏的是悲剧的观念。无论是小说，是戏剧，总是一个美满的团圆"，认为"这种'团圆的迷信'乃是中国人思想薄弱的铁证。做书的人明知世上的真事都是不如意的居大部分，他明知世上的事不是颠倒是非，便是生离死别，他却偏要使'天下有情人都成了眷属'，偏要说善恶分明，报应照彰。他闭着眼睛不肯看天下的悲剧惨剧，不肯老老实实写天工的颠倒残酷，他只图说一个纸上的大快人心。这

① 宗白华：《中国艺术表现里的虚和实》，《艺境》，北京，北京大学出版社，1987，第271页。

便是说谎的文学”。从目前来看，这是中国现代史上最早揭露中国人缺乏悲剧精神的论著，虽不及鲁迅的《论睁了眼睛看》所谓“中国人向来因为不敢正视人生，只好瞒和骗，由此也生出瞒和骗的文艺来，由这文艺，更令中国人更深地陷入瞒和骗的大泽中，甚而至于已经自己不觉得”[①] 等论述深刻，却比其早发表了七年。

更为难得的是，胡适还总结了“悲剧的观念”的具体内涵，这使悲剧作为引进的美学范畴，在学理上得到落实。在胡适看来，所谓悲剧，“第一，即是承认人类最浓挚、最深沉的感情不在眉开眼笑之时，乃在悲哀不得意无可奈何的时节；第二，即是承认人类亲见别人遭遇悲惨可怜的境地时，都能发生一种至诚的同情，都能暂时把个人小我的悲欢哀乐一齐消纳在这种至诚高尚的同情之中；第三，即是承认世上的人事无时无地没有极悲极惨的伤心境地，不是天地不仁，‘造化弄人’，便是社会不良使个人销磨志气，堕落人格，陷入罪恶不能自脱”。在此，胡适所谓的悲剧观念，包括这样几个含义，即表达情感的深刻性，唤起同情的普遍性，悲剧原因的社会性。在此基础上，胡适指出悲剧观念之于文学的意义，在于“有这种悲剧的观念，故能发生各种思力深沉，意味深长，感人最烈，发人猛省的文学”。胡适对悲剧的阐释虽没有鲁迅在《再论雷峰塔的倒掉》中所谓“悲剧将人生的有价值的东西毁灭给人看”更简洁扼要、一言中的，更没有马克思在《致拉萨尔》信中关于悲剧是“历史的必然要求和这要求的实际上不可能实现之间的悲剧性冲突”的论断深刻，但是胡适此论已经涉及了悲剧的情感形态以及产生的社会原因，这在当时应该是了不起的卓见，而且对悲剧创作的实质性影响，也是难以低估的。后来如曹禺创作《雷雨》《日出》，郭沫若创作《屈原》《高渐离》《孔雀胆》等悲剧应该在观念上受此影响。

当然，今人也有为传统戏剧的“大团圆”结局说好话的，认为符合中华民族心理和使人向善的作用，其实这是基于当下社会种种矛盾、戾气过重的特定语境而言的，并不能因此就质疑或颠覆当年胡适、鲁迅等人的观点。

傅斯年作为胡门弟子，在许多文学观念及学术思想上与胡适是亦步亦趋的。他在《戏剧改良各面观》中，也以进化论为立论依据，而且较之胡适的观点更为偏激甚至极端，对传统戏剧基本持全面否定的态度。譬如认为传统戏剧中的“行头”，“因为竞技游戏”，“总不是人穿的衣服”；至于

① 鲁迅：《论睁了眼看》，《鲁迅全集》第1卷，北京，人民文学出版社，1973，第222页。

表演所做的各种动作，“譬如打把子，翻筋斗，更是岂有此理了，更可以见得是竞技的遗传”。可见傅斯年被进化论和写实主义冲昏了头脑，偏激得简直有些不讲道理了。谁都知道，戏剧表演有一个历史积累的过程，许多表演手段、方式，虽是从生活中的动作演化而来的，但由于一代代的发展变化，已成为具有独立美学意义的符号系统——程式了，而不是生活动作的简单模仿。如果一切都以是不是生活中动作的模仿为标准，那某些手眼身法的表演岂不成为哑语了。

傅斯年还从进化论的角度，认为“从四言五言乐府，变成七言乐府，是文学的进化，因为七言较比五言近于语言了；从七言乐府，变成词，是文学的进化，因为词更近于语言了；从稍嫌整齐的词，变成通体参差的曲，是文学的进化，因为曲尤近于语言了；可是整齐的‘京调’，代不整齐的‘崑弋’而起，是文学的退化，因为去语言之真愈远了”。把戏剧进化的标准确立在与自然口语接近上，大致说来倒也不无道理，因为毕竟要让人看懂；从艺术的表现力的角度看，此论也说得过去，因为戏剧最主要的元素是语言即对白、唱段，语言是否精彩关乎戏剧是否成功。但问题是若以进化为唯一的艺术评价标准，且以与自然口语是否接近为界，就显得太勉强了，毕竟艺术的本意就是对自然的修改和超越，是一种异在性的存在。

不过，傅斯年并没有执迷于旧戏的改良，否定旧戏就是为提倡新剧，这较之胡适的一味的改良，倒也有他自己的用意和主张。因为旧戏是特定时代的产物，内容是古代的，剧装是古代的，情感是古代的，感觉也是古代的，所谓改良，不过是在说、唱、念、白、手、眼、身法上有所变化，否则就会不伦不类。对此，傅斯年是心中有数的。“未来的新剧，唱工废了，做法一概变了，完全是模仿人生真动作，没有玩把戏的意味了——拿来和旧戏比较，简直是两件事：所以说旧戏改良，变成新剧，是句说不通的话，我们只能说创造新剧。”① 确实，既然都不同了，还叫什么改良？其实，在当时迷恋旧戏、排斥新剧的情形之下，在理论上给予旧戏以釜底抽薪还是有其特定合理性的，不如此，新剧就无法立足。新剧其实就是所谓“模仿人生”的话剧，当时叫文明戏。

另外，傅斯年此论的价值还在于他不是在理论上空谈，而是提出了一些可行性方案，譬如要在剧前剧后保留一定的歌曲，并讨论了如何编剧、写戏乃至如何评戏等问题。大致说来，从后来发展的实际情况看，这些看

① 傅斯年：《戏剧改良各面观》，《新青年》1918年第5卷第4号。

法还是有一定操作性的。

当时与胡适、傅斯年观点截然不同的是张厚载的与傅斯年在同一期刊同期发表的《我的中国旧戏观》。针对被胡适诟病的程式化表演，诸如“跳过桌子便是跳墙；站在桌子上便是登山；四个跑龙套的便是一千人马；转两个弯便是行了几十里路；翻几个筋斗，做几件手势，便是一场大战。这种粗笨愚蠢，不真不实，自欺欺人的做法”，张厚载认为恰恰是旧戏的好处，“用这种假象会意的方法，非常便利”，“是最经济的方法”。譬如《草船借箭》中说曹操带八十三万人马，“是宜于抽象，而万万不能具体的了。要是具体的演起来，戏台上那能容八十三万人马呢？至于拿张蓝布当城墙，两面黄旗当车子，更无一非假象会意的办法。戏台上有多大的地方，要把世界上一切事情和物件，都要具体的演起来，那是绝对的不可能”。于是，张厚载得出结论：“既然不能样样具体，倒不如索性样样抽象，叫人家‘指而可识’。那么无论如何大的质量如何多的数量，多可以在戏台上演出来了，这岂不是中国旧戏的根本好处吗？”[①] 应该说，张厚载此论确实道出了旧戏虚拟、抽象、简约的特点，这也确是中国传统戏剧不可替代的“好处”，前面我们已经有所论述。其实，这些方法，都是在戏剧千百年的发展中，与观众达成的一种默契，也就是张厚载所谓的“规律”。这些“规律”——每句唱腔、每个手势、每个台步、每个身段，都能唤起观众极大的认同，已成为观众的集体无意识和欣赏本能。传统戏剧的虚拟、简约等手法，与传统艺术诸如水墨山水的空白、写意人物的尚意不尚形、书法的飞白断笔等等是同源的，所以废除了传统戏剧的种种程式，等于废除了它全部的艺术文化积淀。在此意义上，张厚载虽然不及宗白华后来从中西美学的比较视野中讨论中国戏剧的独特价值更学理化，但是他为旧戏辩护，应该在理论上，起到一定的制衡作用。因为事实上，中国现代戏剧史上，传统戏剧并没有因胡适、傅斯年等人的坚决否定而退出公众视野，而一直占据着舞台，这固然主要取决于传统戏剧千百年奠定的社会基础，但能说与张厚载等在学理上与否定者保持一定的张力没有关系？

当然，张厚载发表此文是为与胡适辩论，所以也有为表达自己的观点极而言之的地方。其实既然叫戏，就必然具有一定的假定性和虚拟性，所以任何新剧都不可能完全采取所谓“具体的表演”，说曹操带八十三万人马就带领八十三万人马上台。西方话剧（或叫诗剧）采取“三

① 张厚载:《我的中国旧戏观》,《新青年》1918 年第 5 卷第 4 号。

一律”原则，在剧情上也力求简约、经济，在诸如上台人数、故事情节、表演时间等方面都有严格控制。这说明，张厚载对西方戏剧有误读或者知之甚少。而且，该文作为与胡适辩论的文章，张厚载对胡适所介绍的“三一律”及其中国化的阐释并没有回应，或者是因为没读懂，或者是无视其存在而刻意误读，应该说，这与胡适们对传统戏剧的误解同样偏颇而有害。

其实，无论是胡适还是傅斯年，对于旧戏的弊端，都没有说到点子上，张庚在《话剧民族化与旧剧现代化》中却一语道破当时旧戏存在的问题：“第一，今日的旧剧只有一个‘主角’而没有‘戏’，看戏的人目的是在去看梅兰芳，杨小楼或者别的名角，因此，在一般伶人的心里，也不把整个戏放在心上，做配角的敷衍了事，好的角儿绝不同台”。“第二，现在的戏光剩下了唱，所以‘内行’看戏叫‘听戏’”，表演已经不重要了。“第三，旧戏的‘规矩’一天天弛废”，譬如演员一边喝茶一边唱，戏内戏外不分、台上台下的动作混淆等现象比比皆是。

正因为旧戏发展到当时，“角儿”比“戏”重要，已经是“听戏”而不是“看戏”了，所以张庚的意思是说，其实不是旧戏所有的手段在新形势下都已失效，而是传统的说、唱、做、打等表演功夫都退化为名角的唱本身，旧剧表演性的缺失，不仅使传统戏剧失去可观赏性，而且成为创新戏剧的障碍。可见，张庚不同于胡适、傅斯年们全盘否定旧戏，也不同于张厚载们一味的肯定，而是在创新、发展戏剧的前提下，有所继承，也有所扬弃。因此，张庚认为：“中国旧剧中结构故事的方法，处理人物的方法，对话和性格典型表里相映的方法，和西洋完全不同，而有它自己的独到之处，我们要学习。”当然，这种学习并不是无条件的，而是“一定要经过一番拣选清洗整理的工夫”，“决不仅仅是舒舒服服的接受技术遗产，而且要改造旧剧伶人的一般的观念和对于戏剧的观念。只有在改造之中才能够得到遗产，革新旧剧”。①

应该说，张庚对待旧剧的态度是恰当的，用后来人们总结继承民族文化遗产的原则来表述，就是“古为今用，推陈出新”。这种能够在或者连孩子和脏水一齐倒掉，或者连脏水都保留的全盘否定和全部肯定的表态性研究中超越出来，采取客观公允的学术态度，至今仍然值得充分肯定和继承发扬。

---

① 张庚：《话剧民族化与旧剧现代化》，《理论与现实》1939年第3期。

二、西方戏剧观念的引进

如果说张厚载对西方戏剧存在误读是因为不懂的话，那么，洪深的《〈少奶奶的扇子〉改译序录》[①] 就是一篇较为系统介绍西方戏剧的文章。洪深是中国第一个去欧美专门学习西方戏剧的戏剧家，自然对西方戏剧颇为熟悉。作为一个戏剧家，洪深具有丰富的舞台经验和编剧心得，因此，他的文章具有理论创新、创作经验总结甚至导演、编剧多维的价值向度，或者说，颇具融理论性与可操作性于一体的特点。

首先，在该文中，洪深把话剧剧本与小说在选材、描写、作者的态度以及读者与观众的接受心理等方面作了比较，目的是凸显戏剧的特点。在洪深看来，由于小说是案头阅读之作，作品的容量几乎没有限制，因此"数十万言不为多，故选材不妨繁博"。而剧本是为演出之用，按照一般的演出时间，"至多不宜过三小时"，由于话剧主要是对白或独白，以每分钟百字计，一个剧本一般不宜超过三万二千字。因篇幅所限，"剧本之选材，须严简"，这确是非有舞台经验不能有的判断。这是张厚载们所不能了解的，也恰是剧本文学写作的首要特点。所谓"剧本之选材，须严简"，就是"三一律"的事件要集中、人物要集中、时间要集中的三原则。

其次，洪深还注意到由于戏剧的即时表演性特点，所以强调，剧本写作不能容忍使用任何模糊含混的语言，须要"一刀见血"，"描摹须深刻，尤须显著也"。因为，戏剧表演、演出的不可逆性，决定了剧本的表达必须直接而明确，否则，一点点的模糊含混，都可能造成观众累积性的理解障碍，使其越看越糊涂，从而导致演出失败。

最后，洪深创造性提出戏剧特有的"像真"概念。所谓"像真"，即"描摹不必如直抄之丝毫不走，其间大可增减选择，往往有事实非美术，经人描摹之乃成美术者"。就是说，戏剧的"像真"是一种选择、改造的艺术创造过程，而不能照抄事实，否则，反而是"有事实非美术"了，这也是由戏剧艺术的舞台表演性决定的。众所周知，舞台表演一般是由布景、道具、人物组成的，表演本身就是一种假定、一种虚拟，不可能将原态生活照搬到舞台上。这就意味着，即便是西方戏剧也需要讲究简约和虚拟，并不像张厚载所以为的是实态模仿。在此意义上，洪深此论至少部分地肯定了中国传统戏剧的虚拟和程式的合理性，而不是如胡适或张厚载们，站在各自的立场搞非此即彼的二元对立。这种宽容、公允又不隔的理

① 洪深：《〈少奶奶的扇子〉改译序录》，《东方杂志》1924 年第 21 卷第 2 号。

论姿态，自然有利于戏剧艺术的多元发展。洪深所谓的“像真”认为戏剧表演是一种艺术创造和艺术假定，还包括观众认同的含义，即谓“像真云者，非谓事必真实，只观众对之，觉其合于情理斯可矣”。可见，“像真”在此是作者创作、演员表演与观众认同共同生成的，这可以说是全面的、含义深广的戏剧艺术真实论。

在此基础上，洪深为剧本进一步提出三个价值标准：“一，真。凡人生表面可得而摹仿者，如宫室，衣服、行动，态度，口气，性格之类，是否合于情理，有否穿凿唐突之处；或至于历史外国剧等，不便摹仿者，著者自定之规例，是否始终遵守。简言之，是否能令观众对于台上之事物不起疑问也。二，美。剧本能否利用舞台声光色彩诸优长，以衬托其所述之故事，至其情节之穿插，人格之描摹，能否令观众喜笑悲泣怀疑明白。简言之，即是否能兴起观众之美感也。三，善。对于处事为人之真理，有何见解？有何发明？观众既观此剧之后，较之未观之前，略聪慧否？略良善否？简言之，即是否能感化改善观众之性情也。”就是说，所谓真，就是合乎情理，不自相矛盾，使观众认同。这包括人物性格及行为动作的表现要符合历史真实，防止历史人物现代化或外国人物中国化或者相反；包括人物服装、道具、布景等要符合历史细节，防止违反历史常识的诸如汉代人物着唐人服装或清代人物使用秦汉用具等。所谓美，利用一切手段使观众感受到愉悦是也。这包括舞台美术效果和人物表演及剧情的发展变化吸引观众，使之陶醉，获得审美享受。所谓善，给观众以理智的启迪是也。这包括给予观众以人生的教益和生活的真理，类似于亚里士多德所谓的“净化”效果。尽管洪深对戏剧的真、善、美的内涵的阐释，在今天看来，还嫌肤浅，譬如善不仅能给人以理智的启迪，还应该包括如理想的推举、良知的感召、人文精神的提升等等。当然，洪深对美的阐释还是较为全面的，它不仅包括诸如灯光布景之类的外在美感，而且包括内在的情节之美、人物的人格之美等等。其实能够明确地以真、善、美为价值标准，就应该说是对戏剧的评价提供了最基本的依据了。总而言之，洪深是戏剧真正的行家里手，所以他的戏剧理论既有学理的周延性，又有实践的可行性，实为难能可贵。

三、剧本的特质

戏剧是一种综合性艺术，余上沅曾言：“艺术家偶然起了一个创造的冲动……如果长于声音节奏，便作出了音乐；如果长于形象节奏，便作出了绘画；如果长于动作节奏，便作出了舞蹈。如果他长于文字，线条，声音，形象，动作，节奏之全部或几部，他便会用联合换合的方法，使它们谐合，表现出种种的东西来。这些东西，无以名之，名之曰戏剧。”既然戏剧是一种综合性艺术，那么这种综合性就不可能不对剧本的特质发生影响。因为剧本是为演出所作的脚本，就是说，它的创作，必须兼顾诸如线条、声音、形象、动作、节奏等属于绘画、音乐、舞蹈的因素才能进行。进而，余上沅针对当时有人认为“伟大的戏剧就是伟大的戏剧，演与不演毫无关系”，指出剧作家是为演员在剧场进行表演而写的剧本，而不是仅仅为阅读而写的。他打个比方说：“剧本好比是画，剧院就是准备着施绘画的素绢。主张戏剧必须要独自诵读的，就等于主张音乐不应该由乐队演奏，而必须用一件乐器去演奏。”没有素绢，自然不会有画；音乐是由乐队演奏出来的，乐谱只是乐队演出的依据，它本身绝不是真正的音乐。当然，余上沅并不否认剧本也可作为案头阅读之作，如阅读莎士比亚的剧本，通过想象，同样可以获得一定的美感，所以认为“你不要说戏剧读不得；也不要说戏剧演不得”，但是归根到底，剧本毕竟还是供演出的，阅读只是它的副产品，仅仅阅读想象，即便是有一定的美感，其性质总归是单一的，无论如何，都不如多维的、立体的表演所能给人的美感更大、更丰富。据此，余上沅借亚里士多德《诗学》里的话强调：“编剧家不可忘记剧场，非常常预计剧本排演时的功效不可。”① 能够充分意识到剧本与戏剧的联系与区别，尤其是强调剧本的潜在表演性特质，以区别于小说等其他叙事文学，是较之此前如胡适、傅斯年们混沌的戏剧概念更大的进步。应该说，余上沅在戏剧理论上有此建树，得益于他丰富而深厚的戏剧家修养，就是内行说的内行话。胡适、傅斯年等毕竟只是从观众的视角谈一点戏剧感受，所谈的问题必然既隔靴搔痒，也缺乏理论的高度。

如果说，余上沅是因为他戏剧家的身份而对剧本说了许多内行并颇具可操作性的话，那么，作为剧作家的曹禺关于剧本的论述，就应该是更加到位了。曹禺在其《编剧术》中首先指出：“戏剧被‘舞台’‘演员’‘观众’这三个条件所肯定。戏剧原则、戏剧形式与演出方法均因为这三个条件的不同而各有歧异。”所以编剧“当然也不能脱离‘观众’‘舞台’‘演员’这三种限制”。而曹禺所谓“舞台”“演员”“观众”三个条件，换句话说，就是在强调戏剧的舞台表演性，即在哪儿演（舞台）、谁来演（演员）和演出的目的（观众看）。编剧只有把对这三个条件的考虑置于写作之中，才能写出真正的可以演出的剧本。至此，剧本体裁的最根本特质已

① 余上沅：《论戏剧批评》，《晨报副刊·剧刊》1926年第11号。

经凸显，那就是"'时间'和'地点'的限制"，这也是剧本与其他叙事文体如小说的最基本区别。用曹禺的话说，"观众普通只能忍耐两个半钟点到三个钟点，要在这短短的时间里，创造人生，而有真切的人物，具有起承转合的故事，时间不能不经济；我们现在舞台上的物质条件（街头演出及不需布景的演出除外）太坏，不能任意更换地点。为着集中观众注意力，也以少变动地点为是，因此，我们写戏分配地点也需要经济"①，否则，无论是表演还是观看都大成问题。这就为后来所总结的剧本特征，诸如"浓缩地反映现实生活""集中地表现矛盾冲突"② 等等奠定了理论基础。所以要"浓缩地反映现实生活"，"集中地表现矛盾冲突"，就是因为舞台表演的时间、空间的限制。试想，区区几十平方米的舞台空间，表演如果不"浓缩"、不"集中"，又如何表演？所以必须人物集中（人物不可多，要突出主要人物，否则会因分散了观众的注意力而使其看不懂、记不清）、故事时间集中（否则表演时间会延长）、事件发生的地点集中（否则幕场变换过于频繁）。由于戏剧是现场表演，所以人物的故事都必须以"矛盾冲突"的形式出现，否则何以吸引观众？当然，这一切，说到底，还是由戏剧的"舞台""演员""观众"三个条件派生出来的。可见，曹禺此论不仅学理的启发意义重大，而且由于它源于实际的戏剧创作实践，所以也必然对剧本的创作，具有切实可行的指导价值。

不仅如此，曹禺在此还以其丰富的编剧经验，轻而易举地揭开了国内一些理论家们百思不得其解的难题——古典主义戏剧艺术的经典原则"三一律"形成的原因。在曹禺看来，这其实是古希腊时，"由于舞台的简单，没有布景来表明时间地点，所以剧本的编制自始至终多半限于一个地点。以后，生吞活剥的学者，读了希腊的剧本，就勉强臆定那些剧本的作家是遵守'时间''地点''动作'统一的三一律，其实他们所遵守的还是实际舞台上的限制"③。

如前，曹禺在《编剧术》中，确定以"舞台""演员""观众"三个条件为戏剧的本质，进而推导出剧本文学的特质主要是"'时间'和'地点'的限制"，这在确定剧本文学的文体特征上具有非常重要的理论意义。但是，如果我们以后来理论界为剧本所确定的特征反推的话，就会发现，曹禺没有注意到至少是没有重视人物台词在剧本中的地位。恰好，宋春舫所写的《戏剧的对白》补充上了这一缺憾。如果说，传统戏剧（如京剧、吕

① 曹禺：《战时戏剧讲座》，重庆，正中书局，1940，第37、38页。

② 童庆炳主编：《文学理论教程》，北京，高等教育出版社，1999，第172、173页。

③ 曹禺：《战时戏剧讲座》，重庆，正中书局，1940，第37页。

剧、昆曲等）的表演手段唱、念（即对白或独白）、做、打，还属次要的表演手段的话（其实唱也可以说是一种台词），那么，话剧的台词即对白和独白，就几乎是唯一的表现手段了。如此，台词的重要性可见一斑。

说来也许令人难以置信，却也是事实，那就是在当时，无论是观众还是表演者，非常不重视话剧台词。宋春舫在《话剧的将来》中透露，当时上海话剧界分为两派，其中一派竟然是没有剧本的演出。“凡新剧登台，在开演一小时以前，导演将剧本的内容向各演员叙述一过后，将各人所扮角色及场面等等，清清楚楚的填写在黑板上面，至于甲角应说什么开场，乙角应如何回答，悉听尊便。演员登台以后便天南地北，胡诌一阵，今日所说的话，和明天所说的，也许大同小异，也许一字也不雷同。”① 为此，宋春舫撰写《戏剧的对白》无论是对于当时的戏剧创作，还是作为文体理论的发展，都具有十分重要的意义。

在宋春舫看来，戏剧（或为剧本）对白的作用主要是：“（一）将剧本的结构，逐渐扩展开来；（二）引导观众，使他们注意到事实；（三）跟着剧情进行，并随时解释补述一切为观众所不能见或不及见故事的内容。”这其实主要是针对一般的传统戏剧，如京剧、昆曲等而言的，但也道出了话剧台词的基本功能。这三点，说到底，就是强调对白在推动剧情，展开情节，揭示矛盾冲突。戏剧虽然是演的，要诉诸观众的视觉和听觉，但是由于舞台表演的时间、空间的限制，戏剧内容一般分为可见和不可见两类。可见的，也就是台词的物理声音首先可以起到“引导观众，使他们注意到事实”的作用，即把观众的目光、听觉吸引到演员的表情、动作以及与道具、布景等相互关系的表演性因素上去；不可见的，即不能直接以身体动作和事件本身来表现的剧情，大多数所谓的故事、情节、矛盾，最后还是要靠演员说出来，此即含义影响：观众通过想象感觉出来的，也就是所谓“跟着剧情进行，并随时解释补述一切为观众所不能见或不及见故事的内容”，话剧尤其如此。这就意味着，台词在戏剧中具有主体性地位。②

如前所述，曹禺和宋春舫基本完成了剧本文学特质的确定工作，这无论是对于戏剧理论研究的推进，还是指导戏剧创作及剧本写作，都意义重大。从学理角度讲，确定戏剧乃至剧本的特征，等于确定了研究戏剧的前提基础，等于为后续的研究设立了路标或确定了入口。否则，连什么是戏

① 宋春舫：《话剧的将来》，《凯撒大帝登台（宋春舫论剧第三集）》，上海，商务印书馆，1937，第222页。

② 宋春舫：《戏剧的对白》，《凯撒大帝登台（宋春舫论剧第三集）》，上海，商务印书馆，1937，第204页。

剧、剧本最基本的特质是什么都没搞清楚，遑论戏剧研究？戏剧创作乃至剧本写作，因此也有了切实可靠的理论依据或文体边界。戏剧的根本在于其舞台及现场的表演性，由此而决定了它艺术表现的时间、空间的种种限制和台词的重要性，剧作家因此在诸如设计剧情、确定人物关系等等时候，都会明确禁忌何在、自由在哪里、程度又如何等等。而在学理、创作两个维度上都作出了卓越贡献的，曹禺和宋春舫应该当之无愧。

此外，在当时，欧阳予倩虽然缺乏如上诸君的长篇大论，但是他有的观点也值得注意。譬如他在《予之戏剧改良观》中，认为戏剧改良应该从三方面入手：一曰剧本，二曰剧评，三曰剧论。对于剧本，他的确没有说出超过前者的道道来，而且只是浅尝辄止，但是关于重视剧评和剧论的观点，当时确乎没有人怎么提及。譬如，他认为当时的剧评十分随意，缺乏理论价值。“大抵于技术之谈多不完全。其对于伶人，非以好恶为毁誉，则视交情为转移；剧本一层，在所不问；而人情事理，亦置诸脑后。”因此，欧阳予倩认为真正的剧评“必根据剧本根据人情事理以立论。剧评家必有社会心理学、论理学、美学、剧本学之智识。剧评有监督剧场及俳优，启人猛省，促进改良之责”。欧阳予倩的批评非常有道理，剧评家如果把评论演员作为剧评的主要内容，而且是以评家个人的好恶甚至与演员交情的深浅为依据，那么就难免要失去剧评最为重要的客观性与公允性。虽然演员的演技是剧评的组成部分，但不应该是主要的。什么是主要的呢？剧评“必根据剧本根据人情事理以立论”。就是说，以剧本为基础的剧情才是最重要的评论对象，因为剧情是囊括了剧本、表演乃至舞美等所有因素的戏剧整体，这样的评论才是全面的。至于剧评要以“人情事理”为依据，是因为戏剧是舞台表演的艺术，在空间上，只有几十平方米的舞台，在时间上，也只能在两三个小时之内完成，这就处在两难之境：既要情节跌宕曲折以吸引观众的注意力，还要在有限的时间和空间里表演出来，且场、幕变换不能过于频繁，人物不能过多，等等。要解决这些矛盾，只有遵循一个原则：人情事理。所谓“人情”，就是人之常情，就是生活的逻辑，就是观众依照生活的常理能够理解并接受的剧情；所谓“事理”，在此既有生活常理的意味，也有戏剧作为表演的独特的艺术逻辑之意。譬如戏剧表演的“三五步走遍天下，五七人百万雄兵”等简约、虚拟手法的运用就属于“人情事理”，因为这属于表演与观众之间的艺术默契。欧阳予倩在此强调“人情事理”，源于他作为戏剧艺术家非常注重表演之于观众的心理反应。观众认同、理解并接受的，就符合“人情事理”，否则就不符合，就是失败了。重要的是，欧阳予倩意识到剧评与戏剧改良的价值校正作用，按照鲁迅的观点，批评是创作的“磨刀石”，而以剧情为批评对象，以“人情事理”为依据，就能够起到这“磨刀石”的作用。

欧阳予倩不仅提倡写好的剧评，而且非常重视“剧论”，即戏剧理论。关于什么是“剧论”，欧阳予倩还缺乏完整的观念。譬如，他并没有给所谓的“剧论”下一个明确的定义，而是笼而统之地说：“凡关于戏剧之理论皆属焉。最要者，在名剧本之分析，及舞台上之研究。”应该说，此时他还没有把剧评和剧论有效地区别开来，对戏剧的特质也不甚了了，但是，他能够认识到当时的中国戏剧由于缺乏理论研究，还是“一种之‘杂剧’而已，不能绳之以理……欲改良戏剧，非亟倡正确之剧论不可”[1]。在笔者看来，在现代戏剧草创阶段，关键不在于能够提出多少有价值的戏剧理论的观点，而在于提倡要研究戏剧理论本身，这就堪为戏剧艺术自觉意识的表征，也算是一种难得的卓见了。

四、电影理论的导向价值

电影作为独立的艺术起步较晚，中国电影尤其如此，所以中国电影理论自然较之戏剧理论显得更为单薄。大致说来，中国电影理论与电影艺术基本是同步的。据介绍，中国第一部电影是戏剧舞台纪录片《定军山》，这恰好说明电影与戏剧的血脉联系，或者说，也是我们在此把它们放在一节里论述的原因。但是，在当时，电影和戏剧的区别还是被人比较充分地认识到了，这应该就是中国电影理论的起点。譬如沈宁在《〈权势与荣誉〉的叙述法及其他》一文中，就第一次在理论上对同样作为叙述艺术的戏剧与电影作了区别。在他看来，“在戏剧，观众和观察对象之间，受着极严格的空间的限制”。这种限制，如我们前面在分析曹禺和宋春舫的戏剧理论时所言，主要是受舞台性决定的：不动的观众观察着有限时间、空间中的表演，结果自然是有限的视听感受。“可是在电影，我们可以不变动自己的位置，而观察到一切在各个场所发展着运动着的情景。电影表现的特征，是在‘连续的空间’的使用！它的那种可惊的速度，可以在几秒钟里面表示出在无数不同的场面之发生乃至进展的不同的事件。……简单地说，电影艺术在本质上已经克服了空间的限制。”打破空间的限制，是电影艺术的最大表现优势和叙述便利。观众虽然位置不动，但是电影展示的是流动的画面，所以可以“观察到一切在各个场所发展着运动着的情景”，这是电影区别于也是优于戏剧艺术表现的关键。

---

[1] 欧阳予倩:《予之戏剧改良观》,《新青年》1918 年第 5 卷第 4 号。

同时，电影也可突破戏剧表现的时间限制，用沈宁的话说，它“摧毁了时间王国的坚城”。电影的叙述“也可以像小说一样地驱使那回想的方法，来进行时间的转换”，也就是可以同时表现多个时段的直接诉诸感官的时间，而不像戏剧主要是靠现场表演的一维时间，即便是通过台词叙述不可见的时间，毕竟得发动观众想象才能完成。可见，此时沈宁虽然还没有引进或提炼出类似于“蒙太奇”的名词，但也意识到了它的存在及表现功能。当然，他意识到电影艺术的时间并不是无限的，所以他对此说得很有分寸：“电影艺术早已经局部地突破了时间之限制性了。”[①] 就是说，电影表现时间所突破的只是故事时间单维性，不能突破电影演出的时间。因为依照卫生学的建议，每部电影的放映时间一般不能超过三小时。

抓住了电影叙述的时间、空间的特点，可以说就找到了区别电影与戏剧的关键点，有了区别，就有了界定。沈宁关于电影的时间、空间理论的价值在于，电影艺术的创作者，包括编剧、导演、演员在内，能够更明确地把握电影这种刚刚传入中国不久的艺术形式的特性，而观众则可以打破戏剧观赏模式而进行有效的欣赏。在当时，许多国人还是把电影视为银幕放映的戏剧。

如果说，沈宁对电影理论的贡献主要在于他认识到电影叙述时间、空间的特性，却没有提炼出电影艺术最核心要素的概念的话，那么，刘呐鸥就恰好补充了这种不足。刘呐鸥在《影片艺术论》中，首先为电影下了一个定义：“影片艺术是以表现一切人间的生活形式和内容而诉诸人们的感情为目的，但其描写手段却单用一只开麦拉 camera 和一个收音机。”[②] 开麦拉就是照相机，在这里有拍摄、摄影的意思。应该说，他所谓“以表现一切人间的生活形式和内容而诉诸人们的感情为目的”并不能把电影与其他艺术区别开来，但是加上照相机和收音机，性质就不同了，那就意味着，电影就是摄影和录音动态合成的艺术形式。摄影和录音尽管都是非现场表演，是表演的画面和声音的记录，但是恰好这非现场性表演，才可以使电影摆脱现场表演的时空限制。所以，刘呐鸥的电影艺术定义虽然不够精练，但也基本道出了电影艺术的本质。

更为重要的是，刘呐鸥还提出了“织接”是“影片的生命要素”的命题。所谓“织接”，就是现在音译的所谓“蒙太奇”。相对于固定在舞台的戏剧而言，蒙太奇实在是太神奇了，它赋予了电影以超越时空的能力，使电影成为真正的电影艺术。用刘呐鸥的话说：“普通用拍相机所拍好的在

---

① 沈宁：《〈权势与荣誉〉的叙述法及其他》，《晨报·每日电影》1934 年 1 月 21 日。

② 陈思和主编：《中国现代文论选》，上海，上海教育出版社，2010，第 349 页。

软片的四角框内的景，无论它的配置和构图是怎么样好的，本不过是个‘死’的静画，毫没生命。这是很鲜明的。可是如果用织接的魔力把这些四角长方形的各片的头尾连接而统归在一个有秩序的统一的节奏之中，这一连的软片便成为有个性的活泼泼的东西。”就是说，蒙太奇使静态的无生命的软片，连接成为有秩序、有节奏，生动活泼，与人的生活一样丰富多彩的流动的画面。所以，“织接是影片生成上最生命的要素，它是诗人的语，文章的文体，导演者‘画面的’言语”。在此，刘呐鸥已经注意到蒙太奇在电影艺术中的诗化作用，意识到蒙太奇就是电影特有的语言。他举例说：苏联影片《母亲》，为了表现在监牢中的巴维尔得知自己即将被释放的喜悦，“先摄了儿子的手的神经质的举动，摄了一个脸的下部的大写和那微笑着的嘴的弧形之后，再于这中间插进了许许多多表现着别样的景——一条春水涨满的小河，在水面上戏游的明媚的阳光和在小村里树下屋上池边飞鸣着的一群小鸟。最后才摄出一个笑着的儿子”。可见，织接即蒙太奇是电影艺术的灵魂，有了这灵魂，一切都有了生命，一切都鲜活起来，一切都如诗如画。文学的比喻、象征、拟人等等手法，在此都能够得到最直观最自由的运用。所以，虽然“织接”即蒙太奇概念的提炼，并非出自刘呐鸥的原创，而是从西方电影理论中翻译引进的，但是这个概念所起的作用，却不容忽视，至少使中国电影界能够在更高的层位上，把握电影的本质。事实证明，中国电影很快就摆脱了诸如《花木兰从军》《铁扇公主》《五鼠闹东京》等舞台纪录片的改进型模式，电影语言也从单一的长镜头，转而从容娴熟地运用起多种蒙太奇结合的表现手法，拍摄了如《渔光曲》《马路天使》《十字街头》《一江春水向东流》等众多的优秀影片。通过对比，这一切，都说明与在理论上强调和提倡蒙太奇手法密切相关。

当然，刘呐鸥的电影理论，受苏联“电影眼镜派”的代表人物维尔托夫电影理论的影响，对其所谓“电影眼镜”和“无线电耳朵”结合的声画对位蒙太奇理论颇为推崇①，对“影片的纯粹性、绝对性”的客观主义有一些同情，多少有一点形式主义的味道，但是不严重。而且，在电影作为独立的艺术形式立身不稳的情况下，与戏剧、文学等作一点儿切割也是有正向价值的。

综合来讲，如上所言的关于电影的种种理论，应该说基本还是初步的，在当时，更没有产生成体系大部头的理论著作，但是对于电影这一新

① 参见石城、刘树林主编:《电影基础理论》,长春,东北师范大学出版社,1985,第34页。

传入中国的艺术形式，包括对电影的特质、表现优势、局限等大的方面，已经有了一定的理论思考和研究，这为当时的电影创作和后来的理论发展，都奠定了重要的基础。只是，对电影文学即电影剧本的独立研究还没有提上日程，这对于中国现代文论的建设和库存而言，不能不说是一种缺憾。

第三章　中国现代文学创作论：怎样写？

20 世纪初，“怎样写”即创作论是文艺界最重要的一个话题，甚至是中国现代文学及文论的逻辑起点。最先，文学创作论应该是受到了厨川白村《苦闷的象征》的影响。无论是“为人生”还是“为艺术”的，譬如鲁迅及文学研究会、早期创造社的主要成员以及老舍、许钦文等人的观点，都不同程度地体现出这种影响。实事求是地讲，厨川白村的《苦闷的象征》原创性、学理性都不算很强，他的观点，主要是受弗洛伊德的精神分析学的“升华说”及柏格森的生命哲学的影响，他的贡献主要在于将这两种思想剔除一部分生物因素又进行了社会化改造，其“苦闷的象征”，不仅是纯个人化的精神苦闷，而且主要是社会苦闷内化为作家的心理冲动的艺术表达，从而成为中国现代文学两大创作思想的源头：“为人生”派有意汲取其社会苦闷的部分，“为艺术”派则明显是受其原质的生命冲动和性本能升华说的影响。

在中国现代文论中，应该说，文学创作论即“怎样写”，是文学基本理论的核心问题。因为无论是最初的社会启蒙，还是后来的国家民族的救亡图存，以文学的方式唤醒、唤起民众，都是最迫切的现实需求，而任凭文学创作自为发展则很难满足这种需求。因此，及时地总结、反思，以指导进行中的创作，就成为理论界的当务之急。在这超常的需求下，现代文学创作论具有较强的效用主义色彩是题中应有之义。具体表现为，就事论事的创作谈多，纯粹的理论推演少。

第一节　文学创作谈：指导与学理的价值组合

文学创作论与文学体裁论在价值向度上是不同的，如前所述，文学体裁论基本上是指导、学理、知识三维并重的价值分布，而文学创作论的价值则主要落实为对文学写作的指导，其他两个维度的价值不是说没有，而是相对而言，较之指导价值要稀薄得多。一个重要的表征是，在现代文学史上，够得上真正意义的文学创作理论尚属凤毛麟角。据查，专门以“创作论”为题的专著为数甚少，譬如，直到1947年，李广田才在开明书店出版了一部《创作论》。此前虽有如华蒂（叶以群）在1933年出版过一部《文艺创作概论》，但这部著作只是编述性质，其实没有多少理论价值和指导意义。还有就是隐身于其他著述中的零星散论，如陈彝荪的《文艺方法论》曾有“文艺创作论”专章，而众多的文学概论文本中，很少有专门谈文学创作的。这不能不让人费解，难道那些文学理论学者连纸上谈兵都不擅长还是不屑？较为集中深入地研究文学创作的学术专著也不多见，能够达到如朱光潜的《文艺心理学》档次的更属凤毛麟角。与此相反，倒是以创作谈的形式讨论文学创作的成果颇为丰富，几乎每个成名的作家，都在不同的场合发表过各种各样的创作谈。

一般而言，人们有一种根深蒂固的观念，那就是有关文学创作的理论由于太隔太硬，一般不会对文学写作产生多少实质性影响，而创作谈则是经验性的叙述，能够给人以直接的启迪。大致说来，此言不无道理。因为从理论生产的路径来看，虽有理论生产理论一途，譬如当时许多文学原理文本，都是外国文学原理像本间久雄《文学概论》、厨川白村《苦闷的象征》的复制或仿制品，但是，正常的文学理论还是应该从对文学现象的指涉、覆盖中蒸馏、升华而来。文学基本理论的生产还不限于此，它要在刚刚从文学现象指涉、覆盖中蒸馏、升华出来的前沿探索性理论，得到足够沉淀之后，才可能被有选择地回收酝酿。正因为文学理论是文学现象蒸馏、升华之物，所以一般在这过程中，必然会舍弃具体感性的经验性因素，代之以由抽象的概念、范畴、命题等组合成的逻辑形式。对于试图从中了解到文学创作奥秘的初学写作者而言，肯定是“隔”而不得要领。一般的从文学现象升华的文学理论尚且如此，更何况那些仿制或复制的理论了。正在这个意义上，鲁迅才多次重申自己从来不相信“小说作法”之类的话。[①] 但是，并不是所有的文学创作理论对创作都是“隔”而无用的。其实，认为文学创作理论对于文学创作毫无意义，与指望通过读文学创作理论著作，就会写文学作品一样，是一个误区，那就是把文学创作的理论与文学创作的关系看成是无条件的了。简单说，就是把文学创作简单作为一种技艺，而把创作理论看作操作说明书了。所以，笼统地说，文学创作理论之于文学创作有用或者无用，在逻辑上都是粗糙的、不负责任的。事

① 参见鲁迅：《我怎么做起小说来》，《鲁迅全集》第5卷，北京，人民文学出版社，1973，第106页。

实上，世界上任何事物之间的影响都是有条件的，更何况最具个性化又极其复杂的文学创造活动了。

我们在前面说过，文学创作理论对于文学创作的影响是有前提的，这前提，就是创作者必须已经有了一定的创作实践和体会，而不是白手起家，一切都指望按图索骥。就是说，一个文学写作者，由于爱好，进行了认真甚至艰苦的创作实践，已经了解、体味到了文学创作的种种辛苦甘甜，但就是流于平庸，或者对文学体裁、写作手法、叙述方式等缺乏自觉认识，一切还处于自己探索之中。此时，他一旦看到相关理论的精彩论述或阐释，结合自己的创作体会，可能如醍醐灌顶，甚至顿开茅塞，从而快速地提高了创作档位。事实上，现实中，许多小有名气的写作者，在经过作家班之类的种种理论学习之后，创作很快就会上一个新台阶。相反，如果一个人根本不知道文学和创作是怎么回事，妄想靠读一两本《文学创作论》之类的书，就能够成功地进行创作，成为作家，那是根本不可能的。就是说，文学创作理论之于文学创作，不是开蒙的读物，而是提高的推力。莫说理论是抽象、升华的思想结晶，就是创作谈之类的半理论，也只能作为参考。因为世界上没有完全一样的人生遭际，没有完全相同的情感体验，所以别人的体会永远不能代替自己的感受及表达。文学创作理论对于文学创作的影响是分层次的，一般而言，大致分为宏观的价值取向的导引，如“为人生”或者“为艺术”，以及微观的具体的写作方法启示这两个层面。价值取向的导引，主要是为写作者提供创作的奋斗方向及价值指引，什么是真、善、美，什么是假、恶、丑，什么样的文学是读者所需要的等，使写作者有一个信念的支撑和意义的归属感。微观的具体的写作方法，对于写作者的影响可能更为直接有效，譬如怎样设计情节，怎样刻画人物性格，怎样描写场面，怎样讲述故事，甚至怎样炼词造句，怎样修改润色，等等。

前面说过，文学创作理论的价值分布，基本偏坠于对文学创作的种种实际影响，至于其学理及知识价值，则降为次要的位置。当然，次要位置并不是没有位置，譬如它们也可以作为文学理论业内人士的一种逻辑追求，或为批评家提供高层位的视角或理论依据，或者作为文学教育的一个方面，为潜在的文学写作者提供写作知识，等等。为了全面分析文学创作理论及半理论的种种价值体现，我们将分头给予研究。

一、鲁迅创作格言的指导意义

在中国现代文学史上，作家创作谈可谓汗牛充栋，所以笔者只能择其精要者论之。其中，鲁迅的创作思想无疑是最引人注目的。尽管在严格意义上，鲁迅的创作谈只能算是半理论，但是鲁迅却留下许多文学创作理论引用频率最高的创作格言，这就使鲁迅创作谈这半理论可能具有某些平庸的纯理论所不具备的价值，甚至包括学理价值。鲁迅的创作谈主要包括创作动机、虚构的原则、写作手法、价值取向等几个方面。

一般而言，创作动机是文学创作的引擎和驱动力，没有强有力并且高尚的创作动机，很难保证创作质量。创作动机是创作需求的直接体现，即为什么写，一般分为表层动机和深层动机或者说具体动机和总体动机两类。前者，往往由一时一事引起；后者，则至少是在相当时期里形成的比较明确的创作愿望及要求，有的甚至贯穿整个创作生涯。鲁迅谈的主要是后者。他在《〈自选集〉自序》中曾这样谈他的创作动机："'绝望之为虚妄，正与希望相同。'既不是直接对于'文学革命'的热情，又为什么提笔的呢？想起来，大半倒是为了对于热情者们的同感。这些战士，我想，虽在寂寞中，想头是不错的，也来喊几声助助威罢。首先，就是为此。自然，在这中间，也不免夹杂些将旧社会的病根暴露出来，催人留心，设法加以疗治的希望。"[①] 在《我怎么做起小说来》中，鲁迅进一步言明："自然，做起小说来，总不免自己有些主见的。例如，说到'为什么'做小说罢，我仍抱着十多年前的'启蒙主义'，以为必须是'为人生'而且要改良这人生。我深恶先前的称小说为'闲书'，而且将'为艺术的艺术'，看作不过是'消闲'的新式的别号。所以我的取材，多采自病态社会的不幸的人们中，意思是在揭出病苦，引起疗救的注意。"

可见，"为人生"，即"揭出病苦，引起疗救的注意"，几乎是贯穿鲁迅一生的创作动机。因此也可以说，创作动机就是文学写作的价值指向。可以设想，没有"为人生"这朴实而高尚的价值指向的指引，鲁迅的创作能够取得那样高的成就，是不可思议的。而鲁迅所谓"我的取材，多采自病态社会的不幸的人们中，意思是在揭出病苦，引起疗救的注意"，也成为在现当代文学创作理论中阐释创作动机时，引用频率极高的创作格言。就是说，确定高尚的创作动机，是文学创作取得较高成就的第一步。在此，为文与为人已经一体化了。应该说，当下文学创作成就普遍不高，与作家创作动机不高尚有直接的关系。为钱、为名而写作的，几乎比比皆是。譬如有人公开声称写作就是码字，不过是挣钱的手艺，还有人声明只为自己写作。创作动机低俗化、浅薄化的结果，就是文学创作整体质量的

---

① 鲁迅：《〈自选集〉自序》，《鲁迅全集》第5卷，北京，人民文学出版社，1973，第50页。

下滑。因为一个作家以低俗的创作动机驱动创作，自然就会放低对自己的要求，包括道德要求、艺术要求和社会约律，就作家个体而言，一个最直接的后果，就是为了取悦读者而不择手段，更不问社会效果。倘若大多数作家都如此，长此以往，文学能不边缘化吗？所以，表面看，文学创作动机是个人的创作习惯，但是如果成为一种风气，就会关系到文学的价值、意义和存在的必要性了。

虚构的原则是鲁迅创作谈的另一个重要话题。虚构，是艺术超越于、异在于现实的关键，可以说，没有虚构就没有艺术。在此意义上，虚构应该是艺术的特质，或者称为艺术规律也可。但是，虚构并不是无限制的完全的无中生有，所以，鲁迅根据自己的创作经验，为虚构设置了两个底线：一是要有所依据，二是要有“实情”。

有所依据，实际就是处理素材与虚构关系的度。鲁迅在《我怎么做起小说来》中说：“所写的事迹，大抵有一点见过或听到过的缘由，但决不全用这事实，只是采取一端，加以改造，或生发开去，到足以几乎完全发表我的意思为止。”鲁迅把虚构的权限，设置在“见过或听到过”的“事实”，与“到足以几乎完全发表我的意思为止”之间，既不是“全用这事实”，因为照搬生活充其量只有些新闻价值而没有文学意义，也不是天马行空的随意想象，因为若如此，就会失去读者的认同。而所谓“采取一端，加以改造，或生发开去”，就是既有些根据，以免失去了与生活本根上的联系，又不限于此，或夸张，或缩小，或移花接木，或改造变形。这就是鲁迅为虚构制定的“鲁氏定律”，也是为文学史留下的创作格言。

那么，鲁迅是否偏于想象，轻视直接的人生经历之于创作的意义呢？其实也不是。譬如在为《叶紫作〈丰收〉序》中，鲁迅对此就有所修改和补充：“作者写出创作来，对于其中的事情，虽然不必亲历过，最好是经历过。”就是说，“经历过”的体会毕竟要真切得多，只不过，不能把“经历过”狭隘化、绝对化理解为“写杀人最好是自己杀过人，写妓女还得去卖淫”，而是“所遇，所见，所闻，并不一定是所作”。[①] 事实上，在中外文学史上，作家为了解、体验某种生活而特意到一般人不会去的地方的例子不胜枚举，譬如陀思妥耶夫斯基曾为写好赌徒而去赌场考察甚至亲自赌博，曹禺为写好《日出》而去妓院了解妓女生活，等等。总之，有所依据，是虚构所以为艺术特质而不是胡思乱想的最后底线。至于虚构的实体依据——模特儿的采用方法，鲁迅是有所依据而又不限于这依据。他在

① 鲁迅：《叶紫作〈丰收〉序》，《鲁迅全集》第6卷，北京，人民文学出版社，1973，第224页。

《我怎么做起小说来》中说："人物的模特儿也一样，没有专用过一个人，往往嘴在浙江，脸在北京，衣服在山西，是一个拼凑起来的脚色。"后来在《〈出关〉的"关"》中鲁迅将这种方法概括为"杂取种种人，合成一个"。应该说，这种方法是自由度最大的虚构，不存在像不像的问题，因为本来就没有具体的模特可为对照，同时又不是向壁虚构的臆想，而是基于作家对生活的观察和对某一类人的理解创造出来的，他可以像很多人，却不受任何原型的限制。如果说有限制，只能说是受作家的人生经历和想象能力的限制，这种限制，是任何人都无法摆脱的。

在笔者看来，从学理角度讲，在文学创作中，创造性想象与现实的约律之间存在一种平衡的关系。所谓的艺术想象力，就是处于艺术家想象的超越和约律之间的张力，张力越大，艺术想象的创作性力度就越大，有序性也越强。任意偏于一极，都会造成张力失衡，或想象高高地漂浮于一切现实的合理基础之上而无所凭依，背离了起码的艺术表现逻辑和人文关爱，致使创作流于虚幻和空洞，甚至沦为反艺术的胡思乱想；或者想象紧紧地匍匐于当下的物质之在、物欲之在的庸常世俗层面，满足于自然主义地复制现实。所谓的超越，就是艺术想象极大地摆脱现实物象，包括事物原型及现实种种逻辑规范的消极束缚而充分发挥艺术家主体创造性的拓展力与飞升力。所谓约律，就是艺术想象在自由飞升的同时，并不拒绝起码的艺术逻辑和一个社会人对社会起码的必然的心理反应和情感投射。历史上所谓忘情于自然，不过是社会关切的反向或反常表现，正如"性本爱丘山"的陶渊明，不会总有"悠然见南山"的闲适心境，"猛志固常在"的壮怀激烈也时有发生。一个有着正常心态的人，尤其是一个作家，能够彻底地摈弃现实的约律事实上是很难的。在创作层面，现实约律往往体现为社会责任感，这使他在心游万仞、神荡九州的同时，并不忘记大地之母，不忘芸芸众生。社会责任感促使作家的艺术想象能够超越世俗和平庸，给人以理想和希望的召唤和意蕴的空灵；同时，他心忧黎元，感念苍生，在自觉与不自觉中，给出人生的苦涩和内涵的凝重。这空灵和凝重，就使艺术创作兼备创造性想象与人文关爱。

当然，社会责任感作为一种社会理性，对艺术想象力起催动或约律的作用，一般还需要通过情感中介。社会责任感作为一种自觉的社会关切，首先对艺术家所创作的题材进行价值审定和意义追问，而处于社会责任感背景层面的诸如人生理想、人文关爱等必然对粗芜平庸等现实因素进行筛选和剔除。在此过程中，一方面，不平之气在设身处地的感同身受的社会联想中产生并转化为创作激情，这种创作激情作为一种心理能量又不断催动想象进一步飞升和超越。另一方面，蕴含在社会责任感中的现实逻辑、艺术范型等作为一种隐性的约律又通过调整激情的温度、力度、强度等而想象飞升的幅度、方向和高度，使想象既可以“思接千载”，又能“抚今追昔”，从而构成艺术想象的强大张力。往往，这张力越大，作品的创造力、穿透性、震撼力也就越强。相反，摈弃现实情怀或社会责任感，创作将陷入非目的性或小目的性（譬如玩文学或为一己之私利），艺术想象会无目标、无驱力、无趋向。想象或因为物欲过于沉重而无法飞升，于是走向复制；或者轻飘飘地飞升为纯个人的意淫式的幻想，这是必然的逻辑归宿。

鲁迅非常重视文学创作的社会责任感，譬如在《论睁了眼看》中，他还特意讲了文学创作的价值取向问题。价值取向一般是作家对现实的艺术态度，即如何看待现实、推崇什么、反对什么以及如何表现现实等等，至少是作品思想质量的前提。结合鲁迅在前面提出的“揭出病苦，引起疗救的注意”这创作总动机，与他所谓的文学虚构应有所依据，即尊重现实逻辑等作完整理解，可以认为，鲁迅很重视文学创作中艺术想象力与现实情怀或社会责任感之间的对应关系。

鲁迅把中国旧文学尤其是才子佳人式小说的手法概括为“瞒和骗”，并且揭示了这种消极的人生态度与文艺的自欺又欺他的价值取向之间的恶性循环，又为文学史留下诸多的箴言式警语：“中国人向来因为不敢正视人生，只好瞒和骗，由此也生出瞒和骗的文艺来，由这文艺，更令中国人更深地陷入瞒和骗的大泽中，甚而至于已经自己不觉得”，可谓一针见血。而鲁迅认为：“文艺是国民精神所发的火光，同时也是引导国民精神的前途的灯火。……我们的作家取下假面，真诚地，深入地，大胆地看取人生并且写出他的血和肉来的时候早到了；早就应该有一片崭新的文场，早就应该有几个凶猛的闯将。”[①] 这是真诚热望的吁求，也是一种真知灼见，既体现了时代所需，也是鲁迅现实主义创作的生命之所在。

“实情”是鲁迅为虚构设置的另一个限制，是在谈什么是“讽刺”的语境中提出的。虽然讽刺不等于虚构，甚至不属于虚构的一种，而是一种艺术表现手法，或者说是一种艺术意味，但是讽刺的力量与虚构的底气是一样的．正如虚构所以为艺术的手段，是因为它有所依据，讽刺所以为讽刺而不是诬蔑，是因为它基于“实情”。所以，在这个意义上，虚构的有所依据与讽刺的“实情”是可以互换或通约的，也不妨把“实情”理解为

① 鲁迅:《论睁了眼看》,《鲁迅全集》第1卷,北京,人民文学出版社,1973,第221～222页。

虚构的依据。鲁迅在《什么是“讽刺”？》中说：“‘讽刺’的生命是真实；不必是曾有的实事，但必须是会有的实情。”“‘讽刺’的生命是真实”，是一句关于讽刺的经典格言。而所谓“实情”，就是“它所写的事情是公然的，也是常见的，平时是谁都不以为奇的，而且自然是谁都毫不注意的。不过这事情在那时却已经是不合理，可笑，可鄙，甚而至于可恶。但这么行下来了，习惯了，虽在大庭广众之间，谁也不觉得奇怪”。所谓的“讽刺”，就是“有意的偏要提出这等事，而且加以精炼，甚至于夸张”。①

就是说，“实情”就是常情常理，也是人们习以为常、见怪不怪却“不合理、可笑，可鄙，甚而至于可恶”的人和事，它也许就是生活中的某某人或某某事，也许只是一种可能的现象，但是谁看见，都会产生强烈的认同感。而讽刺就是把这些集中起来，或者进行夸张性描写，因此引起人们的关注、深思、反感，进而在否定情绪中产生快感。在此意义上，讽刺其实可以说是虚构的一种，既要有所依据，又不限于依据。所以，我们才说有所依据与“实情”是鲁迅为虚构设置的两个底线。

鲁迅对于写作的手法也有一些精辟之见。譬如关于如何学习写作及手法，鲁迅的见解是不拘一格的。在《我怎么做起小说来》中鲁迅是这样谈自己如何走上创作道路的：一开始，“也不是自己想创作，注重的倒是在绍介，在翻译，而尤其注重于短篇，特别是被压迫的民族中的作者的作品”。其实绍介和翻译至少是熟读读透原作，至于其他的准备，鲁迅特意强调道：“‘小说作法’之类，我一部都没有看过，看短篇小说却不少，小半是自己也爱看，大半则因了搜寻绍介的材料。也看文学史和批评，这是因为想知道作者的为人和思想。”后来，鲁迅又在《英译本〈短篇小说选集〉自序》中补充说：“我看到一些外国的小说，尤其是俄国，波兰和巴尔干诸小国的，才明白了世界上也有这许多和我们的劳苦大众同一运命的人，而有些作家正在为此而呼号，而战斗。而历来所见的农村之类的景况，也更加分明地再现于我的眼前。偶然得到一个可写文章的机会，我便将所谓上流社会的堕落和下层社会的不幸，陆续用短篇小说的形式发表出来了。”②

就是说，鲁迅是把读小说作为学习、揣摩写小说的最基本途径。其实，这也是许多作家学习写作的途径。巴金也说过，他是通过读小说学会写小说的。应该说，这种途径是正确而有效的，因为读小说首先是有兴趣，兴趣是最好的老师，有了这个基础，如果再有意地思考、琢磨所以引

① 鲁迅：《什么是“讽刺”？》，《鲁迅全集》第6卷，北京，人民文学出版社，1973，第323、324页。

② 鲁迅：《英译本〈短篇小说选集〉自序》，《鲁迅全集》第7卷，北京，人民文学出版社，1973，第818～819页。

起兴趣背后的东西，诸如刻画人物、结构方式、表现手法、营造氛围等等技巧，就会初步了解文学创作的内在机理，如果再尝试着写下去，一边写，一边揣摩学习过的手法，一般就会取得事半功倍之效。这当然不是学理，而是经验之谈，但是其中却蕴含着某些学理的潜质。如前所述，如果一开始就以“小说作法”之类的理论著作照方抓药，由于脑子里还没有具体的人物、故事尤其是现成的可供揣摩的范本，甚至连写什么题材还心中无数，结果自然是一头雾水，无法下笔。所以，这些创作谈尽管可能没有知识的严密性，缺乏理论的逻辑性，没有学理的周延性，但是却具有一定的指导创作的可行性。

通过读小说学习写小说，鲁迅还强调要多元汲取，反对偏嗜。例如，在 1936 年 4 月 15 日《致颜黎民》这封信中，鲁迅告诫说：“只看一个人的著作，结果是不大好的：你就得不到多方面的优点。必须如蜜蜂一样，采过许多花，这才能酿出蜜来，倘若叮在一处，所得就非常有限，枯燥了。”① 在笔者看来，不仅学习写作的种种手法需要多元汲取，就是从积淀艺术底蕴、丰富人生体验、拓展内心空间等方面讲，也是十分必要的。正如画家齐白石告诉弟子“学我者生，似我者死”，是一个道理。在具体的写法上，鲁迅也非常重视如何才能更准确有效，例如他在《我怎么做起小说来》中说：“要极省俭的画出一个人的特点，最好是画他的眼睛。”虽然这话似乎是从成语“画龙点睛”中蜕化出来的，但是鲁迅把它运用到文学描写如何抓特征上，说明至少它是一种创造性的运用。事实上，鲁迅在自己的创作中，就为“画眼睛”即抓特征留下诸多经典的范例，譬如《祝福》中祥林嫂“只有那眼珠间或一轮，还可以表示她是一个活物”，《阿 Q 正传》中阿 Q 的怒目而视，《孔乙己》中孔乙己“穿长衫站着喝酒”等等，可谓不胜枚举。

关于题材的论述，鲁迅在《关于小说题材的通信》中也留下了堪为经典的写作格言：“选材要严，开掘要深，不可将一点琐屑的没有意思的事故，便填成一篇，以创作丰富自乐。”② 选材是文学创作的第一步，所以，选材是否严，关系到整个创作的成败，如果随意“将一点琐屑的没有意思的事故，便填成一篇”，不管是多么用心尽力，也不会是一篇好作品。但是，选材只是创作的前提保障，只有“开掘要深”，挖到题材所蕴含的最深处，才能确保作品的思想价值。譬如众所周知的事实，鲁迅在《药》中，将一个因不懂科学、迷信偏方造成人财两空的平凡小故事，开掘出辛

---

① 鲁迅:《致颜黎民》,《鲁迅全集》第 14 卷,北京,人民文学出版社,2005,第 76～77 页。

② 鲁迅:《关于小说题材的通信》,《鲁迅全集》第 4 卷,北京,人民文学出版社,1973,第 358 页。

亥苣命失败的原因。所以，写作者面对自己炮制的平庸故事而不知如何提高时，重温鲁迅此言，会收到振聋发聩的告诫。

当然，鲁迅的创作谈并不全是格言警句式的，也有纯经验之谈。譬如，他在1935年11月25日的《致叶紫》这封信中，就这样说道："立定格局之后，一直写下去，不管修辞，也不要回头看。等到成后，搁它几天，然后再来复看，删去若干，改换几字。在创作的途中，一面练字，真要把感兴打断的。"[①] 虽然在这里，鲁迅也说理，譬如要求叶紫在创作中，要"一直写下去，不管修辞，也不要回头看"，以避免"把感兴打断"，但更多的是告诉叶紫怎么做。对于没有创作经验的人来讲，这些话似乎是没意义的，但有过一些创作体会的人都知道，这是创作过程中最常遇到的，也是最容易犯的错误。所以这些话虽然平浅易解，却堪为至理名言。因为一般的初学写作者，由于不知道孰轻孰重，也可能因为有追求完美的心理，往往容易捡了芝麻丢了西瓜。而且，写作者如果一边写，一边改，不仅会扰乱既定思路，还可能中断写作气脉。不仅如此，拿起刚写完的作品就修改，还可能简单地自我否定。譬如果戈理当年刚写完《死魂灵》第二部，就迫不及待地拿给茹科夫斯基读。由于茹科夫斯基年老易倦，在壁炉旁睡着了，果戈理很失望，顺手把手稿扔到壁炉里。果戈理所以如此缺乏自信，不仅是因为茹科夫斯基没表现出兴趣，肯定也因为他自己在读的过程中就感到了乏味。其实，这里边有他作为创作者立即转变为批评者角色在心理上还不适应的问题。

从创作心理学角度讲，一个人刚刚从写作的亢奋状态里出来，激情还没有完全消退，甚至还处于饱和状态，立刻读自己的作品，由于这不是新的刺激源，自然无法唤起与刚刚体验过的一样强度的震荡和激动，因此，此时所获得的心理感受一定是索然无味的，这就很容易失望了，这是初学写作者最容易犯的错误。如果把作品放一放，直到把有些细节差不多都忘记了，再以陌生的眼光重新审视自己的作品，尽管可能发现有的字句不够完美，或者某些手法很幼稚，但是由于遗忘，已经把自己的作品当作新的刺激源，所以在心理上很可能会产生超出心理预期，至少是比刚写完就看多数倍的激情反应，譬如发现有很多的闪光之处，甚至会惊奇自己的某种才华，等等。因为此时写作者已经在心理上完成了作者与读者的角色转换，情绪也从清空的平静逐渐进入客观的感应、共振状态，所以就会很敏感、易激动，心理感受就会很强。鲁迅在此谈的就是这个道理。这也说

① 鲁迅：《致叶紫》，《鲁迅全集》第13卷，北京，人民文学出版社，2005，第590页。

明，鲁迅这种看似漫不经心的创作体会，实际上包含了丰富的学理元素。这种既能够对创作发挥指导作用，又具有一定的学理潜质的经验之谈，就可能是非常珍贵的理论话题和思想遗产。

鲁迅的创作格言警句，往往言简意赅，通俗易懂，透彻见底。这主要源于他丰富的创作经验，紧贴文学创作本体，近于创作之道；也基于他深厚的人文学养及敏捷透彻的悟性——观察力、思考力、洞察力。它们虽不是系统的理论体系，甚至不是严格的理论命题，却因其实用性、可操作性，如夜明珠之闪光，足以照亮被表象遮蔽的思想暗角，给人以醍醐灌顶顿开茅塞之感，直达创作能力。而且，这些颇具召唤意味的言论，会引发进一步的学理阐释，甚至使后人既不可绕行，又难以逾越。

二、沈从文创作谈的学理分析

如果说，鲁迅的创作谈主要是箴言式的警语，当然性的告诫更多一些的话，那么，沈从文的创作谈就是经验性的所以然的循循善诱：告诉你为什么应该这样，为什么不应该那样。因此可以这么说，在中国现代文学史上，沈从文的创作谈是具有独特价值的。下面我们将具体阐述。

表面看，沈从文的创作谈只是一些经验的介绍，但仔细分析就会发现，这经验性的话语中，包蕴了一定的理论元素，至少有一些理论意味。譬如在《给一个写诗的》中，沈从文提出写作中的“热情”与“冷静”，也就是主观意愿及想象与理性节制问题。在他看来，“一个作家必需使思想澄清，观察一切体会一切方不至于十分差误。他要‘生活’，那只是要‘懂’生活，不是单纯的生活。他需要有个脑子，单是脊髓可不成。更值得注意处，是应当极力避去文字表面的热情。我的意见不是反对作品热情，我想告给你的是你自己写作时用不着多大兴奋。神圣伟大的悲哀不一定有一摊血一把眼泪，一个聪明作家写人类痛苦是用微笑表现的”①。

有趣是的是，这与此前鲁迅所强调的“揭出病苦，引起疗救的注意”的创作动机有一定的互补性。所谓“热情”，按照字面意思就是要有热烈的情感，在沈从文的语境中，就是浸透着作家意愿、期盼的艺术创作欲求。不可否认，文学创作需要“热情”，热情是文学创作得以进行的心理驱力，艺术是情感的产儿，这是人人都懂的道理。但是，创作的情感并不是越热烈越好，更不能为热情所燃烧、所溺没，热情需要有所节制，否则，或者失去了生活真实，成为作家主观臆造的幻影，或者成为作家某种

---

① 沈从文：《给一个写诗的》，《沈从文全集》第17卷，太原，北岳文艺出版社，2002，第185～186页。

现实需求的变态宣泄。而“思想澄清，观察一切体会一切”，则是作家节制过分“热情”所必需的。在另一篇文章《情绪的体操》中，沈从文对“热情”与“冷静”有进一步的阐发。在这里，沈从文把文学创作比作“情绪的体操”，这是一个很别致的命名。

所谓“情绪的体操”，用沈从文的话说就是“控驭感情”，“一种使情感‘凝聚成为渊潭，平铺成为湖泊’的体操。一种‘扭曲文字试验它的韧性，重摔文字试验它的硬性’的体操”。说到底，也就是使作家情感有序化。情感，是一种心理能量，使用得当，就是一种文学创造力，但如果使用不当，也可能成为毁灭艺术美的能量。正如鲁迅告诫人们：“感情正烈的时候，不宜做诗，否则锋铓太露，能将‘诗美’杀掉。”[①] 沈从文所谓“一种使情感‘凝聚成为渊潭，平铺成为湖泊’的体操”，说的就是这种心理能量的聚集，以为文学创作之用。但是，情感必须通过理智及文字的过滤、限制乃至“扭曲”，才能成为文学创作所需要的有序化的内驱力。用沈从文的话表述，就是“你得学控驭感情，才能够运用感情。你必需静，凝眸先看明白了你自己。你能够冷方会热”[②]。在这里，沈从文打破了一个长期以来由于对浪漫主义的文学观念的过度阐释而在人们心里形成的误区，即认为文学创作是热烈情感喷发所致，仿佛情感越炽烈，创作越顺畅，作品越感人，质量就越高。在沈从文看来，其实文学创作所需的情感，是由“冷”而后的“热”。就是说，文学创作不是简单的激发、释放情感，而是“控驭感情”和“运用感情”的过程。沈从文此论，一方面对于初学写作者在如何调控、运用情感上，具有直接的矫正、指导的意义；另一方面，在学理上也有所突破。他以“情绪的体操”定义艺术，既叫人了解到情感之于艺术的意义，又涵示给人们这样的思想：在文学创作中的情感已经不是原质的日常情感，而是经过调控，尤其是经过理智及文字过滤、限制、扭曲、改造后的艺术情感。

学习写作，需要从读文学作品开始，对此，沈从文较之鲁迅说的要细致得多，不妨将其看作是对前面鲁迅所论的补充和扩展。在这里，沈从文主要讨论了怎样读文学作品，即以什么态度、什么目的去读的问题，这确实是此前如鲁迅没有仔细辨析过的。沈从文在《给一个读者》一文中认为，学习文学创作本没有什么“秘诀”可言，“真真的秘诀是多读多做”。但是，仅仅满足于读什么是远远不够的，必须解决怎么读的问题。在他看来，学习写作者读文学作品不是一般的鉴赏，“从作品上了解那作品的价

---

① 鲁迅：《两地书·三二》，《鲁迅全集》第7卷，北京，人民文学出版社，1973，第116页。

② 沈从文：《情绪的体操》，《水星》1934年第2期。

值与趣味，这是平常读书人的事。一个作者读书呢，却应从别人作品上了解那作品整个的分配方法，注意它如何处置文字如何处理故事，也可以说看得应深一层”。就是说，学习写作者与普通读者在读文学作品的目的上，最大的不同，就是不仅要注意作品内容，还要跳开内容层面，揣摩人物、故事后面的“分配方法，注意它如何处置文字如何处理故事”等。要实现这特殊目的，学习写作者在阅读的态度上，也要与普通读者有所不同，那就是尽量防止被作品内容感动：“一本好书不一定使自己如何兴奋，却宜于印象底记着。一个作者在别人好作品面前，照例不会怎么感动，在任何严重事件中，也不怎么感动——作品他知道这是写出来的，人事他知道无一不十分严重。他得比平常人冷静些，因为他正在看，分析，批判。他必须静静的看，分析，批判，自己写时方能下笔，方有可写的东西，写下来方能够从容而正确。”①

在这里，沈从文解决了困惑初学写作者的几个问题：读什么，即读书的目的，不仅要关注作品内容，还要“从别人作品上了解那作品整个的分配方法，注意它如何处置文字如何处理故事”；怎么读，即以什么态度去读，“他得比平常人冷静些，因为他正在看，分析，批判”。这是极具操作性的指导原则。表面看，对这些，沈从文不过是随口一说，其实颇具内在的逻辑关联。譬如，为学习写作而读书，首先要解决读什么的问题，解决了读什么，就要解决怎么读、以什么态度读的问题。而且，只有“比平常人冷静些”，即不为作品内容的诸如人物命运、故事情节等所感动所迷惑，才能直达理解、接受这些背后的“分配方法”，以及“如何处置文字如何处理故事”等技术性层面的问题；相反，如果一味地放纵自己的热情，任凭作品中人物命运的折磨和故事情境的纠结，感动倒是感动了，审美快感也有了，但是忘记了应该思考隐藏在这一切后面的东西，诸如“分配方法”“如何处置文字如何处理故事”等问题，结果在写作上，还可能是一无所获。就是说，学习写作者在阅读时应该有明确的学习目的，感情有节制，心理有分析，才能有收获。可见，沈从文这种观点既极具可操作性，又颇具学理的逻辑性。

沈从文的创作谈还有一个重要的观点，那就是文学创作能力与知识、学问没有关系，至少是没有直接的关系。在当时，在一般的人眼中，作家都应该是饱学之士，远的如俄国 19 世纪作家果戈理，一个莫斯科中学毕业生，年纪轻轻就因为是作家而当上了莫斯科大学历史系副教授，近的如

① 沈从文:《给一个读者》,《沈从文全集》第 17 卷,太原,北岳文艺出版社,2002,第 226 页。

沈从文自己就是一个只有小学学历的作家，一跃而成为北京大学的教授。但是，深深了解文学创作之道的沈从文对此有自己的看法和体会。其实，这也是关于写作者如何读书问题的继续。譬如在《情绪的体操》中，针对有的写作者以饱读诗书为文学创作的准备，结果于事无补的情况，沈从文明确指出："这是你读书的过错。你的书本知识可以吓学生，骗学生，却不能帮助你写一个短短故事，达到精纯完美。"什么原因呢？沈从文认为，"你读的书虽多，那一大堆书可不消化，它不能营养你反而累坏了你"。[①]这就是所谓的读死书、死读书。

对于文学创作来说，读书首先要解决如上文所说的读什么和怎么读的问题，这样才能化作写作能力；至于其他著作，尤其是某些专门的学问，并不能对文学创作有直接的帮助，更不能化作创作能力，因为这是两回事。当然，也可以这么说，作家创作往往由于需要了解许多专门领域内的各种各样的知识，因此有很多作家的确是学问家。但是，此论不能反推为，具有了各种各样的知识、学问，就能进行很好的创作，就能成为作家，因为学问家与作家是两种不同能力、不同思维类型、不同情感类型的人。所以，沈从文认为："学术专家需要专门学术的知识，文学作者却需要常识和想象"[②]，这是极为清晰准确的判断。确如沈从文所言，作者要进行文学创作，是需要了解、懂得很多，但是一般只限于了解和懂得即可。因为作家的职责就是把自己所要表现的人物及生活真实生动地表达出来就可以了，一般不需要把这人物及其生活所涉及的某些专门知识都准确无误地再现出来。譬如要写一个科学家，主要是写科学家日常生活中的喜怒哀乐及行为特征，充其量，是写出科学家忘我痴迷的职业特点和精神品格，并不是要把他在研究过程中所涉及的专门知识都写出来，这就是文学不是"学"，而是"语言艺术"，或者叫"人学"而不叫"科学"的原因。

沈从文说进行文学创作只需要"常识和想象"即可。常识，就是对创作所涉及的生活有起码的了解，这样写出来的作品才能符合人情事理。如果允许笔者补充一点的话，作家还应该有艺术感觉。艺术感觉是艺术想象的前提，是作家看待生活事物特有的态度。这种态度，简单说，就是能够"以假当真"，能够"自欺欺人"，能够把无生命的看作是有生命的，把有生命的看作是和自己平等的有感情、有思想、有性格的人的能力。这样，在创作中，作家才会通过对现实生活的反刍、体味、想象，重新创造一个世界。至于想象，在笔者看来，在文学创作过程中，一般需要三种形式：

① 沈从文：《情绪的体操》，《水星》1934年第2期。

② 沈从文：《给一个读者》，《沈从文全集》第17卷，太原，北岳文艺出版社，2002，第229页。

一是缺中补全的逻辑想象，二是设身处地的移情想象，三是无中生有的创造性想象。逻辑想象是现实性想象，是根据生活的常情常理的推断，以弥补现实存在的不足；移情想象是作者在创造人物形象时，要根据给定的该形象的性格内涵而为其设计出符合这一内涵的心理特征和行为方式。如果说，此前的两种想象都属于现实性想象的话，那么创造性想象是超越于现实的想象，就是现实中并不存在，作者根据自身的理想虚构出来的。这三种想象，都是构成文学创作的重要元素。就是说，在沈从文看来，一个作家，具有一般事物的常识和想象力就基本可以了，这与老舍在《文学概论讲义》中曾质疑"读书破万卷，下笔如有神"的传统观念[①]一样有意义，只是老舍当时并没有就此问题充分展开。

第二节　朱光潜文学创作理论的价值检视

在中国现代文学史上，从学理的视角专门研究文学创作理论的确实不多，但是朱光潜的相关论著却非常值得关注。朱光潜的创作理论主要集中在抗战时期陆续发表并结集出版的《谈文学》和初稿于 1931 年、定稿于 1936 年并由光明书店出版的《文艺心理学》这两本书。

与前面我们所列举的作家经验性创作论不同的是，朱光潜创作理论的主要价值在于其学理的深湛和逻辑的严谨。众所周知，朱光潜是我国少有的学贯中西的著名美学家和文艺理论家，可以说，他的学养极为深厚而丰富。美学、文学、心理学、哲学都是他的基本研究领域，而且，曾经的诗歌创作经验和《文学》月刊的编辑生涯，使他对文学创作的阐释，不仅限于理论的形而上层面的辨析和覆盖，而且往往是直接的指导和告诫。大致说来，朱光潜的文学创作理论主要体现在如下几个方面。

一、关于文学创作才能

关于文学创作才能，除古代如曹丕、刘勰在直觉上有所涉及外，在近现代，则少有人论及。因为越是随着科学的发展，人们越是意识到，讨论如文学才能之类的问题，如果缺乏遗传学、脑科学及实验心理学理论支持的话，一般是很难取得令人信服的成果的，甚至都难以置喙。所以在创作界，这几乎是一个讳言的话题，似乎作家如果承认文学才能的存在，就有

① 参见舒舍予:《文学概论讲义》,北京,北京出版社,1984,第 60 页。

自吹自擂之嫌；如果理论家强调文学才能，似乎就是在鼓吹少数天才论，而歧视普通作者。但在理论上，确乎有必要阐释清楚文学才能是否存在于创作中的问题，因为这对于文学创作者的自我评价和自我定位是非常重要的。众所周知，很多文学青年都怀有作家梦，尤其在这社会转型阶段，但并不是每个有此梦想的人都具有成为作家的潜质。所以如何有效地发现并判断自己，以便确定自己正确的人生道路，就显得极其重要了。这样，朱光潜创建了在当时几乎是唯一的以生理学、心理学及哲学为基础的有关文学才能的理论，其特殊意义是不言而喻的。

在《资禀与修养》中，朱光潜首先确定了一个大前提，对于创作才能，“与其说‘天才’，不如说‘资禀’。资禀是与生俱来的良知良能，只有程度上的等差，没有绝对的分别，有人多得一点，有人少得一点。所谓‘天才’不过是在资禀方面得天独厚，并没有什么神奇”。朱光潜在此意在解除一直以来的关于文学创作才能的神秘感，既没有简单否定程度上的差别，也没有将之推给难以实证的遗传基因，使之具有可阐释性和可理解性，较之那些把天才简单归结为勤奋的自谦性言说，譬如鲁迅就曾说：“那里有天才，我是把别人喝咖啡的工夫都用在工作上的”①，在学理上更有意义。

朱光潜进而指出，作为一般的文学欣赏者，“每个人只须经过相当的努力，都可以达到”，但是如果要做专门的文学家，“就要自问对文学是否有特优的资禀”。这“资禀”，就是“性之所近”，“一个人如果要专门做文学家就非性近于文学不可”。就是说，想要做文学家的最基本“资禀”就是喜欢文学，亲近文学。应该说，这个要求一点都不过分。事实上，有成就的大文学家，哪个不是因为痴迷文学呢？如果说“性之所近”地喜欢文学是成为文学家的“资禀”的话，那么，作为题中之义，就是必须在接触、亲近文学中才可能使这种“资禀”化作才能。用朱光潜的话说，就是“天生的资禀只是潜能，要潜能成为事实，不能不借人力造作”。这“造作”，就是“修养”。“资禀是潜能，是种子；修养使潜能实现，使种子发芽成树，开花结实。”至于文学修养，朱光潜认为主要包括“人品的修养”“一般学识经验的修养”“文学本身的修养”这三个方面。表面看，这三种修养之于资禀的实现显得有些大而无当，但仔细研究就会发现，这几点还真的都很重要。而且，朱光潜在具体的阐述中，也颇有新见。

首先，在阐述“人品的修养”中，朱光潜没有一般化地单向度地只讲

① 许广平：《鲁迅全集编校后记》，《鲁迅全集》第20卷，鲁迅先生纪念委员会编印，1938，第663页。

人品之于文品的重要性，而是在强调“一个人如果想在文艺上有真正伟大的成就，他必须有道德的修养”的同时，并不否认“有人品卑鄙而文艺却很优越的”状况，并以心理学的“双重人格”来解释，认为人品和文品并不是简单对应的因果关系，“文品需要努力创造，各有独到，人品亦如此，一个文学家必须有真挚的性情和高远的胸襟，但是每个人的性情中可以特有一种天地，每个人的胸襟中可以特有一副丘壑，不必强同而且也决不能强同”。这就使作为文学创作素质的人品与文品关系的论述周延而辩证，也是对一直以来关于人的资禀神秘感的突破。

其次，朱光潜认为“人品的修养”还包括“一般学识经验的修养”。在这里，朱光潜把学识与经验相提并论，即将“读书”与观察、体验生活同样作为一种“人品的修养”，是有他的理由的。在他看来，“读书的功用在储知蓄理，扩充眼界，改变气质。读的范围愈广，知识愈丰富，审辨愈精当，胸襟愈恢阔”。可见，在朱光潜的语境里，读书并不仅限于读文学的书，而是读各种学科的书，这不同于此前鲁迅、沈从文等所提倡的仅仅是读文学作品。当然，在此朱光潜不仅是把读书作为一般的人品修养来丰富，更重要的是为文学创作所必需的“观察体验”生活提供视角，以及“返照”、理解“人生世相”的胸襟。所以他要求“第一要精选，不浪费精力于无用之书；第二要持恒，日积月累，涓涓终可成江河；第三要有哲学的高瞻远瞩，科学的客观剖析，否则食而不化，学问反足以梏没性灵”。可以说，朱光潜此论，是对传统的笼而统之的所谓“读书破万卷，下笔如有神”的超越。而且，他这种强调文学家的人品修养要有高尚的境界预期和丰富的知识储备，是有事实根据的，古今中外的大文学家，确实大多数都是具有高尚的人生境界和广博的知识修养的。在这个意义上，朱光潜的这种读书观，较之鲁迅、沈从文们所倡的主要读文学作品的观念，并不矛盾。因为在鲁迅、沈从文语境中，他们强调主要读文学作品，是为了尽快进入文学创作之门，而朱光潜则要成为集创作、鉴赏于一身的文学家。他所谓的读书，不仅包括文学作品，而且包括其他学科与文学创作相关的书籍。因此，应该说，他的读书观，更全面、更科学，也更具学理的内涵。虽然读书的多少或学识是否渊博与文学创作能力的高低并不存在线性对应的可逆关系，但是读书多，学问大，所谓的学者型作家，由于视野更广阔、思想更深刻，将更易于观察、思考社会人生，也更易于写出内蕴丰富深刻的优秀作品。

朱光潜强调“返照”“人生世相”的胸襟和观察体验生活的视角，就是为更好地观察体验，以使他的读书观不致落空。朱光潜认为，“实地地观察体验，这对于文艺创作或比读书还更重要"，"要观察得正确，体验得深刻，你最好投身他们中间，和他们过同样的生活。你过的生活愈丰富，对于人性的了解愈深广，你的作品自然愈有真实性"。说到底，朱光潜强调读书，不是为掉书袋炫耀学问，而是为了更好地创作。甚至，在他的语境中，与读书相比，"观察体验"生活更重要。

最后，朱光潜强调文学创作所需的"人品修养"包括"文学本身的修养"。这一点，尽管可能属老生常谈，却不可省略。在此，朱光潜主要强调两点："第一须认识语言文字，其次须有运用语言文字的技巧。"前者，主要是掌握语言文字这表现工具，并如何最大化地挖掘和发挥这工具的效能："这要包涵语文学，逻辑学，文法，美学和心理学各科知识。"[①] 从这些主张可以看出，朱光潜确实具有学者型理论家的特点：宁可繁复迂回也要论证全面周延。这使他不同于鲁迅们的创作谈的直截了当，认为该在哪方面加强就强调什么，也不同于林语堂们比较轻视语言文字技巧。

林语堂的创作论总的来说是抓大放小，把灵性摆在高于一切的地位，"以灵性本主，不为隔套所拘，不为章法所役"。林语堂所谓的"灵性"，在其他语境中则指的是"文学性格"，认为"当一个真正的文学性格创造起来的时候，风格自然而然地成形了，而技巧的小问题便也可以迎刃而解。如果他对于修辞或文法的问题有点困惑不解，那老实说也没有什么关系，只要他写得出好东西就得了"；相反，"如果一个人忽略了文学性格的修养，无论在文法或文艺的洗练上用了多少工夫，都不能使他成为作家"。[②] 在林语堂看来，抓住"文学性格"就抓住了文学创作能力的根本。但是，与朱光潜的观点相比，林语堂此论在学理上还是显得有些粗放且随意。因为事实上，并不是随着作家"文学性格"的形成，一切技巧就会自然而然地娴熟起来，一切表达的障碍，都会迎刃而解，这是两回事。反过来说，缺乏文字功力的人，"文学性格"也难以"创造起来"，否则，高尔基就不会感叹最大的痛苦莫过于语言的痛苦了。正如一句俗语："茶壶煮饺子，肚子里有货倒不出。"而朱光潜的观点却是中肯的，他认为"一个人想做出第一流文学作品，别的条件不用说，单说语文研究一项，他必须有深厚的修养，他必须达到有话都可说出而且说得好的程度"。应该说，这是至理名言，鲁迅语言文字的功夫，就是这方面的典范。美中不足的是，朱光潜把技巧主要限于语言文字这最基本的领域，对于文学创作中宏观一些的诸如运思、谋篇、布局等等技巧在此提之甚少，虽然在其他语境

① 朱光潜：《谈文学》，桂林，广西师范大学出版社，2004，第7、10、12页。

② 戴逸主编：《二十世纪中华学案·文学卷》，北京，北京图书馆出版社，1999，第170、174页。

中有所涉及，但是就在这集中研究文学创作“人品的修养”话题中，仍然可能给人抓小放大的感觉。

关于文学创作才能，朱光潜在《文艺心理学》中设“艺术的创造：天才与人力”专章进行论述。由于这是学术专著，因此较之文艺短论性质的《谈文学》篇章，自然更为翔实而周延，尽管它的成书时间比《谈文学》早。

朱光潜在《文艺心理学》中，不同于在《谈文学》中把创作才能归结为“资禀与修养”，而是将其称为“天才与人力”。当然，仅从概念的使用上看，应该说“天才与人力”似乎并不如“资禀与修养”更确切。但是，朱光潜所谓实现天才的“人力者三大端”——“蓄积关于媒介的知识”“模仿传达的技巧”“作品的锻炼”三个方面，较之《谈文学》中所谓实现“资禀”的诸如“人品的修养”“一般学识经验的修养”“文学本身的修养”这三大修养，应该说与艺术创作的实际状况更接近一些。当然，这与两者的立足点不同有关：《文艺心理学》的立足点是包括文学在内的一般的文艺创作，《谈文学》则只谈文学创作。在人们的习惯意识中，一个人的文学才能，向来与他的人品、修养密切相关，至于其他的艺术创作，人们往往更注重技能的训练，也许，这与艺术曾经就是技艺有关。因此，在这个意义上，朱光潜在《谈文学》中关于“修养”的论述和在《文艺心理学》中关于“人力”的论述，在学理上并不存在孰高孰低的问题，而应该将这两者看作是相互映照相互补充的关系。

具体言之，在朱光潜看来，文艺“天才”的实现，所“借助人力者”，首要的是“蓄积关于媒介的知识”。所谓“媒介”，“就是表现和传达的工具”，这也是最起码的创作准备。不言而喻，“文学的媒介是语言文字”，至于需要掌握语言文字的什么，在此与《谈文学》中所谓“这要包含语文学，逻辑学，文法，美学和心理学各科知识”基本一致。“第一要知道它的音（音韵学），第二要知道它的义（训诂学），第三要知道它的音的组合原则（音律学），第四要知道它的音和义的组合原则（文法学），第五要知道它的音和义的组合对于读者或听者所生的影响（修辞学及美学）。”看来，理论家阐释问题的特点就是唯恐视角单一，有所遗漏而论述不详，所以喜欢开列中药铺。但是朱光潜在此主要强调的是，“文学不是可以不学而能的”的“自然流露”，而是需要踏踏实实地学习语言文字的技巧的“有意刻画”，“社会愈进化，艺术的人为的成分也就愈多；人为的成分愈多，人力的需要也就愈大"。[①] 强调文学创作的人为性，就是为了破除天才论的迷信和遗传论的宿命色彩，并为人们的学习创作，提供切实可行的努力方向。应该说，这种态度基本是合理的。既然天才无法确证，遗传也难以得到科学的支持，那么"人为"的努力，就是学习写作者所能把握的唯一现实。除此，还有其他的路径吗？当然，这还应该在承认人的"资禀"不同的前提下来理解。

关于文学天才，当时许多人都有过论述，譬如郭沫若在《批评与梦》（1923 年 3 月 3 日）中认为，人在资质上虽然有差别，但主要还是后天学习的结果。"天才这个字本来含意极其暧昧，它的定义，决不是所谓'生而知之，不学而能'的。天地间生而知之的人没有。不学而能的人也没有。天才多半由于努力养成。天才多半由于细心养成。"[②] 这当然与所谓的"天才即是勤奋"的说法差别不大，但是他在另一篇文章《生活的艺术化》中，把天才看作是一种专心致志的艺术精神和创作状态，却颇为有趣。郭沫若在引用了《庄子》的两个雕刻师有神奇精湛手艺的小故事后说："这一段文字，我以为可以道尽一切艺术的精神，而尤其重要的，便是其中的'不敢怀庆赏爵禄，不敢怀非誉巧拙，辄然忘吾四肢形体也'这几句话。这便是天才的秘密，便是艺术的生命所在的地方。我们的艺术家，如果能够做到这一步，就是能够置功名、富贵、成败、利害于不顾，以忘我的精神从事创作，他的作品自然会成为伟大的艺术，他的自身自然会成为一位天才。"[③] 虽然郭沫若在此有偷换概念之嫌，即把素质、禀赋状态化、技艺化甚至神秘化，但是却道出了创造性活动的秘密之一是摒弃一切外来的干扰，转而强化身心的专注，所以，他回答的虽然不是天才的本质，却说出了成就天才的主体原因。比较二人关于天才的见解，可以说，朱光潜之论是学理的，后天可补是切实可行的，郭沫若的观点则是诗人的，近于空灵神谕的，凡夫俗子一般很难达到纯粹境界。

此外，朱光潜所谓"模仿传达的技巧"，其实是"蓄积关于媒介的知识"的落实和深化。在朱光潜看来，"创造都基于模仿，而模仿的目的大半是养成筋肉的技巧"。不仅学习造型等艺术创造如此，即便是文学创作的"作诗文"，也"都要先把气势声调练得娴熟"。这实际强调的就是诗文的韵律、节奏的筋肉感觉，掌握了这些筋肉感觉的技巧，一旦有了诗兴或文情，就会不费力地进入或诗或文的某种有序的艺术形式之中。正如画家

---

① 朱光潜：《文艺心理学》，北京，三联书店，2005，第 201～202 页。

② 郭沫若：《批评与梦》，《沫若文集》第 10 卷，北京，人民文学出版社，1959，第 117～118 页。

③ 郭沫若：《生活的艺术化》，《沫若文集》第 10 卷，北京，人民文学出版社，1959，第 91～92 页。

有了艺术感觉很快就会将其化作某种色彩和线条的有序组合，音乐家有了艺术感觉也会在心中酿起优美的旋律和节奏一样。说到底，就是要求掌握艺术表现形式的技巧，这也可以说是文学创作的基本功。当然，朱光潜在此有把有韵文与无韵文混淆的问题，也有纯技巧化的倾向。不可否认，在诗歌创作中，韵律、节奏的筋肉感觉固然很重要，成熟的诗人具有生理性的艺术感觉也不奇怪，有了生理性艺术感觉将有助于诗歌的生成，也是不可轻易否定的现象。但是，诗歌的成就并不完全取决于韵律及节奏等纯技巧的应用，况且散文、小说等叙事文学由模仿所“养成筋肉的技巧”也不会起太大的作用。可见，朱光潜此论在学理上应该说存在一定的片面性。至于所谓“作品的锻炼”，就是在创作过程下功夫，琢磨思路及锤炼字句，也包括写作中的修改问题。中外文学史证明，一个人的文学创作水平与修改密切相关。众所周知，托尔斯泰非常重视修改，据说，仅《复活》的开头就修改了七遍。因为修改一遍，水平就等于上了一个台阶，提高了一个档次，相似的问题就会因此得到解决。可见，朱光潜此论，对于尝试文学创作的初学者，是一种鼓励，也是一种导引，还为文学批评提供了分析作家创作能力结构的基本依据。因此，这样的理论，虽然学理性很强，但总体来说，与文学实践并不“隔”。

二、关于文艺创作过程

在《文艺心理学》中，朱光潜根据心理学观点对文艺创作过程作了学理分析，而不是感觉的描述，这是此前的中国文学理论界所没有过的深层次的理论思考。在朱光潜看来，“文艺的创造可分为两种，一种是反省的，一种是直觉的”。具体说来，“反省类作者在下手时心中就悬有一个中心观念（或主旨），然后抱着这个中心观念去四方八面地思索，逐渐发展，以至于作品的完成。直觉类作者则人手并无确定明了的观念，他先只作普遍的修养，让潜意识中酝酿一种观念，到时机成熟时便猛然爆发，他便趁这一股灵感，构成他的作品”①。

简单说，这两种构思，就是苦思和即兴的，或谓“赋得”的和“偶成”。前者是意在笔先的艰苦思索、有序化酝酿，后者是“跟着感觉走”，伴随着情绪生成的主旨逐渐明晰化后水到渠成的表达。把文艺创作过程划分为“反省类”和“直觉类”的学理意义大于指导价值，把懵懂的感受性经验，诉诸理论分析，从而促进了关于文艺创作的理论自觉，这自然得益

① 朱光潜:《文艺心理学》,北京,三联书店,2005,第206页。

于朱光潜丰富的心理学的思想功力。

关于文艺创作过程的学理分析，朱光潜在《谈文学》的“作文与运思”部分，通过辨析“写”与“作”，作了进一步的补充。众所周知，朱光潜早年是克罗齐的信徒，但是随着学术思想的成熟和独立，他对克罗齐所谓“艺术即表现，表现即直觉”有了反思和质疑。朱光潜认为，在克罗齐们看来，“文艺全是心灵的活动，创造就是表现也就是直觉。这就是说，心里想出一具体境界，情趣与意象交融，情趣就已表现于那意象，而这时刻作品也就算完全成就了。至于拿笔来把心里所已想好的作品写在纸上，那并非‘表现’，那只是‘传达’或‘记录’”。可见，克罗齐们认为文艺创作无论是“直觉”也好，“表现”也罢，都只是完成于作者心里内部的意识活动，“写”只是一种物理事实，与艺术创造无关，因此“写”不等于“作”即创作。

朱光潜辨析“写”与“作”的意义在于纠正一个国际权威的理论错误，避免其误导。同时，朱光潜的观点源于文艺创作实际，因此必然对创作是一种正确的指导。在他看来，文艺创作既不是于作者心里内部生成意象，也不是把这种意象机械被动地记录下来的过程，而是“在定了题目之后……抱着那题目四方八面地想。想时全凭心理学家所谓‘自由联想’，不拘大小，不问次序”。就是说，文艺创作是一个“写”与“作”相结合，既有预定目的又有随机涌现的生动活泼的创造性过程。

其实，克罗齐们把文艺创作过程看作是完成于作者心里内部生成的意象，既不符合文艺创作实际，也缺乏心理学常识，而基本是理论家们没有任何文艺创作实际经验支持的向壁杜撰。正如朱光潜所言：“只有在极短的篇幅中……还可以把全篇完全在心里想好；如篇幅长了那就很难。”为什么？因为“我们的注意力和记忆力所能及的范围有一定的限度，把几千字甚至几万字的文章都一字一句地记在心里，同时注意到每字每句每段的线索关联，并且还要一直向前思索，纵假定是可能，这种繁重的工作对于心力也未免是一种不必要的损耗”①。的确如此，这样的写，即便是可能，恐怕也是一种不堪的苦役，还何谈艺术创造？其实，在文学创作过程中，无论是长篇还是短制，“作”与“写”都是不能截然分开的。虽然不同的人有不同的创作习惯，有的喜欢构思清楚后再展纸提笔，有的则喜欢一边写一边想，但是，构思和书写绝不能分开。有过创作经验的人都知道，即便是在构思过程中已经想得很完整了，在下笔时也有可能发生变动。因为

① 朱光潜：《谈文学》，桂林，广西师范大学出版社，2004，第39、40页。

构思充满着大量的飘忽的不确定因素，譬如在内部语言生成中伴随着的心理感觉、情绪意象等，一旦诉诸实实在在的文字，这些因素往往难以具体落实为确凿的文字，更难以裹挟到既有的文字之中，所以几乎每一个作者此时都会有词不达意的感觉。况且，书写本身往往就是一个不断激发灵感想象的过程，有时，甚至会完全改变原构思。否则，如果“作”是“作”，“写”是“写”，那就太低估或简单化人的创造过程的复杂性了。那还是人的大脑吗？那是机器。所以，朱光潜从文学创作实际出发，修正了他曾崇拜的大师的观点，无论是在学理还是创作实践上，都具有重要意义。纵观20世纪上半叶的中国现代文学创作理论，我们可以断言，能够像朱光潜这样对文学创作过程作如此深入研究的，还不见有第二个。

三、关于想象与灵感

在《文艺心理学》中，朱光潜以一章的专论，研究想象与灵感。此前，在中国现代文学理论界，基本没有人专门思考过想象和灵感，只是在某些文学概论之类的教材中，有人偶尔一提。譬如出版于1930年的李幼泉、洪北平的《文学概论》，曾提及文学创作中的想象，但仅限于对想象类型的解释，把想象分为创造想象、联想的想象、解释的想象，至于这些想象各有什么特点以及在文学创作中起到什么作用，则没有涉及。①

朱光潜认为创造性想象包含三种成分：“理智的”“情感的”“潜意识的”，应该说这种分析至今仍然可以说是有效的。虽然朱光潜并没有对这三种成分进行细致界定及阐释，但就笔者的理解，所谓“理智的”，就是所谓的理性思维或者抽象思维，就是以意志的努力推动想象运行的逻辑路线，没有“理智的”因素规范、引领，想象就会沦为混乱的思绪飞扬。所谓“情感的”，就是指托举想象自由飞升、驱动意向凝聚或者飘浮的心理能量；同时，它也是一种溶解剂，消解、融化生活原型块状“物质”，并铸成全新的艺术形象；没有情感，想象的质子一般无法位移，飞升缺乏向度，凝聚也没有趋势，故这种想象也就是移情想象。所谓“潜意识的”，是在一定程度上能够冲毁“理智的”消极限制，使文学创作发生创造性突破的某种心理潜能。本来，朱光潜应该顺理成章地接着这想象的三种成分深入研究下去，譬如，“理智的”因素是如何在诸如叙事文学中设计作品整体结构，分布人物关系，控制情节节奏等等。“情感的”因素，是怎样催生驱动抒情文学的意象的飞升，并借以抒情达意的；或在叙事文学中怎

① 参见李幼泉、洪北平：《文学概论》，上海，民智书局，1930，第79页。

样融铸成艺术形象，并随着人物命运的起伏而相应地发出怎样的叙述声音；在具体的文学创作中，“理智的”与“情感的”是单独存在并起作用，还是结合在一起，相辅为用。“潜意识的”因素既然是潜伏在作家心理的最深层次，在什么条件下会突入意识层面，表现为与作家既有意图相反的创作趋势，如此等等。但是，令人颇感意外的是，朱光潜把话题岔到想象的两种心理作用，即“分想作用”和“联想作用”上面去了。也许，此时朱光潜对创造性想象的三种成分还缺乏进行明晰概括和更深入研究的理论准备，所以，只是在区分“分想作用”和“联想作用”的同时，偶尔融入这三种成分的某些元素。

当然，区别“分想作用”和“联想作用”在理论上也是有意义的，其意义就在于使对文学创造性想象的研究得到一定的深入，以便在实践中能够提高使用的有效性。在朱光潜看来，所谓“‘分想作用’就是把某意象和与它相关的意象分裂开，把它单独提出”；换句话说，就是选择和提取所需的原有记忆，并在此基础上所进行的定位想象。譬如“长河落日圆”“采菊东篱下，悠然见南山”等就属于这种类型的想象。

“所谓联想作用就是由甲意象而联想到乙意象”，主要包括“接近联想”和“类似联想”两类。在文学创作中，应用最多的，主要还是类似联想。朱光潜认为，在类似联想中，诸如拟人、托物、变形等，一般都有移情性，所谓“静物的情感化，宇宙的生命化”。这使文艺在整体上成为象征的，也是创造的。值得注意的是，朱光潜在此基础上，区别了“寻常幻想”与“创造的想象”不同的根本点在于是否有情感的介入、意象是否有序化。“寻常幻想是散漫零乱的。两个意象稍可接触，即相依附，辗转流散，没有底止。如果把这一串幻想写出来，处处牛头不对马嘴。创造的想象却须把散漫零乱的意象融成一气。把原来散漫零乱的意象融成整体的就是情感。”①

文学的创造性就在于所要表达情感的不同质，甚至，“意象可剽窃而情感则不能假托”。因为，“没有两个完全相同的境界，便没有两个完全相同的情感，传达情感的语言意象也就不能一致”，所以，“严格地说，这个人所用的语言和意象没有第二个人可以沿用，沿用便是偷懒说谎”。其实根本在于，每个人所体验的情感的不同质。可见，朱光潜在艺术想象中把情感与创造性互为因果了。在此，朱光潜把散漫零乱的意象融合成有序化的艺术整体归结为情感的作用，这基本符合实际。文学创作中意象与情感

① 朱光潜：《谈文学》，桂林，广西师范大学出版社，2004，第184页。

的关系，是此前中国文学理论界基本没有涉及的领域，在这个意义上，至少在中国现代文学学术史上，朱光潜对意象及其与情感关系的研究，有先行之功。但是，需要指出的是，其一，朱光潜只注意到情感之于意象融合的作用，没有认识到在此过程中，原始意象已经升华为审美意象；其二，朱光潜对理性在意象融合中的特殊作用还重视不够，强调的主要是情感。其实，此时理性虽然不是以独立的身份或逻辑的形态出现，但它是通过融入情感——使情感升华为艺术激情，由情感的有序化而达到意象有序化的过程，最终才完成文学的创造性想象的。就是说，尽管间接迂回，理性仍然在场。当然，在仍然处于直觉地描述、解释文学创作过程中想象的作用的时期，朱光潜能够进一步思考想象的类型、想象的构成因素等问题，已经是了不起的了。

以今天的眼光看来，在文学创作中，想象力是非常重要的。而在朱光潜那个年代，所以对它研究不够，一个很重要的原因是，受启蒙解放的社会需求和现实主义创作方法的影响，过于重视生活经验之于创作的意义而对想象力的作用重视不足。笔者在前面论述过，在文学创作中，想象大致可分为移花接木、空穴来风、无中生有三个层次或三种方式。移花接木应用的主要是朱光潜所谓的“联想作用”，但是远远不够，它动用的基本是生活经验，虽然重要，但是毕竟资源有限，如果完全指望它来创作，肯定很快就会捉襟见肘，不仅没有经历的写不了，即便是经历过的也很快会入不敷出。空穴来风是对想象放大一种“场”效应，譬如钱锺书在《围城》中所创造的赵辛楣，原型只是一个白白胖胖的小男孩，他身上所发生的故事，都是作者根据这种设定想象的结果。无中生有是最高层次的想象，需要极强的想象力。它虽然不是真正意义的无中生有，但也需要日常经验，只是要把日常经验彻底打碎后才能重新创造。譬如《西游记》所创造的孙悟空、猪八戒等形象，以及奇奇怪怪的神魔世界，虽然仍旧看得出某些人间现实的痕迹，但是就整体而言，则是一个再造的世界。

当然，如果换一个视角，以想象的来源为划分标准，想象的类型还可以分为经验性想象和超验性想象。经验性想象的依据是生活体验加生活逻辑，生活逻辑就是关于人的可能性，即生活中的常情常理。如果属于写实性文学，则一般约等于艺术逻辑。经验性想象的方式一般是移花接木、设身处地，至多是空穴来风。这种想象是一般的作者都能具有的素质。而超验性想象的依据则是超人的可能性，其发生和展开的主要形式是天马行空、无中生有。有的是极度的夸张和变形，如现代派的一些创作；有的是没有具体经验支撑，基本靠想象巨大的溶解力和孵化力，把生活的一些片段及颗粒溶解重铸，如大仲马描写出《基度山伯爵》超验的情境和离奇的情节。虽未必符合生活的逻辑即常情常理，但符合特定的艺术表现逻辑。再如我们前面所列举的《西游记》中的孙悟空、猪八戒等神魔形象的创造等等。这些类型的想象，属于一般作者难以企及的创造层次，需要极高的天赋才能达到。可见，想象力并非方法，而是作家素质，具有哪种类型的想象，决定了作家的创作能力及层次。

其实，笔者所以在此如此强调想象力在文学创作中的意义，还有感于当下一个网络时代，过剩的经验、高密度的信息，给作家留下的想象空间极其狭窄，长此以往，担心人类的想象力会萎缩。

关于灵感，在中国现代文学史上，朱光潜是最早注意并给予深入研究和系统阐释的理论家之一。一直以来，灵感都被披上了神秘的色彩，作为诸多不可说的现象之一。即便说，由于缺乏实验心理学及精神分析学的理论支持，一般也远谈不上研究，更多的是对创作中出现的某种现象进行文学描述。譬如郭沫若曾这样描述直觉和灵感："我想诗人底心境譬如一湾清澄的海水，没有风的时候，便静止着如像一张明镜，宇宙万汇底印象都涵映着在里面；一有风的时候，便要翻波涌浪起来；宇宙汇底印象都活动着在里面。这风便是所谓直觉，灵感，这起了的波浪便是高涨着的情调。"[①] 再如周扬在《文学与生活漫谈》中曾这样描述灵感："一大堆潮湿的干草垒在那里，里面有火在潜燃着，却烧不出来，尽是在冒烟，这样酝酿又酝酿，于是突然一下子，完全出你意外地，火从里面着出来了，火舌伸吐着，照得漫天通红。"[②] 很明显，无论是郭沫若还是周扬，对灵感的描述虽然比较形象、生动、贴切，说明他们确实感受过并理解什么是灵感，但是喻例再生动，也代替不了理论分析，仍然在感性的此岸上徘徊，至多，对于写作者是一种鼓励和提醒。因为写作者一旦有此体会就会知晓是灵感来了，而在学理上，应该说还没有多少实际意义。

但是，朱光潜却可以说是已经超越了感性描述而来到理论的彼岸，这当然得益于他深厚的文艺心理学功力的支持，也明显受弗洛伊德的潜意识理论的启发。其实，自觉结合潜意识理论研究灵感，不仅在当时是一种创见，就是在今天，也应该说是一种切实可行的方法，毕竟不能完全依靠脑科学和解剖学知识解释活生生瞬息万变的文学创作过程。

当然，朱光潜是从现象开始对灵感进行描述的，譬如他认为灵感具有

---

① 郭沫若：《致宗白华》，《时事新报·学灯》1920 年 2 月 1 日。

② 周扬：《文学与生活漫谈》，《解放日报》1941 年 7 月 17 日。

"突如其来"、"不由自主"性和"突如其去"性，但是他并不满足于此，而是在此基础上辨析灵感与潜意识的相似性和不同点以及两者的联系与区别。朱光潜根据近代心理学研究成果认为，"灵感大半是由于在潜意识中所酝酿成的东西猛然涌现于意识"。大致说来，"灵感和这种潜意识的活动是属于一类的，所不同者在'人格的交替'中潜意识完全把意识遮蔽住，在灵感中潜意识所酝酿成的意象涌现于意识中，而意识仍旧存在"。就是说，灵感中虽然有潜意识因素存在，但此时，意识并没有完全消失，而是仍然隐蔽地存在着，这不同于在潜意识中意识完全被抑制。这种不同，使它们在出现时显示出极不相同的形态和结果，譬如灵感大发时虽文思如泉涌，但在极具创造性、突破性、突变性的同时不仅合乎逻辑，而且可能比冥思苦想、字斟句酌的还准确顺畅；而潜意识一旦释放出来，则是非理性、非逻辑、混乱无序的，譬如精神病患者的胡说八道。所以，灵感并不等于潜意识，潜意识只是灵感产生的一种心理储备。

但是，灵感的孕育，却离不开潜意识的帮助，或者说，灵感中不能没有潜意识的存在，否则，灵感就是可知、可控的了。所以，灵感的运作，一般是寄身于潜意识之中，或者是以潜意识的形态出现的。在这个意义上，朱光潜又认为，在文学创作中，灵感一般起于潜意识的酝酿。"潜意识的活动大半仍依联想作用。在潜意识中联想不受意识和理性的节制，活动更较自由，所以潜意识的想象比意识的想象更丰富，在意识中所搜索不得的往往可以在潜意识中酝酿成功。""在潜意识中，情感的支配力较在意识中更大，这也是因为理智弛懈。"① 这应该是灵感出现时所以具有突变性、突破性和创造性特点，而来去有无，既不受意志控制，也无法预测的根本原因。也可以说，朱光潜所谓"潜意识想象"，在一定层面，也可能就是我们前面所说的"超验性想象"。或者说，超验性想象往往需要潜意识想象来完成，只有具有潜意识想象能力的作家，才具有超验性想象的可能性。朱光潜之后，仍然有许多人对灵感问题感兴趣，譬如有人曾借助各种办法诱导灵感出现，结果却不是次次奏效。虽然现在实验心理学、脑科学的研究早已不是朱光潜撰写此文时可比的了，但是由于关于人的大脑的知识，在今天最好的情况也只是个灰箱结构，灰度仍然严重地遮蔽着理性分析的可能性，所以，朱光潜以潜意识理论研究灵感，仍然有难以超越的理论高度，尽管该研究的理论意义远大于对创作实践的影响。

---

① 朱光潜:《文艺心理学》,北京,三联书店,2005,第188页。

四、关于文学创作中的语言文字

在《谈文学》中，朱光潜专门写了诸如“咬文嚼字”“情与辞”等关于如何理解和正确使用语言文字的文章。值得注意的是，朱光潜在讨论这些问题时，不是单纯从学理的角度推究某种结论，而是借谈文学写作的话题，在理论概括中，适当地融入自己在写作过程中的某些体会或观察了解到的写作现象，使文章既有一定的理论深度，又通俗易懂，不玄不隔，从而加强了指导意义。

朱光潜认为，由于文学创作的媒介是语言文字，所以一个作家首先应该过关的，就是驾驭语言文字的能力。在他看来，语言文字不单纯是思想情感的表现工具，不是“过河的桥，过了河，桥的好坏就可不用管了”，而是与思想感情共生的甚至就是思想情感本身。在文学创作中，不存在纯粹的语言文字和思想情感，思想情感就是在相应的语言文字中形成的，语言文字也需借助于思想情感而获得生命。例如，“文学借文字表现思想情感；文字上面有含糊，就显得思想还没有透彻，情感还没有凝练。咬文嚼字，在表面上像只是斟酌文字的分量，在实际上就是调整思想和情感”，“一般人根本不了解文字和思想情感的密切关系，以为更改一两个字不过是要文字顺畅些或者漂亮些。其实更动了文字，就同时更动了思想情感”。因此，落实在文学创作中，传统所谓的“意内言外”和“意在言先”的命题实际上很难成立。

具体说来，朱光潜认为，“‘意’是情感思想的合称。情感是生理的反应在意识上所生的感觉，自身迷离恍惚，不易捉摸。文艺表现情感，不能空洞地言悲言喜，再加上一些惊叹号，它必须描绘情感所由生的具体情境”。就是说，“意”即思想情感不可能单独存在。譬如思想，必须借助于“事物形象和语文（即意象和概念），离开事物形象和语文，思想无所凭借，便无从进行。在为思想所凭借时，语文便夹在思想里，便是‘意’的一部分，是在内的，与‘意’的其余部分同时进行的。所以我们不能把语文看成在外在后的‘形式’，用来‘表现’在内在先的特别叫做‘内容’的思想”。所以，在这个意义上，朱光潜才断言：“‘意内言外’和‘意在言先’的说法绝对不能成立。”

至于“意”的另外组成部分譬如“诗意”、情感等所谓的“内容”，同样如此。譬如“感觉到心里有话说不出，偶然有一阵感触，觉得大有‘诗意’，或者生平有一段经验，仿佛是小说的好材料，只是没有本领把它写成作品”。其实，“所谓‘有话说不出’，‘说不出’因为它根本未成为话，根本没有想清楚”。因为“必须努力使这些模糊的意象和概念确定化和具体化，所谓确定化和具体化就是‘语文化’，‘诗意’才能成诗”。总之，在文学创作中，意与言、情与辞是在相互寻找中同时生成的，不存在孰先孰后、谁内谁外的问题。

应该说，朱光潜这种语言文字观，明显具有语言本体论的意味。在基本还属于内容与形式二元对立的思维框架中，尤其是在重内容、轻形式的社会语境中，其学理上的前瞻性是毋庸置疑的，可谓真知灼见。众所周知，虽然在20世纪初，譬如俄国的莫斯科语言小组的研究，就已经开始注意语言的本体论问题，后来经法国的结构主义、美国的新批评以及后结构主义等语言学文学理论的发扬光大，语言的本体地位不仅成为共识，而且已经矫枉失为过正，但是真正引起中国学界的重视，还是在上个世纪末。应该说，朱光潜在20世纪初就能够汲取俄、法等国语言本体论的合理内核又不失之偏颇，并以此确立了自己的文学语言文字的理论，本身就是非常难得的学术敏感；而且，他能够以此为基础对语言文字问题作出原创性的理解，就更是一种了不起的真知灼见了。譬如，朱光潜认为，“无论是阅读或写作，字的难处在意义的确定与控制。字有直指的意义，有联想的意义”，“直指的意义载在字典……明显而确实；联想的意义是文字在历史过程上所积累的种种关系……变化莫测。科学的文字愈限于直指的意义就愈精确，文学的文字有时却必须顾到联想的意义，尤其是在诗方面”。[①] 这与英国文艺批评家克莱夫·贝尔所谓艺术是“有意味的形式”的理论是相通的。文学的文字与科学的文字最大的不同或前者优越于后者的，就在于它是“有联想的意义”，是“有意味的形式”，在表达上，它不是直接的，而是迂回的、暗示的、象征的。作用的着力点不是人的理智，而是人的想象及情感。朱光潜能够如此清晰地分辨语言文字的意义类型，尤其是有效地区分科学的语言文字与文学的语言文字的不同质，说明他对语言文字的理解是深刻的、超前的，至今，仍然是洞见真言。

五、关于艺术创造

关于艺术创造，朱光潜有一个很重要的观点，就是首先要强调形式的创新，这与前面他关于意与言、情与辞关系的论述是一致的。譬如，在《谈文学》的“选择与安排”部分，朱光潜认为，在文学创作中，“最重要而且最艰苦的工作不在搜寻材料，而在……给它们一个完整有生命的形

---

① 朱光潜:《谈文学》,桂林,广西师范大学出版社,2004,第61、64、51、52页。

式”。因为“就生糙的材料说，世间可想到可说出的话在大体上都已经从前人想过说过；然而后来人却不能因此就不去想不去说，因为每个人有他的特殊的生活情境与经验，所想所说的虽大体上仍是那样的话，而想与说的方式却各不相同。变迁了形式，就变迁了内容。所以他所想所说尽管在表面上是老生常谈，而实际上却可以是一种新鲜的作品，如果选择与安排给了它一个新的形式，新的生命”。这种观点，是极有道理的。作为文学创作的材料，无论是情感体验，还是人生经历，大体上无非那么些种类，但是古今中外的诗人作家的表现却各不相同，原因就在于赋予了它们以不同的形式，正如万花筒的元素就是那么几个色块，却能演变出无限的图案一样。能够了解这一点，可以说是抓住了艺术创造的根本。一直以来，人们都受到一种误导，就是把观察体验人生或培育文学性格，看作是文学创作最重要的，几乎是唯一的前提条件，而把这些观察和体验如何艺术地表现出来，看作是顺理成章、水到渠成的事。前者，即如何观察体验人生是写实主义所重视的，后者，即如何培育文学性格，则是性灵主义所推举的，例如前面我们说过的某些“为人生”论者和林语堂等。这种内容决定论，其实不是对形式主义的矫枉过正，就是某些成名的作家回过头来看创作，或许是为了凸显自身的才华，有意无意地把创作说得很轻松容易。

当然，朱光潜并不是无原则地唯新是图，而是在尊重文学惯例的前提下有所创新。用他的话来说：“文学作家所能拿来运用的是当时公认的流行的语文，这就是说，他的工具是旁人已经替他造就的，无论它对他合适不合适，他都须用它，他不能凭空地替自己铸造一个崭新的工具。”这是每个作家的宿命，同时，“他的使命是创造，而天造地设的局面逼得他要接受传统，要因袭”，这就是创造的悖论。因此，虽然一般不可能冲破这宿命的悖论，但是作家们还有创新的空间，那就是“须凭借这人人公用的东西，来运用他个人在特殊情境的思想……取精光烂污的语文加以一番揉捏洗练，给它一种新形样，新生命，新价值，使它变为自己的可适应特殊情境的工具”。[①] 这是合乎逻辑的，因为任何创新都必须在尊重文学惯例的前提下才能成功，否则就是拒绝受众的自说自话，西方现代派艺术因拒绝受众而自取灭亡就是证明。以文学体裁为例，平庸的作家固然是“旧瓶装新酒”，但是有成就的作家则是在沿用中“对于它都多少加以变化甚至于破坏。他用迎合风气的方法来改变风气”，这就是创新，就是创造。当然，一切创造都是有限度的，既没有绝对的新，也没有绝对的创造。正因

① 朱光潜：《谈文学》，桂林，广西师范大学出版社，2004，第44、68、69页。

为此，朱光潜深知，创新也好，创造也罢，都不是件容易的事，几乎处处是陷阱，一不留神，就陷入陈词滥调的“套板反应”里面了。“就作者说，‘套板反应’和创造的动机是仇敌；就读者说，它引不起新鲜而真切的情趣。”① 这不仅是出于理论家的谨慎，而是他深谙文学创造的规律就是艰难。其实就文学整体而言，所谓创新，落实在表现形式上，就在于那些不同于传统的关键的少数。恰恰是因为每个作家都在追求这异于传统的关键的少数，才推动了文学的健康发展。譬如鲁迅的小说，在语言体式上，主要受西方现代小说的影响，还较多地汲取了中国传统小说的白描手法和平实的叙述语调，创造出在当时看来令人耳目一新的表现形式。同样，在当代有成就的作家中，凡是能够引人瞩目的，也主要是因为他们在形式上有所创新。譬如莫言，几乎每一部小说都是一种新的叙述方式：《红高粱》是以第一人称讲述第三人称的故事，即“我”虽然没出现也不可能出现在故事中，却以现在时亲历般的口吻，一本正经地讲述“我爷爷”和“我奶奶”的故事；《生死疲劳》则借助一个老地主的鬼魂反复托生，讲述“土改”时众多人物的故事；在《蛙》中，既有象征，又有写实，而且象征与写实又是那么完美地结合在一起，即玄幻又深刻。至于题材，无论是抗日的还是土匪的，抑或是土匪抗日的，以及“土改”的、计划生育的，它们都是很多人曾经涉及的领域。可见，朱光潜认为文学创新主要是形式创新是有道理的。当然，平心而论，鲁迅和莫言小说的创新度还属于在尊重中国人的阅读习惯基础之上有所变化有所突破而已。绝对的创新，譬如西方现代派艺术，不关心受众感受，唯新是举，几乎到了谁都看不懂的程度，其结果，大家都看到了，由于失去了受众，自说自话，最终自生自灭了。所以，一方面，文学创新主要是形式创新，另一方面，创新必须建立在尊重读者阅读习惯的基础之上。

总之，由于朱光潜中西贯通的学养，理论、创作、编辑三栖的文学背景，其文学创作理论，在学理上，不仅在当时是高人一筹的，甚至有的观点，至今仍然是无法超越的。

第三节　老舍《文学概论讲义》中的文学创作思想

与前面我们提及的一般的《文学概论》作者不同的是，老舍的《文学

① 朱光潜:《谈文学》,桂林,广西师范大学出版社,2004,第69、53页。

概论讲义》，不仅有关于创作的专门论述，而且颇有自己的体悟甚至建树。譬如他在文学创作论中特别强调个性、自由和创造，这与他受厨川白村的影响有关。但是厨川白村在《苦闷的象征》中对创作论并没有成系统的逻辑阐述，况且他并非原创，而是受弗洛伊德的精神分析学和柏格森生命哲学的影响，提出了一些关于文学创作的观点和命题。譬如他认为，文学创作主要是基于"创造生活的欲求"和"强制压抑之力"这两种力，"文艺是纯然的生命的表现"，强调"作家将自己的心底的深处，深深地而且更深深地穿掘下去，到了自己的内容的底的底里，从那里生出艺术来的意思。探检自己愈深，便比照着这深，那作品也愈高，愈大，愈强"。[①] 很明显，厨川白村的观点是片面的，因为他把人内在的生命对文学创作的意义绝对化和唯一化了。而老舍，则是在厨川白村的启发下，结合自己对文学创作独特的体会和感悟，或者说是于他独特的创作经验中升华出创作理论来。

耐人寻味的是，从创作实际讲，老舍当然是一个现实主义作家，但作为一个讲授文学理论的教授，他却不赞同作为现实主义理论源头的"摹仿论"，而是在一定程度上同情浪漫主义理论，这可以说是作为文艺学学者的舒舍予对作为作家的老舍创作实践的超越。在《文学概论讲义》中，老舍首先向柏拉图的"摹仿说"发难，认为"创造与自由发展必是并肩而行的"，文学作品就应该是"心的奔驰，思想的远射"，否则，"到了以摹仿为事的时节，这内心的驰骋几乎完全停止，只由眼与手的灵巧作些假的古物，怎能有生命呢？"老舍不仅反对模仿生活，还不同意中国传统文论中以"学"代"创"的模仿古人。众所周知，中国传统就有"读书破万卷，下笔如有神"之说，并且对"为诗要穷源溯流，先辨诸家之派，如何者为曹刘，何者为沈宋，何者为陶谢……析入毫芒，学焉而得其性之所近。不然，胡引乱窜，必入魔道"等等说法深信不疑。而老舍却认为，读书和研究、揣摩前人笔法固然对初习写作者有益，"但以此而设文艺便是个大错误"。因为模仿永远不可能成就真正的文艺作品，"创作与自由发展必是并肩而行的"，真正的文艺作品是"个性的表现，是美与真理的再生"。[②] 无疑，此论非常正确。个性是创作主体性的重要表现形式，熟悉中国现代文学理论史的人都清楚，由于社会启蒙和解放的需要，主流学界其实一直对作家的主体性有意无意地进行压制，至少是重视不足，而对作家个性及主体性的重视和强调，则已是20世纪80年代的事了。因此，在20世纪30

① 〔日〕厨川白村：《苦闷的象征》，鲁迅译，天津，百花文艺出版社，2000，第4、6、11、28页。

② 舒舍予：《文学概论讲义》，北京，北京出版社，1984，第59、61页。

年代就能够充分认识到作家个性对于创作的意义，虽不能说是超前，倒也可以说是一种实事求是的态度和比较有意义的见解。

需要说明的是，老舍虽然重视个性表现，强调自由和创造，但不赞同厨川白村所说的“文艺是纯粹的自我表现”，而是提出了一个纯中国式的文学创作理论。他通俗地把作家的心比为厨子的心，把素材比为鱼和其他材料，把作家的创作意图比为对鱼和其他材料的设计，把作品比为做好的红烧鱼。就是说，老舍并不片面否定或强调哪一个最重要，要想做好红烧鱼只有好的想法和手艺，而没有好的鱼和材料是不行的；同样，没有好的想法和手艺，或者说没有做好红烧鱼这基本目标，只有鱼和材料也做不成鲜美的红烧鱼。在此，他是想表达这样的思想：文学创作是一种综合的创造性劳动，各种因素都不能忽视。老舍为避免片面强调表现自我而“使艺术落了空”，还特别指出“人是社会的动物，艺术家也不能离开社会。社会的正义何在？人生的价值何在？艺术家不但是不比别人少一些关切，而是永远站在人类最前面的”。①

由此可以看出，与前面的朱光潜相比，老舍的创作论由于没有多少心理学及美学的理论支持，也没有如后来的文学原理书写惯常罗列的所谓“素材积累阶段”“艺术构思阶段”“文学写作阶段”的详细阐释，在学理上自然较之前者逊色一些。但也不是一无所长，因为作为作家的老舍，他的创作论的价值重心不在于阐释学理，而主要在于反对模仿而强调个性创造性。况且，他力倡在作家创意、文学材料（素材）、艺术表达等诸维之间寻求一种张力平衡，并在此基础上形成一种创作效能，这是此前的创作论所没有的。所以在这个意义上说，老舍的创作论不仅有自己的特色，还有一定的建树。

第四节　孙犁“尚实”“尚用”的文学创作观

孙犁向来是以创作实绩著称于文坛，但是，很多人不知道，其实，他的创作理论，尤其是在延安时期的创作理论是别具一格的。概括起来说，他的核心观点基本是尚实和尚用。仅凭这一点，他的理论就颇符合我们所要进行的效用性研究。因此，我们不仅应该重视他所留下的大量的文学作品，还要珍惜他的文学创作理论遗产。

---

① 舒舍予:《文学概论讲义》,北京,北京出版社,1984,第 63 页。

一、所谓尚实

所谓尚实，就是崇尚真实。在孙犁看来，文学的真实性主要与“怎样体验生活”有关。“体验生活的‘体验’，正和字面的含义相当，是身体力行，带有心理的和生理的实践的意义。对生活的体验，就是对生活的感受。生活使我劳苦，使我休息，使我悲痛，使我快乐，使我绝望，给我希望，这全是体验……体验包括思想的、行动的、感情的等等内容。它带有工作经历、人生经历的性质。”在此，值得注意的是，孙犁一方面强调体验的行动性和实践性，另一方面又特别重视认识在体验中的意义。“认识的意义尤为重大，在同一生活里，因为认识不同，体验就有丰富与瘠薄之分。”就是说，孙犁非常重视体验的主动性和先导性。具体些说，“所谓体验生活，就是去生活和为生活工作。用认识做先导，而又补正认识”。[①] 就笔者理解，孙犁在此所要表达的意思是，体验生活不是被动地接受生活所给予的暗示，而是首先应以某种先在的认识去积极地了解、感受、体味，如果与这先在的认识相符，就继续深入下去，如果不符合，就以体验纠正先在的认识而重新认识并再体验。孙犁在此给予我们的启示是：第一，体验是一种主动的生活；第二，体验不是单向的一次性完成的，而是双向的反复的运动；第三，体验是全身心的认识和实践活动，用孙犁的话说就是“体验包括思想的、行动的、感情的等等内容”。[②] 对此，如果说还要有所补充的话，就是应该对“体验生活”和“生活”在理论上作一个区别：体验就是要以文学创作意识与生活隔开一段距离，为的是对所体验的生活有一个审视、反思的空间，免得溺而不返，被生活同质化而无法作为文学创作的资源。为什么有人做了一辈子工人或农民，甚至所谓的知识分子，却不能对自己人生经历作一个艺术表达，除了缺乏文学写作能力之外，从来没有认真反思过自己的人生也应该是原因之一。可见，体验生活就是在文学创作意识的先导下，在积极主动的生活中不断地反思自身的过程。在这里，如果没有文学创作意识就不会有文学的自觉意识，那么一切人生经历都只能沉睡着，所以才不可能成为创作的材料。只有被文学创作意识点亮唤醒的，即体验的生活才是文学的有效生活，才可能成为文学创作的资源。在此意义上，体验“用认识做先导，而又补正认识”是必要的，会有效地防止创作的盲目性，提高自觉性。可见，这与后来的以政治概念先入为主所谓的“主题先行”不是一回事。

---

① 孙犁：《怎样体验生活》，《孙犁文集》（四），天津，百花文艺出版社，1982，第173～174、175页。

② 孙犁：《怎样体验生活》，《孙犁文集》（四），天津，百花文艺出版社，1982，第179、180页。

那么，体验的目的是什么？在孙犁看来，主要是获得文学的真实性，就是使文学所表现的内容具有生活的质感。但真实性并不仅仅是作家有了对某种生活“正确的认识”就能够获得的，还要突破“亲身经历”的局限。一己的经历对于创作获得某种真实性固然重要，但能够“亲身经历”的生活范围毕竟有限，所以，作家就需要“更进一步就是知道我们的生活的全部局势和全部内容，全部的联系和斗争”，就是“体验到时代的总的精神，生活的总的动向，这对一个作家是顶顶要紧的。因为体验到这总的精神、总的动向才能产生作品的生命，才能加深作家的思想和感情，才能使读者看到新社会的人情风习和它的演变历史”。[①] 就是说，体验不仅以获得个人的“小感觉”为满足，还要走向更广阔的时代社会空间，“体验到时代的总的精神，生活的总的动向”的“大体验”。如前所述，体验是以文学创作意识为先导的对人生的回抚及反思，因此，它不仅可能活化个人在生活中自然获得的某种僵硬和板结的感受，而且会在此过程中连缀起生命中散在的某些单质，从而扩大生命空间，浓缩人生的经验与感悟，使自身超越个体的局限而成为连接更广阔社会生活的桥梁。

进一步说，体验的目的并不仅仅限于获得文学的真实性，文学总要给予人某种启示，满足人的某种精神需求，使人的情感、思想即人的精神世界得到丰富，使人的境界得到提升，这就是文学的人文价值。因此，作为文学的原料，体验应该保有潜在的人文性才具备提升为文学的可能性。而这种可能性不是作家生活在其中就会自然而然获得的，因为作家只是社会生活中的一个点，社会直接赋予他的生活空间毕竟有限，他自然的人生轨迹也不会太复杂，他不可能经历并感受自己创作所需要的一切。一方面，作家要对自身经历进行反思和回抚，生活过不等于体验过，体验是向生活注入文学的自觉，使之因此而被照亮，具有进入并升华为文学的可能性，从而突破“只缘身在此山中”的限制；另一方面，作家则要极大地展开自我，丰富自我，甚至创造自我，才能使自我与社会、时代乃至芸芸众生连接在一起，获得大体验、大感受、大情怀。正如高尔基当年为创作，为更多地了解俄国，走遍俄国大地，做过数以百计的职业一样。这应该是孙犁提倡体验生活的主要意图。

值得注意的是，孙犁把体验与写作放在同一个层面上考量，用他的话说，“体验生活和写作就是浑然一体的东西”。他此言的目的是强调体验生活的主动性和文学的目的性。“体验生活就是工作和战斗，也就是写作的

① 孙犁:《怎样体验生活》,《孙犁文集》(四),天津,百花文艺出版社,1982,第176、179页。

目的了。”为什么？他举例说：“文学的基本要素是语言，语言从生活体验里才会丰富美丽。文学的要素是作家独创的风格，而风格也是从时代的生活里产生。”就是说，体验是为写作而体验，写作不仅是体验的深化，而且是一种再体验，即“把体验变成文字也是‘体验生活’的一个重要内容”。[①] 强调再体验，是为了修正以某种创作意图为先导的初度体验的观念化偏颇，努力向生活逻辑趋近，获得最大的真实性，譬如托尔斯泰在写作《安娜·卡列尼娜》的过程中对安娜性格和命运的修改就是再体验的证明。在此，孙犁虽然没有在学理上把话说透，但还是能够给予我们这样的启迪。

众所周知，体验生活，在当下的文坛乃至理论界，基本是一个被遗忘的命题。一般认为，作家只要好好地写出自己的所愿所想，就必然会使作品获得文学价值。尤其是在所谓“个体化写作”“私语化写作”的语境中，这更是不证自明的命题。早在新时期初期就有人大呼，到处都是生活，作家就是在生活之中，还体验什么生活？当然，在新时期初期，文学界要求废黜“体验生活”这个命题，是有它的正面理由的，那就是以前提倡的“体验生活”，往往意味着作家要离开自己熟悉的生活基地，带着某种政治任务到一个陌生的地方刻意去了解为这些任务所规定好了的情况，写自己不熟悉也不喜欢的生活。因此，搁置“体验生活”的提法，让每个作家以自己擅长的方式去写自己熟悉的生活，在当时是有拨乱反正的积极意义的。但是，不应该因为在特定历史语境中对其理解的偏差或误导，就完全否定“体验生活”命题本身的合理性。因为在一般意义上，体验生活就是在文学创作目的引领下的一种积极的生活态度，一种试图打破个人自然的人生经历局限的努力，一种赋予作品以社会责任、使命意识的文学自觉，这在理论上是没有什么不妥的。

况且，一个时代有一个时代的社会境况和文学问题。废黜体验生活的命题，如今已成为作家们不问社会风雨、躲在书斋里进行所谓“私语化写作”的借口。许多作家因此堂而皇之地摈弃了社会责任感，消解了介入纷纭复杂社会生活的热情，更没有到生活底层去感受另外人生的勇气和毅力，既要出名赚钱，又不想付出任何艰辛，所以，就只能写隐私、写本能、写身体、写欲望，以满足有窥觑欲的读者的阴暗心理需求，或者写穿越、写盗墓、戏说历史，以期描神画鬼，绝无对证，结果题材还是越写越窄，即便是所谓的隐私也越写越雷同。其实道理很简单，一个人只有自觉

① 孙犁：《怎样体验生活》，《孙犁文集》（四），天津，百花文艺出版社，1982，第180、183页。

地进入他人的世界，才有可能对别人的命运发生关注，才可能与他人情感产生共鸣，并产生思想的认同，才可能建立起社会责任意识和使命感。具有超越一己之私的大爱、大恨、大胸怀，才能写出具有震撼力的大作品；相反，一个人只对自己感兴趣，或者说，只了解自己，那么，他笔下的自己与别人笔下的自己就不会有太大的区别。因为基本都是生物学意义的自己，譬如吃饭、睡觉、逛街、冥想、欲望、莫名的悲哀、周期性郁闷、生理的要求，诸如此类，会有多少差别？就是说，作为一个作家，你拥有什么样的生活，有什么样的人生体验，就会有什么样的写作态度和价值取向，就会产生具有什么价值的文学作品，绝不会有什么例外。当然，这些虽然没有被孙犁明白地说出，但与他所谓“体验生活和写作就是浑然一体的东西”所要表达的意思是一致的，因此可以视为孙犁的文学尚实观给予我们的启示。

众所周知，新时期以来，中国文学理论界一直唯西方理论马首是瞻，尤其是近些年所引进的，诸如福柯、罗兰·巴尔特、哈贝马斯、赛义德以及法兰克福学派等等去文学化的理论，给人一种西方文学界早已抛弃了文学的常识常理的感觉。其实，这是一种误会。事实上，莫说文学的常识常理，就连观察、体验生活之类的几乎被国内遗忘的命题，都没有真正从欧美的创作理论界消失。譬如近年翻译出版的美国作家安·拉莫特所著的《关于写作——一只鸟接着一只鸟》，就不厌其烦地建议初习写作者如何观察、体验人物及生活。在他看来，写作者既是一个旁观者，又是一个体验者：旁观，是为了客观地了解对象；体验，是为了深入对象的内心。“写作的人是一个旁观者……虽然置身局外，但你能通过自己的望远镜放大观察一切。你的任务是清楚呈现本身的角度和观点，并看出人们真正的本质。要做到这点，你必须尽可能怀着体谅之心先了解自己是什么样的人，才能了解他人。”只有自己“置身局外”，才能够不带有偏见地观察；“尽可能怀着体谅之心先了解自己是什么样的人，才能了解他人”，这就是刘勰所谓的“审己度人”，只有这样，才能体验至深。因此，“你越了解自己笔下的人物，就越能从他们的角度看事情。你必须相信自己能透过聆听人们说话、观察他们、留意他们的衣着和一举一动，理解他们的说话方式当中，做到这点”。[①] 这与孙犁所谓“对生活的体验，就是对生活的感受。生活使我劳苦，使我休息，使我悲痛，使我快乐，使我绝望，给我希望，这全是体验……体验包括思想的、行动的、感情的等等内容。它带有工作

---

① 〔美〕安·拉莫特：《关于写作——一只鸟接着一只鸟》，朱耘译，北京，商务印书馆，2013，第120、121、91页。

经历、人生经历的性质”等等论述，都是一致的。孙犁这里的所谓“体验生活”，还有走出自我的意思。应该说，只有走出自我，才能写好别人，否则，写来写去，写的还是作者自己。有人甚至说：“我喜欢写小说的一个原因就是我想跳出自己有限的生活，换成别人的形象。戴着面具，我能感到最大程度的自由和尽情生活的可能，并且可以了解在自己有限的范围之外的主观生活。……从这里入手，虚构就可以起作用：摆脱你自己的方式，就能摸索着进入丰富的素材世界。”① 这是更高一层的创作境界，把体验生活变成一种积极自觉的生活方式，效果会更好。当然，这种体验是有前提的，有的生活可以体验，有的生活不能体验，譬如法律和道德不允许或无法进入的生活。

二、所谓尚用

在孙犁的文学创作理论语境里，尚用包括两层含义：其一是价值论的功利性，其二是写作方法的可操作性，即解决问题的直接性。其实，尚实的最终目的就是尚用，两者是相辅相成的。孙犁认为：

> 一切文化事业的功用，无非是改造旧的世界，创造新的世界。人类的文学，曾经做了不少这样的工作。在文学里，我们觉到了人类的欢乐和悲苦，看到了人类一切的梦想和希望，一切的失望和愤怒。文学告诉我们人生的意义和目的，坚定了我们的意志和信仰。……使我们看见全世界正义的人们有着共同的思想、感情、理想。人们从苦难的生活里挣扎出来，创造好的生活和爱好美的东西。②

在孙犁看来，文学不是供人消遣解闷的闲书，而是有用的，是“一种事业，中国人民的事业”。应该说，强调尚用，本来就是孙犁作为有社会责任感的作家的文学思想中的应有之义。一方面，他看重文学“改造旧的世界，创造新的世界”的功用；另一方面，他又反对由于政治的急功近利，而忽略文学功用的特殊性，即认为文学应该是在审美愉悦的基础上，才谈到它引领人生、点燃希望、鼓励生活勇气的社会作用。“文学加深人们的意识，扩大了人生的乐趣。好的文学走在生活的前面，叫人们明白自

---

① 〔美〕雪莉·艾利斯编：《开始写吧！——虚构文学创作》，刁克利译校，北京，中国人民大学出版社，2011，第122页。

② 孙犁：《文艺学习——给〈冀中一日〉的作者们》，《孙犁文集》（四），天津，百花文艺出版社，1982，第15～16页。

己不是奴隶，是生活的主宰，是美满自由生活的创造者。它燃烧起人们的勇气，照亮前进的道路。”因此，他认为，文学最大的功用，就是“告诉我们人生的意义和目的，坚定了我们的意志和信仰”，并且，要达到文学这最大的功用，途径只有一个：作家要“爱人生，爱生活，有为人生的热情”。[1] 而这，恰恰是当下许多作家所欠缺的。

在笔者看来，孙犁给予文学这种充满人文主义意味的价值定位，至今仍然不过时，甚至应该是找回来并继续努力的方向。众所周知，自新时期后期以来，且不说体制外的“痞子文学”敢于明目张胆地以“玩文学”自况，就是体制内的作家，似乎也不愿意承担人文精神的重负，当年王晓明等痛心于文学人文精神的失落，从而引发“人文精神”的大讨论就是证明。对于文学人文精神的失落，有些人借用西方后现代主义的一个名词作为遮羞布，即所谓消解宏大叙事，提倡小叙事。其实，所谓的小叙事，在此已成为极端的个人主义、享乐主义的代名词了。

近年来，虽然有作家声称只为自己写作，但实际上，这在理论上是难以成立的。因为文学不可能是一种纯粹的个人行为，除非他写作不打算发表，只为自娱自乐或自我宣泄，否则，一旦进入读者的视野，即所谓社会生活中的消费领域，无论是正向的还是负面的，总会产生各种各样的社会后果和效应，成为不折不扣的社会行为。其实，把文学作为个人的事，有时，不过是作家们为自己的文化良知减负，为自己通过文学写作换取私利又不愿意承担负面的社会后果的理论辩解而已。如前曾述，一些涉世不深、没有多少人生历练和体会的青年作者，可能有一定的想象力和才情，也都声称只写自己，可写出来的“自己”，却大同小异。原因在于，他们这些“自己”，其实都是商业社会的“消费至上”、媒体社会的“娱乐无底线”、网络世界的“虚拟人生”、校园爱情的“及时行乐”等模式化情境中的无限复制的产品罢了，哪里还有多少他们真正的“自己”。至于那些真的没写自己的，譬如盗墓、神怪、武侠等题材，却也基本是受网络游戏、未来影片、穿越剧等的影响和暗示而拼凑的奇奇怪怪的非逻辑、非现实甚至非人类的东西，整体来看，还是严重雷同。总而言之，当下许多所谓创作，失却了文学应有的人文精神和起码的社会担当，已经不是比喻意义的，而是真正的无用之物甚至是文化垃圾。在此语境中，孙犁的文学尚用观，不是应该值得继承发扬吗？

孙犁的文学尚用观，如前所述，还包括写作方法的可操作性，即解决

---

① 孙犁：《文艺学习——给〈冀中一日〉的作者们》，《孙犁文集》（四），天津，百花文艺出版社，1982，第16～19页。

文学问题的直接性。孙犁的文学创作理论主要集中在写于1941年的一本油印的关于如何写作的小册子《文艺学习——给〈冀中一日〉的作者们》。这本书虽然当时定位的主要读者是初学写作者，通俗易懂是它最大的特点，但是从体例、内容来看，可以说是一部相当完整的文学创作理论著作。全书六章二十六节，其中有专章谈"描写"的，包括人物描写、心理描写、自然景物描写等；有专章研究"语言"的，包括"好的语言与坏的语言""口语和文学的语言"以及如何提高文学语言表现力等等；有专章讨论"概括和组织"的，包括怎样写故事、怎样创造典型形象、怎样结构作品、如何提炼主题、如何观察生活等等；还有专门讨论"怎样体验生活""怎样认识生活"的。[①] 这些问题，在今天看来，似乎都是不值得一谈的"小儿科"，既感受不到理论的硬度，也看不见推进学理的亮点。众所周知，如今包括文学理论教材在内，已没有人傻到还谈什么"描写""典型""结构"之类的问题了，要谈也是谈诸如原型理论、结构主义、解构主义、后现代主义、后殖民主义等等宏观的，既学理又时尚的话题。即便是谈写作，也要研究叙事学的诸如视点、聚焦、距离、行动元、表层结构、深层结构等等貌似高深实则晦涩难懂的理论。

不可否认，现代叙事学等理论，的确有较大的创新阐释空间，而且其研究成果，对作家如何讲好故事不无一定的启示，更重要的是，在学理上也有一定的价值。同样不容否定的是，现代叙事学的研究把文学创作这人生体验与感悟的艺术表达，这足以使人灵魂震颤的崇高事业完全技术化，变成几乎是不问"写什么"，而只管"怎么写"的单纯炫技。在笔者看来，无论什么时候，作为文学创作的理论，它的主要价值还应该体现在对创作实践有所启发和指导上，甚至带着人生之学的体温，绝不应该只是一种高智力的游戏，对于初学写作者尤其如此。但我们放眼当下文坛就会发现，玩弄叙述圈套的有之，只会讲故事不会描写者也有之。尤其吊诡的是，越是号称个人化、私语化的叙事越容易题材撞车，手法雷同。究其原因，对于作家而言，主要是缺乏基本的文学创作训练，放弃了写作的使命感与责任心，没有起码的人生历练与积淀等。理论家其实也是有责任的，譬如把叙事方法的研究技术化、魔方化，在理论上撇清叙事与人生的关系等等，都直接或间接地鼓励了作家们以如何讲故事为本位，而忽略讲什么故事以及这故事从何而来、有什么意义等。本来，文学创作是内容与形式浑然一体于艺术表达之中的人生经验与感受，甚至说，是这人生经验与叙事方法

---

① 参见孙犁：《文艺学习——给〈冀中一日〉的作者们》，《孙犁文集》（四），天津，百花文艺出版社，1982，第31～32页。

的相互撞击相互发现的结果，如果撇开前者而专事叙事方法的操练，一般会有两种结果：好一点的是以丰富的人生经验屈就于叙事方法的切削，差一点的则是因公共空间人生大经验的匮乏而专事琐屑的小感觉乃至生理本能的书写，或者干脆只为炫耀某种叙事方法而向壁虚构。

在这个意义上，孙犁的创作理论在学理上虽算不得有多高明，基本属于常理，但是事实上，真正有效、有用的理论往往就是常理。因为所谓常理，就是与规律、常态相对应的最基本道理，就是常态中的真理，就是它们在支撑着事物的运作与发展。也可以说，遗弃常理就是放弃对事物的基本认识，背离常理就是走向事物的反面，这恰是孙犁文学创作理论的价值所在。

在孙犁的文学创作理论中，描写的价值占有十分重要的地位，这与当下的创作理论，只重视叙事方法研究，而少有人关注文学的描写形成鲜明的对照。其实，描写才是文学创作的基本功，没有生动鲜活的描写，故事讲得再曲折，也缺乏文学应有的具象性质感和深层感染力。不可否认的是，由于世风浮躁，当下许多读者喜欢作者暴侃式的叙述。因为这一般只需一点浅的想象就能直接获得听故事或语言本身带来的快感，完全不必费神去追寻作品所展现的多彩立体的世界。但是这种快感毕竟肤浅，看过即逝，没有多少值得回味的东西。在笔者看来，好的文学，应该是呈示的、立体的、仿佛能够走进的，未必仅仅经典现实主义如此。所谓呈示，就是写景使人如入其境，状物则令人如睹其形；所谓鲜活、生动，即一见就过目难忘，读者在想象的世界中，能够真正体会灵魂的震颤和情感的升华。

那么，怎样的描写才能够达到呈示的效果呢？孙犁认为就是要注重表达新鲜的感觉，他举例说：“‘火红的’‘火热的’‘万道光芒’‘圆圆的’……在五月，太阳火红、火热是人人皆知的事，太阳有万道光芒也是真的，这样描写是可以的。但是如果大家都只是这样来写，人们对这些描写的感觉已经麻痹了，这样形容就等于说冰冷的冰块啊，火热的火啊，一样是多余了。”“文学上的描写，形象的工作，不是一成不变的……今天看见太阳，你对它的感觉不一定和昨天一样，也不一定和别人一样，更不一定和几年前的写文章的那个人一样。”于是，他给文学描写确定了一个标准：“人们生疏的东西，你应当给它一个准确的描写；人们熟悉的就应该给它一个新鲜的最能唤起印象的描写。”① 孙犁把“生疏的东西”和“人们熟悉的”东西在描写上作不同的要求是有深意的。对于大家不熟悉的事物，只要能

---

① 孙犁：《文艺学习——给〈冀中一日〉的作者们》，《孙犁文集》（四），天津，百花文艺出版社，1982，第44页。

够抓住特点，描写准确就可以了。原因在于，既然是大家陌生的、此前少见的，那么准确的描写本身就会因为初验效应而给人留下较为深刻的印象；新鲜，就耐人寻味，就会诱使人继续读下去，就会让人久久难以忘怀。当然，准确地描写陌生的事物还要求认真观察、分析和体验该事物。但是，在社会生活中真正是大家都陌生的事物并不多见，更多的是大家都比较熟悉的东西，这就要求作家有能力绕过大家熟悉的刺激强度、频率，写出别人不曾有过的感觉来。因为人们对于已经熟悉的事物早在心中保有一定的印象，如果作者只流于描写的准确，那么人们心中已有的印象就会成为相应感受的抵制，就像同一频率和强度的刺激，使肌体进入适应性麻痹一样，读者的审美感受系统因熟悉而拒绝反应，在没有经过心灵的感动和震颤的情况下，就直接进入了概念认同层。所以再好的东西，往往熟而生厌。心理学认为，人们在接触事物的过程中，即便是通过言语描写事物，感受的路线越短，阻力越小，心理上的感受就越差，就越容易造成适应性麻痹。因此，对于熟悉的事物，描写需要唤起人新鲜的感觉。这种要求虽然有些高，一般也很难做到，但是每个真正意义的作家必须迈过的坎。

写出新鲜的感觉来，也是孙犁文学尚用观念的一种体现。在他看来，只有写出新鲜的感觉来，事物才能形象生动，才能最大化地吸引读者的目光，唤起读者的审美热情，才能很好地发挥文学的功用。但是，孙犁又强调，文学的尚用原则必须以符合事物的客观规律和自然法则为限，否则将是一种模式化的杜撰，反而发挥不出应有的功用。譬如他强调在文学创作中，固然应该一切以人物描写为核心，“环境景物的描写，是为了帮助表现这个事件里的人物”，但是，也不能把以人物为中心的描写作机械化理解，把对其他事物的描写都作为这一中心的配合，甚至将其玩偶化、游戏化。“人物悲哀了，立时就阴了天，事件进行顺利了，立时拨云见日。叫人一看，不是自然界在那里刮风下雨，却是写文章的人在那里刮风下雨一样。”就是说，不仅人物描写要写出新意，自然景物描写也应该写出个性，写出新鲜的感觉来。

孙犁还透出这样的意味：要描写出新鲜感不能只靠作家别出心裁的灵机一动，而主要是来自深厚的人生体验和对事物独特的观察分析。某种表现手法，在特定情境中使用是新鲜的，置放到另一种情境中就可能是庸常的。他举俄国的托尔斯泰和陀思妥耶夫斯基的心理描写为例，认为前者“总是静静地分析描写着书中人物的内心生活”，后者则“是用颤抖的手，把书中的人物开肠破肚，一条一条地解剖着他们的心理，使人叹为今古奇才”。但是，如果中国作家如法炮制这些描写手段，就可能会不伦不类。原因在于，托尔斯泰及陀思妥耶夫斯基的描写对象多是些贵族、知识分子、小资产阶级、精神病患者等，“这些人有富裕时间，容许他在那里想心事”，“这些人少行动，一生是精神的消耗多过体力的运动”，“这些人把自己的利益看得过重，即便脱落一根头发，掉一个牙齿，受到恋人一句话的打击，也要思虑半天，心神不安”，所以大量地剖析、描写他们的内心世界是恰当的，是符合人物身份、性格实际的。这种描写，在中国人看来可能是新鲜的，但是不符合中国人尤其是当时中国人的实际。因为不同民族的生活习惯和文化心理都是不同的，况且孙犁所指导的习作者，将要描写的是“一些行动的人，劳动的人，在集体生活里战斗的人”，而不能照搬“陀思妥耶夫斯基的解剖术”。即便是按照中国人的习惯，在行动中描写心理，也应该根据具体的人物情境，而不能依循“一个妇女为爱情的火烧烤着，于是我们便写：她紧咬着嘴唇，牙齿陷进肉里去了；写母亲怀念儿子，便把那女人写成含着眼泪，凝望着‘天幕’的样子；写人害羞，便是拧衣裳襟”① 等等模式化描写。其实，这种以舞台表演的方式，表面化、类型化地表现人物心理的例子在今天的文坛上并没有绝迹。在此，孙犁试图告诉人们，生活是丰富多彩的，作家既不能简单地模仿别人，也不能从观念出发，只有尊重生活的逻辑，并以独特的目光去观察，以个人化的体验来感受，才有可能表现出某种新鲜的感觉来。

至此，我们不能不想起当下作家及文学理论家耳熟能详的什克洛夫斯基关于反常化的名言：“……那种被称为艺术的东西的存在，正是为了唤回人对生活的感受，使人感受到事物，使石头更成其为石头。艺术的目的是使你对事物的感觉如同你所见的视象那样，而不是如同你所认知的那样；艺术的程序是事物的‘反常化’（остранение）程序，是复杂化形式的程序，它增加了感受的难度和时延，既然艺术中的接受过程是以自身为目的的，所以它理应延长；艺术是一种体验事物之创造的方式，而被创造物在艺术中已无足轻重。”②

其实，孙犁如上关于熟悉的事物“应该给它一个新鲜的最能唤起印象的描写”的论述，虽然在学理上没有直接推论出什克洛夫斯基所谓的“增加了感受的难度和时延”的结论，但是已经有所暗示、有所涉及了。在应用的层面上，孙犁这种“最能唤起印象的描写”，是建立在对人生丰厚的

---

① 孙犁:《文艺学习——给〈冀中一日〉的作者们》,《孙犁文集》(四),天津,百花文艺出版社,1982,第 45 页。

② 胡经之主编:《西方文艺理论名著教程》下卷,北京,北京大学出版社,2003,第 173 页。

体验和对事物独特的观察、分析的基础上的。而什克洛夫斯基则把“体验事物之创造的方式”，看得高于一切，至于艺术的创造物，却“无足轻重”，这是一种形式主义理论的逻辑推论。在此意义上，应该说孙犁关于文学描写的新鲜感方面的论述，较之什克洛夫斯基的反常化思想对创作更具有实际的指导意义，这也是孙犁这种常理性创作理论的特质：生活先于文学，体验优于技巧，理论的目的在于对创作有效。在根本上说，这源于孙犁在尚实观念制约下的尚用思想。

除了描写，孙犁关于文学结构的理论也有值得重新审视之处。关于如何结构文学作品，孙犁仍然以尚实为前提，“结构的问题也不只是写作手法问题。作者熟悉现实生活，深切感受到了生活的动荡，作者的感情灌注在所写的事件里，作者有概括材料、取舍材料的能力的时候，才会有好的结构”。就是说，结构应该是由文学材料本身决定的，而不是由某种先在的理念切削或拼凑的结果，正如一块玉，是雕成动物还是人物，主要看材料适合做什么。好的雕刻师除了技法高明之外，更重要的是有善于对原材料扬长避短、化瑕疵为神奇的能力。因此，孙犁认为，好的文学作品的结构绝不是“弄九九如意的玩意，起伏曲折，都是作者在那里摆卦摊”。[①]孙犁说得太对了，当下某些叙事学理论研究，其实就是鼓励作者玩弄“九九如意的玩意”和“摆卦摊”。结果，呕心沥血的文学创作，成为没心没肺的叙事模式的花样翻新。有的作家以玩弄叙事手法为乐，喜欢反反复复讲一个故事。譬如前些年风行一时的王小波所写的《红拂私奔》，事件其实就是传说中红拂和李靖那一点事儿，但是王小波却颠来倒去地用不同的方法讲了好几遍，叫人看了之后不知道他究竟要说什么。其实，这不过是借一点历史传说来炫耀他储存的叙事方法的丰富罢了。再如都梁写的《亮剑》，实事求是地说，讲故事的方法和故事本身基本没有多少可挑剔之处，但是一到具体的战斗细节就语焉不详了；相反，写《血色浪漫》时无论是叙事手法还是细节描写，都可谓得心应手。这是为什么？表面看，似乎是他长于叙述短于描写的缘故，而在根本上说，则是因为他对所描写的战争生活缺乏真切的感受和积极的体验。

可以说，在当下的文坛上，许多作家讲故事的本事远远高于描写的水平。故事设计得都十分巧妙，什么“穿插”“延宕”“回旋”“意外”等等，哪一种手法都玩得转，但是这些往往像中国传统的某些线描人物画，线条玲珑曲折，却血肉不丰满，更似缺魂少魄，因为缺少光的明暗调适、色调

---

① 孙犁：《文艺学习——给〈冀中一日〉的作者们》，《孙犁文集》（四），天津，百花文艺出版社，1982，第108～109页。

的分布和细节的描绘，所以缺乏质感。说到底，就是生活底蕴不足，缺乏相应的人生体验。因为讲故事的方法可以设计，描写却必须来自对生活的真切体验，没有丰富的生活感受作为基础，没有对所要表现的事物的认真观察、分析、研究，在细节描写上，就会虚浮，就会模糊，就会力不从心，就会语焉不详。这就是当下许多流行作品故事讲得跌宕曲折，人物形象却很模糊，所叙述的生活缺乏立体感尤其是纵深感的原因。不可否认的是，经典的现实主义作品，譬如巴尔扎克《欧也妮·葛朗台》式的富于雕塑感的静态描写，读多了，可能会有叙述节奏过慢之感，但是，这不等于文学描写就不重要。我们回过头来看，譬如孙犁《风云初记》，那种行云流水般的叙述和如诗如画般的描写，叫人似乎感觉不到叙述或是描写痕迹的表达，你就会深深地懂得，什么是艺术。

对于这些，作家们自己的体会可能更深刻。譬如夏商曾经感慨道："最大的感触就是觉得小说是个笨活，小说家写到后来，拼的是'拙'，而不是小聪明。"他所谓的"拙"，就是人生的体验和细节描写的功力。虽然"先锋小说可以通过技巧避开，普通读者也看不出什么破绽"，"把不了解的东西全部虚化掉了……但好的小说家不会逃避，而是会把细节全部写出来"。[①] 其实当年现代派也就是所谓的先锋作家，现在所以基本销声匿迹了，最重要的原因就是他们把玩观念和玩创新手法作为文学创作的全部，放弃了对生活的积淀和体验。在他们笔下，文学就是炫耀新观念、新技巧的工具，召之即来挥之即去。玩观念就是观念先于生活，先于创作，其结果必然失去文学的意味；玩创新就是以创新为本体，创新成为文学的唯一价值取向，结果是几乎挥霍掉了文学创新的任何可能性，或者在创新中无视文学惯例和审美习惯，更破坏了生活逻辑和创作规律，从而失去了基本读者。

说到这里，笔者想起近年在当下学界颇为流行的一种说法叫"表达中国经验"，这是否是体验生活命题的补充或变异呢？在笔者看来，这种提法似是而非。因为"中国经验"应该是相对于别国经验而言的，只能在国际文学或比较文学语境中才有意义。对于中国作家而言，既然是中国人，又生活在中国，写的中国故事，哪一个表达的不是"中国经验"？既然都是，那么这个词组的实际意义在哪？"中国经验"这个词组，充其量，指的是中国作家群体经验，而文学创作是最个人化的精神劳动，需要的主要是个人的独特的人生经验，群体经验对于具体创作来讲只是个空洞的泛

---

① 夏商、河西：《小说家写到最后，拼的是"拙"》，《文艺报》2013年5月6日。

词，所以“中国经验”这个词组与文学创作基本不相干。

还接着刚才的话题说。大量的文学事实证明，在创作文学作品过程中，无论是观念的创新，还是写作方法的设计，如果无视生活的质感及其内在的规定性，即便是兴隆一时，也很快就会难以为继。因为文学的感染力归根到底，主要还是应该来自其所表现生活的魅力，在于它唤起读者情感的共鸣和心灵的归属感。就故事而言，好的方法、结构手段固然会使其魅力焕发得更充分，但如果构成故事的事件本身就很乏味，那么，讲故事的方法再花样翻新效果总是有限，甚至可能与别人的方法雷同。因为同样是缺乏体验的向壁虚构，在方法上玩花样，你能想到的，别人也可能想到。

在笔者看来，所有这些，叙事学理论研究者应该难辞其咎。众所周知，现代叙事学往往只在学理上进行抽象研究，制造出一个又一个的叙事魔方供人选择，它最大的弊端，就是鼓励人们忽略对生活的独特体验而专玩弄叙事圈套，追求讲故事的小聪明。这正符合当下许多初学写作者的需要：既想早出名、出大名，又没有足够丰富的人生经历，还不愿意身体力行地去体验、感受纷纭复杂的社会生活，尤其是最广大民众的底层生活。一般来说，他们在写作备料上有如下共性：一是通过网络、媒体间接了解各种信息，再以自己肤浅的阅历为基础去想象，结果自然不敢真切地描写；二是只写自己，写自己的经历、自己的情感、自己的种种感受，包括自己身体的本能的种种感受，将其放大了反复使用；三是既然缺少现实的人生体验，那就穿越到古代，或者干脆就写古代题材，如果不合情理，也有“戏说”来做遮羞布，等等。由于备料所限，还想弄出一点儿名堂，就只能在叙事方法上折腾。

可见，孙犁当年重视描写，反对在结构上“弄九九如意的玩意”“摆卦摊”是意味深长的。他那常理性创作理论给予我们的启示是：文学创作不能靠小聪明，故事的魅力来自故事中的生活质感，这既要靠作家丰富的生活体验和人生感受，也需要包括描写在内的种种文学修为的支持。一句话，生活基础和文学功底是文学创作的前提条件。而功底必须一点一滴，老老实实地实践、积累，这是需要劳神费力的，没有什么妙招可用、捷径可走。概括地说，就是尚实和尚用相辅相成。正如美国作家杰里·克利弗（Jerry Cleaver）在其所著《小说写作教程——虚构文学速成全攻略》中所言：“我们最佳的向导之一就是现实生活。尽管直接把现实生活记录下来不等于就能创作出惊心动魄的故事，但是现实生活还是我们最佳的向导，因为创作的目标是把现实生活的本质和真相在纸面上打开、揭示出来。一切虚构的故事都可能是活生生的现实，不过，并非所有的现实生活都是虚构的故事。”① 平心而论，现代叙事学理论，也是尚用的，但是他们的尚用是片面的尚用，没有尚实制约的尚用，只能是形式主义的玩弄叙事魔方。抛开生活的质感，无论这魔方玩得多么娴熟新巧，对于文学创作，也无实质性帮助。值得深思的是，当今为什么文学创作理论会产生叙事学而没有描写学？在笔者看来，主要因为叙事是理性的，方法可以是设计的；而描写则主要是感性的，基于作家大量的生活感受和生命体验，而且一物一样，不可重复，所以，描写只能靠作家自己去体会，理论家充其量只有提倡的份，无法作为一门学问专门来研究。

需要说明的是，孙犁的文学创作理论，产生于“以笔做刀枪”的革命年代，一方面固然受其影响而以尚实尚用为旨归，基本属于对大环境的政治功利主义的细化和补充；另一方面，他是以一个作家身份，在救亡图存的历史关头谈自己的文学创作心得。因此，他的创作理论建立在尊重文学创作逻辑的基础上。平易性、实在性、实用性，即所谓尚实、尚用，是其理论最大的特色，也是在当时同类理论中最大的亮点。可以说，孙犁的文学创作理论，既不因政治诉求而遮蔽对文学创作原理独到的思考和阐释，也不因重视创作最基本问题而忽略文学“为人生”的价值向度。可以说，这是一种带有时代特色又跨越了时空的创作理论。

第五节　徐懋庸《街头文谈》中的理论元素

与孙犁不同，徐懋庸未到延安之前，没有在解放区工作、学习过，而是属于国统区的左翼作家，至 1938 年才到延安。虽然在广义上，徐懋庸可以说是延安时期的作家，但他所涉及的文学创作的一般问题，主要集中在他尚未到延安之前，即 1936 年由上海光明书局出版的《街头文谈》里。耐人寻味的是，作为左翼作家，徐懋庸却与解放区的作家孙犁一样重视文学创作的基本问题。譬如，徐懋庸在该著作中甚至将文学创作的基本问题具体、伸延到“看的能力”“感的能力”“描写的能力”等等技能性细节。这说明，对文学创作基本问题的阐释，与政治倾向基本无关。

徐懋庸所谓的“看”，就是孙犁所谓“体验生活”、观察的意思，但是在徐懋庸的语境中，自有其意。他说：“看这一事，并非单靠眼睛，还靠

① 〔美〕杰里·克利弗：《小说写作教程——虚构文学速成全攻略》，王著定译，北京，中国人民大学出版社，2011，第 77 页。

着思想的帮助的。尤其是当要构成一个见解的时候，思想的任务还比眼睛的任务来得大。眼睛只能看到某一事物在眼前的形态，思想却能看到它的前因后果和左右的关联。"[①] 就是说，徐懋庸的"看"就是观察与分析相结合。至于这"看的能力"从何而来，他认为只要经过这样两个方面的努力就可以拥有：其一是"要构成一个正确的，进步的世界观"；其二是"要冷静的能力"。尽管"世界观"这个词在今天看来似乎有些空洞，但是大致不差，意思是作家应具有透过现象看本质的思想穿透力。为什么还要有"冷静的能力"呢？就是说要与看的对象在感情上保持一定的距离，以免过于投入，会因喜欢或讨厌而失去认识事物真相的客观性。在这里，一方面，徐懋庸试图为提高作家观察事物的水平而抑制主体情感的介入，另一方面，却因强调现实主义的客观性而没有与科学的认识区别开来。由此可见，徐懋庸由于缺乏丰富的文学创作经验，理论有些哲学化的僵硬，与孙犁的观点相比较，与文学创作的关系还多少有些隔。

关于如何观察，徐懋庸在《现实的观察》一文中有更详细的说明。一方面，徐懋庸主张"如实地观察人生"，但是考虑到仅限于此，可能会造成"把部分的现实当作了总体的现实"的印象主义，所以另一方面，又认为"应该从动的见地以及诸现象的联系中去观察"。概括地说，"观察现实的最正确的方法，第一，是要考察现实的诸现象的总体，而且要从诸现象的不可分离的联结上去考察；第二，是要从诸现象的总体的运动状态上去考察"。他自己也承认，"这本是一种根本的哲学的观察方法"，但是同时认为，"要表现人生社会的现实的文艺作家，是和哲学家同样地应该深知此法的"。[②] 主张作家用哲学方法观察人生社会，在今天看来，无论如何是不妥当的。虽然他是为了强调作家思想的深刻度之于创作的意义，但是由于没有体现出文学的特质，所以难免有可能误导为公式化、概念化的写作。明显看得出来，徐懋庸主要是翻译家和杂文家，算不上真正意义的作家，所以他的理论较之孙犁而言，对于文学创作实际缺乏亲和性。

当然，如果说徐懋庸就是客观的理性主义者也是不公允的。在《感的能力》一文中，他特意强调感情在文学创作中的意义。"感情是一切艺术作品的灵魂。没有强大的感情，是不能成为艺术作品的，所以，要作一个文艺作家，创造文艺作品，必须具有明了地感觉一切的能力。"认为情感是文艺作品感动人的最根本原因，而这种情感则"是由社会的见地出发的，它是现实生活所形成的"，"是一种社会的感情……积极的感情，所以

① 徐懋庸：《看的能力》，《徐懋庸选集》第一卷，成都，四川人民出版社，1983，第309页。

② 徐懋庸：《现实的观察》，《徐懋庸选集》第一卷，成都，四川人民出版社，1983，第327页。

也是一种强大的感情，这种感情是谁都要被感动的”。[①] 虽然在徐懋庸的语境中，没有出现“体验生活”的完整概念，但是体验生活所包括的元素，观察、(“看的能力”)、感觉(“感的能力”)等都已分别得到论述了，只是，没有把两者有机地结合在一起。这当然是一种理论缺陷，没有形成思想的合力，没有形成完整的思想，这是应该明确指出的。

与孙犁相似的是，徐懋庸也非常重视文学描写，这从他特意写的诸如《描写的能力》《风景描写》《心理描写》《典型人物的描写》等篇章完全看得出来。但是，仔细研究发现，徐懋庸对描写的表述与孙犁比较起来有很大的不同。譬如他在举《水浒传》三十六回宋江被穆弘、穆春兄弟两个追赶，慌忙躲进一船舱，却遇到贼党，正魂飞魄散之际，忽听是张横、李俊，他们认出了他。此处描写宋江用了“钻出船上来看时，星光明亮”，被金圣叹批为“妙不可说”。徐懋庸认为金圣叹看得准，于是总结这种描写的妙处主要在于，“第一是因为写得正确”，“第二，因为这种写法是具体的形象的表现”。[②] 应该说，徐懋庸总结的这两点不为错，但是却显空洞，难以给人以实质性启发。再如徐懋庸在《风景描写》一文中，一方面，如朱光潜一样，不无正确地指出王国维在《人间词话》中所谓“采菊东篱下，悠然见南山”是“无我之境”是不准确的，认为“‘悠然’二字，正是‘以我观物’的态度”，但另一方面，则提出“艺术家必须通过自己的世界观去观察自然，描写自然”，把作家的复杂灵动的主体世界归结为世界观，显然不够确切，至少是有些空旷和粗疏。这与孙犁提出的对于“人们生疏的东西，你应当给它一个准确的描写；人们熟悉的就应该给它一个新鲜的最能唤起印象的描写”不是一个层次。原因在于，孙犁是作家在谈自己的创作体会，因此显得到位而亲切；徐懋庸则是从一定的理论概念出发，借助分析他人的作品来谈对文学描写的理解，因此显得隔阂而僵硬。

当然，关于文学创作，徐懋庸的观点也不是一无可取。譬如在《心理描写》一文中，他对当时刚刚传入的弗洛伊德的精神分析学，所谓一切伟大的作品，“都是由被抑制了的性的欲望升华而成的”就深不以为然。认为，“人类的欲望，不止一种性的欲望，受外界检察的，也不止一种性的欲望。在历来的社会里，个人的一切自由活动的愿望，都是受着社会制度的检察和抑制的。人类的苦闷，实系社会制度的矛盾反映而成，而且，人

---

① 徐懋庸:《感的能力》,《徐懋庸选集》第一卷,成都,四川人民出版社,1983,第314、318页。

② 徐懋庸:《描写的能力》,《徐懋庸选集》第一卷,成都,四川人民出版社,1983,第318页。

类的一切心理现象，都不是从个人心中凭空地发生，而是由社会的现实所决定的”。毫无疑问，徐懋庸这种观点，至今仍然是正确的。他既没有完全否定性欲望的作用，同时对现实生活之于文学创作的根本性影响给予充分的肯定，认为这种影响是毋庸置疑的。这与他那长于理论分析的特点是分不开的。在厨川白村《苦闷的象征》颇受创作界、理论界重视乃至推崇的历史语境中，这种观点显得更有意义。另外，徐懋庸对于心理描写之于文学创作价值的理解，也具有可以圈点之处。譬如他对俄国作家陀思妥耶夫斯基的心理描写的评价就颇为深刻：“在旧作家中，描写心理顶出色的，要算陀思妥耶夫斯基。他写人物，可以无须描写外貌，只要以语气、声音就不独将他们的思想和感性，便是面目和身体也表示着。他的确表现了一些深刻的典型的心理状态。”①

总体来看，应该说，徐懋庸是一个很好的文学鉴赏家，但是他谈文学创作，不是如孙犁出于自身的创作经验，而是在鉴赏别人作品的基础上提出看法，因此可能会出现理论推导大于创作体验的情况，从而与创作实际显得有些“隔”。对此，我们只能实事求是地评价，不能因为徐懋庸是本书的一个研究对象，就有意无意地人为拔高其价值。同时，笔者认为，恰当地指出其欠缺，评价其意义，不仅是对研究对象负责，而且是对当下的理论与创作的一种警策。

第六节　茅盾文学创作思想上的几个亮点

作为“为人生”的左翼作家，茅盾的文学创作思想基调是务实，具体表现为对文学创作基本问题的关注。1936年，茅盾特意写了一本《创作的准备》小册子。在这本小册子中，茅盾主要讲了两个方面的问题：一是如何体验生活，二是怎样描写人物。这是孙犁、徐懋庸们所关注的话题，但是茅盾的论述有自己的特色。

在茅盾的语境中，他把体验生活表述为“搜集材料”，具体体现为如何对待“自己所熟悉的事”和“所不熟悉的生活”。对于“自己熟悉的事”，不要“自信太过”，应该“再郑亘研究，检阅着自己一向对于这些熟悉的事情的见解和观察有没有错误，是不是浮面”，因为“没有理由可以自信我们对于自己熟悉的事情的内在的因果一定理解得正确”，“下笔以

① 徐懋庸：《心理描写》，《徐懋庸选集》第一卷，成都，四川人民出版社，1983，第333、334页。

前，还应当努力补充及修正他的经验以及加深他的观察”。[1]

在笔者看来，茅盾在此就是强调创作要对自己熟悉的生活进行再体验、再观察、再研究。因为自己熟悉的生活未见得都符合文学创作的需要，也未见得就能够真正理解其中可能蕴含的文学价值和社会意义。强调对自己熟悉的生活进行反思的意义在于，防止浮光掠影地照抄生活，满足于所谓实话实说而不问其是否有意义。应该说，这种观点直到今天仍然是一种重要的提醒。譬如，有的少年、青年写手常常自我炫耀说，“我只写我自己”。如果说“只写自己”是比喻意义的，还不失为一个有价值的命题，因为任何作品，严格些说都是作家的精神自传；但如果就是一句陈述，那么，不是谎言，就是废话。因为只写自己，先不谈“自己”的经历是否有意义，仅仅从原料的供给讲，就是不切合实际的。即便是他有过丰富的甚至传奇的人生经历，也很快会难以为继，况且总不能每篇作品都只写自己，毕竟要涉及别人。尤其重要的是，“只写自己”的结果是题材越来越窄，意义越来越稀薄，写法也越来越雷同，这是必然的。

在另一篇发表于 1943 年 9 月号《中原》杂志上的《论所谓“生活的三度”》中，茅盾对此又有补充和深化。所谓生活的三度，即广度、深度、密度。茅盾认为：“什么是生活的广度？‘改变生活环境，扩大生活范围’，用通俗的字面来说，就是‘见的世面大’。”“什么是生活的深度？‘生活在人民当中，观察他们，研究他们，通过这些观察和研究，垒积起来丰富的生活经验。”“什么是生活的密度？‘我们不但要用头脑去理解他们（人民），懂得他们的生老病死，悲欢离合，而且要用全副心肠去贴近他们，感觉他们的喜怒，他们的哀乐，他们的爱，他们的恶，他们的怨，一言以蔽之，真正关心他们的命运。”[2] 在广度、深度、密度三者之间，茅盾最看重的是密度。这密度，就是“贴近人民”，就是“近人情”，不仅表现在与“人民的关系”的近，还有“对自己”的一面，即前面所谓对自己“熟悉的生活”的热爱和反思。在茅盾看来，“‘密度’也者，在己就是事事认真，兴味浓厚，对人则是体贴，则是‘疼’，没有这种事事认真，兴味浓厚的生活态度，则见的世面越大越多，阅历愈深，他愈容易走到玩世、消极、圆滑、麻木的一路”。有“密度”的生活对于一个作家所以重要，是“因为他能够从他那狭小的生活圈子和平凡的生活经历，用事事认真、对一切都兴趣盎然的精神以得生活之广与深，他这才不会天天抱怨着

① 茅盾：《创作的准备》，《茅盾全集》第 21 卷，北京，人民文学出版社，1991，第 14、15 页。

② 茅盾：《论所谓“生活的三度”》，《茅盾全集》第 22 卷，北京，人民文学出版社，1993，第 440 页。

生活之狭小、单调、平凡，而自陷于苦闷，终于成为生活的俘虏”。在这个意义上，“密度是广度和深度的基础”，“一个文艺工作者不怕生活之广度不够，而怕密度不足。……生活有了密度的作家，不必定要写血淋淋斗争的题材，不必定要所谓当代的现实，才能见出他对于生活的热情，对于人民大众的命运的关心；平凡的小故事中，历史的题材中，都可以见出他的热情和关心”。①

就是说，一个作家只有以认真的态度、宽广的胸怀、盎然的热情面对人生，才不会被自己熟悉的生活溺没、同质化，才有可能从平庸的生活中超拔出来。写什么并不十分重要，重要的是以什么态度去写，这是茅盾对其所谓“自己熟悉的事情”的更高要求，也是对其“再郑重研究”意思的合乎逻辑的发展和深化。虽然这生活三度说并非茅盾的原创，而是引用性阐发，但是这种阐发却大大拓展了一般所谓“搜集材料”及“体验生活”的理论空间，并在更高的层面上要求文学创作的质量，这可以说是茅盾文学创作理论的一个亮点。

对于“自己不熟悉的生活”，茅盾则要求作家应该尽量熟悉。至于如何熟悉，茅盾告诫仅仅是“跑进了某一特殊的生活圈子，‘观光’了这特殊生活圈子里的几个重要场面，观察了这特殊生活圈子里的一些主人公和从业员，和他们作了谈话……经常地留心着报纸上的关于此特殊生活圈子里的一切动态的记载，不够，则又读了许多与此特殊生活有关的书籍……细心地研究了，分类排比”等等，还是不够的，“因为这样搜集所得的只是印象。并且这样的方法往往是把此一特殊生活圈子从社会的总的生活关系游离开来而作单独的隔绝的观察”，所以“必须从社会的总的联带关系上作全面的考察”。②

为熟悉某种特殊生活，不能“为搜集而搜集”，为了避免获得的感受的隔膜，甚至“要忘记你是为了写作而‘搜集材料’，你的‘搜集材料’就是你的生活”，你就是生活在这“特殊生活”之中的。这种体验，应该说在实践层面上很难真正做到位，但是作为一种理论强调还是非常必要的，目的就是最大限度地获得最真切的生活体验。

茅盾在人物描写上，也有一些很好的见解，主要体现在故事和人物、环境与人物以及人物的个性问题等方面。在文学创作中，是先有故事还是先有人物，在叙事文学中历来都是一个重要的分歧，甚至是区别严肃文学

① 茅盾：《论所谓“生活的三度”》，《茅盾全集》第22卷，北京，人民文学出版社，1993，第441、442、443页。

② 茅盾：《创作的准备》，《茅盾全集》第21卷，北京，人民文学出版社，1991，第16页。

和通俗文学的界点，在当时也是如此。茅盾认为："应当是由人物生发出故事。人物是本位，而故事不过是具体地描写出人物的思想意识。""反之，你若'心中无人'，却有故事，你为了这故事而造出人物来作为这故事的扮演者，那么，这些人物在读者眼中就成为纸剪的傀儡，读者时时会感到他们不是活人，有作者的手在幕后牵线。"[①] 但同时，茅盾还强调："故事与人物应该是一种有机的配合，拿掉一点，就会损伤到全体。"[②] 茅盾这种观点，如果概括地说，就是所谓的"情节是人物性格发展的历史"。

关于这一点，现代叙事学恰好与之相反。众所周知，现代叙事学是专门研究如何讲故事的理论。在他们眼中，一切人物都不过是展开故事线索的"行动元"，所谓的人物性格，不过是由故事内容给定的一种标记。人物性格也无所谓变化，只是按照故事发展的要求应该具有人格位移或变换脸谱的可能性和必要性罢了。这种理论的后果，是鼓励了故事本位主义的技巧化和文学形式主义的盛行。同样是感动，单纯的故事满足的是人浅层心理的追索欲，人物性格则能震撼人的灵魂。所以严肃文学尤其是现实主义文学，从来都是以人物为本位，故事是人物性格发展、展现的历史，在此前提下，才强调人物与故事的有机统一。在此意义上，重温茅盾关于人物和故事关系的论述，对于当下的现代叙事学的形式主义文风无疑是一种纠偏。

对于人物与环境，茅盾也有一些不俗的看法，可以说是他以人物为中心观点的延续。在茅盾看来，人物与环境的关系大致有三种："最初是'人'创造了'环境'，其次是'人'的思想行动被这'环境'所支配，又次是由这被支配而发生的决定性作用又反拨了'人'的思想而产生改造这环境的意志和行动。"但在这三种关系中，最重要的，是"从人的行动中写出环境来"，而不是写"人在环境中行动"。就是说，与环境相比，最能体现人物性格的人的行动当然是中心。"因为'人'要改造环境的意志和努力固然不能不由'人物'的行动中表现，而'环境'的支配'人的行动'也不能不由'人物'的行动中表现。也只有如此，'人物'才是活的人，'环境'才是活的环境。"[③] 至于应该写多少环境为宜，茅盾以人物与环境的有机统一为原则，确立了两个标准："第一，和'人物的动作'脱离了有机的关系的'环境'，自然不在你的意念之中，根本就不会在你笔下出现；第二，凡是合于需要的'环境'也可以依据了'人物'发展上的

① 茅盾：《创作的准备》，《茅盾全集》第21卷，北京，人民文学出版社，1991，第10、11页。

② 茅盾：《谈"人物描写"》，《茅盾全集》第22卷，北京，人民文学出版社，1993，第334页。

③ 茅盾：《创作的准备》，《茅盾全集》第21卷，北京，人民文学出版社，1991，第28页。

必要而决定其多寡重轻。”[1] 他的意思是说，环境描写必须以是否符合人物性格刻画的需要为前提，不符合需要的一点也不要出现，符合需要的则根据人物性格发展情况来确定描写的比重。茅盾此论是有纠偏意义的，在当时，主要针对的是自然主义惯常的不问人物性格刻画的需要，冗赘的环境再现；而在当下，则有利于纠正那些只有人物行动的叙述，甚至只有人物内心独白而缺乏必要的环境描写。其实后者，只重人物表现而轻视环境描写，是因为缺乏文学描写的基本功，这种人物似乎是在透明的空气里滑动。环境描写不仅是作家再现能力的一种，而且是其空间想象力的体现。自现代主义以来，所谓将外在世界内化，以内心感觉的讲述及意识的流动，替代或颠覆经典现实主义的环境再现，表面看有利于表达感觉的细腻化和表现手段的简约化，但实际上会造成作家们的空间想象力、表现造型力的萎缩，描写能力的丧失，长此以往，作家们还会不会描写，已经是个问题了，这是应该引起充分重视的。

在人物个性的创造上，茅盾也有一些经验之谈值得注意。譬如，在如何观察人方面，茅盾提出“不可把人孤立起来看”和“从发展中看人物”这两种视角。这两种视角，都有利于观照人物的个性。所谓“不可把人孤立起来看”，就是把人物“与他周围联系起来看”，“要在他的社会关系上去看”，看他在不同的场合，对于不同的人的不同表现，这是共时性的视角。所谓“从发展中看人物”，则是历时性的视角。这就是说，“人时时在发生变化，社会万象——即人之周围亦时时在发生变化；人之变化累积而为社会万象的变化，而社会万象之变化又影响到人使他变。这一切的变，个别观之，则或在向前进，或在朝后退，或在方升，或在没落，但就整个而观，则在向前进，在矛盾曲折中向前进的。所谓从发展中看，就是在这种错综交互的变化关系上去看”。[2]

在茅盾看来，从这共时性、历时性纵横立体多维的视角观察人，是创造人物个性的前提，作家没有这关系、发展的观察视角，连正确的认识都达不到，何谈创造人物个性。所以，个性是建立在对人物深层次认识基础上的艺术化表现。其实，当下许多作家早已失去了认真观察人物的耐心，更不用说是在复杂的社会关系及错综交互的变化中去观察了。以一己的经历代替他人的经历，以自身的感受遮蔽他人的感受，几乎是人物创造的常态，所以人物个性模糊就是情理之中的事了。

---

① 茅盾：《创作的准备》，《茅盾全集》第21卷，北京，人民文学出版社，1991，第30页。

② 茅盾：《关于小说中的人物》，《茅盾全集》第22卷，北京，人民文学出版社，1993，第192、193页。

为了创造富有个性的人物，茅盾还特意设置了几项人物创造的自我检视标准。譬如，检查“被你所确定下来的性格，是不是太单纯了”，检查“为要描写‘性格’而给与‘人物’的‘动作’是不是太直线式”；对于“性格相似的人物”，“谨防他们混杂不清”，在相似中注意各自的个性特征；是否只重视人物“大的特征”描写，而忽略小的特征的补充，等等。①

所谓检查“被你所确定下来的性格，是不是太单纯了”，一方面，是与前面要求从社会关系和发展变化中观察人是相对应的。因为如果真正做到从关系及发展纵横两向多维视角来观察、创造出的人物不可能是单纯的；另一方面，茅盾告诫作家不要做某个模特的“真容师”，因为“太像了某一个真有的人”，即便是落实了从关系及发展纵横两向多维视角来观察，也总归是局限于某一个人，其性格内涵也不会太丰富。可见，茅盾唯恐不严密、不周全，方法不适用，所以才提出这些相互补充又相互制衡的视角和方法。

检查“为要描写性格而给与人物的动作是不是太直线式”，是对人物性格是否“太单纯”的纵向审视，也是对“错综交互的变化关系上去看”在创作上的落实。所谓“太直线式”，就是人物性格缺少变化，始终如一，仿佛生来如此。至于如何才能防止“人物的动作是不是太直线式”，具体而言，茅盾认为“应当检查你预定的‘计划’中是不是专从而且单从大事件上去表现你那些‘人物’的性格”，“你固然要从一些大事上烘托出这‘人物’的性格，然而也极需要从许多小事上烘托出来”。② 即大事件与小事件间要有一种互补，采取以大事件为主，小事件来烘托的写作策略。这虽然是经验之谈，但是很重要。所谓小事件，就是生活细节，一方面，任何大事件其实都是由一系列生活细节组成的，所以不能忽略小事件；另一方面，人从来都是具体的人，就是说，任何鲜活的人都是生活在小事件即具体细节中的，反过来说，人物性格也只能通过生活细节才能凸显出来。所以，茅盾在此强调要重视小事件的描写，对于人物性格刻画是非常重要的。

至于“性格相似的人物”，“谨防他们混杂不清”，在相似中注意各自的个性特征，与只重视人物“大的特征”描写，而忽略小的特征的补充，可以合并为一个问题来分析。“性格相似的人物”的确容易“混杂不清”，茅盾以《水浒传》人物为例，告诫作家要在相似中注意各自的个性特征，

① 茅盾：《创作的准备》，《茅盾全集》第21卷，北京，人民文学出版社，1991，第39、40页。

② 茅盾：《创作的准备》，《茅盾全集》第21卷，北京，人民文学出版社，1991，第39页。

但没有展开。对此我们不妨代他展开一下。读过《水浒传》的人都清楚，譬如鲁智深和李逵虽都是鲁莽之人，但是鲁智深是鲁莽中有仁爱，“路见不平一声吼，该出手时就出手”，从不滥杀无辜，属粗豪；李逵则是鲁莽中带残忍，向来以杀人为乐趣，属于粗中带蠢的粗鲁。为了区别开两者，《水浒传》同时写了他们的“粗中有细”：一个是失手打死了欺男霸女的郑屠后，一边开溜，一边骂道：“你这厮诈死，一会儿洒家还打”，另一个是第一次见到敬佩已久却没有见过面的宋江，想拜又害怕是戴宗在戏弄他、耻笑他；一个为暗中保护林冲，那样嗜酒如命的人一路上怕误事竟然没喝酒，一个是去接老娘遇李鬼，第一次动了恻隐之心，险些被害，但仍识破对方，等等，这都是施耐庵的高明之处。这同中之异，就是在描写人物“大的特征”的同时，还不忽略小特征的补充。这些，应该说都没有多少理论含量，更谈不上什么学理价值，却可谓二百年艺术创作经验的结晶，在具体创作中非常管用，这就是常理的意义。

总之，茅盾的创作论由于主要是建立在自己创作及鉴赏基础上的，所以他对文学创作的言说，虽然更多的是文学创作中的常理，但是对创作实践产生的积极影响却不可低估，甚至至今仍然有效，这说明了常理价值的普遍性和穿透力。

第七节　叶圣陶“艺术家的精神”：对文学创作价值取向的整合

叶圣陶虽然是文学研究会的主要成员，但他并不是一个唯“为人生”主义论者，而是一个从文学创作实际出发，提倡“无所为而为”创作理念的作家。用他的话说：“艺术究竟是为人生的抑为艺术的，治艺术者各有所持，几成两大流。以我浅见，必具二者方得为艺术。”因为人生与艺术是文学的一体两面，缺一不可。“艺术苟有反人生的倾向，无论何人必不能对之起慰悦陶醉的感觉，复何得为艺术？复次，艺术的内容固切合人生，则其自身已含有艺术的性质，虽欲强避亦不可得。……于此可见真的文艺必兼包人生的与艺术的。如或偏废，非玩物的作品，即干枯无味的记录，不可谓之真文艺。”① 在叶圣陶看来，文学创作的正常心态是“无所容心，什么主义，什么派别，对之都一无所知。惟其如此，所成作品却常兼人生的与艺术的二者”，否则，“因其有所顾虑，有所容心于人生的与艺

① 《叶圣陶论创作》，上海，上海文艺出版社，1982，第22、23页。

术的之间故。顾虑把创作的唯一的动机赶走了，还能创作些什么?”应该说，叶圣陶此见是符合文学创作实际的，无论是“为人生的”还是“为艺术的”，作为文学创作价值导向发生作用，主要应该体现在理论倡导层面，久而久之沉淀为作家的集体无意识的创作本能，而不应是时时体现在具体创作过程中的价值提醒。当然，如果说文学创作与价值取向没有关系也不符合实际，关键在于这种价值取向是否内化为创作的自觉意识甚至是创作本能，正如人生观及艺术观等在文学创作中所起的作用一样。

为了减少诸如“为人生的”和“为艺术的”等外在观念对文学创作动机造成干扰，又不至于沦为无价值引领的随心所欲和放任自流，叶圣陶提出了“艺术家精神”这一概念，作为“为人生的”与“为艺术的”两者价值取向的整合和替代。在笔者看来，这种整合和替代是必要的，因为文学创作是负有社会责任的公共行为，不能任凭作家写什么或怎么写。表面看，所谓的“艺术家精神”，是一个颇为笼统的概念，但是在叶圣陶的语境中，虽则笼统，却不空洞。他所提出的“艺术家精神”，就是“无所为而为”，也是艺术家艺术修为的总称。用他的话说:“文艺家决不是一切的忠仆和书记官，他也不是冷淡的傀儡似的一个能作文的人，只随意记些所见所闻以为消遣。总之，他不是役于一切的。文艺家有他的修养，所以有他的世界观和人生观，有他的‘自我’。他本着这个接触一切，自然有他独特的情绪，独特的理想。于是他将这些用艺术的手段写出来。所写的自然也不过是人生之断片，永劫之流的一滴，然而化了，化而为文艺家精神所渗透的文艺品了。”就是说，“艺术家精神”，就是他世界观、人生观、艺术修养、自我意识等等在创作中的凝聚，作为其日常所见所闻的自然及社会生活原态硬块的溶解剂，也就是当下所谓的作家主体性。换句话说，正由于“艺术家精神”的存在及渗透，“为人生的”和“为艺术的”才作为外在规约，内化而为文学创作的自觉意识，使“为艺术的”自然的至美以及“为人生的”人道主义信念，都能够得到充分的表现。前提是“艺术家精神”的凝聚与在场:“文艺家的自己修养愈益精进，则其‘自我’愈益完成，其作品中所映射而出的精神也愈益显明”，这是相辅相成的。在叶圣陶的语境中，艺术家的“自我”，就是对艺术独特的理解、感悟与表现，有了它，作品就有了成功的保障，哪怕是人们已经熟厌的题材。“凡是真有‘自我’的作家，即发挥得烂熟的题材也可以产出鲜花似的作品来，因为精神所寄不同强为，一定是新鲜，一定是创作，决不是烂熟的陈套。于此可见文艺的生路到处皆是，你有精神役使一切，则可以创作无穷。”① 在此，叶圣陶强调艺术家的艺术“自我”，对于文学创作尤其是艺术创新的意义不可低估，这虽然有些绝对化的意味，而且这种“自我”是“有精神役使一切”能力的提法未必准确，但是说独特的艺术自我对文学题材具有较强的溶解力和表现力还是有道理甚至切实可行的。因为结合叶圣陶其他观点，他所谓的艺术自我的形成可以说是建立在非凡的观察力基础上的。

在叶圣陶看来，艺术观察力包括广度和深度两个方面。“凡是环绕他的一切，无不是他观察的材料。文艺家的眼光，心灵的眼光，常是光芒四射，烛照万有。这个不但和望远镜一样辽远，和显微镜一样地精微，他还要深入一切的内心——内在的生命。”这样广阔而深入的观察范围和层次，必然使作家的艺术自我有坚实的生活基础，同时也有创新的依据，作家的艺术创造力因此就有了前提保障。观察生活的深度，即“深入一切的内心——内在的生命”，较之观察生活的广度对于提高创作质量更有意义，这也是最容易为人们所忽略的。其实所谓观察生活的深度，包括孙犁的“体验”在内的积极观察，使消极的外在的观察，化作积极的内在的感受和体验，从而在作家艺术自我的溶解和烛照下，即便是人们熟烂的题材，往往也会孕育出新鲜的意味来。原因在于，“观察或体验总之是以心接物，进一步是心与物融和，合而为一”②。“以心接物”进而“心与物融和，合而为一”，就是对集观察与体验于一体的深度观察的最真切表述，也是进入文学创作奇妙而精微世界的预演，在这样独特而深入的感受和体验中，作品想不出新都难。

应该说，叶圣陶的文学创作理论最值得注意的主要有两点：一是提出“艺术家精神”的概念，二是强调深度观察。这是此前所没有的，也可以说，是他在现代文学理论史上的独特贡献。

第八节　赵恂九开创性话语及其学理局限

赵恂九（1905～1968），民国时期青年作家，长期生活在沦陷区的东北，曾任大连《泰东日报》编辑，在此期间，创作了23部中长篇小说。基于自身的创作经验，1943年，他出版了一部《小说作法之研究》。总的

---

① 《叶圣陶论创作》，上海，上海文艺出版社，1982，第33页。

② 《叶圣陶论创作》，上海，上海文艺出版社，1982，第167页。

来说，这本书的学术水平不高，主要是体例设置随意，论述缺乏逻辑，思考浅尝辄止等。举一个最简单的例子，该书竟把小说划分为“时代小说”“侦探小说”“童话”三类，几乎没有考虑任何逻辑问题。而且，在具体的论述中，常常是标题与内容不匹配，不仅没有逻辑推理，而且没有理论分析，更没有严格的结论。有话则随意膨胀，旁生枝节，不知所云，无话则匆匆了结，甚至没有起码的行文规则。但是，并不能说这本书一无是处。在笔者看来，《小说作法之研究》至少有两处值得肯定的地方：一是有所发见，二是开启了某些有意思的话题。所谓有所发见，不是说他原创性地提出什么理论命题或观点，而是指出了某些值得关注的问题。所谓开启了某些有意思的话题，是指他提出了某些能够引发进一步思考阐释的概念。

我们先看所谓的有所发见。例如，赵恂九在《小说作法之研究》的第五章“作家的准备”中，专设“作家之天赋的三种气质”一节，讨论作家素质问题。应该说，这是中国现代文论中较早在理论上关注并试图进行阐释的话题之一。赵恂九认为，作家能够成为作家，或者说，一个人能够写出小说有他独特的原因。“盖在广大的世界内，在他的一生中，曾做过三十种或四十种的职业的人，亦未尝没有，游历五大洲，足迹遍天下的人，亦未尝没有……那末他便是适于作家吗？他便能写小说吗？事又不然。他所以不能写小说成为作家者，乃因为他没有作家所具备的气质或资格。”① 弥足珍贵的是，赵恂九在此并没有把作家所以能够成为作家，简单地归纳为所谓具有“丰富的人生经历”和“广阔的社会视野”等，而是认为“他没有作家所具备的气质或资格的缘故”，这似乎抓住了问题的要害。赵恂九认为:“作家所以能够成为作家”的天赋气质，主要在于，“（一）作家须有把握真的力量，（二）作家须有体现‘善’的力量，（三）作家须有感受美的力量”②。简单说，就是作家应该具有把握真、善、美的能力。

把握真、善、美的能力真的就是作家所以是作家的天赋气质吗？大致看来，似乎不差，但是仔细研究就会发现，此论未必准确。因为一般而言，所谓的真，就是艺术真实性，它主要源自作家对社会人生的认识感悟；所谓的善，就是正确的价值观，它主要源自作家对社会是非曲直尤其是好坏的判断；所谓的美，就是艺术地表现社会生活的能力，它源自作家的艺术修养和审美感受力及表现力。而这三种能力，并不能简单地归结为一个人的天赋气质。因为一个人对社会人生的认识感悟，或者对是非曲直尤其是好坏的判断，抑或是自身具有的艺术修养和审美感受力，并不是先

① 赵恂九:《小说作法之研究》,大连,启东书社,1943,第98～99页。

② 赵恂九:《小说作法之研究》,大连,启东书社,1943,第100页。

天的素质或能力，而基本是后天学习、训练培养的结果。可见，赵恂九在此是以果为因，本末倒置了。真、善、美其实是一个作品内在价值之所在，或者说，是作家追求的价值目标，并不是一个作家必须有的天赋气质。尤其是赵恂九甚至都没有对什么是真、什么是善、什么是美作一个简单的界定和辨析，仿佛它们都是不言自明的共识，这是学术著作所不能容忍的粗疏。

当然，赵恂九此论还是有意义的，其意义就在于他思考了作家与普通人之于文学创作的区别是什么。尽管他没有找对方向，总归比不思考，或者把它们简单地归结为什么“生活积累”和“努力学习”更接近问题的实质，起码为他人的进一步思考提供了启发。新时期以来，作家素质问题逐渐进入理论家视野，虽然陆续出版发表了一些文学创作心理学方面的译著、专著及研究论文，但在笔者看来，关于作家的天赋气质问题谈的或者都有些“绕”，或者是有些言不及义的“隔”。那么，什么是作家的天赋气质或者说素质呢？在此，笔者以为主要应该包括如下几个方面：

第一，想象力，这对作家而言是最重要的。想象力就是在思想意识层面超越现实的能力，回忆和联想是较为低端的想象，或者说是创造性想象的基础，真正的艺术想象，主要就是创造性想象。笔者在前面已简单阐释过：在文学创作中，想象主要分审己度人、移花接木、无中生有这样几个层次。对于叙述性文学而言，审己度人和移花接木多数用于塑造艺术形象，无中生有主要用于情节设计。

首先看审己度人。因为所有的艺术创作，对于现实生活而言，都是一种假定，即便是有原型，也不应该完全依赖原型或拘泥于原型。如果作家自己不是原型，那么他就无法对原型了解更多，作家即使就是原型，在进行艺术创作过程中，也需要对自己进行重新审视、再度创造，何况有的原型是别人，有的根本就没有原型呢！所以，这种想象，基本上是以假定的人物为原点展开，以自身相关体验为孵化人物活性的养分和温度，包括特定情境下人物的感觉、心理、行为等等。这个时候，作家的生活体验是否丰富就至关重要了。

其次，移花接木也是一种很重要的想象方式。较之审己度人，移花接木的想象空间更为广阔，它打破了作家—原型之间的单向流动，代之以“杂取种种”的多边多项交融。这就要求作家的视野更为广阔，而观察力、感悟力都是其想象能够顺利展开的重要推力。当然，“杂取种种”必须有所依据，否则就会不伦不类。这依据，就是作家在了解相关人物情况的基础上，为形象所设定的基本性格内涵，以之为取舍的标准，使“杂取”有序，构成有机。

最后，在人物形象塑造上，如果说，审己度人和移花接木基本是完成于现实层面的想象的话，那么，无中生有就主要是完成在理想之中，譬如现实中完全没有的孙悟空、猪八戒等。当然，无中生有既可能应用在人物形象塑造上，也可能体现于情节的设计方面。而情节设计主要还是依据现实的逻辑，因为在现实生活中，故事不可能完整地存在那里等作家去摹写，大多数需要作家去精心设计。东拼西凑式的移花接木已经远远不够，这就要求作家具有超越本位及本事也就是事实的想象力去无中生有。这种无，是相对于事实的无而不是可能的无；有，是敲碎现实事件，保留各种故事元素重新组构的有。而它们所依据的一般就是现实的逻辑，其实就是所谓的人情事理，就是生活常识。如果违背了这些，这种想象就可能是失败的。不仅如此，情节设计所需要的想象在一定程度上还要超越日常想象的诱惑。所谓日常想象，就是人们的本能性想象，属于道德的善良艺术的幼稚。譬如在日常想象中，人们往往希望好人有好报，坏人一定要受到惩罚，等等；而在艺术上则可能恰好相反，因为非如此，情节就无法展开，可能刚开头就该结尾了。因此，在创造性艺术想象中，往往需要掺入一定的意志因素，硬下心肠，克制本能的善良，超越日常想象，采取逆发展的情节设计，譬如追求—延宕，困境—破局，向往—阻力等等。总之，情节设计既要出人意料之外，又要在情理之中，这就是所谓现实层面的无中生有。而理想层面的无中生有不仅需要超越日常想象，还要超越现实逻辑的想象，创造非常之境中的非常之人、非常之事，譬如浪漫主义文学所需要的创造性想象。

第二，移情力。移情力就是以假当真的能力。严格些说，以假当真也是一种想象，但这是一种附着了高密度的情感粒子的想象。在假定的世界里，作家之于创作对象，爱其所爱，憎其所憎，忧其所忧，这样才能赋予艺术形象以生命的体温和感觉，使其鲜活生动。在想象的层面看，其实这是一种审己度人，在情感层面，超越了自然情感而升华为艺术情感。

第三，敏感性。作家在性格上理当较之普通人更为多愁善感，具有触景生情浮想联翩的特点，这就是所谓的敏感性。具体表现形象，细节记忆力超强，善于捕捉生活中人和事物的特征，过目不忘，而且富于同情心，容易被感动，具有较强的审美感应力等等。

第四，语言感觉。语言感觉多数来自一个人的天赋。所谓的语言感觉就是以语言表达意趣、诉诸感觉、创造形象的能力。文学是语言的艺术，所以一个人有无语感是决定他是否具有作家素质的重要标志。这标志，主要表现为驾驭语言的能力，诸如描写的形象性、新异性，叙述的感染性、生动性等等。就是说，如果描写，则善于以准确、陌生化的词语形容事物，有唤起感和呈现性；如果叙述，则话语简洁，且具有较强的语言裹挟力、煽动性和带入感，令人情绪激动，想象连连。简言之，就是善于通过语言创造有意味的形式。

当然，作家的文学创作素质，并不应该仅仅限于此，譬如情感素质也很重要。在此，我们不妨接着前面的话继续展开，结合赵恂九同时代相关作家的观点，再讨论一下情感在文学创作中的作用。

事实上，在现代文论中对情感的思考比较深入的，应该是赵恂九的同龄人张长弓。张长弓在其《文学新论》中，专门讨论过情感的类型及其在文学创作中的运用问题，这在当时的文学理论界是比较少见的。毫无疑问，张长弓的学术视野及功底较之赵恂九要开阔、深厚得多，虽然此前也有很多人在相关论述中涉及了情感之于文学创作的关系，但是大多数都如蜻蜓点水，一带而过，张长弓则给予了较为系统的阐释。

张长弓不是笼而统之地谈情感与文学创作的关系，而是把情感分为文学创作所"需要的情感"和"不需要的情感"两类。虽然他还没有明确提出审美情感和自然情感的概念，但是，他反对以所谓"高尚情感"和"不高尚情感"作为文学创作是否需要的依据。理由是："人生的意义是多方面的，愤恨、悲伤，在个人说，固然是一种非正常的情感，然在愤恨敌人的压境，悲伤民族的危亡……都是愤恨悲伤，同时表现了忠肝义胆，表现了至可贵的情感，所以所谓不高尚的情感，也是文学所不能摒弃的。"[①]所以张长弓在梳理温彻斯特《文学评论之原理》的观点，即文学所需要的情感包括"情感之合理或适宜，情感之生动或有势，情感之持续或恒久，情感之错综或变化，情感之品格或性质"五项基础上，又补充地提出了普遍的、大我的、深厚的三种也是文学所需要的情感。所谓"普遍的是发自健全的人格，健全人性的情感"[②]。如此定义文学所需的情感，较之所谓"高尚的情感"更有意义。因为高尚与不高尚基本属于道德范畴，文学不是劝善文，人的正常情感，喜怒哀乐悲恐惊都应该得到表现。而普遍的情感，就是人皆可能有的正常的情感，不是个别的病态、变态的情感。正常的情感一般都具有结构稳定、合理的特点，即与其所发生的环境、情境及激发的原因密切相关，这就具有普遍的意义。而具有普遍意义的情感，是大多数人可能体验过的，因之可能引起最普遍的共鸣，文学创作自然需要

---

① 张长弓:《文学新论》,上海,世界书局,1946,第26页。

② 张长弓:《文学新论》,上海,世界书局,1946,第28页。

这样的情感。所谓“大我的情感”，就是超越了自我本体利益或本能欲望如自私、卑下、阴暗之类，健康向上具有时代特征的情感，这要比所谓的“高尚的情感”的覆盖面要宽一些。当然，“大我的情感”应该主要指贯通作品的基调情感，而不是所有人物必须具有的情感，因为要写好卑鄙者，就得写他的卑鄙之情。因此“大我的情感”也应该是文学所需要的情感。至于“深厚的情感，其反面是虚伪的情感”，就是指由衷之情，即所谓的诚挚，“人无诚不立”，文之情不诚也难以感动人心，所以，“深厚的情感”自然也是文学所需要的情感。

张长弓定义文学所需要的情感的目的是解决“情感怎样运用”问题，这应该对文学创作具有较为直接的指导意义。众所周知，以往的作家、理论家常常笼而统之地谈文学与情感的关系，不仅对什么样的情感是文学创作所需要的语焉不详，而且对于情感是如何运用到文学创作之中的，则更少详细论及。张长弓认为：“在生活上我们遭遇了喜悦悲哀的事情，这种情感是不是可以立刻运用在文学上？不能的，这种情感必须经过心理的经验，不然它仅是情感的生坯材料。”① 虽然张长弓没有明确提出“自然情感”这一概念，但是已经充分意识到生活中的情感和文学创作中的情感不是一回事。文学作品中的“情感是经过了心理的澄滤”② 的艺术情感，也就是“普遍的，大我的，深厚的情感”。即便是“热烈的情感，必须冷静了，待回忆唤起时方能运用于文学”③。正如鲁迅所谓的：“感情正烈的时候，不宜做诗，否则锋铓太露，能将‘诗美’杀掉。”④ 他们都意识到，人的自然情感转化为艺术情感需要一个心理净化提纯升华的过程。当然，他们都没有就这个问题充分展开。在笔者看来，在文学创作中，作者个体的自然情感所以不能立刻进入创作之中，是因为此时的情感与情绪的边缘不够清晰，还基本处于不稳定甚至无序状态。如果不加以限制、淡化、遗忘或过滤，就会变成宣泄，而宣泄的最佳载体绝不是艺术形象，因为无论是借景抒情还是借事抒情，其实都是一种人为的阻碍，恰恰是生理性的吼叫诅咒或概念化的直白，才最有利于情绪化情感的宣泄和抒发。所以在此意义上，在文学创作中，不是情感越强烈越好，而是要看这种情感是现实的个体的，还是虚拟的假托的，只有超越于个体的一时一地的情绪的直接反应，才有可能与这种情感拉开方便理性审视的距离，才能荡漾出持久而

① 张长弓：《文学新论》，上海，世界书局，1946，第32页。

② 张长弓：《文学新论》，上海，世界书局，1946，第31页。

③ 张长弓：《文学新论》，上海，世界书局，1946，第31页。

④ 鲁迅：《两地书·三二》，《鲁迅全集》第7卷，北京，人民文学出版社，1973，第116页。

有序的情感之流，才能酿造出寄予着有意味的形式的情感之美。所以，张长弓关于文学创作的情感的运用是颇有见地的。

如上诸种所谓作家素质，其天赋特点不容置疑，但是没有后天培养训练，素质只能是一种可能性而不是现实性。所以，譬如莫泊桑的母亲发现了小莫泊桑颇具文学天赋后，就在带他出去郊游的时候，有意让他用文学语言描述他所看到的一切；果戈理的父亲也曾让小果戈理编故事，锻炼他的想象力，等等。如上，我们就赵恂九开启的所谓作家“天赋的气质”话题，比较发挥了一番，现在就此打住，回到赵恂九的话题上来。

赵恂九《小说作法之研究》的另一个发见，是他较早使用了“视点”这个概念。众所周知，在中国当代文学叙述理论中，使用最多的是人称，即所谓“第一人称”我和“第三人称”他，只是近年来由于引进了西方叙事学理论，视点的概念用得才多起来。而赵恂九在《小说作法之研究》中，用了一章的篇幅，专门谈“视点”问题。当然，这并非他的原创，而是受日本自然主义小说家岩野泡鸣的影响。

赵恂九在此把视点分为“一元视点”和“多元视点”两种。他所谓的“一元视点”大致相当于第一人称，即以一个人的口气叙述到底；而“多元视点”，相当于第三人称，即根据需要，变换不同人的口吻来叙述。那么，他不用人称而使用视点的概念，意义在哪里呢？视点本属绘画的透视学概念，因此在语感上，往往给人以画面感；人称是故事讲述人的口吻，常常给人以语流感，缺乏形象的呈现性。另外，视点主要是呈现，意味着人物行动的活态的展开、人物活动的情境化，让人物自己活动，客观性较强，容易唤起读者的目击的参与感，比较适合于叙事性文学的理论表述；人称给人的感觉主要是介绍和评价，重点在讲述人的态度口气，较之视点显得有些抽象，主观性训诫性也较强，是我说你听，读者的积极性会受到一定的约束。当然，强调人称，鼓动性煽动性会较强，感染力较之视点也会大一些。所以在理论上，应该说使用视点还是人称各有利弊，还是要根据具体的情况相机而用或形成互补，而不是偏颇一极为好。在此意义上，赵恂九较早地使用视点，在文学理论学术史上，有一定的启发意义。

赵恂九所使用的另一个具有学术史意义的概念，是“内生活”。在《小说作法之研究》第五章“作家的准备”中，赵恂九提出一个与实生活即实际生活或谓现实生活相对的概念“内生活”，大致相当于我们惯常所谓的生活经验，但是较之生活经验内生活的内涵似乎更丰富一些。一般说来，理论界习惯于把生活经验（包括直接经验和间接经验）与文学创作相对，譬如一谈文学创作过程，往往就是“生活积累”—“创作实践”，似乎文学创作就是生活积累加创作实践。而内生活概念的提出，在实际生活与文学创作之间，增加了一个将前者内化的过程，使所谓生活经验与文学创作之间，由直接、简单的对应关系，变为“实生活”“内生活”与文学创作的三个阶段，从而有利于引导人们对文学创作的复杂性作进一步的思考。

当然，对于内生活的确切内涵，赵恂九并没有给出界定，只是把它比喻成文学创作的蓄水池，这是他理论的粗疏或者短板。根据赵恂九的语境，所谓的内生活是相对于外在的实生活的，因此它就应该属于作家的内心世界，只不过内心世界的内涵更宽泛。既然内生活是创作的蓄水池，那么它的主要内容，就应该指实生活的内化，即鲁迅所谓的“所见所闻”，还应该包括与文学创作相关的观察方法、文学阅读、技巧学习，甚至文学语言词汇的储存等等。总之，内生活是相对于实生活的一个完整的精神世界，而不是简单的记忆堆积物的储藏室，所以赵恂九把它比喻成“蓄水池”虽然不算十分确切，倒也表明了它的丰富性。在笔者看来，内生活大致相当于郑板桥所谓的“心中之竹”，其中，应该有主体，有对象。主体，就是作家个性化的自觉的文学意识，这样才具有处理各种信息的可能性；对象，则是记忆中的形象信息、情感信息乃至相关的知识信息、观念信息，等等。作家主体的个性化自觉的文学意识能够对这些信息进行处理、组合、黏合、变形，培育艺术感觉，孕育创作冲动，等等，使内生活成为文学创作的“前结构”，使文学创作能够有序化进行。所以，赵恂九提出内生活概念是具有理论意义的，无论此前还是后来，还没有人这样说过。内生活的概念至少提示我们，文学创作的酝酿过程是一个不能省略的阶段，所谓的生活经验不能直接转化为文学作品，情况远要复杂得多。

如上，赵恂九的《小说作法之研究》虽然不是严格意义的学术著作，基本上属个人创作经验的总结。也许正因为此，他才偶尔闪露出概论性质的著作鲜见的直接关乎文学创作的思想颗粒，这使他的著作有了些许的存世价值，否则，即便是遵循了某些学术的规范，四平八稳地复制了一些通行话语，也没有重新翻检评价的必要了。所以，在此意义上，赵恂九的《小说作法之研究》在对于文学创作尤其是小说创作的效用性上的意义还是有某些值得肯定之处的，至少，他的某些提法，为进一步研究提供了阐释空间。

第九节　李广田《创作论》的效用价值

　李广田出版于1948年的《创作论》，较之如上赵恂九的《小说作法之研究》，无论在学术的创新还是在对文学创作的指导效用上，都明显高出一筹。这固然有个人的才分及悟性方面的原因，但更重要的，应该是基于李广田广阔的学术视野——国内的鲁迅、茅盾、老舍等人创作实绩的耳濡目染，对俄苏文学及其理论的娴熟，尤其是深受西方现代文学创作理论诸如弗洛伊德、瑞恰兹、艾略特等人的影响，使他构建的文学创作理论，具有沦陷区的赵恂九等所难以比肩的优势。其中，最具有代表性的观点是他提出的两个概念：一是文学作为“完整的世界”，二是关于文学创作的“忍耐”。

文学作为“完整的世界”，是李广田在“创作是怎么一回事”一章中明确提出的。他认为，文学创作就如同上帝创造世界一样，“作者在实际人生中行动，所见者不过是‘空虚混沌，渊面黑暗’，一些杂乱无章的现象，一些破碎的生活经验，经过了创造的过程，到了最后，就是一个‘完整的世界’。就这个‘完整的世界’本身说，它是一切俱足，无事旁求的，它既不能再有所加，也不能再有所减，即令只是一首短诗，一支小曲，也都是如此完整的，至于百万言的长篇巨制，就更是如此，这可以说是一切好作品的必具的条件”[①]。虽然，李广田并没有就什么才是“完整的世界”展开阐释，只是以比喻的形式描述，但是他把“完整的世界”作为“一切好作品的必具的条件”标准，还是具有一定的理论意义的。在笔者看来，所谓的“完整的世界”，并不在于作品体量的大小，这一点李广田也意识到了，而是由于它包含了现实世界及生命感觉的全部信息：形象的、情感的、意志的、思想的乃至知识的等等都如同生命本身一样有机地融合在一起，绝不是单维单质的抽象存在。正如李广田所谓的“无论什么材料都必须经过作者生命之熔铸而成为一种全新的东西”。那么，这个“完整的世界”是怎样形成的呢？李广田认为：“这个完整的天地乃是用种种生活经验造成的，而这些经验是作者在实际生活中获得的。”当然，这只是说明了“完整的世界”的来源问题。又因为“这些经验往往是杂乱的，繁复的，破碎的”，只有“等到作者创造的时候，经过了作者思想的调理与感情的涵孕，它们就成了一体，成了一个完整的世界”。[②]

就是说，“完整的世界”是作者的生活经验被“思想的调理与感情的涵孕”所“集中”的结果。那么靠什么集中的呢？李广田认为就是“想象力”，就是“想象把经验集合而溶化之，终于造成一个新世界”[③]。至此，

---

① 李广田：《创作论》，上海，开明书店，1948，第8～9页。

② 李广田：《创作论》，上海，开明书店，1948，第13、9页。

③ 李广田：《创作论》，上海，开明书店，1948，第11页。

李广田已经基本回答了“完整的世界”的构成及促使其形成的动力等问题。就笔者理解，李广田所要表达的是，作者的经验是材料，思想是调配剂，感情是孕育液，想象力是在此基础上所形成的动力源和融合剂。当然，李广田对此还是粗线条的勾勒，并没有详细的阐释。不过，李广田的所谓“完整的世界”，与前面赵恂九所谓的“内生活”有相似之处，甚至可以说“完整的世界”是“内生活”的外化和落实，因此把两者联系在一起研究是有意义的。

在一定意义上，所谓的“完整的世界”，就是赵恂九的“内生活”丰盈的结果。“内生活”指的是作者的内心世界，“完整的世界”则是这“内生活”的艺术表达。那么，怎样才能创造一个“完整的世界”？除了“内生活”要丰盈外，还要涉及李广田提出的第二个概念“忍耐”。这也是李广田在文学创作理论上明显高于赵恂九的地方。李广田把文学创作中的“忍耐”看得很重，认为在文学创作所需要的“种种修养之中，最重要的当然是多体验生活，多思索，多读与多写。但只有这些工夫还不够，还须有一种更重要的工夫，就是忍耐”①。李广田的意思是说，只有足够的“忍耐”，才能创造出一个“完整的世界”，“忍耐”与创造“完整的世界”具有一种因果关系。他认为，许多不成功的作品，即没有创造出一个“完整的世界”，除了从观念出发，用形象图解观念之外，主要“是他们不能忍耐，他们心急，他们生摘瓜，他们用人工过早的催生，他们是拿起笔来工作，而不是用生命创作”②。可见，李广田关于创造“完整世界”所需要的“忍耐”的思想内涵，其实就是构思的成熟。什么样的构思才是成熟的？或者说，怎样的创作才是“用生命创作”而“不是拿起笔来工作”？李广田在此没有详细阐释，笔者只好顺着他的思路接着说下去了。

如果我们换一个角度看，可以说，无论是“内生活”，还是“完整的世界”，都存在于作者的头脑中、心底里。在这里边，有作者积累下来的观察或了解到的直接或间接的生活经验，包括所经历的印象化成的意象片段碎影、情感体验，也包括多年因阅读而形成的文学感觉，但它们一般都处于潜意识状态，在大脑中或沉淀或漂浮；也有作者初步的创作意图和选定的文学表达形式，它们属于显意识，在意志的努力下进行着艰苦的构思，诸如写什么、怎么写等等。此时，潜意识如果积淀不多，仅仅靠显意识构思的努力，或者显意识还没有充分激活潜意识，就匆匆忙忙地开始动笔写作，肯定形成不了“完整的世界”。即便勉强写，由于没有充溢的潜

① 李广田：《创作论》，上海，开明书店，1948，第11页。

② 李广田：《创作论》，上海，开明书店，1948，第12页。

意识涌动拱卫，只是显意识思考的遣词造句，没有内驱力，没有创作冲动，更没有艺术感觉，有的只能是在创作意图等观念驱赶下的线性语言叙述，或者是某种事实轮廓的简单再现，还往往被原型死死地缠住，想象力飞升不起来。譬如有人写来写去还是写自己经历的那一点事，就是如此，这就是李广田所谓的“摘生瓜”，或者公式化、概念化。所以，“忍耐”，就是酝酿构思的成熟，就是瓜熟蒂落。一方面，就是在想象的作用下，充分唤起储存在头脑中的各种情感及意象，在下意识中自动化整理、聚合、汰选、变形；另一方面，则任凭潜意识在时间的遗忘中浸泡并融化掉记忆原型中的块状结构，以此避免事实的纠缠，直到酝酿出强烈的创作冲动和真幻难分不吐不快的艺术感觉，才展纸伸笔。这样创造的艺术形象才是有血有肉、鲜活生动、有自身的性格逻辑的生命体。这就是李广田所谓的“生命在生命中孕育”的过程，也就是所谓的“忍耐”。不可否认，“忍耐”是痛苦的，而且可能流产夭折，但是要想创造出好的文学作品，就必须经历和忍受这漫长的折磨。事实上，许多成功之作，都是由这“忍耐”颁发的出生证，有的甚至“十年辛苦，泪竭而成”。譬如路遥的《人生》，在当时固然属于比较成功的作品，但中篇小说容量毕竟有限，而且刚刚改革开放，对人物性格的影响，还缺乏更深层次的思考，所以在他写《平凡的世界》时，《人生》中的人物性格的许多概念化痕迹都得到了克服。在一定意义上说，《人生》是《平凡的世界》的预写，是后者的初步构思，是为构建《平凡的世界》的“完整的世界”所做出的“忍耐”。

其实，“忍耐”说在当下仍具有重要的指导意义。一个众所周知的事实是，现在许多渴望早出名、出大名的写手最受不了的就是“忍耐”。不要说十年磨一剑，一年出几本长篇小说的都有，但是质量如何，创造了多少鲜活的人物形象，就只有天知道了。因为大多数此类作品，往往都是人物性格模糊，情节雷同，至多是靠神神怪怪的惊险刺激人，靠耍嘴皮子的侃叙吸引人罢了，能够给人留下点印象的都不多，更遑论能够跻身准经典行列了。

文学创作是一个永远说不完的话题，就像生活没有终极样态一样，任何哪怕是看似完美的文学理论都不可能覆盖所有的文学创作。所以，任何理论其实还都在路上，值得重视的言说，不在于他们道出了多少文学真谛，而是由于他们或开启了一个有意义的话题，或接着某个有意义的话题说了下去，重要的是这些言说对文学创作有启发。

第四章　中国现代文学鉴赏论：怎样读?

第一节　丰子恺的艺术创作“同情”说对文学鉴赏的启示

众所周知，丰子恺的主要成就在绘画领域，但是由于艺术创造与艺术鉴赏心理结构的相似性，他对艺术创造本真的理解之于艺术鉴赏具有十分重要的启发。他提出的所谓“同情”，就是一种设身处地、推己及人、感同身受的想象性体验。丰子恺认为艺术创造在本真上就是一种同情，同情是一种源自童心的心理能力。在儿童的眼里，万物皆有生命，一切都是平等的，这与艺术创造极为相似。在艺术家眼中，或者说，在艺术世界里，一切事物、人物都失去了它们现实的实用性质，也只有如此，它们本真的性质诸如线条、色彩、旋律、性格、形貌等等才能无遮蔽地呈现出来。艺术家的心，才能“与所描写的对象相共鸣共感，共悲共喜，共泣共笑”。而且，“艺术家的同情心，不但及于同类的人物而已，又普遍地及于一切生物无生物，犬马花草，在美的世界中均是有灵魂而能泣能笑的活物了”。① 最终，丰子恺把同情定位为一种无须论证非理性的“所谓感情移入”，也就是所说的移情。

我们所以说丰子恺此论对文学鉴赏具有重要启发，是因为艺术创造与艺术鉴赏当然也包括文学鉴赏在内，无论是在心理状态，还是情感强度、形态上都极为相似，所感受的对象，都是虚拟的想象世界中的艺术形象，只不过，在心理程序上有所不同罢了。艺术家在想象的世界里，感受、体验的对象，是他们基于现实生活的某些冲击和触动，自行创造的艺术形象；读者所感受、体验的艺术形象，则是艺术家已经创造完成了的艺术形象；当然阅读文学作品，还要通过解读文字，调动相关的情感的生活的经

---

① 丰子恺:《美与同情》,《丰子恺全集·艺术理论艺术杂著卷》(10),北京,海豚出版社,2016,第135页。

历和体验，在想象中完成。如果说，作家所经历的是他独创性体验的结果的话，那么，读者就是通过再现性想象复活并感受了作家所感受和体验过的艺术形象。不可否认的是，在这一过程中，读者所感受、体验的艺术形象并不完全等同于作家创造时所感受和体验的艺术形象，而是有所差异，但总算大致不差。就是说，读者在文学鉴赏过程中，经历着与作家创作时大致相近的心理体验，他首先以作品的语言文字为媒介，通过想象，在自己头脑中复活了作家创造的却诉诸文字的艺术形象，这是由文学是语言艺术的性质决定的。因为，文学不同于其他艺术，譬如绘画以色彩、线条、造型为媒介，观者只要视觉正常，至少，物理意义上的图画在任何人的眼中都是一样的，所以，绘画的艺术形象尽管可能在理解上也存在着差异，但在任何人眼中它都是确定的。文学却不是这样，对文学的艺术形象，读者是看不见的，作家固然以言语即“话”的形式描绘他所创造的艺术形象，但由于这些“话”本身并不具有物质性，它必须借助文字来固定和表达，而言语和文字的符号性质又决定了它们与原质的艺术形象之间不具有一对一的转换关系，所以，发生于作家头脑中的艺术形象，在诉诸言语文字的过程中就必然造成一定的“损耗”。问题还不仅限于此，读者由于看不到作家创造的艺术形象本身，看得到的只是文字，所以他必须读懂文字了解言语的含义，才能通过想象性体验，在头脑中大致“复活”作家所创造的“原生的”艺术形象。

通过如上解析文学创作与文学鉴赏的过程，我们可以看到，丰子恺关于艺术创作的“同情”说，与文学鉴赏所经历的心理体验是基本一致的，它们都是与艺术形象同情共感的关系。而“同情”说给予人们的启示是，无论是创作还是鉴赏，只有以非功利的态度感受艺术形象，才能获得真正的美感。例如他说：“诗人常常听见子规的啼血，秋虫的促织，看见桃花的笑东风，蝴蝶的送春归，用实用的头脑看来，这些都是诗人的疯话。其实我们倘能身入美的世界中，而推广其同情心，及于万物，就能切实地感到这些情景了。”为了促使艺术家生发出同情心，“故中国画家作画时先要焚香默坐，涵养精神，然后和墨伸纸，从事表现”，“物我一体”的同情心就会油然而生，才能创造出美的艺术形象。① 可见，文学创作与文学鉴赏是形态相似、方向相反的心理过程。

应该说，丰子恺在此讨论的主要是关于艺术创造方法问题，即艺术家如何为艺术创造做好各种准备，包括素养的和心境的等等。其实，这个道

① 丰子恺：《美与同情》，《丰子恺全集·艺术理论艺术杂著卷》(10)，北京，海豚出版社，2016，第135页。

理同样适合于文学鉴赏，虽然丰子恺并没有直接论述文学鉴赏，但是至少可以给我们一些启示。在笔者看来，要想从文学作品中鉴赏出真美来，读者不仅需要“涵养精神”，即涵养出一种适宜鉴赏的主观环境，而且要进行一系列的心理努力，才能真正鉴赏出文学作品的美来。

第二节　任白涛关于文学鉴赏的论述

如果说，丰子恺只是在艺术创造中给予我们关于文学鉴赏具有某些启示的话，那么，任白涛就是较早关注并专门论述文学鉴赏的学者之一。任白涛虽然是新闻学家，但他在《文艺之研究与鉴赏》“什么与怎么”部分所表述的鉴赏方法，至今仍然值得我们进一步思考。

任白涛在这篇文章中主要论述了这样一个问题，那就是如何鉴赏文学作品。在他看来，对待任何文学作品，都要认真、仔细、深入、敬虔，最忌的是心浮气躁、走马观花、匆匆而过，否则，再伟大的作品也发现不出它的伟大来。用他的话说：“伟大的文艺作品，也是不会使最初的读者对它如吃火酒一样醉倒的——真值得敬畏的大文艺与真值得敬畏的大人物一样，初次看见他时，觉得也没有什么出奇，必定支付精细的注意，这才能感知他的真价值哩。”① 应该说，任白涛此论更多的属经验之谈，没有多少学理性含量。但是，对于初习文学鉴赏的读者，指导的实效性还是非常明显的。何况一种观点的价值，往往不在于论述者是否把话一下子说透，而在于是否给后人留下了继续阐释的空间。所以，我们不妨借着任白涛关于如何进行文学鉴赏的话题生发开来，看看他的观点的生命力究竟体现在哪里。

毫无疑问，在文学鉴赏中，“注意”是任白涛最为重视的一个环节，虽然他没有更具体的阐释，但是足以启迪后来人继续说下去。任白涛认为，文学鉴赏需要“支付精细的注意”，“才能感知他的真价值”。如果从心理学角度讲，“注意”就是为维持或完成阅读而进行的一种心理活动指向，以及使这种活动处于积极状态不断深入下去的心理机能，也就是在一定时间内把全部精力贯注在阅读对象上。“支付精细的注意”，简言之，就是指在鉴赏文艺作品过程中，为获得审美感受的连续性和整体性而必须花费一定的时间，投入一定的精力去细细地阅读。因为文学作品中的艺术形

① 任白涛:《文艺之研究与鉴赏》,任白涛辑译:《给志在文艺者》,上海,亚东图书馆,1933,第129页。

象或画面，并不是静止的直观物，而是一个不断变化的流，它所展示的世界，也可以说是一个系统。众所周知，任何一个系统，都有空间的延展性和时间的连续性特点。而如果在鉴赏感受过程中，走马观花，浮光掠影，或者时断时续，半信半疑，必然难以感受欣赏对象的全貌，而且这感受也难以深入下去。

保持稳定注意才能使大脑维护一种持续的积极活动状态，这种状态可使大脑的相应部位形成一种优势兴奋中心，从而可能激活意识深层中相应的潜在信息以进一步充分感受画面。同时，只有保持这种积极活动，才可能在大脑兴奋的部位留下较深的生理痕迹，这就是所谓的清晰深刻的印象。鉴赏的实践证明，这印象无论对感受的继续深入，还是对以后的分析研究，都具有重要的意义。因为它既可作为一种基础，使所获得的感受进一步被强化或加浓，又可为以后的理性思考提供可靠的审美依据。

当然，任白涛此论主要针对的是初习文艺鉴赏的读者，对于有一定的鉴赏经验的人，还不可一概而论。譬如，他的前提，是作品有价值，甚至是伟大的作品。但事实上，在一般的文学鉴赏中，读者所面对的，未必都是伟大的作品，这就应该进一步思考，如何判别文艺作品是不是真的伟大的问题了。所以，我们应该接着任白涛的思路，再继续探索下去，这就必然要涉及文学鉴赏的一般规律问题。

在笔者看来，要判别文艺作品的伟大，最关键是要获得一份符合作品实际的感受。那么，怎样才能获得一份符合作品实际的感受呢？首先，应该具有一个良好的审美心境。心境，主要指一种心理和情绪状态，它与感受效果或叫美感效应关系密切。可以设想，如果一个人怀着深沉的悲伤或沮丧的心情鉴赏，哪怕作品只透露出一丝淡淡的哀愁，这个读者也可能会因自己的心境而加重所感受到的哀愁的浓度。相反，他如果鉴赏的是一篇轻松明快，或格调高亢的作品，则往往会产生两种后果：一种是由于鉴赏主客体之间巨大的情绪距离而根本深入不到作品情境中去，造成一种反差性感受；另一种是一旦沉浸到作品情境之中，受作品格调感染，暂时忘记了自己的原心境，从而也可能获得比较接近作品实际的感受。但是前一种情况出现的概率是很高的，所以以什么样的心境去鉴赏的问题就十分重要。换句话说，鉴赏对象应该是个定值，但假如鉴赏的主体心境也是个定值，那么结果就会偏重于鉴赏对象的实际价值；如果相反，鉴赏主体情绪是个变量，那么结果就会偏重于鉴赏主体的心理倾向，从而失去了鉴赏的客观性。譬如同样是鉴赏具有一种感伤哀愁情调的作品，心情愉快的人可能由于原心境的良好而忽略这种情调，至少获得的感受是一种被淡化或减弱的感伤哀愁；而如果读者自身的感伤哀愁超过作品所表现的强度，那么他所获得的感受就可能是主客观情绪的总和。这说明，鉴赏主体心境如果与欣赏客体所表现的情调同向，那么所获得的感受就是两者相加之和；如果是反向，那么所获得的感受可能就是两者之间的差。虽然也有例外，但一般是这样的。无论是相加还是相减，都会偏离作品本来应有的情境。因此，最理想的审美心境应该是虚位以待。当然，这在事实上是很难达到的。但是，如果要获得一个符合作品实际的感受并以之作为评价其价值的依据的话，那么最好还是选择在自己心境平稳的时候进行。

其次，要想在鉴赏文学作品的过程中充分感受艺术形象，还必须克服和摈除各种消极的定势。定势是心理学术语，也叫“心向”，“指由一定的心理活动所形成的准备状态，影响或决定同类后继心理活动的趋势或形成的现象”①。换句话说，就是按照一种固定的倾向或模式去感受现实，从而表现出心理活动的趋向性、专注性。当然，定势既然是人类认知事物的准备状态，自然也会有积极的一面，完全没有定势的认知是无法完成的。因此在鉴赏文学作品的过程中，正确的价值观、伦理观、审美观以及丰富的生活体验和审美实践等都可能构成鉴赏者的积极定势。它们能够因加强感受的自组织性，从而使鉴赏主体迅速进入审美状态，并且获得一份明晰、深刻的印象。从这个意义讲，积极定势是文学鉴赏的一种心理能力，它可以作为一种内在的支撑和驱动力，促使鉴赏正常顺利地进行，否则，没有任何鉴赏定势的人可能就是对文学一无所知的白痴了。消极定势的作用就不同了，根据协同学原理，它可能是影响和干扰鉴赏、感受作品深度及准确度、有序性的“阻尼力”，使感受的强度受到歪曲和衰减。由于它产生的原因和表现形式有很多，所以在这里我们只能选几种主要的给予论述。

一、预定观念

预定观念就是指某些先于鉴赏实践的与所要鉴赏的作品有关的评价、研究等方面的信息，这些信息常常在鉴赏者心中形成一种固定的模式，从而造成感受的惰性，使鉴赏成为按图索骥式的心理印证。其实，任白涛所论的就是一种价值预设，在没有看文学作品之前，就先定了作品是伟大的。这虽然对初习文学鉴赏的人可能有所帮助，使他们不再犹豫徘徊，很快地进入高度虔敬的鉴赏状态，但是，经典名著其实是时代的产物，并非

① 《心理学词典》，南宁，广西人民出版社，1984，第170页。

完美无缺，这很容易导致鉴赏者被崇拜之情搞得不知所措，随便一句话，可能被认为具有不可言说的深意，普普通通一句景物描写，可能被看作是不可把捉的象征，反而失去了自己真实的感受。就是说，即便是这种预定的观念符合作品实际，作品的确也是伟大的，但因为鉴赏者没有从自身的感受出发，而是按照别人的思维路线去印证这种“伟大的”结论，那么，他所获得的，至多是别人的感受，而不是自己真实而由衷的情感体验。这与看电视转播的比赛是一样的，如果观众们事先了解了比赛的情况，尤其是知道了结果，哪怕场面情况多么紧张激烈，也不会引起观众太大的心理波动，因为他们心里有底。这“底”，会时刻在下意识中提醒观众不要白白浪费感情。而相反，如果是直观现场或现场直播，一切都处于未然状态，那么场面上的一切都会时刻牵动着观众的神经，观众的情绪与之起、随之落，为之忧、因之喜，与运动员感情同步。

鉴赏文学尤其是叙事性文学也是如此，如果事先有了有关作品的“伟大的”心理底数，尤其再看了有关的评论，这些底数就可能在不知不觉中，向鉴赏者发出某些定向信息，使鉴赏者的感受在一定程度上，也许是在不由自主的情况下为之左右。即便这观念是正确的，鉴赏者也会失去一种审美的切实性和自主性，失去亲历的在场感。如果这种“底数”是错误的，那情况就更糟，因为鉴赏者很可能随着这预定的错误的“底数”进入一个与作品实际相背离的错觉之中，甚至使一些天真的鉴赏者感到茫然无措，或宁可坚信这错误的信息也不愿意相信自己在鉴赏中所获得的真实感受。

可见，无论是何种性质的“预定观念”，对于鉴赏的审美感受而言，都可能是一种干扰，至少会减弱美感效应的强度。可见，任白涛要读者首先相信作品的“伟大”，并不是一种周全之论，而是有某些前提限定的，如果机械地理解，就可能导致一定的谬误。当然，读者如果在阅读中已经有了自己的真实感受，再去参考别人的结论，也可能会在比较中纠正和提高自己的鉴赏能力。

二、从概念出发

从概念出发，就是任白涛所谓的“把抽象的文艺概论装入脑里”①，而不是“读了种种作品之后，然后了解到的”那种。如果说在文学鉴赏中，受预定观念干扰主要是由于鉴赏者的天真的话，那么从概念出发，就

① 任白涛：《文艺之研究与鉴赏》，任白涛辑译：《给志在文艺者》，上海，亚东图书馆，1933，第128页。

可能是由于他学究气的迂腐或理论家的冷酷。这种人常常从某些理论中抽取一些概念、规则、命题、原理等，在实际欣赏中将其作为一种定型的模式、衡量的尺寸或者以某种原则规范自己的感受，其结果，与受预定观念干扰的情况一样，或者是根本就失去了自己的感受，或者是获得了一份被歪曲或定型化了的印证式感受而已。

三、势利之心

势利之心常常构成破坏正常感受的消极定势，它主要表现为由于作品作者名气的大小而或崇拜或蔑视地产生的一种功利性心理选择。如果是名家的作品，在未鉴赏之前，就怀着十分虔诚的崇敬，在心里坚信这将是一不可多得的妙文；如果是无名作者的作品，还未打开作品，就戴上了不信任的有色眼镜。这种功利性鉴赏，可能导致两种结果：一种是坚持到底拒不认账的崇拜或否定，一种是由于鉴赏结果与心理期待差异较大，因此会产生感受的反差。关于前者，在新批评盛兴的时期，国外有人曾做过一个有趣的实验，把普通作家的作品冠上名家的名字，又在一些名家作品注上“退稿”的字样。结果，被试的大多数人都把前者作为名家名篇来欣赏，评语多是以前人们对这些名家评论的惯用语，即便是发现有的文字不甚理想，也似乎只怪自己赏析水平太低和感受能力太差，不能领悟这佳作的真谛，只认为是自己浅薄，却不敢妄加评论，始终不能实事求是地以真实的感受作为评价的依据。但是，对于那些虽是名家之作，却被注上“退稿”字样的，有些人则或不屑一顾，或草草翻翻，即便仔细看过，也绝不敢把它们当成名家之作来欣赏。可见，势利之心必然会直接影响到感受的真实度。

当然，也可能出现相反的情况。由于读者在没鉴赏之前就对作品的作者怀着崇拜的光环效应，不自觉地提高了对该作品欣赏和感受的期待层次(或指数)，因此在具体鉴赏过程中，就在下意识中不断地在作品中寻找与自己期待和想象的模式相符的标识，却忽略了自己的真实感受。结果，即便是作品的实际表现能够大致接近那预期的层次，鉴赏者仍感到有些失望，以为不过如此罢了，如果距离较远，鉴赏者甚至会感到一种大上其当的侮辱。在这两种情况下，鉴赏者所获得的感受强度，无疑已是为期待的心理反差在一定程度上“消耗”过了的，所以必然会弱于它应有的强度。

同理，如果在没鉴赏之前，就因为作品的作者是名不见经传的小人物而有些不太瞧得起，于是，自然地就降低了对作品的期待层次，放宽了感受要求；而进入欣赏阶段后，一旦发现作品的实际表现并没有超出自己预想的低能程度，反而可能产生较之作品实际更好一些的感受。

可见，鉴赏结果与期待的反差，可能造成感受的两向夸张（即好与坏）。如果用一个公式来描述的话，那就是感受强度（或美感效应和美感激动度）＝实现值/期待指数，即期待层次越高，实现值越小，感受强度越小；期待层次或指数越低越小，实现值越大，感受强度就越大。如果用线段来表示，就是在同一水平线之内，由于期待的起点不同，所以感受所经历的心理路线的长短就不等。起点较高的，由于经历的心理路线较短，因此感受强度的绝对值就小；而起点较低的，由于所经历的心理路线较长，所以其感受强度的绝对值就大。如果说，每个作品所能给予人的感受强度是个定值的话，那么无论哪一种被期待反差夸张了的感受强度，都不符合作品的实际。因此，要获得一个符合作品实际的感受，就应该自觉地摈除各种欣赏的势利之心。

四、特定的审美情境对充分感受的干扰

除以上几种消极定势以外，特定的审美情境所造成的某些偏向要求以及偏见等，也属构成影响正常感受的心理因素。审美情境包括欣赏者的性格特点、审美习惯、需求程度等方面的内容。偏见指一种先于感知的心理反抗，它的主要特征是以偏概全，以不变应万变，戴着有色眼镜，从一个具有相当局限的固定角度打量感知对象。

当然，笼统的审美情境不可与偏见相提并论，但特定的审美情境确实可能造成感受中的偏向需求。譬如“入兰之室，久而不闻其香”，如果读者对某类作品的审美需求达到饱和就可能引起反向心理和感受抑制，而对未曾接触过的，由于新鲜感而引起超量的反应则常常会超过作品实际应有的强度，这些都属于鉴赏中的偏向需求。因此在这个意义上讲，偏向需求与偏见是相类的。因为在鉴赏过程中偏见主要是因为读者不能够全面地、实事求是地从作品自身出发去感受，而是在作品中寻找印证自己固定模式的标识。结果，被这种特定的审美情景强化或歪曲了的感受，与偏向需求所产生的负反应心理和超量反应在本质上是没有差别的。

其实，任白涛关于如何鉴赏文学作品的话题，我们还可以继续说下去，但是为了避免和后面的论述者观点重合，就此打住。

第三节　夏丏尊关于文艺鉴赏层次分类的建树与局限

夏丏尊对文艺鉴赏也有专门论述，他在《文艺鉴赏的程度》一文中主

要阐释的就是文艺鉴赏的层次问题。他认为，文艺鉴赏大致有四个层次，其中，最幼稚也是最低层次的文艺鉴赏是只“着眼于作品所包含的事件。只对于事件有兴趣，其他一切不问”[①]。不可否认，这种鉴赏只相当于儿童喜欢听故事的水平，确实是最低端的层次。读者如果满足于此，再好的文艺作品也只能是某种故事的承载物，诸如诗意、意境、格调、韵味、哲理等因素纯属资源浪费，至于没有故事的如散文、抒情诗之类的，就根本进入不了这些人的法眼。应该说，夏丏尊此论道出了一般的文艺鉴赏的实况：虽然层次不高，事实上却是大多数普普通通的文学读者最基本的阅读状态。因为人类自具有想象力之后，就有了对未知和身外世界探索的本能，听故事，就是满足于这种探索本能的最廉价、方便的方式之一。而听故事主要表现为捕捉追索情节，情节是有因果关系的故事，是故事的高级的升华了的形式，随着情节的展开和跌宕起伏，读者的心往往会随之跌宕起伏，从而获得极大的快感。所以，喜欢听故事、读故事就是人类永恒的爱好。普通的文学读者喜欢如此，本来无可厚非，但是如果人人如此，而且仅仅满足于此，自然有负于文学创作多样性和悠久的历史传承。叙事性文学只是文学百花园中的一小部分，而且把叙事性文学的价值仅仅归结为故事更是本末倒置。当然，倘若不是这样，读者在阅读中喜欢追索事件、捕捉情节并不能说明读者的鉴赏水平低，而应该看作是对叙事性文学的基础性鉴赏。

夏丏尊认为，文艺鉴赏的第二个层次是“同情于作中的人物，以作中的人物自居”。这种鉴赏，自然层次也不高，它源自人类的内模仿本能。与动物只限于在现实中模仿动作不同，人类自从有了精神世界，就可以在想象的世界里模仿对象物，并发生一定的情感的投射。表现在较为本能的文艺鉴赏上，往往就是鉴赏者在想象中化身为一个心仪的人物，在感觉上甚至可能达到物我同一、人我一体的境地，爱其所爱，憎其所憎，感其所感，想其所想。其实，这种同情性的身化，也是一种共鸣。只不过，这种共鸣过于原始、本能，往往会导致非艺术的现实反应和道德裁判，正如夏丏尊所谓的“看戏时因为同情于主人公的结果，对于戏中的恶汉，感到愤怒，或者甚而至于切齿痛骂”[②] 的那种情况。

共鸣是鉴赏者进入作品艺术世界的一个必不可少的心理阶段，否则，隔岸观火式的阅读就不会发生审美感染，更不会产生艺术感动。不能因为有这种非艺术的现实本能性质的“共鸣”存在，就否定了真正的艺术共鸣

---

① 夏丏尊:《文艺鉴赏的程度》,《文艺论 ABC》,上海,世界书局,1930,第 60 页。

② 夏丏尊:《文艺鉴赏的程度》,《文艺论 ABC》,上海,世界书局,1930,第 61 页。

在文学鉴赏中的合法性及其价值。为了更全面地阐释文学鉴赏的深层机理，在此我们不妨展开一下话题，专门研究一下共鸣问题。

"共鸣"即共振，本是种物理现象，是指一发声体的发声引起另一发声体的同频振荡，引申到艺术鉴赏领域，就是指鉴赏者在艺术形象的感染下，在情感上产生强烈的同感效应。文学鉴赏的"共鸣"机制一般是这样的，由鉴赏者的形象信息储存及第二信号系统的作用，将作品的文字符号复活为内统觉画面，并由隐含在其内的情感信息引起鉴赏者一些相关的情感储存的信息激活和释放，这两种情感信息流所发生的同互感，又引起鉴赏者大脑的左半球相应区域的兴奋。在网状结构的作用下，即通过上向神经束向这些区域的大脑皮质递送觉醒信号，沉淀在大脑皮质相应区域的相关信息被进一步激活。这样，作品的"统觉画面"所能释放的情感信息流越丰富、强烈，鉴赏者所储存的相关的情感信息与之越接近，大脑相应区域被激活的程度就越高，其紧张即兴奋度就越强。这种兴奋的进一步活化，使大脑的其他部位也受到一定的影响，并通过下向神经束的传递，使欣赏者躯体、内脏、体液变化，如心跳加快、胃肠蠕动停止，呼吸急促，四肢产生相应动作以及某种反射等等。这就是共鸣的生理机制。

至于"共鸣"的结构，一般说来，可分为浅层"感受"、中层"兴奋"与深层"认同、体悟"三类。以叙事性作品为例，这三种"共鸣"形式分别与情节层、性格情感层、理念韵味层相对应。情节层所以与浅层"感受"相对应，是因为情节性因素只能使欣赏个体对事物了解的连贯感和天生的探索欲得到适量的满足，从而引起某种定向反射，一般不会产生更大强度的共鸣效应。这也是夏丏尊不看好只满足于这个层次鉴赏的原因。性格情感层所以与中层"兴奋"相对应，主要因为人物个性及情感作用于鉴赏个体的个性化需求，并唤起所储存的相应的情感信息，发生互感交融而产生很强烈的同感谐振，往往表现为拍案叫绝、不能自已等等。但这种同感谐振即夏丏尊所谓的"同情"，与鉴赏者的主观好恶密切相关，因此这种"共鸣"的强度虽则较高，却常常并不稳定，而且未必具有普遍性，也不一定是读者公允客观的价值选择，倒可能是一种偏嗜，其引起感应的真实性也有一定的局限。所以，夏丏尊对这种"同情"式鉴赏有异议还是可以理解的。如果说，这中层"兴奋"属于某种主观局限的"同我"的"同情"效应的话，那么深层"认同、体悟"就是一种摈弃一定主观局限的具有理性参与的"超我"性体验。尽管在表面上看，这种"共鸣"没有中层"共鸣"强烈，欣赏者不至于"物我同一"，也可能并不神醉心迷、如傻似痴，但是，如果切实地产生于"情节层"及"性格情感层"的基础之上的观念认可的理性的共鸣，则是一种稳定的、深刻的具有“形而上”特点的交织着感情与理智、陶醉与思考的审美感应。

当然，在这之前，夏丏尊还把文字玩味层算作一种独立现象或阶段。其实，未必有此必要。一方面，这种鉴赏属于理性形式，大可与理念韵味层划归一处，因为真实的阅读，往往最初都视文字为透明的，只是大体阅读之后，才有可能回过头来玩味它；另一方面，对文字的玩味，并不是普遍的现象，也不适用于所有的文体，对于叙事性文学更是比较少见。而把它合并到理念韵味层里，可以强化对诗歌类的“有意味的形式”鉴赏力度。夏丏尊虽然对玩味文字有所保留，担心鼓励了内涵无聊文字精美的形式主义，这无疑是正确的，但是对文字本身的关注还是必要的，因为文学毕竟是语言的艺术，而且可能有益于对作品深层的理念韵味的捕捉和把握。所以，夏丏尊分外重视理念、韵味在提高文艺鉴赏层次上的意义。例如，他认为，“文艺是作家的自己表现，在作品背后潜藏着作家的。所谓读某作家的书，其实就是在读某作家。好的文艺作品，就是作家高雅的情热，慧敏的美感，真挚的态度等的表现”，进而要求读者“应以作品为了媒介，逆溯上去，触着那根本的作家”。[①] 这其实已经具有鉴赏方法的意味了。我们还看得出，他的这种鉴赏方法，明显是受孔子的“知人论世”和孟子的“以意逆志”的影响。至于他要求读者“逆溯上去，触着那根本的作家”，要达到什么目的，更值得研究。夏丏尊对此给出两点期许：一是希望通过鉴赏，读者能够体验到作家所传达的美感，即“感情的传染”，因为这是“一切艺术鉴赏的条件”，其实是标志；二是希望读者通过鉴赏与作家发生生命的交流，因为“好的文艺作品，真是读者的生命的转轮机”，这就是夏丏尊希望文艺鉴赏所能达到的最理想最美的境界。在此阶段，理念和韵味都具有形而上性质，它不是如上两个层次诸如情感震荡或神魂颠倒等表面剧烈，而是淡淡的、温馨的、绵长隽永的，又是普通读者难以企及的：作品的价值在此得到极大的呈现，杰作所以为杰作得到确实的心理验证，作品不负读者奇妙的灵魂之旅，视野得到拓展，生命空间因此而充分展开，作家与读者的精神世界汇合交融，甚至创造出新我。需要指出的是，以上三种“共鸣”形式，程度不等，质量也有别，之于文学鉴赏的意义也不同，但在一般的情况下，这三者并不一定是各自独立的，在理想的状态下，可能是一个依次进行不断升级的连续系列。这样，似乎可以说，鉴赏的“共鸣”系统的各要素之间，既保持横向的独特性，又有纵

① 夏丏尊:《文艺鉴赏的程度》,《文艺论 ABC》,上海,世界书局,1930,第 65 页。

向的连续性。而且，这三种形式，并不是简单地呈梯式结构，更不是简单的直线因果链，而是一种相互作用、相互影响、相互前提的因果网。浅层“感受”、中层“兴奋”可为深层“认同、体悟”的前提和基础，深层“共鸣”又反过来使前两者尤其是中层“共鸣”更强烈、更富有真实感。

如上，夏丏尊关于文艺鉴赏层次的分类大致符合普通文学阅读的实际，虽然他没有把不同层次之间的逻辑关系贯穿起来以至于造成理论价值的损耗，但他毕竟是较早关注并研究文学鉴赏的学者之一，也使文学鉴赏成为一个专门的研究领域，可以说功莫大焉。

第四节　朱自清的文学鉴赏之“鉴”：为文学批评做准备

如果说，任白涛、夏丏尊等谈文学鉴赏主要是为了如何赏的话，那么，朱自清谈文学鉴赏则是为了更好地鉴。鉴，即品鉴、分析、研究，已含有批评的意味了。当然，鉴赏之“鉴”属文学批评的前形式，一般只完成于阅读过程的审美品位，并不书写、发表出来，但是，可以说“鉴”为真正的文学批评做好了较充分准备。因此可以说，鉴赏之“鉴”就是读者从一般的文学欣赏者向专门的文学批评家角色转换的心理过渡。在这一阶段，鉴赏者一般不是直接搬用某些固定的批评标准来套框作品，而是反思自己在阅读中的种种感受和体验，然后才在此基础上，总结出几个关注点。

早在1925年，朱自清就发表了《文学的一个界说》一文。表面看，这篇文章似乎是在为文学划定边界、下定义，即在回答文学是什么的问题，但仔细研究就会发现，他这是在向读者推荐好文学的标志，或者说什么样的文学才是真正的文学。因此，在这个意义上，不妨将这篇“界说”看作朱自清的文学鉴赏之“鉴”的标准。

朱自清先在与历史文本的比较中，为文学下了一个定义：“文学是用真实和美妙的话表现人生的。”这里，有这几个关键词：真实、美妙的话、表现人生，这其实就是朱自清给好的文学划定的三个标准。他所谓的真实，意思是：“我想‘实’有两种意义，一是‘事实’，二是‘实感’。”他认为文学总是“选择”的结果，不可能“与事实一致”，所以达到“事实”是不可能的，也没有必要。而“从‘表现自己’的立场看，也许是真实的”。只要“表现自己，以自己的情感为主。能够将自己的‘实感’充分表现的，便是好文学，便能使人信，便能引人同情；不管所叙的事实与经过的事实一致否”。[①] 可见，朱自清所谓的“实感”，是主观的真、感觉的真，也就是后来学界所谓假定的真。而在 1925 年朱自清就能够在学理上对“事实”与“实感”作出如此准确的界定，应该说是极为难得的。要知道，承认文学的真实性就是艺术假定性，到了 20 世纪 80 年代还是重要的理论成果呢。[②] 并且，以真实性即“实感”作为好文学的第一标志，无论对于文学创作还是文学鉴赏，都具有非常重要的指导意义。

在讲清了“实感”即真实性的重要意义之后，朱自清又将文学与历史进行比较，确定了文学的性质是“记载人们的精神，思想，情绪，热望”，“是人的灵魂之唯一历史”。它与“正史上只记政治上经济上文化上的大事”最大的不同是，文学主要记载着人的内心生活，并且“显示各个人物的个性，告诉我们他们怎样思想，怎样动感情”。朱自清进一步补充道：“文学的特色在于它的‘艺术的’‘暗示的’‘永久的’等性质。”就是说，艺术表现应该含蓄曲折。在此，朱自清一方面，对他在前面提出的“文学是用真实和美妙的话表现人生”作了具体的阐释，另一方面，他则在强调真实性的基础上，进一步推出了文学鉴赏之鉴的第二个视角：怎样才算艺术地表现人生。

在朱自清看来，与历史相比，文学艺术地表现人生具有共通性与个性化特点，即“普遍的兴味与个人的风格”，这也是朱自清文学鉴赏的一个视角。用今天通行的概念来表述，朱自清所谓的“普遍的兴味”，就是美感的普遍性。对于美感的对象而言，就是审美客体具有共同美的潜质，能够唤起人们普遍的兴趣和愉悦，这是文学作品应该具有的质素。强调这一点，就是为了达到他后来所谓的“雅俗共赏”。

当然，作为文学鉴赏之鉴的一个视角或标准，仅仅强调“普遍的兴味”还是不够的，只有与“个人的风格”结合起来，即他后来所谓的“俗不伤雅”，才应该真正是雅俗共赏“永久的”的好作品。具体言之，没有“普遍的兴味”作为前提，“恶劣的个性化”可能是曲高和寡的阳春白雪，或者是偶然事件甚至病态情感的简单摹写，这样的“个人的风格”，也不会具有“永久的”价值。而没有“个人的风格”制约的“普遍的兴味”，则可能是雷同化的宏大叙事，甚至是迎合低级趣味的媚俗。由此看来，朱自清把“普遍的兴味与个人的风格”作为“文学的要素”，进而作为品鉴文学的标准，是具有理论与实践双重意义的。

---

① 朱自清：《文学的一个界说》，《朱自清全集》第四卷，南京，江苏教育出版社，1990，第 167、168 页。

② 参见钱中文：《论艺术假定性的类型和文学的真实性形态》，《文艺理论研究》1985 年第 4 期。

如果说，朱自清强调“实感”是为了“真”，“用美妙的话”即“普遍的兴味”并结合“个人的风格”是为了美的话，那么，他所谓“在文学里，保存着种族的理想，便是为我们文明基础的种种理解，所以它是人心中的最重要最有趣的题目之一”就是为了追求“善”。没有理想的民族是没有希望的民族，没有理想追求的文学，也是没有价值的文学。那么，文学应该包孕怎样的理想？在朱自清看来，就是“所谓国民性，所谓时代精神”。就是说，好的文学，都应该体现了一定的国民性和时代精神，对读者的人生具有一定的启迪，精神品位有所提升。总之，朱自清的文学鉴赏之“鉴”的标准，如果用现在的话说，就是弘扬真、善、美，批判假、恶、丑。

如果说，朱自清的《文学的一个界说》是文学鉴赏之鉴的几个视角或标准的话，那么，他写于 1947 年的《论雅俗共赏》就是他对这诸多视角标准的归纳和总结。

《论雅俗共赏》是朱自清从读者需求的角度，对文学创作提出的总体要求和审美标准，所以也不妨把“雅俗共赏”看作是朱自清为提高文学鉴赏的效用性而进行的一种努力，套用当下的一个词来说，就是精准写作。不可否认的是，提出“雅俗共赏”在当时主要是基于启蒙大众的时代语境，但这与所谓的大众化或者媚俗绝不是同一回事。朱自清认为，无论是“雅”还是“俗”，其实都是手段，根本目的在于使“赏”最大化，让更多的人愿意赏且能够赏，这才能实现文学的最大价值。为此，朱自清主张：“在雅方得降低一些，在俗方也得提高一些，要‘俗不伤雅’才成。”[①] 就是说，俗，不是庸俗而是通俗易懂；雅，是有内涵有品位而不是形式晦涩艰深。无论作为代言读者的鉴赏要求，还是作为审美批评标准，这些观点都是颇具可操作性的。其实，在笔者看来，这种“俗不伤雅”和雅不避俗的审美主张，至今仍然有效，甚至可作为调节前些年所谓“纯文学”和“俗文学”之争的基本原则。

可见，朱自清在此并不是抽象地为文学下定义圈范围，而是基于自身切实的鉴赏体验谈几点感受，主要是为人们鉴赏之“鉴”提供视角，以便顺利地过渡到文学批评。但是，朱自清包括前面所论的夏丏尊、任白涛等，都没有直接论述文学鉴赏如何过渡到文学批评阶段，而这又关系重大。不把文学鉴赏与批评有机地衔接起来研究，不仅在学理上是一种断裂，而且对它们各自的实践，也很难做到有效的指导，因为两者是一个有

① 朱自清：《论雅俗共赏》，《朱自清全集》第三卷，南京，江苏教育出版社，1988，第 224 页。

机过程的不同阶段。所以，笔者在此想通过“接着说”弥合这种断裂。

当然，与文学批评万万离不开文学鉴赏不同的是，作为自我享受的文学鉴赏一般可以作为独立的心理阶段存在，因为只有少数所谓精英读者才可能从事文学批评。但是，这种文学鉴赏毕竟只属于个人化的文化消费，鉴赏者如果想把自己的阅读感受与别人分享，不仅要写出来，即过渡到文学批评，而且，无论是为自己，还是为他人，文学批评与文学鉴赏都是相互需要的：一个人想要成为高水平的文学鉴赏者，就需要借鉴他人的鉴赏成果，即通过阅读别人的文学批评来提高自身的鉴赏层次；而如果自己要进行文学批评，不仅必须完成于文学鉴赏基础之上，还可能给予他人的文学鉴赏以借鉴和指导。因此，总体说来，文学鉴赏与文学批评是相互促进、互为因果的关系，没有文学批评，文学鉴赏很难超越直觉感受的层次，他人也无缘了解这种鉴赏的价值究竟如何；而没有文学鉴赏，再高明的批评家也不进入不了作品的艺术情境，感受不到人物形象的喜怒哀乐、悲欢离合等情感体验，就进入不了艺术堂奥，也就更难以把握作品的复杂性与整体性。而以学问代替欣赏，以理性评判取代艺术情感享受的，即便是学问精深、思辨严谨，也如隔岸观火，难以道中艺术真谛。

还需特别强调的是，如何真正进行有效的文学批评。如果批评家仅仅进入艺术情境，且到此为止，与进不去一样糟糕，因为这会使鉴赏者的艺术感受永远停留在只可意会不可言传的原始的直觉的层次，而且可能由于具有相当局限的个体感受得不到理性的及时调整而产生欣赏的偏见。这种情况的极端形式就是“入而不出”和“溺而忘返”。据清代乐钧所记：一痴女子，读《石头记》，竟废寝忘食，读到佳处，往往掩卷而思，继之以泪，梦寝之间，未尝不呼宝玉。别人将书夺而焚之，她大叫一声“奈何杀我宝玉”！终至饮泣而瞑。另据陈庸转述，常州一士子贪看《红楼梦》，每到入情处，必掩卷冥想，或发声长叹，或挥泪悲啼，寝食并废，匝月连看七遍，遂致神思恍惚，心血耗尽而死。[①] 这两个例子，就属鉴赏中“入而不出”和“溺而忘返”的情况。尽管这是极端特殊的怪现象，但也能说明一定的问题。这两位多情人的悲剧就在于他们鉴赏文学作品的动机与方法的天真和无知。他们不懂得艺术规律，把鉴赏文学作品当成一种纯个人的欲望在幻觉世界的实践性满足，混淆了艺术与现实乃至审美观照与实际生活之间的界限，而完全生活在观照对象的生活之中，以致最终断送了自己的生命。我们从中可以获得的启示是：鉴赏并不是纯个人性的情感意念的

---

① 参见一粟编：《古典文学研究资料汇编·红楼梦卷》，北京，中华书局，1963，第347页。

享受，而真正的鉴赏，不仅能“入”，还要善“出”。这善“出”的前提就是在欣赏过程中与艺术观照对象保持一定的“心理距离”。

我们应该承认，所谓的“心理距离”只是个不甚恰当又无法可想的比喻。它不像物理学意义上的距离那样可以实际度量，能够用准确数字来表述，它只是一种蹩脚的比喻罢了。如果一定要用一个量来表述，那么它也不是一个常数，而是个变量或模糊值。它只能在实际欣赏过程中，因具体的鉴赏对象和鉴赏个体的情况而异。因此，我们不可能用准确的语言对它进行规范和限定。如果说在这鉴赏对象和鉴赏主体之间确实应该有一种心理上的最佳“距离”的话，那我们只能从模糊数学角度，比较笼统地把它描述为，要在主客体之间保持着最近距离又不至于丧失这种距离的模糊区间。就是说，如果距离过大，就会因产生不了共鸣而丧失了赏的特点；如果没有距离，又会重演前面两位天真多情的鉴赏者的悲剧。所以这鉴赏中的最佳审美感受就在于这最佳心理距离之间的张力。如果再具体一点说，那就是鉴赏者既要尽可能充分感受作品情境，在意识和感情上参与作品中的各种生活，又不至于忘记了这在鉴赏着的毕竟是文学作品，而不是进行着的现实生活。

需要指出的是，这个“最佳”距离的模糊区间只适用于“赏”的过程。其实，之所以要在这“赏”的过程中，要求鉴赏者与感受对象之间在心理上留一隙距离，主要是为由“赏”而转“鉴”，进而进入批评的“走出来”提供心理前提。但真的要走出来，并且进入文学批评严肃的科学理性思考阶段，仍然以鉴赏中所保持的那一隙心理距离是不够的。现代脑科学研究表明，一个人感情达到一定程度时，在大脑的相应区域形成一种优势中心，其他如思维功能区要相应地受到抑制。而在鉴赏文学作品的过程中，鉴赏者的感情所以能够达到主要在大脑左半球形成优势中心的程度，基本还是由于与鉴赏对象保持了那种最近的又没完全丧失的最佳“心理距离”。如果不及时地把这距离拉开，势必会影响大脑优势中心的转移，这样，其他的如思维功能区仍然会受到抑制，鉴赏者也就仍然走不出来。所以，要想“走出来”，就应该首先把这与鉴赏对象间的心理距离最大限度地拉开，使大脑原优势兴奋中心逐渐冷静下来。这样，才能够以客观的、冷静的目光重新打量鉴赏对象，反思和回抚曾经引起的感受，从而使自己的认识和思考能够最大限度地摆脱作者思想感情及自己的主观好恶的左右，领悟到作品的艺术真谛，透视出更丰富的内涵来。这个过程，完全可以借用苏轼的一首诗作为补充措述：“横看成岭侧成峰，远近高低各不同。不识庐山真面目，只缘身在此山中。”

当然，一下子就与曾经那样强烈地感染和激动过自己的鉴赏对象拉开“心理距离”，完完全全地从其特定情境的“此山中”走出来，也不是件容易的事，因为那毕竟是曾实实在在地在自己的内心世界中激荡和发生过的一切。所以，最好的办法，就是首先让自然的时间来冷却一下。时间确是一个伟大的流，可以稀释人们记忆中的泪痕和血迹，可以带走人们情感中的焦灼和炽热，也可以冲掉或淡化留在鉴赏者印象中的艺术形象上的过多的主观色彩，使一切都渐趋平静，使大脑的优势中心逐渐从情感区域转移到思维区域。

关于用时间来促使大脑的这两个优势中心的转移交接，恩格斯在给拉萨尔的一封信中作了很好的描述：

> 我这样久没有写信给您，特别是我还没有把我对您的《济金根》的评价告诉您，您一定觉得有些奇怪吧。但是这正是我延迟了这样久才写信的原因。由于现在到处都缺乏美的文学，我难得读到这类的作品，而且我几年来都没有这样读这类作品：在读了之后提出详细的评价、明确的意见。没有价值的东西是不值得这样费力的。……您的《济金根》是值得另眼看待的，所以我对它不吝惜时间。第一二次读您这部从题材上看，从处理上看都是德国民族的戏剧，使我在情绪上这样地激动，以致我不得不把它搁一些时候，特别是因为在这个贫乏的时期里，我的鉴赏力迟钝到了这样的地步（虽然惭愧，我还是不得不说）：有时甚至很少有价值的东西，在我第一次读时也不会不给我留下一些印象。为了有一个完全公正、完全“批判的”态度，所以我把《济金根》往后放了一放……我可以告诉您，在读第三遍和第四遍的时候，印象仍旧是一样的，并且深知您的《济金根》经得住批评，所以我现在就把我的意见告诉您。①

虽然恩格斯在这里主要是针对戏剧文学而言的，但所有语言艺术尤其是叙事文学的赏析规律还是基本相通的。很明显，恩格斯起初确实进入《济金根》的情境中了，否则，他就不会“情绪上这样地激动”了。但他毕竟是个有着丰富审美经验的高度自觉化的鉴赏家，所以在激动之余，还能清醒地意识到此时是无法给这个作品一个切合实际的评价的。这一方面说明恩格斯在进入情境的同时，曾在心理上与欣赏对象保持了一定的距离；另一

① 《马克思恩格斯全集》第4卷，北京，人民出版社，1958，第342～343页。

方面说明，恩格斯已经充分意识到此时还不能立刻进入分析阶段。因为在这期间，鉴赏主体方面存在着许多可能妨碍和干扰欣赏感受准确性的因素，诸如他正处在“美文学贫乏的时期”（超常审美需求因素），他个人“鉴赏力迟钝”（审美感应力和审美判断力因素）等等。所以恩格斯十分理智地“把它搁一些时候”，让时间来冷却“情感的激动”，从而自然地拉开“心理距离”，使自己从情境中“走出来”。在此之后，恩格斯才重新打量作品，直到在“读第三遍和第四遍的时候，印象仍旧是一样的”，自觉地以“有一个完全公正、完全‘批判的’态度时，才把自己的‘意见拿出来’”。这个过程真实而充分地表明，在鉴赏与批评的交接处，以自然时间进行“冷处理”有其必要性和合理性。同时，在这一段文字中，恩格斯还给我们一个启示：要使自己能对作品有一个“完全公正、完全‘批判的’，态度”，从而提高分析研究的准确系，就应该反复感受、反复品味、反复比较，直到几次所获得的感受体味没什么差别。

此时，借用一下弗洛伊德的概念，如果说不具备一定鉴赏素养的鉴赏是出于“本能”，有一定鉴赏修养的进入作品情境是一种“同我”或“自我”状态的话，那么善于鉴赏，能够及时地与欣赏观照对象最大限度地拉开心理距离，则是一种“超我”的境界。这种“超我”甚至可能超越作者，阐发作者并未曾充分意识到的某些因素，从而达到一种客观公允的“无我”之境，进而顺利地进入文学批评。

是的，如上种种有关文学鉴赏的论述，的确都是为了更好地进入文学批评。所以，说一千道一万，还必须归到梁实秋最朴实、到位的一句话：“最基本的研究文学的办法，便是精读作品。”[①] 这是颠扑不破的。

① 戴逸主编：《二十世纪中华学案·文学卷》，北京，北京图书馆出版社，1999，第296页。

第五章　中国现代文学批评论：怎样写更好？

文学批评的价值何在？一般而言，文学批评具有提升普通读者鉴赏水平和促进作家创作能力的双重作用。因此，有人将其与文学创作比为鸟的双翼、车之两轮，甚至说是互为因果的。从学理上讲，文学批评是文学创作社会化的重要途径，虽然文学创作没有文学批评照样可以进入读者的视野，但是那要有限得多。因为读者的选择往往是盲目的，什么值得看，什么不值得看，往往全凭运气碰。哪怕是很优秀的作品，除非是成名人物的，否则，仅仅靠读者们自己发现并相互影响，不仅很难进入经典的行列，甚至可能永远溺没在社会集体无意识之中。事实证明，现代文学的经典，基本都是经过批评家的推荐完成的。

只不过，尤其是在当下，文学批评的合法性已渐现危机，有的批评，几乎是自说自话，不仅普通读者不领情于文学批评的佶屈聱牙的喋喋不休，而且作家也往往怪其不明就里甚至不懂装懂的强词夺理。这种情况，在现代文学时期，应该说不存在。因为通过文学批评炫耀学问、卖弄新潮理论和方法，在当时是没有市场的，而且职业批评家更是少之又少，所以，文学批评基本还是同仁之间的对话切磋。如果要寻找原因的话，就是在中国现代文学史上，文学批评的目标基本是依照着如何提高文学创作水平设置的，甚至连普及文学知识、提高普通读者鉴赏水平这一在今天看来必不可少的功能，在当时都没有提到日程。批评家就是试图通过对作品的品评分析，给予作者以某种善意的提醒：创作怎样才更好些。所以，大致说来，现代文学批评的文风是平易的，态度是负责任的，方法是循循善诱的，效果也是建设性的。就是说，处处体现出效用性的特点。

但是，如前所述，文学批评并不是一个只相对于文学创作的独立过程，或者说，文学批评无法单独完成，否则，就会成为对活生生的文学作品的生硬切割。所以，文学批评必须建立在怎么读，即文学鉴赏基础之上才能真正完成。

众所周知，文学批评是一种理性甚至是科学的活动，而文学作品作为文学创作的成果，则呈现为鲜活感性的想象的世界。在这里，概念是缺席的，思想是隐蔽的，没有与理性或科学思维直接对应的载体，文学批评如果硬性介入，与现实生活一样丰富生动的文学世界及艺术形象就会成为这批评手术台上的一个个标本甚至僵尸。这就是我们在前面，一定要着力研究文学鉴赏与文学批评关系，强调文学批评要进入文学作品，绝不能省略文学鉴赏这一中介和环节的原因。

第一节　鲁迅为文学批评立规矩

鲁迅在中国现代文学史上的影响是毋庸置疑的，这不仅表现在具有开拓意义的创作上，而且在文学批评上，也作出过重要的贡献，主要表现在为文学批评立了诸多的规矩。立规矩一般需要两个条件：一是权威性，二是可操作性。所谓权威性，不仅指鲁迅作为批评家的名声威望，而且包括他自己的文学创作实绩。所谓的规矩，就是提出原则，指定方向，而不是具体方法的教谕。说来有趣，鲁迅为批评立的规矩都是常识常理，譬如说文学批评“必须坏处说坏，好处说好”[①]，简直是大白话，也是文学批评的最低要求，但是要真正做到并不容易。文学批评为什么“必须坏处说坏，好处说好”呢？在鲁迅看来，就目的而言，文学批评主要是为两个方面，即“于读者有益处”[②] 和“于作者有益”[③]。因为只有让读者了解作品的好处何在、坏处在哪、何以好、何以坏，才能提高鉴赏水平。同样，作者也因此而知晓在以后的创作中应该如何扬长避短，怎样才能够提高写作水平。为什么“好处说好”“坏处说坏”并不容易做到呢？因为自古以来，中国就是人情社会，文学批评往往不是“文人相轻”，就是同气相捧，很难做到实事求是。所以“好处说好”“坏处说坏”，是需要极大的勇气和宽广的胸怀的。承认别人作品的“好处”不仅需要包容，而且可能等于承认“己不如人”；指出别人作品的“坏处”即使是实事求是也要冒得罪人的风险。其实，这些都是至今没有解决的顽症，“捧杀”和“棒杀”一直是人情批评的一体两面。

值得注意的是，鲁迅并没有仅限于“好处说好”“坏处说坏”的直线

---

① 鲁迅：《我怎么做起小说来》，《鲁迅全集》第5卷，北京，人民文学出版社，1973，第110页。

② 鲁迅：《关于翻译（下）》，《鲁迅全集》第5卷，北京，人民文学出版社，1973，第344页。

③ 鲁迅：《我怎么做起小说来》，《鲁迅全集》第5卷，北京，人民文学出版社，1973，第110页。

式批评，而是在实事求是的“该捧则捧”“该骂则骂”的同时，对于初学者，提出应该怀有一点仁慈之心，多鼓励少指责，防止批评的简单化。“不是举之上天，就是按之入地”，使人或者“就要自命不凡，或觉得非自杀不足以谢天下”。因此，“凡批评家的对于文人，或文人们的相互评论，各各‘指其所短，扬其所长’固可，即‘掩其所短，称其所长’亦无不可”。当然，前提是“那一面一定得有‘所长’”。[①] 这样的好处是防止绝对化“棒杀”了具有文学潜质的作者，如同“苹果有烂疤了，要不得，一下子抛掉”一样可惜，“倘不是穿心烂”，挖掉烂疤就是了。[②] 鲁迅认为，文学批评在本质上不是捧就是骂，问题不在于捧和骂本身，而在于捧和骂得对不对。“指英雄为英雄，说娼妇是娼妇，表面上虽象捧与骂，实则说得刚刚合式，不能责备批评家的。批评家的错处，是在乱骂与乱捧，例如说英雄是娼妇，举娼妇为英雄。”[③] 就是说，既然是批评，就不可能不带有一定的倾向，“该捧则捧”“该骂则骂”，就是负责任的批评。最可怕的是相反，该骂反捧，该捧反骂，那样文坛就乱套了。这就是鲁迅为文学批评立的规矩。

事实上，鲁迅骂过很多人，譬如胡适、林语堂、梁实秋等，尤其是骂梁实秋是“丧家的资本家的乏走狗”，可谓痛快淋漓。鲁迅也捧过一些人及其作品，譬如柔石的《二月》、萧军的《八月乡村》、萧红的《生死场》、白莽的《孩儿塔》等。历史证明，鲁迅骂的大多数至少有该骂之处，捧的人及其作品，基本上都成为现代文学史上的名家和文学经典，这就是鲁迅有资本为文学批评立规矩的原因。至于所立规矩的依据，就是“向作品上套”的各种“圈子”：“或者是美的圈，或者是真实的圈，或者是前进的圈。”[④]

同样，文学批评并不在于是否有“圈子”，而在于这“圈子”是否适合于作品。就是说，鲁迅一向不忌惮文学批评有一定的价值立场，而反对的是没有一定依据的胡捧或乱骂。为了给文学批评立规矩，鲁迅鼓励作家对批评家进行反批评，批评家不能依仗现成的理论，“滥用了批评的权威”，动辄指手画脚。但是，反批评的前提是承认批评家的职责和身份的合法性，不能“譬如厨子做菜，有人品评他坏，他固不应该将厨刀铁釜交给批评者，说道你试来做一碗好的看”。当然，作家反击批评家不公平、有偏嗜爱好也是应该的：“他却可以有几条希望，就是望吃菜的没有‘嗜

① 鲁迅：《“文人相轻”》，《鲁迅全集》第6卷，北京，人民文学出版社，1973，第298～299页。

② 鲁迅：《关于翻译(下)》，《鲁迅全集》第5卷，北京，人民文学出版社，1973，第345页。

③ 鲁迅：《骂杀与捧杀》，《鲁迅全集》第5卷，北京，人民文学出版社，1973，第642页。

④ 鲁迅：《批评家的批评家》，《鲁迅全集》第5卷，北京，人民文学出版社，1973，第487页。

痴之癖’，没有喝醉了酒，没有害着热病，舌苔厚到二三分。”①

就是说，评判批评家的职责不在于看其写作水平的高低，而主要看其批评是否公允和到位，因为批评家与作家分属不同的创造价值领域。当然，像鲁迅那样的批评家，固然极为稀缺，但有一定的创作体验则有利于理解文学创作的辛苦甘甜，了解文学创作的个中三昧将更有利于文学批评的穿透性。总之，鲁迅关于文学批评的言说，为中国现代文学批评立的规矩，由于他巨大的文学威望和恰当简洁的话语，无论是对于文学批评，还是对现代文学创作的发展，都发生了重要的影响。

第二节　成仿吾“同情”式批评的现代意义

如果说，鲁迅为文学批评立规矩，基本还是出于一个杰出作家的责任感和对文学批评本能理解的话，那么，成仿吾关于文学批评的言说，无论是理论探索，还是批评实践，都是出于一个专业批评家的自觉意识。因此，可以说，成仿吾的文学批评更具有学理价值。成仿吾的文艺批评大致可分为三个层次，一是确定文艺批评的性质，二是提出文艺批评的方法，三是具有文艺批评的实绩。下面将分头阐述。

一、成仿吾为文艺批评确定性质

成仿吾非常重视文学批评理论的探索。譬如，他在《批评与批评家》一文中，针对印象主义批评把文艺批评认为是一种“灵魂的冒险”，也是一种文艺创作活动，提出“文艺批评的本体，是一种批评的精神之文艺的活动”②。成仿吾认为，文艺作品只是文艺批评的媒质，或者说，文艺批评的对象是文艺作品，它本身并不是文艺作品。他这种辨析、区隔的目的是试图在学理上把握文学批评的科学属性，或者说，是想以理论追问来提高批评的科学性、客观性和有效性。他所以反对譬如印象主义把文学批评作为一种艺术创作活动，是因为混淆文学创作与文学批评的界限，不仅在学理上讲不通，而且极易误导文学批评的价值取向，从而助长文学批评无视作品的个人主义的随意发挥。

为此，成仿吾特意为文艺批评下了一个定义，以确定文艺批评的性

① 鲁迅：《对于批评家的希望》，《鲁迅全集》第2卷，北京，人民文学出版社，1973，第123页。

② 成仿吾：《批评与批评家》，《创造周报》1924年第52号。

质。他说文艺批评“是一种批评的精神之文艺的活动”，即是以文艺作品为媒质的分析、评判活动，而不是把批评作为一种宣传圈子内朋友或攻击圈子外人的工具，也不是阅读印象的简单描述，总之，他认为“批评家应当屏绝不合理的独断与浅薄的印象，而追求更真实的基础以至于无穷”①。在《批评的建设》一文中，成仿吾还提出文艺批评应该具有“超越的”和“建设的”两种性质。所谓超越的，就是“对于一切既成的思想与见解要能超然脱出”，简言之，就是文艺批评要有新见，反对从既定理论概念出发的公式主义。因为文艺作品与大千世界一样，都是具体的、个别的存在，在严格意义上，没有任何现成的可直接对应它的思想、概念和理论。所以，文艺批评只有以“相对的法则”、具体的态度，“从个性中认出普遍性，从小我中认出大我，从小异中认出大同”，才能够建设起“进化的”“永远的创造的”文艺批评工程。②

当然，成仿吾所谓的文艺批评要遵循“相对的法则”，并不是绝对的相对，而是一种具有诸多前提限定的“绝对性”，否则就没有是非、美丑、善恶的区别了。用他的话说，譬如“我们研究美学，不是知道了关于美的真理而去到事实中求应用的方法的，倒是想从事实中求出关于美的真理。这样的真理欠少普遍性，然而在一定的范围内是有绝对性的。我们不能因为它的绝对性有限制，便不承认它是真理”③。可见，成仿吾此时的文艺批评思想中已经有了一些辩证法的因素，即承认真理的有限性、发展性和过程性。但是有限发展的真理毕竟也是真理，而且，值得重视的是，成仿吾所谓的真理，并不是现成的，在文艺批评之前就存有的，而是“从事实中求出关于美的真理”。这与他此前所谓文艺批评要具有“超越的”“建设的”性质是一致的：不是从既定的理论、观念出发生搬硬套文艺作品，而是在具体的文艺作品实事求是的分析中得出结论。不可否认，这种重视实践的观点非常有利于文艺批评的系统建设，也有利于文艺批评的实效性，与现象学所谓的“回到现象中去”颇有些相似之处。不过，对此不能作过于绝对化的理解，否则，完全摈弃“前理解”将无法判断，这也有违成仿吾文艺批评建设的初衷。因为成仿吾对文艺批评的功能、效用还是寄予了很高期望的：“批评是创造的指南针，它是判别善与恶，美与丑和真与伪的努力。”④ 既然如此，批评家具有一定的理论准备还是必要的，至少有

---

① 成仿吾：《批评与批评家》，《创造周报》1924年第52号。

② 成仿吾：《批评的建设》，《创造季刊》1924年第2卷第2号。

③ 成仿吾：《建设的批评论》，《创造周报》1923年第43号。

④ 成仿吾：《建设的批评论》，《创造周报》1923年第43号。

利于文艺批评中的理性判断。

不可否认，成仿吾所谓的“文艺批评的本体，是一种批评的精神之文艺的活动”和建设“进化的”“永远的创造的”文艺批评工程，都存在着一定的表述方面的问题，但是意思是明确的，那就是要在学理上确定文艺批评的本质，以便区别于其他的文学活动，并在此基础上，建立起一种可操作的文艺批评秩序，也就是要建立起一整套的有逻辑起点、有批评规范、有可操作方法的系统。可见，成仿吾的文艺批评抱负还是很雄伟的，而且，这种“从事实中求出关于美的真理”即从作品实际出发，实事求是的批评方法，与当下某些以舶来的诸如结构主义、符号学、解构主义甚至后现代、后殖民主义等理论作为出发点，生硬地切割文学作品的方法比较起来，应该说更为科学有效。下面，我们再阐述他的文艺批评方法。

二、成仿吾“同情”式文艺批评方法的效用价值

成仿吾在《批评与同情》一文中，集中阐述了“同情”式批评方法的基本含义及操作规程。在成仿吾看来，“同情”式批评方法的实施，首先需要一种批评的心境，这种“心境当如一碧的澄空，没有丝毫云雾，而又能把一切的个体包涵”。这是“同情”式批评的准备。为什么需要这种准备呢？在成仿吾看来，正如一切事物都是从无到有一样，文学创作本来也是“作者的努力在由无创造出有，由混沌造出形象，由部分的描写达到全部的表现”。而“批评家原来也是一个赏玩者”，他面对的文艺作品，并不是如绘画、戏剧等造型艺术一样直接呈现在眼前的，而是有一个“随作者的指导，由部分的感触构成一个具体的整个”的想象过程。[①]

就是说，批评家进行批评的第一步，是虚了心境。因为只有虚，才能涵纳万物，相反，心境过满或太实，譬如预定观念、过高的期待等，只会发生排斥，古人论画所谓“解衣般礴”“澄怀观道”就是这个意思。批评家虚心的结果是能够顺利地接受“作者指导”，通过再现性想象进入作家所描述的艺术境界，从无到有，一般不会走样变形，如果原来就有一些观念之类的存在，那么原有的观念就会以各种消极定势的形式成为后来者的抵制。因此，在这个意义上，成仿吾才强调，只有首先虚了心境，然后才能进入“赏玩”即审美感受的心理过程。关于心境问题，我们在关于文学鉴赏的论述中已经讲了很多，在此不再赘述展开。

在成仿吾的语境中，“赏玩”需要两种素质：感触力和想象力。所谓

① 成仿吾：《批评与同情》，《创造周报》1923年第13号。

感触力，就是能够“来捉住作品所描写的现象”；所谓想象力，就是“来构成一个具体的整个”的能力。就是说，批评家的“赏玩”过程，首先得进入作品所营构的艺术画面及情境之中，迅速捕捉鲜活生动的形象，并在想象中体验、感受作者通过作品所构成的完整的艺术世界。但是，到此为止并不能完成文艺批评，因为“赏玩”并不是批评家的目的，只是进入批评的一个桥梁或途径。“赏玩”，就是我们前面所说的鉴赏，对于一般人可能就到此为止了，但是批评家的“赏玩”，是为了体会“批评这些部分的感触有没有效，具体的整个完美不完美的”。成仿吾的意思是，批评家与普通读者的不同在于，他进入作者所构织的艺术世界之中并不仅仅是为了“赏玩”或鉴赏，这是为进一步分析、批评做心理准备，即在虚境的前提下，批评家进入作品的艺术世界“赏玩”，是为了获得正确判断的心理基础，还要通过想象体味，对作品的方方面面重新进行打量，再一次审视作者给定的艺术世界，判断作者的各种表现是否合理完美。

用成仿吾的话说：“譬如作者描写一些梁柱瓦石来表现一座建筑，批评家便由这些描写也构成一座建筑。”至于批评家所构成的建筑与作者所构成的建筑是否一致，则是作者所构成的建筑是否完美的判断依据。在一般的状态下，“批评家所构成的，总是作者所表现的建筑”，这就是成仿吾所谓的“同情”式批评的含义。值得注意的是，成仿吾把批评家与作者的地位并置在一起，以批评家的身份独立面对作者所构想的艺术世界，体验作者的体验，感受作者的感受，并将其作为批评的依据，是有其特殊意义的。虽然对批评家提出这样高的要求而实际上一般很难达到，即要求批评家具有作家甚至超过作家的文学想象力和创造力，但是，这种要求却是高质量批评能够产生的重要原因，也因此能够让作家心服口服。用成仿吾的话说：“批评家由自己所构成的建筑，再来批评作者的表现方法与描写时，批评家是与作者并肩而立，一同对着这座建筑。这时候，他不仅可以批评作者的表现方法与描写，他还能进而批评作者所自处的地位。”① 可见，这样的批评家，不仅在对文艺作品的分析上的理性穿透力，要远远超过作者，就连在文学创作方面，也应该强于后者，虽然这有些理想化和片面化，却是有一定的道理。譬如作为著名作家的鲁迅、茅盾等，他们的文学创造力确实是其文学鉴赏力及文学批评的重要依据，他们一般都是站在更高的视角上俯视他们所批评的对象，因此，不仅能够明确指出作品的优劣，而且可能道出作品更深层次的机理并提出切实可行的创作方法或修改方案。

---

① 成仿吾：《批评与同情》，《创造周报》1923年第13号。

当然，文学创造力与文学鉴赏力虽然可能相互影响甚至相互转化，却并不是一回事。批评家需要具备丰富敏锐的艺术感觉，但艺术感觉并不就是文学创造力。譬如别林斯基的文学批评能力是举世公认的，他发现或推举了诸如列夫·托尔斯泰、果戈理、屠格涅夫、冈察洛夫、陀思妥耶夫斯基等世界级文学大师，但是他自己并没有留下多少足以证明其文学创造力的直接证据；恩格斯的文学鉴赏力也是杰出的，他对哈克纳斯《城市姑娘》及拉萨尔《济金根》的评论就足以证明，但也没有写出与他批判力相匹配的文学作品。这说明，“同情”式批评作为有效性的文艺批评之一是毋庸置疑的，它对文艺批评提出了更高的要求，较之一般的批评多了一个“同情”，即设身处地的维度，使文艺批评能更深入一个层次，这是难能可贵的。强调文艺批评要以“赏玩”即审美感受为基础已经十分必要，在此基础上，再要求批评家能够以作家的目光，重新设想并审视作家所给定的艺术世界是否完美，这当然会使批评更加准确到位。但同时，也必须看到并承认，文艺批评的有效性并不仅仅限于这一种，就是说，“同情”式批评并不是完美无缺或者唯一有效的。因为，批评家具有一定的文学创作想象力固然非常必要，但即便是最富于文学创造力的批评家所构想的艺术世界，也不见得就一定优于作家已经创造的一切，而那些文学创造力差的批评家的批评文字也一定差，更不要说批评家以其自主的想象，作为评判作家作品的标准和依据，是否准确了。因此，在这个意义上说，这种“同情”式批评方式也有一定局限。

三、成仿吾的批评实践

成仿吾在实际文学批评中，基本贯彻了他的“同情”式批评方法，譬如《评冰心女士的〈超人〉》《〈沉沦〉的评论》《〈残春〉的批评》《〈命命鸟〉的批评》《〈一叶〉的评论》《〈呐喊〉的评论》等，都在不同程度上使用了这种“同情”式批评方法。只不过，有的运用得好，有的则牵强附会，有的还根本没用上。

成仿吾《〈一叶〉的评论》，是运用“同情”式文学批评方法最自觉的文章之一。《一叶》是王统照唯一的也是中国现代文学史上最早的长篇小说之一，但是作为早期的长篇小说其缺点也是非常明显的，草草看来，描写、叙述和结构方式都不老到。譬如常常以议论代替具体的形象描写，有时为了向读者交代某个事件的过程，就让作品中的人物出面介绍，还有过多地生硬地插入人物的日记和书信等等，当然，这也是当时小说惯常有的毛病。成仿吾也意识到了这些问题，所以他采用设身处地的“同情”批评法，明确指出《一叶》在叙述结构上的问题“是由数个小块结成的，所以我想《一叶》的开场，为避开过长的倒叙可以不由在王志伯家说起。由慧姐死后，或在张柏如家时说起都妙，由芸涵的插话之后说起都可以。这样说起时，既可以把单调的倒叙减到一半，内容也似乎更要密切而丰富了”。应该说，成仿吾这些设想都具有一定的可行性和合理性，重要的还不在此，而是他能够透过作品具体的艺术情境看透作者的创作意图，根据作品给定的人物和事件，逆着作者的思路重新构想一下诸种可能性，同时，又指出其错误所在。例如成仿吾认为一个叫达馨的人物本来在故事中无足轻重，“然而在最初的二十面里头，却几与天根（书中主人公——笔者注）占一样重要的位置。我们现在当然已经明白作者的意思，不过是要使她来介绍天根的那部日记，与由他们夫妇的对话，把天根也稍为介绍一番，介绍完了，她的职务便也完了”。这就证明了，“同情”式批评，是要求批评家应该具有的看透作者创作意图以分析其表达优劣的超越性想象的能力。应该说，对于有一定创作经验或者鉴赏力较强的批评家，这种要求并不过分，方法也具有一定的可行性。

值得注意的是，成仿吾的“同情”式批评还不仅限于超越作者意图的想象，而且包括预设读者的感受。譬如他指出《一叶》中有的人物出场或消失过于随意，认为从接受心理来讲，“读者对于出过场的人是很关心的，他的运命是读者所急于想知道的，他方面凭空出来的人，既要读者理解又要读者记忆，这是读者很不欢迎的事情”①。这种预设读者感受的批评方式有点接受主义批评的意味，这样的批评，应该说很到位，至少对于作者的提醒是直截了当的。在此意义上，“同情”式批评，既超越了作者的创作，也代言了读者的预期，实现了文学批评作为沟通作者与读者桥梁的目的。在这里，成仿吾所依据的与其说是他对作品诸种可能的设想，不如说是他以自己对文学创作一般惯例的理解进行的批评。其实，在这篇作品中成仿吾所以能够充分使用他的“同情”式批评，是因为作品的表现手法太幼稚，漏洞也多，允许假设性想象的空间大。对于结构相对较为完整或水平较高的作品，这种批评方式的用武之地就可能大大受限了。譬如他在《〈沉沦〉的评论》中，就没有如在评论《一叶》时那样的大胆同情、大胆设想，只是对别人的评论，或者说对作品的主题有所质疑，认为该作品并非表现的是“灵肉的冲突”，而是“主人公对于爱的缺乏”和“所要求的爱没有实现的可能”。应该说，这种分析是有一定的道理。成仿吾也指出

① 成仿吾:《〈一叶〉的评论》,《创造季刊》1923年第2卷第1号。

了作品存在的其他一些缺陷，“譬如《沉沦》的结尾缺少气力”[①] 等，但是就总体而言，并没有给他的“同情”式批评留下多少可重新构想的余地，因此，只能草草结束评论。再如对鲁迅《呐喊》的评论，成仿吾虽然以同时代人的平等意识，分析、批评这些作品，发表了一些无所顾忌的真实看法，当然这在今天看来，未必都是中肯准确的，但有的却可以说是一语中的。例如他认为“《狂人日记》很平凡；《阿Q正传》的描写虽佳，而结构极坏；《孔乙己》《药》《明天》皆未免庸俗；《一件小事》是一篇拙劣的随笔；《头发的故事》亦是随笔体；惟《风波》与《故乡》实不可多得的作品”[②] 等。当然，这些只是成仿吾根据阅读印象的匆匆点评而已，并没有敢于根据鲁迅给定的事件和人物，指手画脚地重新设想一番。这说明，他的“同情”式文学批评的适用范围是有限的，并非百验不爽的灵丹妙药。

四、世界文学视野中的“同情”式批评

根据现有的文献资料，成仿吾提出“同情”式批评概念和范式，大约是在 1923 年。而此时，不仅中国批评界尚无类似的批评方法，就是欧美，仍然是以传统实证主义、历史主义、传记批评为主流的时代。据比利时文学理论家乔治·布莱 1971 年出版的《批评意识》一书介绍，作为“外在”批评与“内在”批评过渡节点的所谓的“意识批评”“现象学批评”的日内瓦学派的文学批评，与“同情”式批评有许多相近之处，但那至少是在 1933 年之后的事情了。为了给成仿吾“同情”式批评在批评史上一个准确的定位，我们不妨梳理一下与之相近的日内瓦学派的批评特点。

文学批评的日内瓦学派，代表人物有马塞尔·雷蒙、阿尔贝·贝甘，让·鲁塞以及乔治·布莱等等。如果说，马塞尔·雷蒙发表于 1933 年的《从波德莱尔到超现实主义》算是该学派建立的标志的话，那么他们的活跃期主要是在 20 世纪 50～60 年代。日内瓦学派的出现，主要是基于对实证主义、历史主义即韦勒克所谓的“外在研究”式批评的不满，试图使人们的目光后移，但不是如后来的新批评、结构主义等专注于文本内部那样干脆彻底，而是主张通过文本阅读，放弃读者自我，进入作家的内心世界的所谓的“意识批评”。日内瓦学派的哲学基础是胡塞尔的现象学，它重视的既不是作家所经历的现实世界，也不是已经完成的作品文本内部结

---

① 成仿吾：《〈沉沦〉的评论》，《创造季刊》1923 年第 1 卷第 4 号。

② 成仿吾：《〈呐喊〉的评论》，《创造季刊》1924 年第 2 卷第 2 号。

构，而是介于二者之间的作家的“意识”“我思”或者内心世界。它的理论贡献在于，反拨了传统的以“摹仿说”创作论为前提基础的近乎实证主义及历史主义的传记批评忽视作家的艺术创造性，同时，由于研究重心后移，为后来的新批评、结构主义甚至后结构主义等文本中心论入场提供了理论前提。

乔治·布莱在其被誉为日内瓦学派全景式宣言的《批评意识》著作中明确地说，阅读是“另一个我取代了本来的我，而只要阅读在继续，它就一直要取代我。阅读恰恰是一种让出位置的方式，不仅仅是让位于一大堆语词、形象和陌生的观念，而且还让位于它们所由产生并受其荫护的那个陌生本源本身”。就是说，文学批评是一种自我的腾空和让位，批评的目的就是寻找、贴近还原作家“意识”的精神活动。如果说作家创作是一种精神历险，那么，批评就是第二次精神历险。在此，乔治·布莱所谓的“陌生本源本身”，就是作家主体。批评家主体虽然并没有消失，但是已经大大地被抑制了。“阅读是这样一种行为，通过它，我称之为我的那个主体本源在并不中止其活动的情况下发生了变化，变得严格地说我无权再将其视为我的我了。”“我”不再是原来的“我”，而是与作家自我合一的“我”。在阅读中，这“第二个我就控制了我，替我来体验”。

应该说，把文学批评的重心引向作家的内心世界，重视并力求进入文本情境，还原作家的主体意识，较之此前的传记批评等空旷的“外在研究”，将文学作品作为作家生平经历的展现，或者是作为作家所处现实生活的翻版，文学批评沦为作家生平的考证，甚至将作品等同于历史，的确是一种重大的理论进步，毕竟切近了文学本身。而且，尊重作家自我，从微观视角追问文学产生的内在机理，而不是泛泛地挖掘宏观的外在社会时代原因，这在前提上，既保障了批评忠实于文本，也为进一步的理论发展——以文本为中心的结构主义批评等登场提供可能，这是具有学理推进意义的。

况且，乔治·布莱并不否定批评家自我的客观存在，“我的意识被他人（作品形成的他人）占据并不意味着我的意识的某种全部丧失。相反，一切都仿佛是，从我被阅读‘控制’那个时刻起，我就和我努力加以界定的那个人共用我的意识”。这就意味着，在乔治·布莱的眼中，批评家意识并没有被作家意识完全同化，从而为进一步分析留有余地。

至于如何才能进入作家的“意识”，乔治·布莱也有明确的说法，那就是“认同，对这位批评家来说，就是设法在他自己的身体里、感官里、感觉和想象的世界里感受与被研究的小说家或诗人所感受到的印象相同的印象”。乔治·布莱甚至认为：“我的责任是放弃任何属于我的思想，使我的思想成为一种内在的虚空，留待他人的思想来填充。”[①] 很明显，在这一点上，乔治·布莱与成仿吾的观点十分接近。如前所述，成仿吾也强调批评家要进入作家的内心世界及其所展示的艺术世界，为此，批评家要虚了心境，“心境当如一碧的澄空，没有丝毫云雾，而又能把一切的个体包涵”[②]。也就是乔治·布莱所谓的“阅读恰恰是一种让出位置的方式”。但是，成仿吾与乔治·布莱的观点并不完全相同，这种差别就在于，乔治·布莱的“虚空”，目的仅仅是“留待他人的思想来填充”，就是说，乔治·布莱所以让作家“意识”、思想进入自己“意识”和思想，至多是为了还原它们，而不是超越它们，审视它们，评判它们。他曾反问自己：“我有什么权利在他人的思想上增添来自我自己的、源于我自己的思想的一种形式呢？”甚至断言：“批评是一种思想行为的模仿性重复。”[③] 既如此，文学批评不过是进入文本情境，还原或揭示出作家的创作心态，即所谓的“意识”“意图”之类的东西，使之成为普通读者的导游图或解说词就完成任务了。至于作家的“意图”是否正确，体现在作品中的意义如何，则既不是批评家的权利范围，也不是他能力所及的事情了。批评家只能诚惶诚恐战战兢兢地匍匐或仰望，而不能指手画脚说三道四，试问，这样的文学批评完成了吗？意义何在？

成仿吾则不满足于此。如前所述，成仿吾固然也强调阅读的前提要虚境以待，但这不是目的而是手段，即进入作家内心世界的准备而已。他不仅提出，要在此基础上对作品情境进行“赏玩”，还要顺着作家给出的创作思路，重新构想，以便检验作品的表达是否达到了应有的状况。譬如我们在前面引述过他这样确定批评家与作家的关系和地位：“批评家由自己所构成的建筑，再来批评作者的表现方法与描写时，批评家是与作者并肩而立，一同对着这座建筑。这时候，他不仅可以批评作者的表现方法与描写，他还能进而批评作者所自处的地位。”[④] 就是说，批评家不但应该在对文艺作品的分析上，具有理性的穿透力，要远远超过作者，就连在创作能力，至少是在给出最佳方案方面，也应该强于后者，这才是批评所要达到的理想境界。这样的批评家，不再是作家的依附者和崇拜者，而是指导

---

① 〔比〕乔治·布莱：《批评意识》，郭宏安译，桂林，广西师范大学出版社，2002，第 242、243、245、247、258 页。

② 成仿吾：《批评与同情》，《创造周报》1923 年第 13 号。

③ 〔比〕乔治·布莱：《批评意识》，郭宏安译，桂林，广西师范大学出版社，2002，第 258、262 页。

④ 成仿吾：《批评与同情》，《创造周报》1923 年第 13 号。

者至少是诤友。

乔治·布莱写此文时至少是在20世纪60年代，成仿吾所有的关于“同情”式批评文章，都发表在1923～1925年，无论是相关学科的思想资源，还是文学批评自身及其理论发展的程度，都与文学批评的日内瓦学派及乔治·布莱所处的时代没法相比。但是，仅就促进文学创作健康发展的直接性及其效能讲，成仿吾“同情”式批评的理论优势和效用价值还是非常明显的。如果要追究这其中的原因，在笔者看来，主要是文学批评的日内瓦学派混淆了文学鉴赏和文学批评，既是密切相关又分属不同阶段的思想流程。在文学鉴赏过程中，进入作品的艺术境界固然非常重要，追寻并力求还原作家创作意图自然也非常难得和必要，但在心理形态上，鉴赏仍然属于感性大于理性阶段，即便是他们誓言在此阶段，“我的意识被他人（作品形成的他人）占据并不意味着我的意识的某种全部丧失”，其实这未丧失的“意识”①，也不过勉强能满足描述此刻心理状态需要的“意识”罢了，根本不足以分析、审视、评判作品的理性之用。

成仿吾则是承继“以意逆志”解经传统和“澄怀观道的领悟方式”，又借鉴同时代的印象主义批评提倡深入作品情境，同时剔除其感性、肤浅且满足于复述阅读感受之弊，把文学批评分为两步：第一步是虚静而入境，为的是获得充分的审美感受作为心理底数；第二步是展开想象的触角和启动思想张力，在寻觅作家原初意图的同时，揣度这意图的可行性，并追问、设想如何才更好，并给出认为最好的方案，等等。可见，在感性、理性大致有一个阶段性侧重的情况下，最后建构出的这种“同情”式批评，就相对完整而有效了。

需要提起的一个众所周知的事实是，自近现代以来，中国的文学理论和文学批评，基本唯欧美学界马首是瞻，甚至至今都没有实质性改变。而成仿吾的“同情”式批评，作为一个文学批评体系，其实并不完善成熟，远没有达到完全的逻辑自洽和学理通达，但是，如前所述，与晚于其十数年的文学批评的日内瓦学派相比，不仅在“虚境”、体验的前半部基本一致，而且在此基础上的理论出路上竟然超出一头，为寻找到作家的“自我”和“意识”后谋划出了逻辑归属和效用方向：再不是坐而论道的对空谈玄，而是能够切实有利于文学创作的改进。由此可见，在宏观的世界文学视野中，如果说，文学批评的日内瓦学派在人类现代文学批评史上具有上承下启的关节点的作用的话，那么成仿吾的“同情”式批评，就是对这

① 〔比〕乔治·布莱：《批评意识》，郭宏安译，桂林，广西师范大学出版社，2002，第245页。

关节点提前进行了修正与补充。

当然，无论是文学批评的日内瓦学派，还是成仿吾的"同情"式批评，他们所谓的"虚空"或"虚境"以及各自的理论渊源，无论是胡塞尔的"加括号"还是中国传统的"澄怀观道"，都具有较强的理想色彩，真正操作起来，都有一定的难度，因为人原有的思想很难彻底排空或让位的。况且，原有的思想如果是由艺术实践及阅读经验形成的某种定式，往往也是进入、理解作品情境，唤起相应审美感受的心理准备，完全排空将使阅读及批评无法进行。这就说明，"虚空"或"虚境"，不过是文学阅读进而批评过程中的一种理想的倡导，并不是必需的心理条件。理性地承认某些不足和局限，实事求是，将有利于文学批评及其理论的健康发展。

第三节　李健吾印象主义批评的制衡与影响

李健吾又名刘西渭，与成仿吾主要是跋涉于文学批评界相比，可谓是评论、创作、翻译三栖的文学人物。他留学法国期间，深受法国印象主义批评的影响，是我国少有的介绍并坚持印象主义批评的批评家之一。说他制衡，主要是印象主义执着于以鉴赏、体味为基础的批评方式，在一定程度上抵制并消解了某些社会-历史批评的僵硬与庸俗化的偏颇，使文学批评仍然是文学的批评；说他影响，是因为很多坚持文学本位的批评都在不同程度得到其思想的滋养和支持。

在李健吾看来，文学批评与文学创作及翻译一样，其基点都是人性，这与当时批评界盛行的以"为人生"为基点的社会-历史批评有较大的不同。在一般观念中，人性即人的本性，是由儒家的"性善说"演化出来的爱与美构成的。所以，正如文学创作就是作家"富丽的人性"的表现一样，文学批评就是"一个人性钻进另一个人性"之中的灵魂冒险，就是"走进杰作"的"心灵多经一次洗炼""智慧多经一次启迪"，是"在一个相似而实异的世界旅行"，是"因为另一个人格的伟大，自己渺微的生命不知不觉增加了一点意义"。[1] 李健吾的意思是说，文学批评是鉴赏和体味，不是"指导的""裁判的"，这与成仿吾明显不同。因此在态度上，"不仅礼貌有加，也是理之当然"。所谓批评，就是批评家"重新经验作者的经验。和作者的经验相合无间，他便快乐；和作者的经验有所参差，他

① 刘西渭（李健吾）：《〈雾〉〈雨〉与〈电〉——巴金的〈爱情三部曲〉》，《大公报·文艺》1935年11月3日。

便痛苦”[①]。在这一点上，李健吾与成仿吾的“同情”式批评是有共同点的。但是，李健吾的批评观只是追寻、体味作家的创作意图目的，从而给予读者以导游图，而不是在此基础上重新谋划设想，进而分析评判，这又是他们观点的不同之处。不可否认，完全以还原作者创作意图为目的，自然限制了文学批评应有的价值，但是追寻、体味作者的创作意图毕竟也是理解文学，或者说是文学批评的有效途径之一。

那么，在操作层面，批评家凭什么钻进作家的人性，走进作品那“相似而实异的世界”里，而“不是挺身挡住另一个人性”呢？在李健吾看来，要进行有效的文学批评，应该有一个基本前提，那就是如曹丕所谓的“审己度人”。对此，李健吾有过较为系统的阐释：“在了解一部作品以前，在从一部作品体会一个作家以前，他先得认识自己。我这样观察这部作品同它的作者，其中我真就没有成见，偏见，或者见不到的地方？换句话，我没有误解我的作家？因为第一，我先天的条件或许和他不同；第二，我后天的环境或许和他不同；第三，这种种交错的影响做成彼此似同而实异的差别。他或许是我思想上的仇敌。我能谅解他，欣赏他吗？我能打开我情感的翳障，接受他情感的存在？我能容纳世俗的见解，抛掉世俗的见解，完全依循自我理性的公道？”[②]

虽然这种“审己度人”在如何“审己”上似乎还缺乏可依据的操作方法，但是要比成仿吾的“同情”式批评那种以己度人更具可行性。因为以己度人不过是一厢情愿，这“己”是否可靠，本来就是个未知数。在此意义上，“同情”式批评其实是对印象主义批评审己度人方法的通俗化。换一个视角，所谓“同情”式批评的“同情”，其实也是“一个人性钻进另一个人性”里面，只不过，钻进去之后，成仿吾仍然保持着批评家的清醒和冷静，按照既成的作品，再重新设想一番以论其优劣，而李健吾则在“灵魂历险”后创造性地讲出了不凡的经历，以分享给读者。保持清醒并且超越于作者进行重新设想，是“同情”式批评的建树，遗憾的是疏于“自审”；而印象主义严于“自审”却不能给予作者以可行性建议，使批评的价值失去一个重要的维度。可见，“同情”式批评与印象主义批评都不完美，各有其优势和局限。当然，这两者的局限其实是他们各自优势演化的必然结果，并无法整合。具体言之，“同情”式批评所以能够有能力对作家提出甚至超出其上的建议，是因为他在进入作家创作意图之中还保持

---

① 李健吾：《答巴金先生的自白》，《大公报·文艺》1936年1月5日。

② 刘西渭（李健吾）：《〈雾〉〈雨〉与〈电〉——巴金的〈爱情三部曲〉》，《大公报·文艺》1935年11月3日。

着有利于批评的清醒，而这清醒来自他那有局限的以己度人；而印象主义所以只能复原却不能超越作家的创作意图，并以贴近作家意图为荣，是因为进入时的优势是“审己度人”。这实在是难以克服的悖论。

但是，并不能因此就说，李健吾的“审己度人”只要求批评家趋附于作家的创作意图，其实他也强调批评的独立性。李健吾认为，“一个批评者需要广大的胸襟”和“深刻的体味”，还要有种种严格的自审及追问精神，才能负起一个批评家的责任。因此，他不断地追问：“在诗人或小说家表现的个人或社会的角落，如若你没有生活过，你有十足的想象重生一遍吗？如若你的经验和作者的经验参差，是谁更有道理？如若你有道理，你可会把一切基本的区别，例如性情、感觉，官能等等，也打进来计算？”也感慨道：“没有东西再比人生变化莫测的，也没有东西再比人性深奥难知的。了解一件作品和它的作者，几乎所有的困难全在人与人之间的层层隔膜。”①

了解并承认批评者与作者之间存在“层层隔膜”，是破解隔膜并沟通两者的心理前提，而不是把这一切如“同情”式批评模糊地推给批评者一己感受了事。这就是说，批评家的才情、学养和“深厚的人性”是十分重要的，它们基本是批评家进入作家及其作品的唯一可能。这是李健吾严格自审作为批评家的资质，优于成仿吾以批评家的感受为标准的地方。值得注意的是，李健吾在此强调“了解一件作品和它的作者”，破解“人与人之间的层层隔膜”的重要性，并不因此就要求文学批评只趋附于作者的创作意图，而是认为文学批评是一种独立的有尊严的艺术，“是一件可以单独生存的艺术品。他有他不可动摇的立论的观点，他有他一以贯之的精神。如若他不能代表一般的见解，至少他可以征象他一己的存在”。就是说，批评家与作家在文学上的地位是平等的，“一个伟大的批评家抵得住一个伟大的艺术家”，而不是成为后者的依附。②

批评存在的价值就在于它之于文学作品的限制与创造之间，也是其魅力之所在，“唯其有所限制，批评者根究一切，一切又不能超出他的经验。他是一个学者。他更是一个创造者，甚至于为了达到理想的完美，他可以牺牲他学究的存在”。因此，如果批评者的经验和体会，与作者的经验和作品的表达之间形成一种龃龉，“进而做成一种不可挽救的参差，只得各人自是其是，自是其非，谁也不能强谁屈就”。于是，他得出结论：“这是

---

① 刘西渭（李健吾）：《〈雾〉〈雨〉与〈电〉——巴金的〈爱情三部曲〉》，《大公报·文艺》1935年11月3日。

② 李健吾：《答巴金先生的自白》，《大公报·文艺》1936年1月5日。

批评的难处，也正是它美丽的地方。”[①] 试想，如果批评家只是起到还原、解释作家创作意图的作用，那么他充其量不过是一种依附甚至寄生性存在而已，于作家不过是一个帮闲，于读者不过是平添的一个饶舌者罢了。可见，李健吾的印象主义批评虽然把重点放在“审己”而不是审他上，有价值预设，即以作品的有价值甚至伟大为前提的特点，但是，并不能因此就说他放弃了自己，完全依附于作者，只以还原作者意图为己任，而是强调艺术创造。

因此，在如何给文学批评定性上，就表明了李健吾的价值重心之所在。李健吾说：“一个批评家是学者和艺术家的化合。”[②] 本来，说是学者，就是为强调其判断力，所谓艺术家，就是突出其审美感应力。就是说，李健吾似乎想表达这样的意思：合格的批评家，就是应该既有判断力，又有感应力。但实际上，根据上下文发现，李健吾其实更看重的是批评家作为艺术家的一维，而不是学者的判断力。所以，他把文学批评看作是“在了解，在感觉”文学作品的过程，认为批评家“必须抓住灵魂的若干境界，把这些境界变做自己的”，并且“和其他作家一样，他往批评里放进自己，放进他的气质，他的人生观”。总之，在李健吾看来，文学批评就是一种具有独特风格的创造，“批评本身是一种艺术”，“批评是表现”。[③]

不可否认，强调文学批评的创造性——无论说它是艺术，还是说它是表现，都与客观性及科学性相距甚远或背道而驰。而且，印象主义文学批评关注的也不是文学作品如何真实地反映社会生活，从而起到“为人生”的启蒙作用，而是文学作品所表现的审美意味。一方面，这固然会使印象主义批评的社会价值大打折扣，但是在另一方面，也使它与社会-历史批评有了区别：强调文学批评的个性化与创造性，防止千篇一律僵冷面孔，而且在一定意义上，纠正或制衡于社会-历史批评的偏颇，即庸俗社会学的发生，为文学批评留下一些审美基因，从而为文学批评保持一种发展的张力。

---

① 李健吾:《答巴金先生的自白》,《大公报·文艺》1936年1月5日。

② 李健吾:《〈咀华集〉跋》,许觉民、张大明主编:《中国现代文论》下卷,合肥,安徽教育出版社,2010,第486页。

③ 李健吾:《自我和风格》,《大公报》1937年4月25日。

第四节　傅雷审美批评的现代意义

傅雷的审美批评与李健吾的印象主义批评既有很多相似之处，也有较大的不同。相似之处在于，他们都重视以阅读印象为批评基础，进而对阅读印象进行描述，都重视进入作品特定的艺术情境之中去重新体验和感觉；不同之处在于傅雷的审美批评较之印象主义批评理性成分更多一些，逻辑性更强一些。而且，傅雷的文学批评更重视批评本身，而不是如李健吾那样，重视其理论的价值甚至多于批评实践的意义，或者说李健吾是通过批评实践论证其理论的可行性的。

傅雷的审美批评思想集中在其代表作《论张爱玲的小说》中，也可以说，这是批评、研究张爱玲小说绕不过的里程碑式的批评文章。譬如，傅雷最先从"情欲"的视角解析《金锁记》的主人公曹七巧的性格内涵和人生悲剧，这可以说是最具创见性的观点。众所周知，"情欲"一般不是社会-历史批评的用词，社会-历史批评更关注人物的阶级出身和社会地位，并以此为分析人物之间关系的基点；"情欲"，往往是心理或审美批评惯常采用的视角。但是，事实上，非如此不足以透彻地解析《金锁记》的思想意蕴和人际关系。因此可以说，傅雷这一批评视角，丰富了文学批评的经典范式。

此外，傅雷的文学批评还特别关注作品的诸如技巧、风格、韵味、情调、结构、节奏、色彩等。这些最见功力的地方，往往是社会-历史批评所不屑关注之处，他们一般更重视作品所表现的宏观思想，或者是人物形象的社会意义。审美批评一般需要艺术敏感和思想洞察的完美结合，傅雷恰恰具备这些，因此他常常能够发别人盲区之所见，感他人麻痹之所感。譬如他指出张爱玲的心理分析，"并不采用冗长的独白，或枯索繁琐的解剖，她利用暗示，把动作、言语、心理三者打成一片。对于七巧，季泽，长安，童世舫，芝寿，都没有专写他们内心的篇幅；但他们每一个举动，每一缕思维，每一段谈话，都反映出心理的进展。两次叔嫂调情的场面，不光是那种造型美显得动人，却还综合着含蓄、细腻、朴素、强烈、抑止、大胆，这许多似乎相反的优点。每句说话都是动作，每个动作都是说话。即在没有动作没有言语的场合，情绪的波动也不曾减弱分毫"[①]。应

① 傅雷：《论张爱玲的小说》，《万象》1944年第11期。

该说，傅雷对张爱玲心理表现手法的特点拿捏得很准，分析得也十分到位。尤其是在当时，许多作家的心理表现，一般还流于内心独白的诸如“……他在想……他在想……”的模式，及时地发见并总结张爱玲“利用暗示，把动作、言语、心理三者打成一片”的表现手法，无论是对于创作的启发，还是对于批评经验的积累，都是非常有意义的事。

傅雷对张爱玲《金锁记》风格的总结也颇为恰切。“新旧文字的柔和，新旧意境的交错”，采用电影节略手法，“空间与时间，模模糊糊淡下去了，又隐隐约约浮上来了。巧妙的转调技术”以及“轻描淡写的呵成了一片苍凉的气氛，从开场起就罩住了全篇的故事人物”等等，都可谓是以诗意的语言描述的真知灼见，颇具中国古代书法理论的意味。这其实是审美批评的特点——诗哲统一，批评本身就是深邃而优美的哲理诗。

当然，傅雷也不是对张爱玲所有的作品都持欣赏态度，譬如他对《倾城之恋》就颇有微词，做到了鲁迅所谓“坏处说坏”“好处说好”。需要提出的是，傅雷不满意于张爱玲《倾城之恋》的，不是社会-历史批评惯常所指的诸如题材的社会意义之类，而是格调、气势、趣味以及艺术表现的真实性等。譬如在格调上，“因为是传奇（正如作者所说），没有悲剧的严肃、崇高和宿命性；光暗的对照也不强烈。因为是传奇，情欲没有惊心动魄的表现。几乎占到二分之一篇幅的调情，尽是些玩世不恭的享乐主义者的精神游戏：尽管那么机巧，文雅，风趣，终究是精炼到近乎病态的社会的产物。好似六朝的骈体，虽然珠光宝气，内里却空空洞洞，既没有真正的欢畅，也没有刻骨的悲哀”。在气势上，“《倾城之恋》给人家的印象，仿佛是一座雕刻精工的翡翠宝塔，而非莪特式大寺的一角”。其表现手法像“美丽的对话，真真假假的捉迷藏，都在心的浮面飘滑；吸引，挑逗，无伤大体的攻守战，遮饰着虚伪”。至于人物性格的内涵，则“男人是一片空虚的心，不想真正找着落的心，把恋爱看作高尔夫与威士忌中间的调剂。女人，整日担忧着最后一些资本——三十岁左右的青春——再吃一次倒账；物质生活的迫切需求，使她无暇顾到心灵”。因此，“这样的一幕喜剧，骨子里的贫血，充满了死气，当然不能有好结果。疲乏，厌倦，苟且，浑身小智小慧的人，担当不了悲剧的角色”。[①] 这些，都可谓是入木三分、鞭辟入里之论。

傅雷采取与印象主义批评相同的方式，深入作品情境中，反思作者的表现利害得失，认为两个主要人物都缺乏现实基础，不真实。譬如追问

① 傅雷:《论张爱玲的小说》,《万象》1944 年第 11 期。

一：男主人公范柳，“作者为何从头至尾只写侧面？在小说中他不是应该和流苏占着同等地位，是第二主题么？他上英国去的用意，始终暧昧不明”。追问二：当男主人公范柳表白说“‘那时候太忙着谈恋爱了，哪里还有工夫恋爱’的时候，他竟没进一步吐露真正切实的心腹。‘把彼此看得透明透亮’，未免太速写式的轻轻带过了”。而认为“这里正该是强有力的转捩点，应该由作者全副精神去对付的啊”等等。由此得出结论：作者如此“勾勒得不够深刻，是因为对人物思索得不够深刻，生活得不够深刻”，“华彩胜过了骨干：两个主角的缺陷，也就是作品本身的缺陷”。

何以如此？傅雷认为，其实最大的问题是“技巧对张女士是最危险的诱惑”。何出此言？一般来说，尤其是初学写作者，不懂写作技巧才是最大的问题。但是傅雷认为张爱玲恰好相反，她不是不会运用技巧，而是技巧过剩，也就是“成熟过度，成了格式”。就是说，对于张爱玲而言，她所掌握的技巧不是太少，而是太多了，她“在下意识中，技能像旁的本能一样时时骚动着，要求一显身手的机会，不问主人胸中有没有东西需要它表现。结果变成了文字游戏”①。换句话说，由于张爱玲在写作上过于聪明了，几乎是任何技巧都熟烂于心，但是对所要表现的对象即社会生活，具体些说是人物形象的把握却不是很成熟，这些不是懂得技巧就能够写出来的。“文胜质”即技巧胜于生活的结果就是，不顾生活逻辑的凭空虚构，即所谓的缺乏现实性，不真实。“才华最爱出卖人”说的就是这种情况。张爱玲就是“聪明反被聪明误”，被自己的才华出卖。应该说，傅雷的批评是非常准确到位的。用当下有的批评者的话说，张爱玲就是在卖弄，以炫耀技巧掩饰生活底蕴的不足，就是在玩文学。

值得称道的是，傅雷不因张爱玲写了他所赞许的《金锁记》就降低对她其他作品的要求，也不因张爱玲富于才华就无视其创作上的欠缺。他忍不住告诫张爱玲，当然也是对其他自恃有才华的写作者的一种警示：“少一些光芒，多一些深度；少了一些词藻，多一些实质：作品只会有更完满的收获。多写，少发表，尤其是服侍艺术最忠实的态度。”这种批评的态度，简直是语重心长、循循善诱，谆谆告诫，相信张爱玲及其同时代人看到此言，一定会深受感动，受益匪浅，即便在今天，也是写作者应该高度重视和珍惜的意见。

从前面论述可见，比较而言，傅雷的批评基本是扬《金锁记》而抑《倾城之恋》的。何以如此？在笔考看来，傅雷这是试图得出一个超乎常

① 傅雷：《论张爱玲的小说》，《万象》1944 年第 11 期。

理的结论，而这个结论即便是不足以颠覆传统的文学理论命题，至少也有利于文学创作理论的丰富。具体些说，傅雷认为，就题材而言，《金锁记》较之《倾城之恋》更难处理，但令人意外的是，“成功的却是那更难处理的”，好处理的反而不成功。这是为什么呢？本来，“《金锁记》的材料大部分是间接得来的：人物和作者之间，时代，环境，心理，都距离甚远”，但恰恰因为这样，作者才“不得不丢开自己，努力去生活在人物身上，顺着情欲发展的逻辑，尽往第三者的个性里钻。于是她触及了鲜血淋漓的现实”。就是说，正因为作者对《金锁记》的题材、人物不是特别熟悉，至少是缺乏直接的人生经历，所以她才能够抛开自己既有的人生理解和感受，去全心全意地理解、感受所要创造人物的内心世界和外部环境，反而能够表现出符合人物性格逻辑的人生感觉。在这里，傅雷的观点可以概括为，要在文学创作中提倡一种趋附性的想象，即以人物为中心的创造性想象。当然，他不是要否定直接的人生体验对于文学创作的作用，而是为了强调，作者的主体经验不应该成为创作的障碍，文学创作也不是作者自我的简单表现，尤其是对于非直接经历的人生，应该是作者与人物的共同成长。这实际上是在彰显现实主义创作人物的一个基本原则：要尊重人物性格发展的逻辑。这就是《金锁记》成功的原因。用傅雷的话说：“小说家最大的秘密，在能跟着创造的人物同时演化。”因为作者能够直接经历的人生毕竟有限，“人寿有限，活动的环境有限；单凭外界的材料来求生活的丰富，决不够成为艺术家。唯有在众生身上去体验人生，才会使作者和人物同时进步，而且渐渐超过自己”。

就笔者理解，“在众生身上去体验人生”，是指作者在确定创作对象及目标之后，如果自知人生经历有欠缺，就要重新回到生活之中，展开视野，投入身心，去观察和体验相关人生，从而提高人生经验的艺术自觉和有效性。而“作者和人物同时进步”，是指作者在文学创作中，在想象的世界里，深入人物形象之中，设身处地，感其所感，想其所想，在进行艺术创造的同时，完成其自我的生命创造，这与胡风所谓的文学创作是“自我扩张”与“自我斗争”的命题颇为相似。应该说，“在众生身上去体验人生”和“作者和人物同时进步”，是傅雷提出的两个最富创见的理论命题，它们超越了一般所谓的文学是自我的表现命题的单一性及狭隘性。并且，傅雷将“在众生身上去体验人生”“和人物同时进步”结为因果，大大地拓展了文学创作的想象空间，使之更为动态化与实践化。说作者在完成人物形象创造的同时，也是在艺术世界中进行自我创造的过程，并不意味着是在削弱主体在其中的作用，而是为了涵示出文学创作过程艺术想象的未定性及多种可能性。这不仅符合文学创作的心理实际，而且对文学创作的理论建设，具有一定的启示意义。

与此相反的是，“《倾城之恋》，也许因为作者身经危城劫难的印象太强烈了，自己的感觉不知不觉过量地移注在人物身上，减少了客观探索的机会”①。就是说，《倾城之恋》所以不成功，是因为张爱玲缺乏的不是与作品主人公们人生经验相应的体验与感受，而恰恰是感受太强烈，体验太深了。因此在创作过程中，会自觉不自觉地以自身的经验去干预人物形象的行为逻辑，以主体的臆想遮蔽人物形象的精神内涵，从而没有尊重人物形象的自身逻辑，甚至使人物形象成为作者既定人生观念的傀儡，所以并不成功。

很明显，傅雷对张爱玲的作品所以有如此卓见，是因为他的批评是以自己真实的审美感受为前提基础的。就是说，他一方面，深入张爱玲所营造的艺术情境之中，深深地感其所感，想其所想，参与人物形象的各种各样的生活，与他们的感情同步，与他们一起品味生活的甘苦，体验喜怒哀乐、悲欢离合的各种情绪；另一方面，他却不是在感受中忘情，溺没理性判断，而是与审美对象拉开一定的心理距离，分析思考其成败得失，其结论，自然与作品实际亲而不隔。

这是因为，文学作为一种情感的艺术，它的一切价值都必须以美感价值为中介来实现。这样，顺理成章的是，研究、批评文学，只有在获得一定的审美感受的基础上才有可能进行。正所谓生命只有在生命中复苏，情感也只有在情感里体验。因此，如果批评家在进行批评文学作品之前省略了审美感受这最为生动真切的心理阶段，那么就只能导致这样的后果：或者是隔岸观火式地肤浅议论，或者是无动于衷地考据事实索隐真迹，或者是以理性代替一切、压倒一切地硬着心肠、板着面孔冷冰冰地教训人，或者是把活生生的艺术整体肢解开来，附会为某些抽象概念，等等。总之，就是“隔”。

如果说，傅雷关于“在众生身上去体验人生”“和人物同时进步”命题的提出，具有重大的理论意义，是对此前的诸如“文学是自我的表现”“文学是社会生活的反映”等等命题的纠正、细化和补充的话，那么，他所谓“才华最爱出卖人”，就是对具有一定才华的写作者的一种警醒和告诫，因此更具实践意义。对于作家而言，后者可能更重要。

---

① 傅雷：《论张爱玲的小说》，《万象》1944 年第 11 期。

第五节　胡风的准马克思主义批评

胡风在中国现代文学史上，无论是文学理论，还是文学批评，抑或是文学批评理论，都有较多的建树。当然，这一切，都是其围绕着他的强调主观战斗精神的现实主义理论，或者说是后者在不同层面、不同领域的体现和阐释。

一、胡风的批评理论

在中国现代文学批评史上，像胡风这样既有较成体系的理论思想，又有丰富的批评实践的批评家并不多见。如前所述，胡风的文学批评思想，是其较为特殊的文学理论的体现，有人把这种特殊的文学理论称为“体验现实主义”，也有人称其为“力的现实主义”，还有人称之为“主体论现实主义”，等等。总之，由于胡风的文艺思想受黑格尔、马克思等的影响较大，又是在反对“公式主义”和“客观主义”的双重语境中提出的，因此，他的文学理论，在总体上，还是建立在现实主义的框架之内的，只是在强调文学的主观精神方面特别突出，诸如所谓“主观战斗精神”“灵魂的自我搏斗”“精神奴役创伤”等诗化的命题或关键词，最能体现胡风文学理论特色。

胡风的文学批评理论集中体现在《人生·文艺·文艺批评——试答〈青年生活〉问“怎样作文艺批评?”》等文章里。在这篇文章中，胡风主要谈了这些问题：文艺批评的性质、文艺批评家的素质、文艺批评的价值及功用，这基本涵盖了文艺批评的基本问题。

为了确定文艺批评的性质，胡风首先明确了文艺批评的对象。在他看来，“文艺批评的对象是具体的作品，具体的文艺现象”。就今天的目光来看，胡风这种界定可能有所疏漏，譬如理论批评、批评的批评等也应该包括在其中，但已大致不差。而且，诸如理论批评与批评的批评即便是划到“文艺现象”中其实也说得通。值得注意的是，胡风在此强调“具体”的作品和文艺现象，是为了与文学理论区别开来。一般而言，文学理论也可以说是以文学作品及现象为研究对象，但是它的视角是宏观的，针对的是具有普遍意义的现象，而且通过诸如归纳、演绎、推理、反证、归谬等方法，试图从中寻找出某种规律，目的是使人能够在抽象的理性层面主要以概念的形式把握文学。文学批评则是以具体的作品及现象为对象，其实是在感性及理性之间把握文学。这种把握，不仅要求批评家要进入作品所营造的艺术情境之中，而且要超越这种情境，从而达到“解明作品的真实意义”目的。

这就涉及文艺批评得以进行的基本前提：批评家的素质问题。批评家需要具有什么素质呢？大致说来，胡风认为，应该具有“感应能力和突击气魄”这双重能力。具体些说，这两种能力，就是来自“丰富的生活经验，以及被生活经验所培养出来的锐敏的感应能力，要有坚贞的人生愿望，以及从人生愿望所产生的勇敢的突击气魄”。就是说，“感应能力”是以人生经验为基础的，感受文艺作品所表现的社会生活是否真实的心理依据。这本来是任何读者都应该具有的，但是批评家与普通读者不同的是，由于后者是负有使命的高级或者说是理想的读者，所以他要有更为“丰富的生活经验，以及被生活经验所培养出来的敏锐的感应能力”。为了突破一般读者的局限，批评家要具备这“丰富的生活经验”和“敏锐的感应能力”，就必须“一方面要了解产生它的这个社会或历史，另一方面要了解产生它的作家”——前者，包括了解社会思潮、文化思潮，后者包括追溯作家的发展、文艺传统的发展，如果用中国传统文论的话来表述，就是“知人论世”，或改造一下，“知文论人”——从而使这种“感应能力”具有更为丰富的内涵，因此在进入文艺作品的艺术情境时，就能够很快地唤起相应的富于理性底蕴的艺术感觉。[①]

当然，批评家仅仅具有“敏锐的感应能力”远远不够，还应该在此基础上产生一种“勇敢的突击气魄”，即“具有对于现实的社会发展的科学的分析能力和哲学的透视能力”。这样才能超越个人“狭隘的生活经验和一己的悲欢”的感应，在“被人类对于历史发展的正确认识所武装，所培养，所完成”的基础上，与优秀的作家一样，“能够理解而且拥抱一代的精神生活的奔流和冲激”，才能“解明作品的真实意义”。可见，胡风对批评家的素质要求是很高的。在他看来，一个合格的批评家，不仅要在拥有对社会生活及人生经验的丰富积累方面，远远超过普通读者，而且要与时代社会“精神生活”紧紧“拥抱”。在体验作家的体验的基础上，超越作家通过作品对“社会见解的表白或生活细节的写实”。[②] 这样的批评家，才能完成文学批评的任务，实现文学批评的价值。

---

① 胡风：《人生·文艺·文艺批评——试答〈青年生活〉问“怎样作文艺批评？”》，《胡风全集》第3卷，武汉，湖北人民出版社，1999，第196、197页。

② 胡风：《人生·文艺·文艺批评——试答〈青年生活〉问“怎样作文艺批评？”》，《胡风全集》第3卷，武汉，湖北人民出版社，1999，第197、198页。

胡风如此之高地要求批评家的素质，与他为文学批评确定的价值目标密切相关。就是说，只有提高对文学批评家素质的要求，才能产生高质量的文学批评。其实，这种要求是必要的。从社会学角度讲，在理想的情况下，批评家的批评，不仅应该是一般读者的导游、作家的知音，而且是作家作品的社会化过程，尤其是作家作品能够进入经典行列的重要环节。所以在这个意义上，要求批评家应该具有多高的素质都不过分。那么，什么才是高质量的文艺批评？总的说来，胡风认为，“我们所要求的批评，应该是社会学的评价和美学的评价之统一的探寻”①。众所周知，马克思主义文艺批评的基本范式就是美学-历史的批评。当然，还不能说胡风此时所提倡的就是标准的马克思主义文艺批评，因为他此时所吸收的思想资源还是比较杂的，譬如黑格尔关于内容与形式统一的思想、布丰的“风格就是人”的思想等，都对他所试图建立起的强悍主体批评体系构成一定的影响，这从他强调作品是“作家的主观精神和客观对象的融合而被创造出来的统一体”，批评家应该具有“被人类对于历史发展的正确认识所武装，所培养，所完成”，“能够理解而且拥抱一代的精神生活的奔流和冲激”的思想能力等看得出来。胡风想在马克思主义美学-历史批评的基础上，吸纳一切先进思想，蓄涵时代精神，建立一种文艺批评体系。尽管表面看，这种批评体系还很抽象、空泛，譬如，对于什么是先进思想和时代精神，他并没有作出具体的阐释，但结合他后来的排除式论证文艺批评的价值目标，还是可以看出这种批评体系的基本特征。

胡风认为，文艺批评不是公式主义的，这是由文艺批评的对象、文艺作品的性质决定的。因为“文艺作品并不是社会问题的图解或通俗演义，它的对象是活的人，活人的心理状态，活人的精神斗争。人的心理或精神虽然是各自产生自一定的社会的土壤，但它却有千变万化的形状和错综缭乱的色彩；作家通过自己的精神能力迫近它，把捉它，融合它，提高它，创造出一个特异的精神世界。它有时比现实更高，使千头万绪的大宇宙结晶在这个小宇宙里面，它有时使现实变形，使艺术的精神世界和人生的现象世界看起来并不相同”。所以不能公式主义地采取千篇一律的方法，是因为批评家面对的文艺作品，较之现实生活已经有所提高、有所变形，而且是复杂得多的精神世界，批评家只有讲究批评的策略，才能使批评切近文艺作品的实际。因此，批评家“要透过法则的世界去游历精神的世界，或者更正确地说，他要游历被法则的世界所统驭的精神世界的浩瀚的人生

---

① 胡风：《人生・文艺・文艺批评——试答〈青年生活〉问“怎样作文艺批评？”》，《胡风全集》第 3 卷，武汉，湖北人民出版社，1999，第 198 页。

的大洋，指示出这个大洋的每一个波头在法则世界里的来根去迹”。[①] 他的意思是说，如同作家要“使千头万绪的大宇宙”这外部世界结晶在精神世界这个“小宇宙里面”一样，批评家必须具有双重的穿透能力：一重是穿透现实生活的“法则世界”的能力，另一重是穿透作家所营造的艺术世界的能力，从中要理出“这个大洋的每一个波头在法则世界里的来根去迹”，即现实生活内化为艺术的精神世界过程的来龙去脉——为什么是这样而不是那样的原因。具备这种双重的穿透力，才是好的文学批评的表征。

这种观点是有价值的，严格些说，批评家是个难做的活儿，就素质论，他既应该具有与作家一样的穿透现实生活并懂得如何转化为艺术表现的能力，还需要具有穿透作家及其所创造的艺术世界的能力。就是说，批评家应该兼具作家、理论家的双重素质，这较之印象主义批评所谓“灵魂的冒险”和“同情”式批评的重新进入作家的艺术世界，是一种更明确、更彻底的理论要求。另外，在进入作品情境更要保持理性的冷静与敏感方面，胡风甚至超过傅雷的审美批评。因为胡风现实主义的理论底色，使他的视野更为宏观，对文学的社会意义更为关注，他要求批评家“具有对于现实的社会发展的科学的分析能力和哲学的透视能力”，就表明他的文学批评绝不仅仅限于审美的维度。

可见，胡风的文艺批评并不是“批评家从作品得到的主观的内心的感应，即所谓的‘灵魂的冒险’”，他的“要透过法则的世界去游历精神的世界”的思想能力，与印象主义的“主观的内心感应”或“灵魂的冒险”也无共同之处。因为在胡风看来，文艺批评说到底是对现实真理的一种发现。“创作虽然是作家的精神燃烧过程，但总有它的社会根源，总是在某一方式上对于现实人生的反映。批评家虽然要心领神会地深入作家的内心世界，但他总是为了探求那个世界是怎样的根源上形成，对于现实人生能够发生怎样的作用。”就是说，批评家发现的是作家如何通过艺术化表达而与现实世界发生联系，反过来又对现实世界有什么影响，而不是如印象主义只需进入作家营造的艺术世界就可了事。这就是为什么胡风文艺批评是“社会学的评价和美学的评价之统一的探寻”的基本含义。不仅如此，胡风还认为，文艺批评还是对文艺世界衰亡和新生事物所以如此的社会原因的发现，并且有义务与文艺创作一道挖掘、改造时代精神。用胡风的话

① 胡风：《人生·文艺·文艺批评——试答〈青年生活〉问“怎样作文艺批评？”》，《胡风全集》第3卷，武汉，湖北人民出版社，1999，第197页。

说："文艺批评的任务是要在活的过程上说明文艺世界里的已经衰老的，正要衰老的，开始成长的，含苞待放的，各种生命的性质和它们的社会基础。批评家的任务是要和作家协力地发掘而且改造这时代的精神。"[①] 这是一种宏阔的视野和深刻的目光，批评家在此观照及期待下，不仅能够洞悉文艺作品所蕴含的诸种社会价值，而且拥有发现新生事物、推助时代精神的作用。由此足以证明，胡风的强悍主体的社会-美学批评，由于重视对文艺现象所以如此的社会原因的探索，并且融合了时代精神与先进思想，由此而形成所谓强悍主体。艺术感应力与思想穿透力，与印象主义个人化的主体性，以及傅雷所强调的审美批评主体属不同层位上的批评视野，胡风的批评主体要复杂得多。

当然，尽管胡风的文艺批评重视对文艺现象得以形成的社会根源的发掘，并力求与时代精神结合，但是他并不赞同政治学批评。恰好相反，他非常反对文艺批评成为文艺创作的政治任务的分派者，直接"教给作家应该写什么，不应该写什么"的政治功利主义批评。胡风承认，"批评家虽然应该指出时代精神的主要方向，实践要求的主要特征，一般地号召作家去迫近，去追求"，但同时强调，"决不能离开作家的个别的精神状态，强迫作家都去立正看齐"。就是说，批评家在作家创作的大方向上起到号召和引导的作用，但绝不是要强求一致，尤其是不能无视作家们各自独特的心理素质、创作习惯、情趣爱好，以及生活体验类型等等"精神状态"去附会、诠释什么政治课题。这种观点不仅在当时是正确的，更被后来几十年的文艺界的风风雨雨充分证明了。这说明，胡风至少在文艺批评的理论上，还是很重视学理的辩证、平衡的。

不仅如此，胡风还对诸如"批评家的本事是能够指导作家的创作技艺"，"训练作家的创作能力"；"对于批评的衡量要看他能不能说服被批评的作家"以及"批评不能违反读者的公意"等等有关文艺批评的偏见、成见、习惯意识一一作了阐释和辩驳，指出此类说法的共性在于他们都把文艺批评的功能实用化、价值单一化或狭隘化了。其实，认为"批评家的本事是能够指导作家的创作技艺"，是把批评家当成某种"手艺师傅"或中小学的"作文教师"了。重申批评家应该大处着眼，小处留意，才能对作家真正有所帮助。至于有的批评家"对于作品形式的表现成败的指摘，仅仅是为了对于作品内容的思想分析上的要求"，"只有从统一在社会学的评价里面的美学的评价上才能够使本质得到阐明，也才能够使作家得到启

① 胡风:《人生 · 文艺 · 文艺批评——试答〈青年生活〉问"怎样作文艺批评?"》,《胡风全集》第 3 卷,武汉,湖北人民出版社,1999,第 199 页。

示”。至于批评家“能不能说服被批评的作家”，也“不是这么直线的”的要求。

在胡风看来，批评家与作家固然是一种对话关系，批评“不一定是和作家共鸣，反而更多的是向作家反抗的”，但是“批评的真正任务是向着广大的人民和进步倾向的读者，在广大的人民和进步倾向的读者里面开拓思想的方向，建立思想的影响，培养健康的文艺欣赏力量”。简言之，“批评只有对于广大的人民和进步倾向的读者愈有权威的时候才能对于作家愈有权威”。总之，“批评家要和广大的人民一道，和进步倾向的读者一道，在一定的条件下面应该是经常地，但现在却只是间或地和作家一道通过文艺作品去探求人生的真理”。就是说，批评的任务并不在于，至少是不完全在于和作家对人生的看法保持一致，而主要在于能够引领、培养人民或读者形成健康高尚的欣赏趣味，从而探求人生的真理。当然，需要强调的是，批评家是引领或培养读者建立健康高尚的欣赏趣味，而不是迁就他们的所谓“公意”。在这个前提下，“批评不但要和作家斗争，而且要和读者斗争”。在此意义上，伟大的批评家的思想是独立的，他既不取悦作家，也不讨好读者，所以，“伟大的批评家往往在一般读者的惰性的意识形态里面提示出新的文艺生命，从这开发了反映一代的社会要求的文艺思潮”。①

经过如上这种种预设、辩驳、阐释、排除等论证方式，胡风确定了文艺批评的价值：第一，“从统一在社会学的评价里面的美学的评价上才能够使本质得到阐明，也才能够使作家得到启示”。第二，批评的真正任务是朝着在广大的人民和进步倾向的读者里面开拓思想的方向，建立思想的影响，培养健康的文艺欣赏力量，从而“探求人生的真理”。第三，批评家的作用主要体现为在一般读者的惰性的意识形态里面提示出新的文艺生命，从这开发了反映一代的社会要求的文艺思潮。这就是胡风赋予文艺批评的历史使命。很明显，胡风对批评家的要求具有相当的理想色彩，他既是作家的诤友，又是广大读者的引路人，还应该是时代精神的创造者和推动人。一般而言，前两者还好理解，好的批评家的确应该是作家和读者的价值担保人和沟通中介，但是作为时代精神的创造者和推动人，还需要费一点儿口舌。在笔者看来，伟大的批评家所以应该并能够成为时代精神的创造者及推动人，是因为批评家通过发见、阐发文学作品所潜隐或包蕴的足以“反映一代的社会要求的”某些思想，以其较大的社会影响力广而播

① 胡风：《人生·文艺·文艺批评——试答〈青年生活〉问“怎样作文艺批评？”》，《胡风全集》第3卷，武汉，湖北人民出版社，1999，第200～201页。

之，成为一种意识形态或社会共识，这就是所谓的文艺思潮甚至社会思潮。譬如五四新文化运动和新时期“为文艺正名”的文艺思潮基本都是批评家、理论家们发起并推助的。当然，批评理论的价值不仅在于其学理意义，而且要看它在批评实践中的效果。所以，在这个意义上，胡风此论的价值才能够充分显示出来。

二、胡风的文艺批评

胡风不是单纯的文学理论家，也不是空头的文学批评家，事实上，这一切，都有相当丰富的文艺批评实践作为支撑。除为数众多的标本式的作家评论、作品评论外，还有大量的寄身于题记、序、跋、后记、书信等的准文艺评论。在此，我们将择要论之。

《论〈北京人〉》是胡风文艺批评中作品论的代表作。在该文的一开头，胡风就表现出理论家做批评时惯有的特点，提出作品批评要结合作者整个创作过程，以便为该作品价值定位。“要研究一个作品，顶好得先看一看作者的整个创作发展方向，这样就更可以明白这个作品的来根去迹，表现在这个作品里面的作者的创作态度的特点……”① 然后，按照这个思路，他对曹禺创作《北京人》的“心理状态”进行分析。在他看来，研究作家创作时的心理状态，就是要追究“他的情绪是怎样的”。他认为，“作家创作一个作品，一定是对于现实生活有所感动，他的认识能力和现实生活发生化学作用的时候，才能够执笔。……一个伟大的作家，没有不是这样的；一个好的或伟大作品的完成，没有不是依据这个根本态度的。通常说作家要写他所熟悉的，他所理解的题材，那原因就是我们一方面积极地要求把握现实生活的作者的主观力量，一方面也积极地要求被作者所把握的现实生活的客观性”②。简单说，所谓追寻作家创作的心理状态，就是为破解作品所以生成的作家主观原因与客观原因，即作家把握现实生活的主观力量和现实生活是怎样及为什么如此等关系，目的是便于揭示作品的主题及其意义，类似于破题。

胡风对《北京人》的分析就是按照这个程序解析作者的创作动机和作品主题的。“我看，他所注目，所了解，所感动的是封建大家庭的那种腐败，崩溃，痛苦万状，走投无路而拼命挣扎，面子上堂皇但里面却包藏着种种罪恶的那一幅图画。……这种家庭里面的那些人物，那么无能，那么自私，那么昏聩，那么彼此倾轧，早已在作者的心里起过波动，或者现在

---

① 胡风：《论〈北京人〉》，《胡风全集》第3卷，武汉，湖北人民出版社，1999，第103页。

② 胡风：《论〈北京人〉》，《胡风全集》第3卷，武汉，湖北人民出版社，1999，第104页。

回忆起来心里起了波动的。”同时，胡风认为，作者的创作意图或作品主题还存在着另一个层面，即“对于封建社会的无能，昏聩，自私的人物，作者不惜让他们痛哭，让他们灭亡，但同时，他还看见那里面有善良的人物，受委屈的人物，不管他们是怎样一种性质的善良，但作者不忍让他们同样地灭亡，不能不给他们设一条逃生的路”。[①] 这就是胡风所认定的《北京人》的基本主题和作者的创作动机。应该说，这种解析是正确的、到位的，在方法上，也是有效的。因为作品批评，一般来说要起到导读的作用，首先应该解析作者的创作意图和作品主题，这样就可以给读者以初步的整体的印象，使之有了进一步读下去的兴趣，可谓开启了作品的价值之匙。

正因为胡风首先解析了《北京人》的创作动机及作品主题，所以后面的分析就顺理成章了。接着，胡风在此基础上谈了作品中的人物形象。他根据作者的创作意图及作品主题是揭露封建大家庭的腐败和灭亡，把人物分为三类。第一类是“多余的人”，如曾浩、曾思懿、曾文彩等应该埋葬的人物；第二类是“托梦的人”，如袁博士父女，“是为了给灭亡下去的社会托一个梦，给那里面能够逃生的人物指示一条生路”；第三类是“从多余的人所寄生的死亡下去的社会走向托梦的人所指示的生路的人物，瑞贞，愫方就是”。然后分别对这三类人物进行分析，分析他们的性格内涵及社会意义，分析他们的现实依据及真实性，分析他们对于体现主题所起到的作用，分析描写、刻画这些人物形象所使用的手段的成功之处或败笔，分析这些人物在剧情走势中的作用，等等。总之，由于胡风首先已经确定了这篇批评文章所要解决的问题，并设置了一个纲，然后逐层分析、论证，做到了纲举目张，使人读了有条分缕析之感，并对该剧的内涵有了深层的认识。[②]

胡风在《张天翼论》中，基本也是遵循了如上的批评思路，只不过，由于对象是系列小说，空间更为广阔，所以对人物形象分析得更为从容，也更为细致翔实。譬如他把人物分为“小康者群的灰败世界”和“吸血兽”，但是在“小康者群的灰败世界”中，又把人物分为三类：矛盾而且软弱的人物，恋爱中虚伪、凡庸、可笑的人物，“拼命往上爬的人物”等。这里边，不乏深刻的洞见闪烁。并且，在该文中，胡风对张天翼在小说中的诸如观察距离、写作态度、创作原则、表现视角、表现方法，以及作品的言语问题等诸多方面作了卓有成效的分析。譬如，胡风在“他的‘憧

① 胡风：《论〈北京人〉》，《胡风全集》第3卷，武汉，湖北人民出版社，1999，第104～105页。

② 胡风：《论〈北京人〉》，《胡风全集》第3卷，武汉，湖北人民出版社，1999，第106页。

憬’”一节中，分析了张天翼笔下的人物“都简单，率直，达观，‘勇敢’。……这种人物都很模糊，没有个别的面貌，不能使读者得到个别的实感，差不多成了‘一般’的影子了”。原因是什么？胡风认为，“原因当然是作者对于这种人物原来并不熟悉，与其说是从现实生活取来的，还不如说大半是主观的推测或想象。作者在理智上相信他们，肯定他们，但因为实际上和他们并没有什么‘深交’，一谈到他们的时候就只好连说‘那个，那个……了”，“好像是从望远镜里望到的一些穿着制服的兵士”。[①]这就找到问题的实质上了，是张天翼与其表现对象有较大的距离，对其不熟悉，但是在主观上，作者还希望表现他们，所以才会出现这种模糊、缺乏个性的状况。而胡风用“憧憬”来涵示作者在与对象的观察距离方面的问题也是准确到位的。

在“素朴的唯物主义”一节中，胡风认为张天翼的某些作品在创作原则上有问题。虽然他用“素朴的唯物主义”来表述并不一定准确，但实际上胡风是指张天翼以一种主观不介入的客观主义的展现加公式主义的想象图解化的态度来表现人物，这样的结果，是人物人为地单纯化，使读者“只能看到单纯地说明这个‘必然’的表情或动作，感受不到情绪的跳动和心理的发展”，“单纯到用不着作者的批判，也用不着读者的批判，差不多他的每一个人物出场的时候，我们就晓得那将是一个怎样的脚色”。其实，并不是这类人物在现实中不存在，“问题是，作者只是单纯地抓着……这一点。为了加强这一点，就拼命地把他写成可笑的样子”。[②] 就是说，人物被人为地单纯化了，这实际上是观察不细、缺乏深入体验的缘故。此外，在人物描写上，张天翼过多地使用“人间关联的图解式的对比”，这也是人物表现单纯化的原因。在笔者看来，胡风在此并不是要否定这类单纯人物的现实存在可能性，而是认为张天翼把单纯表现得不甚合理。胡风此论可谓是公允的、准确的。其实，这种把人物人为地单纯化的情况，在当下的创作中并没有绝迹，这种忽略生活逻辑的漫画式表达，也是一种概念化。

此外，胡风在“观照——笑”和“漫画家”两节中，对张天翼在创作中以不介入的态度观察、表现人物颇不以为然，认为“读着他的作品的时候，常常会浮起一个感想：似乎他和他的人物之间隔着一个很远的距离，他指给读者看，那个怎样这个怎样，或者笑骂几句，或者赞美几句，但他自己却‘超然物外’，不动于中”。作者“只是捕捉和自己隔得很远的可笑

---

① 胡风：《张天翼论》，《胡风全集》第2卷，武汉，湖北人民出版社，1999，第38页。

② 胡风：《张天翼论》，《胡风全集》第2卷，武汉，湖北人民出版社，1999，第38～40页。

的脚色，看他们不起，他有时就现出了一面戏弄他们，一面觉得他们‘好玩’‘可怜’甚至‘天真烂漫’的神气，反而不去真实地解剖”。胡风认为，这样的表现，审美效果并不好，因为读者虽然感到某些人物很可笑，甚至让人忍不住发笑，但“如果只是‘事不关己’地笑，有时就会使人感到空虚，如果变成了一种习惯、一种‘趣味’，无意中被带到了严肃的场景或肯定的人物上面，那意义就会完全成为‘负’的了”。其实，胡风所说的就是一种漫画家的手法“——单纯，夸大，简单的对比，笑”等，但由于作者没有对这些人物以或同情或评判的正确的态度去介入，而是高高在上，一味地讽刺、嘲笑，结果是沦为为发笑而发笑的肤浅与油滑，使作品失去了应有的批判的力量。而且，张天翼喜欢给“每一个人物都带着一个特别的记号，每次出场都用那个固定的记号来表明自己”。这也是人物概念化的一种表现，用胡风的话说，“也许是因为他只是旁观地去把捉人物的心理，不能使他们血肉地得到‘艺术的形象性’，所以只好用这个办法来区别他们”。这种标记号的办法，用于处理不重要的简单人物应该说未尝不可，但是用在所有人物尤其是主要人物身上，似乎就有简单化、概念化的可能了。况且，读者对此也不一定都买账，因为“读者的目的并不仅仅在区别他们，认得他们的样子，他最大的兴味是要感受到他们的性格或心理在和现实生活的交涉过程中怎样地发展”。[①] 就是说，读者的兴趣在于体验并感受人物形象的内心世界和对其行为的内在模仿，没有这一层，就算人物形象都是别致的甚至互不重复，读者也等于是在看皮影戏——人物的剪影在活动而已。

此外，胡风对张天翼的言语问题也颇为关注，譬如关于在作品中如何体现“大众化”的问题，当然这在当时应该是共性问题。胡风固然充分肯定了张天翼的言语的两个目标，即“第一是简明，第二是口头的词汇”的可取性，但还认为，在大众化的问题上，“要大众懂是一回事，‘迎合’口语又是一回事”，两者是不应该混淆的。因为“迎合口语只会照原地写下一些大众的话，而要大众懂的目的却是向他们传达一种生活里的真实，这需要在口语里面选择出最确实的表现才可以做到”。就是说，作家采用大众化的言语，不是简单地模仿大众的口语或方言土语，而是“‘从活语言的自然力的奔流里选择出最正確的，妥当的，最有意义的言语’来表现出藏在他们的生活里面的，他们能够懂能够感应然而却不能够明确说出的东西”。于是，胡风指出张天翼的文学言语中也有“只是迎合口语，使得表

---

① 胡风：《张天翼论》，《胡风全集》第2卷，武汉，湖北人民出版社，1999，第47～52页。

现法不免简单，表面”的问题。[①] 事实上，这种情况在当下一些写底层的作品中也是存在的，还美其名曰“原生态”，其实是不善于提炼、升华、改造原质生活为艺术的缘故，或者是以方言土语表现低俗，充其量，是一种假大众化，或谓大众化的庸俗化。

在文章的最后部分，胡风没有忘记自己作为一向倡导现实主义的理论家的责任，在总体方向上，充分肯定了张天翼的现实主义倾向，指出他“始终是面向着现实的人生”的基本方向，承认“他有很不错的‘世态讽刺’的才能”。只不过，“他在现实生活里面看到了凡庸，可笑，丑恶，忍不住要嘲笑，暴露，但是我们希望他不要忘记了，如果他自己站得太远，感不到痛痒相关，那有时就会看走了样子”。于是语重心长地嘱咐道：“艺术家不仅是使人看到那些东西，他还得使人怎样地去感受那些东西。他不能仅仅靠着一个固定的观念，须要在流动的生活里面找出温暖，发现新的萌芽，由这来孕育肯定生活的心，用这样的心来体认世界。”[②] 就是说，在胡风看来，作家的责任不仅仅是要暴露、讽刺那些丑恶的现象，而且应该善于在生活中发现有意义的东西，讽刺不是目的，提高人对生活的信心才更为重要。这与他在理论上所倡导的强悍主体战斗精神的现实主义是一致的。

综上所述，胡风在现代文艺批评方面的建树是全面的，他不仅有较为严谨的批评理论，而且有切实可行的批评方法，还有具体的富于卓识洞见的批评实践作为其理论的支撑和方法的验证。他既不同于“灵魂的冒险”的印象主义偏向主观印象灵动感觉的表述，也不同于社会-历史批评偏重于客观的社会环境的深层解析，所以他的文艺批评无论是在当时，还是在文学批评史上，都可谓是特色鲜明独树一帜的。

第六节　茅盾的社会-历史批评

茅盾作为文学研究会的主要成员，他的文艺批评，自然是以“为人生”为基本价值取向的。顺理成章，重视文艺作品的社会意义，侧重于从社会环境考察其对人物性格形成的影响，是他文艺批评的主要特征。应该说，在当时，社会-历史批评的基本含义，在茅盾的批评实践中得到最为

① 胡风：《张天翼论》，《胡风全集》第2卷，武汉，湖北人民出版社，1999，第53、54页。

② 胡风：《张天翼论》，《胡风全集》第2卷，武汉，湖北人民出版社，1999，第56～57页。

充分的演绎和体现。

与前面的诸如李健吾、傅雷、胡风不同的是，茅盾在文艺批评理论上没有多少成体系的论述，但是由于社会-历史批评的理论基础是经典的现实主义，又有“为人生”的文学思想作为价值导航，所以茅盾使这种批评方式逐渐成为批评界的主流形式，直到当下，仍然具有一定的影响力。

茅盾的文艺批评有很多，在笔者看来，最能体现社会-历史批评方法的，应该是他的《〈文学季刊〉第二期内的创作》[①]。在该文中，茅盾首先分析了欧阳镜蓉（巴金）的长篇小说《龙眼花开的时候》中的人物形象，在对一个叫仁山的主人公的性格进行简单的定性分析之后，很快就转入环境的分析，“‘人物’是有了，现在我们就要看看这些人物是在怎样的环境中行动”。茅盾认为，欧阳镜蓉在该书中对人物形象所赖以生存活动的社会环境的表现不够充分，于是发出一连串的追问：“我们很希望知道的，自然是这一群青年所在的社会是怎样的一个社会了：这个社会的‘诸色人等’的利害关系怎样？他们一般的生活怎样？他们的要求是什么？他们对于这小小一群的热心的青年，抱了怎样的看法？他们对于这小小一群青年的活动，其迎拒接纳感应，又应该分歧到怎样？这一切，为了全书的‘现实性’，为了书中人物的‘发展’都是必要。”进而，茅盾不无遗憾地指出：“可是我们的作者在这一方面太少了注意了。他并没有从正面描写那社会。”可见，茅盾最关心的，是对人物所处并活动的社会环境的展示是否充分，在他看来，这是一部小说成功与否的关键。我们承认这种批评视角是具有相当的合理性的，而且，事实上，这种批评方法也开辟了此后尤其是中国当代文艺批评的基本路径；但也必须看到，由于这种方法从一开始就过于重视人物活动的社会环境，也为后来在极“左”思潮中，极端演化为庸俗社会学或社会机械论留下端口。

当然，并不是说，茅盾的社会-历史批评只认社会意涵而无视艺术表现，如果是那样的话，这种批评就不会发挥那样大而持久的影响力了。譬如在论及吴组缃的小说《樊家铺》时，茅盾就着重分析了该书的写作技巧。“他的文笔是既细腻而又明快；特别是书中‘人物’的对话，是那么热喷喷的生动，就好像那人儿真在我们面前说话。”茅盾也充分肯定了吴组缃在叙事与写人方面所采取的表现手段。“我们又看到了作者技术的高明。他并不用第三者（作者）的口吻来叙述，这一对母女的利害不同，心意各别；他只是让一连串的动作者表现出来，而这些动作又是和全篇的主

---

① 茅盾：《〈文学季刊〉第二期内的创作》，《茅盾全集》第20卷，北京，人民文学出版社，1990，第118～127页。

要动作紧紧联系着的。”结合《樊家铺》原著，我们发现茅盾的观点是准确到位的。

只不过，茅盾的文艺批评，往往习惯于内容和技巧二元分立式的分别解析，或者只把后者作为前者的陪衬，较少有如此前的胡风等，常常将两者融汇为作者主体的创造力进行整体分析。可见，社会-历史批评有它的长项，也有它的短板。长项是始终把文学的社会意义放在首位，因此分外注重作品所反映的社会历史背景的设置、人物形象性格的形成及其行动的社会依据、人物形象之间关系所体现的社会意义等，这些都为文学作品的价值定性提供了确凿的依据，因为文学毕竟要对社会有所发言。短板是如前所述的习惯于内容和技巧二元分立的分析模式，有鼓励割裂艺术整体的嫌疑，再有就是过于重视作品所反映的社会历史背景与作品所营造的艺术世界互为参照，由此有可能衍化或寄生出诸如索隐、对号入座的庸俗社会学批评模式，以政治评价代替艺术评价，以阶级分析代替艺术分析。还有，在社会-历史批评视野中，作家的主体价值往往被作品反映的社会生活所遮蔽，因此，审美一般在此种批评中只是作为技巧范畴中的一种元素隐约地存在着。这些都是社会-历史批评后来被诟病、被边缘化的主要原因。

第七节　叶圣陶的鉴赏性批评

叶圣陶的文学批评一般是循循善诱的品鉴式的，这与他长期任文学编辑有关。1937 年，他在《新少年》杂志的 1、2、3、4 月第 3 卷的 1、3、5、7 期上，发表了《文艺作品的鉴赏》，目的是直接指导读者进行文学鉴赏。关于如何鉴赏文学作品，叶圣陶主要是从这样几个方面展开话题的："要认真阅读""驱遣我们的想象""训练语感""不妨听听别人的话"。[①] 很明显，这的确是常情常理的话，但是不等于没有用。

在"要认真阅读"中，叶圣陶强调了一个常识性的真理："要认真阅读。一壁阅读，一壁加以研究和考察。这样才可以走上文艺鉴赏的途径。""认真阅读"，是一切文学鉴赏和批评的前提，走马观花，连一个完整的印象都没有，当然什么都做不成，这对于没有鉴赏经验的人尤其重要。"认真阅读"，就是我们在前面提过的要对所要感受的艺术情境保持相对稳定

① 《叶圣陶论创作》，上海，上海文艺出版社，1982，第 126～141 页。

的注意。只有如此，才能维持心理活动指向，并使这种活动处于积极状态且不断深入下去。所以，“要认真阅读”，是进入文艺鉴赏的唯一途径。

至于说文学鉴赏要“驱遣我们的想象”，就更有一点儿意思了，因为这涉及文学的特质问题。叶圣陶一方面，把文字比作桥梁，“这边的桥堍站着读者，那边的桥堍站着作者，通过了这一道桥梁，读者才能和作者会面”；另一方面，又指出，“文艺作品往往不是倾筐倾箧地说的，说出来的只是一部分罢了，还有一部分所谓‘言外之意’‘弦外之音’没有说出来，必须驱遣我们的想象，才可以领会它。如果拘于有迹象的文字而抛荒了‘言外之意’‘弦外之音’至多只能够鉴赏一半”。原因在于，文学虽然以文字为载体，但文字本身并不就是文学作品，文学的直接依托是言语，文字固然是言语的载体，但是文学的言语又不同于日常言语及科学言语，后两者的主要功能在于达义。“义”是以概念的形式存在的，而且“达”的途径崇尚平直简，有多少基本就能达多少。文学言语是达意，这“意”是裹挟在情里的心愿。因此，文学言语所达之意，自然通道迂回曲折，其结果，往往是多出一些东西，甚至意在言外，言在此而意在彼。就是说，文字的表面含义并不是文学作品所要表达的全部，它只是诱发人想象的无数个点，读者只有通过想象才能将这些个点大致地连成整体景观、事物、人物形象等，并在此基础上，经过体味、感受、理解，大致获得作者所要表达的意味、意境等。在此过程中，由于每个读者相关的体验不同，想象不会完全一样，又会较之作者或其他读者的想象，多出一些或少一点，这就是所谓的“有一千个读者，就有一千个哈姆雷特”。

至于“不妨听听别人的话”，则是叶圣陶对缺乏鉴赏经验的读者的建议。叶圣陶认为，阅读文艺也应该阅读批评文章，“虽然并不是所有的批评文章都有价值，但是看看它们，就像同许多朋友一起在那里鉴赏文艺一样，比较独个儿去摸索要多得到一点切磋琢磨的益处和触类旁通的机会”。譬如“阅读了一篇作品，觉得淡而无味，甚至发生疑问：作者为什么要采集这些材料，写成这篇文章呢？这是读者常有的经验。这当儿，我们不应该就此武断地说，这是一篇要不得的作品，没有道理的作品。我们应该虚心地想，也许是没有把它看懂吧。于是去听听别人的话”。[①]

应该说，这种说法有一定道理，也有一些可行性价值。正如一个人拿不准某些事情的时候，听听别人的看法可能受到一些启发一样。但是，前提是他自己确实踏踏实实地读过，已初步有了自己的感受和想法，否则，

① 《叶圣陶论创作》，上海，上海文艺出版社，1982，第138～139页。

他就可能失去自己的感受和想法。我们在前面已经讨论过的在文学鉴赏中可能出现的诸种消极的定势，在此就不再赘论了。当然，没有自己切实感受和真实想法的鉴赏还算不上真正意义的鉴赏。因此只有在这个意义上，才能说“比较独个儿去摸索要多得到一点切磋琢磨的益处和触类旁通的机会”。目的，就是获得一份准确的审美感受，以为进一步展开文学批评的心理基础。

叶圣陶所以非常重视文学鉴赏的准确性，不仅是为文学批评提供坚实的心理基础，使之更科学、合理，而且是为了提高文学批评的品位，端正文学批评的态度。在他看来，“文艺批评是文学上极重要的一种业务。文学进步的民族对于这一事剖析精微，综观指归，和治科学的抱一样的精神”。要提高文学批评的质量，提高批评家的素质则是关键。所以，叶圣陶把一个时期、一个民族的文学成就与文学批评家从中所起的作用联系起来看，这应该是前所未有的见解。“没有伟大的创作家的时候，未必会有伟大的批评家。”因为“他的批评虽好，而社会既不解容受，作家也无从得益，这也是徒劳的事”。简言之，由于伟大的批评家的眼光远远超越于社会及作家所能理解“容受”的水平，面对诸多平庸之作，真知灼见又能如何？即便是他发出惊世之语也不会引人注意，起到应有的作用。他说此话的意思是，伟大的创作家与伟大的批评家是互为前提的关系，目的是说明文学创作与文学批评之间是互相依赖的，尤其是要强调文学批评对于文学创作价值的砥砺、引领、提升作用。

尤为可贵的是，叶圣陶反对文学批评家放低标准，随波逐流，而是要求批评家站得高，看得远，强调“眼光断然不可降低”，要“慢慢导引，慢慢修炼，以期作家和读者同时长进，而共进于文艺复兴之光明时期”。这不能不使我们想起19世纪的俄国文学界，如果没有伟大的批评家别林斯基，就很难产生批判现实主义经典作家如果戈理、托尔斯泰等世界级文学大师；反过来也一样，没有普希金、契诃夫、冈察洛夫、屠格涅夫等伟大的作家，也很难有别林斯基的用武之地。在此意义上，伟大的创作与伟大的批评是相互生成、相互存在的依据。因此，叶圣陶认为，作家的精神品位，至少“人生观须是在水平线以上”，否则，“玩世不恭，物质迷心，不流于空虚便堕于禽兽。以言人生，实属不甚确当。以此入于文艺，文艺岂不遭其玷污?”[①] 提高批评家、作家的评价标准和精神品位，应该说至今仍然是非常重要并迫切的事。当下盛行于批评界的诸如“人情批评”

① 《叶圣陶论创作》，上海，上海文艺出版社，1982，第44～45页。

“红包批评”“圈子批评”等等所谓媒体批评及商业批评的或“捧”或“杀”，与那些所谓的“隐私写作”“身体化写作”“玄幻写作”等等，都有一定的对应关系，也是叶圣陶所谓的“人生观在水平线以下”作家、批评家的产物。

在批评方法上，叶圣陶提倡鉴赏性批评。所谓鉴赏性批评，就是强调鉴赏之于批评的前提性及必要性，注重在未进行文学批评之前，要先进入作家所营构的艺术世界之中，有所感动，有所共鸣，有所思考。一般而言，在此基础上所进行的文学批评，都会有的放矢，切中作品实际，无论是佳处还是缺失。而且，这样的批评一定是个性化的见解，而不是搬弄理论的套话、空话，更不会是生硬的切割。

有趣的是，叶圣陶对鉴赏性批评采取一种换位思考的表达方式，特意写了一篇《我如果是一个作者》。他说：“我如果是一个作者，我如果写了一本书，希望写书评的人第一要摸着我心情活动的路径。在这条路径里，你考察，你观赏，发见了美好的境界，我安慰地笑了，因为你了解我的甘苦；或者发见了残败的处所，我便不胜感激，因为你检举了我的缺失。”就是说，在叶圣陶看来，文学批评的价值在于作为作者的知音，在于真正地“观赏，发见了美好的境界”，或“发见了残败的处所”，而不是诸如“搬出社会影响的大道理或是文学理论的许多原则来，与这一本书全不相干”。他所谓的“我不欢喜听一味的赞扬，也不欢喜听一味的斥责”，“而欢喜听体贴的疏解”。因为前两者不会给予作者具体的建议，“一味的赞扬”会使人发晕，因此得意忘形；“一味的斥责”会使人发怵，因此而灰心丧气。所以“欢喜听体贴的疏解”，是因为“假定我有些微的好处，你给我疏解为什么会有这些好处，我就可以在这方面更加努力。假如我有许多的缺失，你给我疏解为什么会有这许多缺失，我就可以在种种方面再来修练”。[①] 就是说，“体贴的疏解”才是作者真正所需要的知音和诤友，既不是无原则的阿谀讨好，也不是心怀叵测的排斥贬低，而是出以公心，源自爱心，发自内心，才能使作者有所得。这与此前鲁迅对初学写作者的态度是一样的。鲁迅就反对那种“不是举之上天，就是按之入地”，使人或者“就要自命不凡，或觉得非自杀不足以谢天下”，而是认为“凡批评家的对于文人，或文人们的相互评论，各各‘指其所短，扬其所长’固可，即‘掩其所短，称其所长’亦无不可”，目的是真正使作者在批评中有所得。

---

① 叶圣陶：《我如果是一个作者》，《叶圣陶集》第九卷，南京，江苏教育出版社，1990，第195、196页。

当然，这种鉴赏性批评也有一定的局限。那就是正因为是个性化的，所以批评家的个人好恶甚至偏嗜，会极大地影响批评的价值取向。叶圣陶也考虑到这一点，应该说，这种顾虑不无道理。但是，既然文学批评是由批评家具体操持的，那么，无论是哪一种批评方法的批评，都会在一定程度上呈现出个人化的因素，除非是用机器批评，或者是用那种计算机统计法式的批评。只不过应该承认，鉴赏性批评个人化的色彩的确会更重一些，这恰好对应于茅盾的社会-历史批评的代言式批评。后者，关注的是作品所反映的时代社会关系、作品的社会效果等宏大叙事及社会意义。相对而言，叶圣陶的鉴赏性批评虽然并不否认文学作品的社会价值，但是较之社会-历史批评主要是作品的社会关系及思想内涵批评，则更关注文学批评方法的有效性。正因为此，叶圣陶才呼吁批评家要"站在我的地位设想，看看我这种眼光怎么来的，然后说依他的眼光看来，结果完全两样。也许我给他说服了，我的眼光就会来一下转变"①。这种换位思考与此前的成仿吾的"同情"式批评在进入作家内心上，有一定的相似之处，但是"同情"式批评是要比照着既成作品重新设想，重点在于品评作品的成败得失，并最大限度地保持批评家的自我意识；叶圣陶的换位思考则只是要在价值立场上体会作家的辛苦甘甜，目的是最大限度地尊重作家人格和劳动。所以，这两种方法对于文学批评建设都有意义，可以互补性参考。至于叶圣陶要求批评家换位思考，是否人人都能真正做到则是另外一回事，仅仅用于提醒批评家，防止其在鉴赏的趣味、价值取向等方面偏执、偏嗜，而要有包容的眼光。

不仅如此，在文学批评活动中，叶圣陶没有忘记读者应该从中有所受益，所以指出"直抒所感也是一种批评的方法"。所谓的"直抒所感"，就是不用换位思考，而是读者感觉到什么就说什么，近于直觉批评。"这种批评对于读者比较有意思。读者看过作品，再来看这种批评，好比游历回来听同游者谈说所得的印象，谈来和自己的印象相合，固然有得所印证的乐趣，如果和自己的印象大有径庭，也可以把过去游踪重行回味一下。"就是说，读者可能在这种批评中获得某些启示，从而提高鉴赏水平。应该说，顾念读者是叶圣陶鉴赏性文学批评优于当时其他批评家观点的地方，如前所述，成仿吾、李健吾、胡风等很少留意这个维度。

综而观之，应该说，叶圣陶的文学批评的内容还是比较丰富的，而且，无论是对于作者还是读者，亲切、熨帖、不隔，都是其最大特点。当

① 叶圣陶:《我如果是一个作者》,《叶圣陶集》第九卷,南京,江苏教育出版社,1990,第197页。

然，直觉化、主观性或个人化过强，理性分析不足，缺乏系统理论支持，也是其难以掩饰的毛病。所以，这些特点或局限，应该是叶圣陶鉴赏性批评明显区别于其他批评方法的地方。

第八节　李长之社会精神分析学的激情批评

李长之的文学批评在中国现代文学史上是别具一格的存在，这不仅因为他是第一个较为系统地使用精神分析学的批评方法进行批评的理论家，而且因为他在25岁的时候，就写了《鲁迅批判》，更由于其研究对象是被后人推崇为中国现代文学史的首座，并且在世时就看过该书，还提出过一些建议。这就使《鲁迅批判》成为研究现代文学批评史尤其是研究鲁迅时绕不过的话题。

不言而喻，采用精神分析学方法批评作家，在当时是鲜见的。但是，李长之并没有像许多初习某种批评方法的作者那样，只是满足于简单地套用某种理论方法，甚至以会摆弄几个似是而非的名词术语为乐为荣，而是在借用中不忘批评对象的实际情况，不忘本土研究的习惯及价值取向。譬如，在“导言：鲁迅之思想性格与环境”中，李长之虽则采取了精神分析学的方法，但并不否认人的社会性，而且在实际的分析中，仍然融进了中国传统的“知人论世”的视角，甚至说，还汲取了一些社会-历史批评的方法。就是说，李长之在一定程度上突破了精神分析学批评所惯常重视的，主要关注作者所谓“伊特”情结的化妆与升华、白日梦等在作品中如何体现，而是反过来，将惯常以作品作为研究作家某些心理情结的标本，变成通过梳理鲁迅在现实所处的环境中而产生的某些心结，研究它们在创作中有哪些体现。具体表现为，李长之以鲁迅的成长历程为依据来分析、研究其作品，并将其划分为六个阶段。至于划分得是否合理，姑且不论，至少说明李长之还是重视批评对象在现实社会中的实际表现的。在这个意义上，其实应该称李长之的批评为社会精神分析学批评。

实事求是地说，李长之的《鲁迅批判》的第一、二部分写得不怎么样，“导言：鲁迅之思想性格与环境”写得过于简约，可以说是梳理有余，分析不足，基本是鲁迅自述文字的再现。第二部分“鲁迅之生活及其精神进展上的几个阶段”，划分得过于琐细。但是，第三部分，即“鲁迅作品之艺术的考察”写得却比较精彩。譬如李长之认为鲁迅“不够思想家”，而“是一个诗人”。[①] 理由是“他在思想上，只是一个战士，对旧制度旧文明施以猛烈的攻击的战士”。李长之这样评价鲁迅，当下的读者可能有些不适应，因为多年以来，一直习惯于认同毛泽东的评价：“鲁迅是中国文化革命的主将，他不但是伟大的文学家，而且是伟大的思想家和伟大的革命家。鲁迅的骨头是最硬的，他没有丝毫的奴颜和媚骨，这是殖民地半殖民地人民最可宝贵的性格。鲁迅是在文化战线上，代表全民族的大多数，向着敌人冲锋陷阵的最正确、最勇敢、最坚决、最忠实、最热忱的空前的民族英雄。鲁迅的方向，就是中华民族新文化的方向。”[②] 但是仔细想来，李长之的评价不无道理。一般而言，思想家的标识应该是具有成体系的思想，理性、客观、怀疑、批判、追求真理等，鲁迅虽然在某些言论上，可谓深刻之至，但是在成体系的思想方面，还缺乏可论证的资料。所以说鲁迅是思想家更多的应该是比喻意义的，而不是实指。鲁迅在某些方面的确表现出理性的品格，怀疑、批判更是他性格的特点，但是素质并不等于就是，素质只意味着可能性，而不是必然性。在李长之看来，“诗人是情绪的，而鲁迅是的；诗人是被动的，在不知不觉之中，反映了时代的呼声的，而鲁迅是的；诗人是感官的，印象的，把握具体事物的，而鲁迅是的”[③]。说鲁迅是“情绪的”，从当时使用“情绪”这个词的习惯语境看，其实是指具有丰富的情感，用今天的话说就是情商高，这是作家、诗人的基本素质；说鲁迅是“被动的”，应该是指鲁迅的创作，一向从生活出发，从人生的真实感觉出发，而不是如革命家、宣传家那样“明目张胆而提倡革命文学，为革命文学而造作那类的题材”。这也可以从五四新文化运动，鲁迅并不是先锋，而是看过一阵子才上阵得到证明。至于在此前已通过小说创作反映了时代的要求，恰好表现出鲁迅的艺术直觉和敏感性。还有，说鲁迅是“感官的，印象的，把握具体事物的”，应该是指鲁迅具有超强的形象和细节记忆力，具有丰富的艺术感觉，这也是符合实际的。

既然鲁迅具有这么好的诗人素质，顺理成章，李长之充分肯定了鲁迅富于抒情的文笔，认为如《忆韦素园君》和《为了忘却的记念》等，都“含蓄、凝练、深长的意味和丰盈的感情”。至于为什么抒情文章少，“小半原因是……鲁迅碰到要攻击的对象是太多了，他那种激昂的对于社会的关怀遂使他闲适不得。即是他的杂感，也每每不大从容，然而遇有从容的

① 李长之：《鲁迅批判》，北京，北京出版社，2011，第54页。

② 《毛泽东选集》第2卷，北京，人民出版社，1991，第698页。

③ 李长之：《鲁迅批判》，北京，北京出版社，2011，第54～55页。

笔墨，却一定是优美的笔墨”[①]。这些，基本符合鲁迅当时所处的境况。

值得注意的是，李长之以精神分析学的视角，诠释了鲁迅 1925～1935 年进入文学创作停顿期的原因。在他看来，鲁迅认为“文学总是有余裕的产物”，实际就“是一种不用之用，就是和实生活有一种距离的意思，这确乎是一切艺术的审美的性质和审美的价值的所在”[②]。而鲁迅在救亡图存的历史语境中，一方面，在理智上固然觉得文艺应该发挥武器或工具的作用，另一方面，又不忍因此破坏文艺创作规律，于是陷入内心的矛盾和苦闷之中，这就是鲁迅在创作上进入困顿期的原因。这种看法应该是说是清醒的，深得鲁迅之意。

综合起来，李长之对鲁迅批评的价值主要体现在如下方面：一是基本做到了鲁迅所谓“好处说好，坏处说坏”，二是开自觉系统地运用精神分析学进行作家批评的先河。如果要说李长之文学批评的缺陷，则主要表现为他似乎有近于书生气的文体纯粹观念的意味，以及受精神分析学影响，有以“单纯的生物学的信念”解读鲁迅的文学思想的倾向。

其实，真正做到“好处说好，坏处说坏”是不容易的，尤其是在作家在世时，甚至还看过对他的批评，就更不容易做到。李长之虽然不是最早研究鲁迅的人[③]，但可以说是最早以专著形式长篇大论鲁迅的。李长之说鲁迅作品的好，除前面强调鲁迅的诗人特质之外，主要体现在对鲁迅的小说、杂文以及对文学史的贡献的充分肯定上。譬如认为，“《孔乙己》《风波》《故乡》《阿 Q 正传》《社戏》《祝福》《伤逝》和《离婚》。这八篇东西，都是完美的艺术，到了完整的艺术的，就是不能再分高下的了，所以这八篇东西可说有永久的价值，我敢说在任何国外的大作家之群里，也可以毫无愧色”。历史证明，李长之的判断是正确的。对此，李长之的理由是：“这八篇东西里，透露了作者对于农村社会之深切的了解，对于愚昧、执拗、冷酷、奴性的农民之极大的憎恶和同情，并且那诗意的、情绪的笔，以及那求生存的信念和思想，统统活活泼泼地渲染到纸上了。”[④] 李长之所谓的“透露了作者对于农村社会之深切的了解”，是指鲁迅具备文学创作的最重要的前提基础——对表现对象的深度把握和体验，这是获得艺术真实性的基本依据；“对于愚昧、执拗、冷酷、奴性的农民之极大的

① 李长之:《鲁迅批判》,北京,北京出版社,2011,第 56 页。

② 李长之:《鲁迅批判》,北京,北京出版社,2011,第 61 页。

③ 据周葱秀的文章《巴人对鲁迅研究的贡献与失误》(《江西社会科学》1993 年 5 期),至少在 1926 年巴人就发表过评价鲁迅的文章《鲁迅的〈彷徨〉》。

④ 李长之:《鲁迅批判》,北京,北京出版社,2011,第 62 页。

憎恶和同情”，是指鲁迅之于文学创作所必需的情感的浓度、类型和素质；“诗意的、情绪的笔”，则是艺术化的表达和富于意味的技巧；至于所谓“求生存的信念和思想”，虽不见得准确，但是表明鲁迅的作品，充满着对现实人生生存的焦虑和思考。可以说，李长之此论基本道出了鲁迅创作所以成功的秘密，具有一般性的普遍意义，值得人们进一步思考。在具体的论述中，譬如说“《风波》以从容胜，《离婚》以凝练胜”等，都是公允之论。而“《阿Q正传》之艺术价值的新估”一节中，则包蕴了一些值得注意的文学思想。譬如李长之曾表达这样的见解：“艺术必须得和实生活有一点距离。因为，这点距离的所在，正是审美的领域的所在。”认为在《阿Q正传》中，“鲁迅那种冷冷的，漠不关心的，从容的笔，却是传达了他那最热烈，最愤慨，最激昂，而同情心到了极点的感情”。[①] 前者，所谓美源于距离，或者说，是距离产生美。这虽然不是李长之的创见，但是自觉地将之应用在文学批评中，还是有意义的。尤其是用以说明后者：《阿Q正传》之美在于作者与创作对象的距离感，以“冷冷的，漠不关心的，从容的笔，却是传达了他那最热烈，最愤慨，最激昂，而同情心到了极点的感情”，可谓以常理表述的精彩之论，表明李长之深谙鲁迅创作外冷内热的特点。

李长之还阐发了这样的思想，即并不认为鲁迅在写作《阿Q正传》时就先存了对阿Q的同情心，也不见得意识到此作“隆重的艺术的与社会的意义”，“而且恰恰因此，这篇东西的永久价值才确立了，因为：真。因为真，所以这篇东西，是一篇有生命的东西，一个活人所写的一个活人的东西。它是没夹杂任何动机，任何企图，任何顾忌”。最后得出结论说：“作者没受任何限制，却只是从从容容地在完成他的创作。因此，这篇东西是绝对有纯粹艺术价值的东西。”[②]

当然，如果把这种思想绝对化，自然会流于直觉主义的神秘化，但是，李长之在此不过是为了说明文学创作应该尊重艺术规律和表现逻辑，即源于真。“一个活人所写的一个活人的东西”，要防止预定概念的干扰，这在过于强调“为什么而写作”的语境中，应该说，尤其具有校正时弊的作用。

李长之对鲁迅的杂文评价也颇高，认为这是最能发挥鲁迅所长的文体。“一个人的作品，在某一方面最多的，就往往证明是一个人的天才的所在。”“就鲁迅自己而论，杂感是他在文字技巧上最显本领的所在，同时

① 李长之:《鲁迅批判》,北京,北京出版社,2011,第73～74页。

② 李长之:《鲁迅批判》,北京,北京出版社,2011,第75页。

是他在思想情绪上最表现着那真实的面目的所在。就中国十七年来的新文学论，写这样好的杂感的人，真的没有第二个。”[①] 这种评价，在今天看来，无疑是非常准确的。说明什么？说明它在当时，就是超前的洞见。因为当时还是“进行时”，如何评价在世的作者，并没有多少可参照的意见，而且恰好有许多可能是出于文体纯粹主义的观念，并不看好杂文的，一切都要靠批评家的学术洞察力，以自己的感觉来体会和思想来分辨，如此得出的结论，即使在今天看来也算是精辟的见地，其历史意义还用说吗？

扩而大之，李长之十分看好鲁迅的整体创作将在文学史上达成的意义，认为“鲁迅文艺创作之出，意义是大而且多的，从此白话文的表现能力，得到一种信赖；从此反封建的奋战，得到一种号召；从此新文学史上开始有了真正的创作，从此中国小说的变迁上开始有了真正的短篇；章回体，《聊斋》体的结构是过去了，才子佳人，黑幕大观，仙侠鬼怪的内容是结束了，那种写实的，以代表了近来农村崩溃，都市中生活之苦的写照，是有了端倪了；而且，那种真正的是中国地方色彩的忠实反映，真正的是中国语言文字的巧为运用，加之以人类所不容易推却的寂寞的哀感，以及对于弱者与被损伤者的热烈的抚慰和同情，还有对于伪善者愚妄者甚至人类共同缺陷的嘲笑和攻击，这都在显示着是中国新文学的作品加入世界的国际的作品之林里的第一步了”[②]。

在这里，从文体到题材，从宏观的文学史上的地位到微观作品的思想、情感的表达，评价可谓全面、准确、适度，这也是被文学史证实了的。应该说，李长之开了对鲁迅的创作以全面、高度评价的头。其实，当一个作家健在时，“好处说好，坏处说坏”更不容易。说好，往往有取媚之嫌，在还没有文学史的定评之前，尤其存在一定的风险，包括人格风险和政治风险；说坏，又可能引起挟愤攻击的误解，用当下的话说，就是“羡慕、嫉妒、恨”，同样承担着一定的道德风险。好在李长之撰写该书时，鲁迅只是一个著名作家，至少还没有意识形态方面的牵扯，说好说坏固然会影响到后人的看法，也会影响人们对他自己的看法，但怎么说，还是评家的自由，一般没有什么顾忌。所以，说好，李长之不遗余力，说坏，他也毫不客气，这是非常难得的批评操守和学术品格。

李长之特意以一节的篇幅，分析了鲁迅在文艺创作上的失败之作。在李长之看来，鲁迅的失败之作，大致分为三类：一是完全失败，“坏到不可原谅的地步”的；二是“有些坏处，却又有些好处”的；三是“坏处似

---

① 李长之：《鲁迅批判》，北京，北京出版社，2011，第109、110页。

② 李长之：《鲁迅批判》，北京，北京出版社，2011，第171页。

乎少了，然而通体上平凡”的。当然，这种分类都是就艺术成就而言的。这些，如果概括些说，就是极差、平庸、平凡。被李长之认为最差的作品，主要有《头发的故事》《一件小事》《在酒楼上》《肥皂》《弟兄》几篇。在笔者看来，就艺术表现而论，这几篇的确不怎么样。譬如说《一件小事》，虽然曾经选入中学语文课本，但是确如李长之所言：“因为故事太简单，称之为小说呢，当然看着空洞；散文吧，又并不美，也不亲切，即便派作是杂感，也觉得松弛不紧凑，结果就成了‘嘛也不是’的光景。”这话虽然有些刻薄，但也不无道理。其实《一件小事》不仅在文体上显得不伦不类，在艺术表现上也乏善可陈，简直说，就是概念化之作。而且文中“我”对“人力车夫”所表达的崇敬，被后来有人作为接受了马克思主义的标志，其实是在明显地矫情，充其量，是民粹主义思想的拙笨表述。

当然，鲁迅所以有《一件小事》这样的作品，与其所处时代的社会思潮密切相关。众所周知，在启蒙主义思想影响下，在人文知识分子中，民粹主义成为一种主流时尚，城市知识分子坐三轮车几乎是唯一的能与底层人接触的机会，所以，为表现“劳工神圣”思想，就有一批人以人力车夫为题材进行创作。这也是当时许多作家的通病，既要表现民粹主义思想，又缺乏对市民生活的真切了解，所以把最容易接触的人力车夫崇高化、道德完美化。这在当时几乎成为一种写作时尚，譬如胡适、沈伊默的《人力车夫》，刘半农的《车毯》，郁达夫的《薄奠》，汪敬熙的《雪夜》，都是以人力车夫为对象的小说。这就不难理解鲁迅为什么会莫名其妙地写《一件小事》了。①

李长之分析，根本原因是“鲁迅更宜于写农村生活，他那性格上的坚韧，固执，多疑，文笔的凝练，老辣，简峭都似乎不宜于写都市”，“在鲁迅写农民时所有的文字的优长，是从容，幽默，带着抒情的笔调，转到写都市的小市民，却就只剩下沉闷、松弱和驳杂了”。② 应该说，李长之的分析是非常有道理的，但是还有别的原因。鲁迅不善于写都市生活，不仅是他性格、气质、文笔等方面的原因，当然这些都很重要，在笔者看来，鲁迅写都市题材所以欠佳，根本上说是他对都市生活不熟悉或者说有隔膜，缺乏像老舍那样的近于本能的感受。譬如，同样是写人力车夫的，老舍的《骆驼祥子》就是非常成功的，原因是后者生于北京，长于北京，对胡同中的底层人非常熟悉。而鲁迅进城以后，无论是在教育部供职，还是

① 如刘半农的新诗《车毯》(《新青年》1918年第4卷第2号)和陈绵的短剧《人力车夫》(《新青年》1920年第7卷第5号)等。

② 李长之:《鲁迅批判》,北京,北京出版社,2011,第103页。

在大学兼课，除了偶尔坐一次人力车，一般很少有机会与普通市民近距离接触，往往只凭猜测、臆想来写他们，至多采取所谓设身处地的想象，毕竟不够切实。所以他笔下的市民形象，一般都是模糊的剪影，包括《药》中的华老栓、花白胡子、驼背五少爷等，都是这样的。

其实，《弟兄》可以算作散文，当然即便是散文也不算佳作，描写过于简单，内容有些空洞，忏悔也因过度而显得矫情。所以，它的最大意义不过是提醒人们，要珍惜童心童趣罢了。总之，这也是思想大于形象、预设观念多于真切感受的平庸之作。

至于被李长之列为“有些坏处，却又有些好处”的平庸之作，譬如《高老夫子》，一方面他承认鲁迅的描写“确乎好”，另一方面，则又认为“有时讽刺太过，太露骨，变成了浅薄”。这主要是指“瑶圃之介绍高老夫子”那一段：“这位就是高老师，高尔础高老师，是有名的学者，那一篇有名的《论中华国民皆有整理国史之义务》，是谁都知道的。《大中日报》上还说过，高老师是：骤慕俄国文豪高君尔基之为人，因改字尔础，以示景仰之意。斯人之出，诚吾中华文坛之幸也。”在李长之看来，这一段是鲁迅自己要讽刺却托“瑶翁”之口说出的，认为“多末不相称，多末失却了文艺的真实感，多么浅薄”，“以内容论，这篇只是在暴露那维持风化者和整理国故者的真面目，充其量，是一幅卡通，并没有更深刻的意义”。①但在笔者看来，这些指责虽然勉强可为一说，却并不准确。因为作家有权利通过人物形象表达自己所要表达的思想，包括讽刺某种社会现象，关键是看这种表达是不是符合特定的艺术情境。从《高老夫子》通篇来看，这位主人公还是很形象的、鲜活的，尽管描写有些漫画化。但是，即便如上的话语不是非常符合“瑶翁”的身份，鲁迅在此确有些越俎代庖的意味，结合作品整体看，也只能说是点瑕疵，远没有达到“讽刺太过，太露骨，变成了浅薄”和“失却了文艺的真实感”的程度。所以，李长之在此似乎有些“鸡蛋里面挑骨头”——为“说坏”而“说坏”的意味，这也不公平。

李长之在批评史上最大的贡献在于他自觉地、系统地运用了精神分析学方法，至少，对一直以来较为盛行的社会-历史批评起到一定的制衡或补充、丰富的作用。所以，如果说社会-历史批评是“知人论世”的话，那么李长之在此就是知人论文，知文论世，是在精神分析学后面又加了一个社会的维度，而又不同于“知人论世”过于强调外在世界的逻辑对人的

① 李长之：《鲁迅批判》，北京，北京出版社，2011，第105、106页。

影响。这是前几年一些青年学者常常生吞活剥，简单套用西方某些批评理论的名词术语贩卖甚至唬人所不及的。在这个意义上说，李长之的学术态度是严肃的，他借用精神分析学批评鲁迅，是为了解决中国的文学问题，而不是为了显示理论或方法的前卫。这应该是《鲁迅批判》至今仍然有一定的生命力，仍然是研究鲁迅时绕不过去的话题，有的结论至今甚至仍然无法漠视和超越的重要原因。

李长之说："鲁迅在性格上是内倾的，他不善于如通常人之处理生活。他宁愿孤独，而不喜欢'群'。"又说："鲁迅在情感方面，是远胜理智的。他的过度发挥其情感的结果，令人不禁想到他的为人在某一方面颇有病态。"[①] 他所谓"内倾"不"群"的结论，主要来自鲁迅的自述《两地书》。所以他认为鲁迅只能写早年农村的记忆，是因其不能融入都市生活，早年记忆一旦写完，就无法表现都市生活，或者说，不能成功地表现都市生活。这种观点，以今天的眼光来看，仍然可以说有一定的道理。就现有的关于鲁迅的回忆文章和鲁迅本人的日记等来看，没有任何人提到过鲁迅为了创作而特意与什么人交往，更不用说像老舍那样深入市民中去寻找素材，体验生活了。再如，李长之认为鲁迅"在某一方面颇有病态"，其实主要是为了强调他性情的敏感、多疑、浓烈，并以此证明鲁迅的诗人气质，甚至还从《野草》《集外集》等作品中寻找一些例证。尽管这种先设题后找例的研究方法并不严密，也不见得有多高明，但是也应算作一说，因为结论符合实际。

但是，受精神分析学影响，李长之对鲁迅的误读也是明显的。譬如他在多处强调，鲁迅"根本的人生观，是生物学的，大前提在人得要生活"[②]，"以抱有一颗荒凉而枯燥的灵魂的鲁迅，不善于实生活，又常陷在病态的情绪中，然而他毅然能够活下去者，不是件奇异的事么？这就是在他有一种'人得要生活'的单纯的生物学的信念故。鲁迅是没有什么深邃的哲学思想的，倘若说他有一点根本信念的话，则正是在这里"。再如"《兔和猫》，死的是小兔；《鸭的喜剧》，死的是小蝌蚪。——所有这一切不是偶然的，乃是代表着鲁迅一个思想的中心，在他几经转变中一个不变的所在，或者更可以说，是他自我发展中的背后的唯一的动力，这是什么呢？以我看就是他的生物学的人生观：人得要生存"。[③] 李长之所以会对鲁迅的人生观发生如此误读，主要是他受精神分析学影响较大。众所周

① 李长之：《鲁迅批判》，北京，北京出版社，2011，第150、157页。

② 李长之：《鲁迅批判》，北京，北京出版社，2011，第97页。

③ 李长之：《鲁迅批判》，北京，北京出版社，2011，第165、189页。

知，精神分析学的理论基础是生物学或生理学。所以，一看到鲁迅经常在生活或作品中强调或表现“人要生存”的观点，李长之就会自然而然地联系到生物学。当然，也不能要求一个25岁的年轻人有多么准确的学科知识和分类观念。但是，生物学是科学，而不是思想，“人要生存”其实是彻头彻尾的社会学甚至政治学命题。鲁迅反复表现、强调这个命题的目的，是一种底线警示和启迪：人如果连生存都无法保障，那么一切都将失去可能性，包括生活的价值和文学的意义。这样深刻的思想，难道是“生物学的人生观”涵盖得了的吗？

此外，李长之也有年轻人惯有的文体纯粹主义的偏执观念，对较为复杂的难以简单归类作品的价值有误解，对于溢出常识的创造缺乏必要的理论容忍，还有从定义出发，用现成的条条框框切割活生生文学作品的情况。这些，主要集中体现在他对《野草》等作品的评价上。譬如，他认为，“名为诗，其实不过是凝练的杂感的，是《野草》；名为散文，其实依然不过是在回忆之中杂了抒情成分的杂感的，是《朝花夕拾》”。众所周知，“诗是语言的加强形式”，是最具创造性、超越性、“陌生化”的文学言语形式，凝练是聚敛诗味的重要途径，因此凝练本身就是诗的特征之一。在这一特征的前提下，即便是有些杂感的内容，只要不是直白说出，是“凝练”的，尽管不够纯粹，但是一般还在诗体的容忍度之内，并不能因此否定它作为诗的合法性。至于“在回忆之中杂了抒情成分的杂感的”的《朝花夕拾》是否算散文，更是毋庸置疑的了。因为自古以来散文就是一种群概念，它从来就不纯粹，就是说，是容忍度最大的文体。所以，无论是“回忆”还是“抒情”抑或是“杂感”，它们既可以单独作为散文的要素，也可以联合在一起，共同丰富散文的内涵。

再如，李长之说：“我不承认《野草》是散文诗集，自然，散文是没有问题的，但乃是散文的杂感，而不是诗。因为诗的性质是重在主观的，情绪的，从自我出发的，纯粹的审美的，但是《野草》却并不如此，它还重在礼赞战斗，讽刺的气息胜于抒情的气息，理智的色彩几等于情绪的色彩，它是不纯粹的，它不是审美的，所以这不是一部散文诗集。”[①]看得出来，李长之的文体观基本还是二元对立的模式：要么是散文，要么是诗，既是散文又是诗的今天所谓复合文体或交互文体，叫他感到一种无法归类的不适。其实，到目前为止，文学体裁的定义，一般都是描述性的，它划定一个基本方向或区间，从来就不存在纯粹的、绝对的文体，正如世界上

① 李长之：《鲁迅批判》，北京，北京出版社，2011，第120～121页。

不存在一个纯的民族一样。他说："诗的性质是重在主观的，情绪的，从自我出发的，纯粹的审美的。"那些抒情散文或叫美文就不要说了，难道小说就没有这些诸如"主观的，情绪的，从自我出发的，纯粹的审美的"特征了吗？好在李长之还没有忘记加一个"重在"，否则就更绝对化了。其实，他只是看到交互文体所造成的批评上的麻烦和困惑，却没有看到因此带来的创作上的活力，没有看到对传统文体内涵及表现力的丰富与拓展，没有意识到两栖文体本身的独特价值，更没有认识到文学创作的主要价值在于供人欣赏，而不是方便人进行批评分类。对富于创造性的新的文学形式的拒绝，恪守现成定义，结果只能是批评的刻舟求剑或抱残守缺，与文学创作实际的脱节。

对此，为了说明问题，我们不妨借用一下笔者旧作的一段话。

> 在文学发展中，任何一种文体都有一个由盛而衰的过程，正如世界上其他事物一样。因为对于作家来讲，每一种文体，都是一种规范和约律，一种作家截取和裁剪外部无限世界的模式。它意味着作家所感悟的社会生活所转化的审美体验和感觉要统一到这一限定的框架之中，所以该文体兴起之初，由于所有的限定框范都处于仍需不断丰富和填充之中，于是，该文体就必然显示出较强的包容性和开放性，于是就出现它兴盛的前期。随着该文体日趋完善和定型，由于其特定的艺术表现空间及审美张力域被文学家不断创新的创作实践开发利用得已趋极限，而在完善定型中被撑大和开辟的较为广阔的读者期待视野则仍需要有新改变填充的刺激。这文体给出的有限性与读者需求的无限性冲撞的结果，则是该文体的改变、衰落或隐退。同理，对于文学家而言，文体的定型和完善，又何尝不是一种限制和压迫的折磨。文学家才情的多样性和表现欲的无限性，与文体的限制与压迫间冲突的结果，则是该文体的突破和颠覆。为摆脱这种文体老化的窘境，出路大致有两个：一是在肯定该文体基本样态及约律的前提下，向别种文体求援……或在体势、表现空间上求变……再一个就是干脆改弦易辙，"遁而作他体，以自解脱"。这就是文体谱系中相继更迭嬗递的基本原因。①

笔者的意思是说，批评家应该做的是，他必须在文体意识上与时俱进，不

① 盖生：《关于"文学具有进步性"命题的悖论研究》，《社会科学战线》2002年第1期。

是抱着现有的定义不放，而是不断地在新的文学创作中发现文体更新的因子，甚至给予文学创作以鼓励，为文体的重新定义提供可能，从而在整体上推动文学事业的发展，这才是文学批评存在的必要性与合法性的基础。

事实上，无论是不被李长之看好的“在回忆之中杂了抒情成分的杂感的散文《朝花夕拾》”，还是因其审美的“不纯粹”显得不伦不类的散文诗集《野草》，都已经得到证明，它们都对中国现当代散文及散文诗创作发生了较大的影响。因此，李长之对鲁迅及其作品的批评功不可没，但是他的纯粹主义文体观也影响了他的《鲁迅批判》的公正性和学理性，这是应该指出的。

第九节　梁实秋文学批评方法效用的有限性观点的理论贡献

在梁实秋提出文学批评方法效用的有限性观点之前，几乎每个批评家所推介的文学批评方法都是排他而独尊的。常常是，推崇鉴赏性批评的，反感社会-历史批评的社会关系论的机械生硬；而主张社会-历史批评的，则藐视印象批评的肤浅感性；举道德批评大旗的，往往指责精神分析学批评视角污秽；提倡精神分析学批评的，一般也厌弃道德批评陈腐落伍，等等，大家各操一把琴，各弹各的调。当然，梁实秋并不是要整合一切视角，因为他明白，全方位就会失去视角，也就会失去发声的依凭。但是，梁实秋不把视角的效用绝对化和唯一化，承认任何批评方法都有所能但也有所不能，并且强调要在批评家内涵和能力上下功夫。应该说，这对于提高文学批评水平还是大有意义的。

众所周知，梁实秋具有中西交融的学术背景，一方面，他深受中国传统儒家仁爱思想影响，另一方面，又接受了美国新人文主义学者白璧德的相关学说。因此，他所建立起的以人性为核心的文学批评体系，在当时就属于别具一格的存在。但最值得注意的，还是他文学批评思想的兼容性。他认为，任何文学批评方法的效率都不可能是无限的，没有任何一种批评方法可以放之四海而皆准。

梁实秋指出，文学批评是对作品进行“解说”，首先，只有对作品的情境“同情”，“然后他才能设身处地，才能把他自己放在诗人的地位，才能十分明了诗人所会感觉的真理”。如果把这种同情所“了解”的写出来，就基本完成了初步的文学批评。很明显，在此，梁实秋吸纳了鉴赏性及“同情式批评”的思想方法。但是他并不满足于此，而是进一步提出：“批评家先研究诗人的生平，更需要研究诗人生时的环境和时代。”他这就又整合了传记批评及社会-历史批评方法的社会关系视野，也与中国诗学传统的“知人论世”接上了文脉。同时，梁实秋清醒地指出：“解说的方法，传记的方法，历史的方法，我们都可以承认，是文学批评方法的一部分，但不能认为是批评的终点，更不能认为是批评方法的正则。”

就是说，哪一种方法都可能对某类文学作品有效，但没有任何批评方法是万能的，在根本上说，应该是“有什么样的文艺作品，就有什么样的文学批评”，却不应该反过来，把某种文学批评方法作为衡量一切的尺子，宁可削足适履，也不承认是这种批评方法存在局限。这不仅是实事求是的态度，而且是一种可贵的学术通达和包容。他举例当时颇为时尚的精神分析学批评：一方面，他承认“这种批评方法当然是新颖的”，但另一方面又指出，“其效用的范围实是极有限的”。为什么呢？“精神分析学是解剖变态心理的一个利器，而对于一个身心健全不失常态的人完全没有用处。最伟大的作家几乎没有变态的，无论其情感是如何丰富，想象是如何发达，总不失其心理上的平衡。”虽然说，他此论可能有些武断。根据变态心理学的研究，作家在进行文学创作的过程中，在严格的意义上，多少可能与常态心理有些差别，某种创作冲动的产生，也可以说是心态暂时失衡的表征，譬如以虚为实、无中生有、以假当真等等，但是，这和文学作品所表现出来的情感和心理是两回事。应该说，大多数文学作品所表现的，都是常态的情感、正常的心理，即便表现出来的是变态心理，符合精神分析学的研究特征，也是出于艺术表现的需要，只能说明精神分析学批评有一定的适用域，既不能因此说明作家的心理是否变态，也不能以此作为考量所有文学作品的根据。况且，即便是有的作品堪称精神分析学批评的标本，也不能说明只有这种作品才有价值。用梁实秋的话说，就是“批评之任务在确定作品之价值，而价值之确定，又有赖乎常态标准之认识。有相当训练之批评家，对于作品内容之是否属于变态心理，决难逃其明辨之品味，固无须待精神分析学之穷究细讨”。更为直接地说，就算是作品中蕴含了精神分析学的某些指标，那么，“精神分析只能说明其变态之故，并不说明作品之价值”。①

梁实秋此论是有意义的，记得新时期初期，精神分析学又兴隆了一阵子，一度成为取代僵化的社会-历史批评方法的法宝，无论什么作品，都要拉来用什么恋母情结、恋父情结或者恋母憎父情结比量一下，微言大义

① 戴逸主编：《二十世纪中华学案·文学卷》，北京，北京图书馆出版社，1999，第298、299、307页。

一番，其实很多结论都似是而非，甚至不伦不类。正如梁实秋前面所表述的，即便是有的作品符合精神分析学的某些尺度，而且用一般的社会学或社会心理学等视角分析也的确不如精神分析学的解释更确切，但也不能说作者主观上就真的要表达什么“俄狄浦斯情结”，更很难说，表达了就是好作品，没有表达的就是差作品。

同样的道理，社会学批评不关注作家心理是否变态，也不在意作品是否表达了什么“情结”，而更注重作品是否触碰或回应了社会最敏感的问题，是否“解释其当时社会之状况”。但是，梁实秋认为，“我们也不能否认文学作品一方面固是表现了当时的社会，但一方面也表现了作者个人的人格，并且解释社会状况，只能算是解释了作品产生的状况，不能算是评衡其内容的价值”。梁实秋把这种社会学批评称为外围研究。他固然承认这种外围“研究都是有益的，但只能做批评的准备，而不能代替了判断”，并认为“最好研究文学的方法是在作品里面去研究，不是到作品外面去研究”。①

此时，作为事实上进行文学内部研究的美国新批评已经在世界上产生了一定的影响，而且，作为清华大学教授的瑞恰兹恰好是新批评的理论创始人，但不可否认的是，还没有人像雷·韦勒克等明确提出所谓外部研究及内部研究的概念。② 而这，与梁实秋提出文学“外面的研究”和“里面的研究”意思却是一样的。因此可以说，梁实秋对此不仅有先见之明，还有先达之论。

事实上，要整合好这“外面的研究”和“里面的研究”，梁实秋没有在方法层面上大费周折，而是试图通过提高批评家素质来解决文学批评质量问题。应该说，这才是文学批评问题的关键所在。他认为，文学批评家固然需要一定的才气，也就是“要有清楚的头脑与犀利的眼光，一个禀赋平庸的人写不出好的批评文字”，但是，仅仅靠才气还是不够的，“大概批评家必须多少具备一点‘学者’的气质”。那么，在梁实秋看来，“学者气质”指的是什么呢？首先在方法上，“对于文艺作品，不仅要博览，而且要精研”，这当然是学者的态度。除此之外，“对于文艺发展的历史必须有系统的探讨，对于有关文艺的学科必须有相当彻底的领悟”，因为只有对文艺发展史比较熟悉，才能给所要批评的作品一个准确的价值定位，譬如在哪些方面有所创新，在哪些方面显得俗厌陈旧，在文学史上应该占有怎

---

① 戴逸主编:《二十世纪中华学案·文学卷》,北京,北京图书馆出版社,1999,第 306 页。

② 雷·韦勒克和奥·沃伦合著的出版于 1942 年,1984 年经介绍并于中国出版的《文学原理》中提出了“内部研究”与“外部研究”。

样的位置等等，就都有了依据。还有，梁实秋要求批评家“最要紧的是知识之系统化”，作为批评的准备，自然包括与作品相关的学科，譬如哲学。因为“批评家的工作差不多完全是理智的运用，所以更要有清晰的哲学态度”。当然，他也强调，“文学批评本身不是哲学”，但是“文学批评与哲学是不能分开的”。[①] 就是说，做好文学批评，用什么视角、方法并不十分重要，重要的是在批评家内涵上下功夫，功夫到了，眼界开阔了，见地自然上去了，作品的价值就一定会被揭示出来。无疑，这种观点是正确的，批评方法无非是窥探作品本体的窗口，有所发见，必然也有所遮蔽，全方位、敞亮一切是不可能的。

梁实秋提出文学批评方法效用的有限性观点，无论对于文学批评的理论建设，还是文学批评的实践，都具有积极的影响，甚至至今，仍然是有意义的。众所周知，企图抱住一种新潮方法包打天下的文学批评即使在今天也没有绝迹，曾几何时，诸如后现代、后殖民主义、新历史主义、女性主义、后结构主义、解构主义以及生态批评、酷儿批评等等，在批评界可以说是争奇斗艳，各逞一时之雄，仿佛每一家都真理在握。在此意义上，承认任何一种文学批评方法都有所能有所不能，不仅是一种实事求是的学术态度，更是文学批评理论建设的价值保证。非如此，各种批评方法你才谢幕我登场，虽然热闹纷繁，却未必是有效的积累，最后仍然可能是两手空空。

第十节　杨晦的“公转律”与“自转律”批评

在现代文论中，在关于文学与社会关系的问题上，杨晦提出了一个“公转律”与“自转律”理论，这使他的文学批评具有了鲜明的特色。该论最早出自杨晦1946年在重庆所作的讲演，题目是《“五四”以来中国新文艺运动与社会运动的关系》。

> 文艺跟地球一样，有它的公转律和自转律。要是打个比喻来说，文艺好比是地球，社会好比是太阳。我们现在都知道地球有随太阳的公转，也有地球的自转；其实，就是文艺也有文艺的公转律和自转律的。文艺发展受社会发展限定，文艺不能不受社会的支配，这中间是

① 戴逸主编：《二十世纪中华学案·文学卷》，北京，北京图书馆出版社，1999，第308、312页。

有一种文艺跟社会间的公转律存在；同时，文艺本身也有文艺自己的一种发展法则，这就是文艺的自转律。[①]

应该说，这种譬喻不仅形象，而且颇具学理价值，这是杨晦深谙并应用唯物辩证法精髓的表征。较之雷·韦勒克和奥·沃伦合著的出版于1942年直至1984年才介绍到中国的《文学原理》所谓的“内部研究”与“外部研究”，可以说，杨晦此说使文艺与社会的关系更加有机辩证。因为将“内部研究”与“外部研究”作为对应范畴，有误导为二元对立的可能。而且，杨晦这种一体两相的文学思想，作为文学批评原则和方法，可以说更具可操作性，具体表现在他的《莎士比亚的〈雅典人台满〉》及《曹禺论》等批评文章中。

在《莎士比亚的〈雅典人台满〉》一文中，杨晦一方面，采用了传统的知人论世其实也是知文论世的方法。“要了解莎士比亚，要通过莎士比亚了解他的时代，他的社会，都有研究《雅典人台满》的必要。假使你细心地研究过《雅典人台满》，假使你并不为一般批评家的偏见所误，你可以了解当时社会的正在变革，当时社会的发展法则。你会承认莎士比亚不但是伟大的诗人，同时是个伟大的思想家。”这可以说就是他所谓的“公转律”的视角。但另一方面，他又反对机械的知人论世，而以发展的眼光，对具体作品进行具体分析。“我们是要承认《雅典人台满》，如果以莎士比亚以前的悲剧作为悲剧的最高标准的话，是在艺术性方面，比起他的《汉姆列特》《李耳王》等显得减色的。然而，假使我们承认艺术发展的历史性，那就要改变一个方向，来看这个问题才对。……如果认为莎士比亚过去所写的悲剧是最高的艺术品，这时候，在他写《雅典人台满》的时候，已经不是产生那种悲剧的时代了。《李耳王》有《李耳王》的价值，《雅典人台满》有《雅典人台满》的价值，不必一定要放在一个天平上称量它们的轻重。这并不是说，艺术品没有好坏的品价可说，而是说，艺术的发展或是转变的时候，要换个尺度量才为合理。”可以这样理解，杨晦认为，在“公转律”中应该融入“自转律”的视角，在“自转律”中体现出“公转律”的眼光，两者的关系是互补的。这种观点给文学批评的启示是，对知人论世不能作大而化之的理解，而应该根据具体的历史语境与艺术品的关系得出正确的结论。

关于这一点，杨晦在论及莎士比亚悲剧是性格悲剧时体现得更为充

---

① 1947年5月以《论文艺运动与社会运动》为题，发表于《大学》第1期，后载于董学文选编《杨晦文选》(北京大学出版社2010年版)。

分。杨晦首先承认，一般认为的“是汉姆列特的‘怀疑’，奥赛罗的‘嫉妒’，李耳王的‘暴躁’和马克白斯的‘野心’等。……人世本来没有什么悲剧存在的，一切不幸，一切悲剧，都只有怪你自己的性格去”的观点是有一定道理的。这显然是“自转律”的目光。但是，他并不仅限于此，而是将“性格”置于时代社会的语境中去考量。“所谓文艺复兴，主要的现象之一，就是个人主义的抬头。在中古时代的封建社会里，只有封建的关系，所谓个人，被嵌在封建的关系里面，简直就有些轮廓不大分明起来。……等到封建统治的逐渐薄弱，封建关系逐渐松弛，而所谓封建道德的也逐渐破坏了，这时候才逐渐显出个人的轮廓，个人的性格才逐渐分明。”所以，在杨晦看来，在“一种新旧交替的时代。社会里充满了矛盾与冲突……最常见的情形是满怀着热望，或是光明的理想，却投到形势已非的局面下来，这时候，不成为汉姆列特，不演汉姆列特的悲剧的，能有多少?”① 就是说，没有纯粹的个人性格，有的只是社会化的时代性格。因此，没有纯粹的个人性格的悲剧，而只有特定时代社会情势下的悲剧，这可以说点中了所谓莎士比亚性格悲剧的关键。

关于如何看待人物性格或命运的悲剧，或者说，如何理解悲剧产生的社会原因即“公转律”，或人物不可知的命运“自转律”问题，杨晦在《曹禺论》中有更为充分的论述。在论及《雷雨》时，杨晦认为，就题材而言，这些本来是再现实不过的社会问题，诸如周朴园是官僚资本家和封建家长，鲁侍萍、繁漪甚至周萍、周冲乃至四凤都是他直接或间接的被压迫者和牺牲品，鲁大海是他直接的剥削对象，尤其是“这个悲剧的主角周繁漪和周萍，才是这个封建家庭的真正牺牲品。他们都想突破这个封建的窝巢，却都找不到门，在那里，连窗子都摸不到，只是在里边东撞西撞，拿爱情当作指路的明灯，实际上却只是飞蛾所投的一堆火罢了。他们的遭遇是不但悲而且惨的！这都是多么现实的问题！我们的作者，却一定写成希腊悲剧样的，认为是人类无可逃避的‘运命’，拿性爱和血缘的纠缠，来作悲惨的结子，大可不必”。曹禺为什么要把如此现实的社会问题（“公转律”）推给不可知的“运命”和神秘的“血缘”（“自转律”）呢？在杨晦看来，这与曹禺创作该剧所处的文艺潮流有关，不妨把这理解为曹禺在创作中受到文艺潮流的影响。但是，这种影响，却使曹禺在一定程度上偏离了社会现实这一最大的“公转律”。

杨晦介绍道，当时曹禺就读的清华以及北大外文系，“所有的文艺理

① 杨晦著，董学文选编：《杨晦文选》，北京，北京大学出版社，2010，第 47 页。

论，都采自欧美的资本主义国家，笼统地崇拜那些所谓伟大的批评家，并不管那些批评家的理论依据是什么。……在文艺批评理论里，就是以19世纪的现实主义为基础的，也往往要取来一点古希腊的‘运命’，调和一些文艺复兴时代的‘性格’，加上一点19世纪初期的浪漫热情，再渗入一些19世纪末、20世纪初的神秘象征，这然后才够味”。在这样的创作语境中，曹禺为了追求“表现的是永久的问题”，把本来是“含有大量社会问题的”《雷雨》，表现为“充满神秘运命观念的家庭悲剧”；“《日出》那样在黑暗势力铁掌下的社会悲剧”，“《原野》那样农民向土豪地主复仇的悲剧”，却“由社会问题转为心理问题、良心问题等精神枷锁”。在杨晦看来，曹禺“迷恋悲剧，他妄想造成‘一种哀静的心情’，‘欣赏的距离’”这样的艺术目的，限制了他对社会的认识，进而“自然限制了他的艺术的真实性”。所以，其结果，在一定程度上偏离了时代社会的现实需求，同时必然造成艺术价值的降解。所以，杨晦在“资本主义世界经济危机，日本帝国主义的加紧侵略，中国的国难，内战，土劣横行，农村破产，都市衰落”的社会语境中，作为一个关注现实的批评家，对曹禺提出了这样的吁求和忠告：“我们不要‘一种哀静的心情’，不要什么‘欣赏的距离’。我们所要求的，是对于现实的认识与了解，是要作者指示给我们，这个悲剧的问题在哪里，这个悲剧在我们现实生活里的意义和影响，并且希望得到作者的指示，我们要怎样才能解决这个悲剧问题。”

这些，在今天看来未必都合理，有的观点可能有偏重于“公转律”的意味，更接近社会-历史批评，但是在当时国家民族危亡的历史语境中，无疑是种“片面的深刻”，甚至属于真知灼见。联系到当下的某些为娱乐而娱乐的诸如“穿越”，排斥任何社会指涉的所谓“不及物写作”，杨晦这种充满现实感的文学批评，应该说还是有它的生命力的。

当然，杨晦并不是无视曹禺的艺术成就，而是基本做到了鲁迅所谓的“好处说好，坏处说坏”。譬如，他充分肯定了曹禺不断进步的艺术发展之路，承认“曹禺的艺术态度多么忠实”，“一部一部地写出他的《雷雨》《日出》和《原野》。一个问题一个问题地由家庭到社会，由都市到农村，展开他的视野，搜索他的答案，也得到了他的解答”。杨晦还透过这三部剧的题材故事，指认出人物之间的性格发展轨迹。“由《雷雨》里周繁漪的另一方面，写出了《日出》的陈白露；由周繁漪的某一点扩大为《原野》的金子；《雷雨》的周冲，跟《日出》里的方达生的关系，是很容易看出来的！……周萍的跟焦大星，鲁大海的跟仇虎，都是一种发展。”[①]应该说，杨晦的目光是敏锐的，分析是准确的，这种把系列作品尤其是人物形象串联起来研究的方法，对现代文学批评的作家论其实也是一种建树，这在此前的文学批评中是鲜见的。这种方法与维特根斯坦的家族相似理论颇有些接近，其意义主要是能够给予作家一种整体的发展的评价，使它们在文学史上的定位更准确。

第十一节　文学原理中的文学批评

按理说，文学原理中的文学批评专章，与文学批评理论研究、文学批评实践，属于三足鼎立的关系。虽然文学原理中的文学批评的学理价值，较之文学批评专门研究论著的原创性，会因为它作为教材的知识普及性而有所减弱，但是，无论如何，为文学批评实践提供理论和方法的支持至少在逻辑上还是必不可少的，在体例上也是不可欠缺的。事实上，在中国现代文论中，相对于如上的种种文学批评专论，文学原理性质的文学批评专章的学术成就并不高。这主要表现为，在此类著述中，不仅少有原创性的观念、命题，而且对舶来于域外的文学批评概念、命题、方法的梳理、使用，也没有做到驾轻就熟。大多数文学原理文本，由于主要是大学开设“文学概论”课的教材，知识性、通俗性是其特点，更在编、撰述等有限的学术责任掩饰下，拙劣的互文性就在所难免。因此，能够在相互模仿甚至抄袭中，间或有一点自己的理解作为一得之见就如凤毛麟角，遑论原创性书写？当然，最佳的模仿对象，域外的相关著作自然应该是首选。一是因为这些仿制的教材主要在国内大学使用，不容易有版权问题，二是由于这些外国论著在国内还较鲜见，被学生及读者发现雷同的可能性也不大。经过笔者考察，当时对中国现代文论中《文学概论》书写影响较大的，主要是几本翻译的文学原理性的著作，诸如英国学者韩德生的《文学研究法》、温彻斯特的《文学评论之原理》、日本厨川白村的《苦闷的象征》，尤其是本间久雄的《文学概论》，几乎是中国文学概论文本写作的模板。同样，本间久雄的《文学概论》中关于文学批评的论述，也就成为当时文学原理文本中关于文学批评摹写的范本。下面，我们就简略地解析一下这本书对中国文学原理关于文学批评书写的影响。

---

① 杨晦著，董学文选编：《杨晦文选》，北京，北京大学出版社，2010，第58页。

仅从文学批评在书中所占的比例就能看出，本间久雄对文学批评的重视程度，《文学概论》全书四编十五章，竟有一编四章的篇幅，专门论述评价了文学批评。当然，他的每一章篇幅都不长。不可否认的是，本间久雄原创性思想在该书中也不多见，但是，他的学术背景是比较广阔的。可以说，欧美相关理论是其主要思想资源，诸如亚里士多德《诗学》中的“情节”“人物”“感情”“语言”悲剧四要素，盖雷（Gayley）及司各特（Scott）的《文学批评的方法及材料》中的文学批评的方法及分类，泰纳《批评史》中的科学主义的“时代”“环境”“种族”三要素研究方法，纳尔逊的《英文学研究法》，褒劳的《批评与批评家》等等当时欧美文学批评领域的著名理论，都被本间久雄纳入评价论述的范围。本间久雄此著虽然原创性不强，但他还是力图在“说别人”中偶尔也“说自己”，进而达到“接着说”的目的。这使他在评介他人观点时，间或会迸发出一些闪光之见，这也是这本书在中国现代文论领域影响甚巨的原因。譬如，他认为，“伟大的作品，必待伟大的批评家始能阐明其价值”[①]。还如，本间久雄在本编开宗明义，试图通过引证、梳理各说中关于什么是文学批评，来为文学批评下定义，然后根据批评对象及批评者批评态度的不同，进行分类。如此条分缕析的阐述方式，可以说是在以眉批点评，为传统的中国文学批评作出了重要的矫正性示范，甚至奠定了现代文学批评理论文本书写的基础。其中，本间久雄对中国现代文学原理文本，在文学批评论述模式方面影响最大的，是所谓的“客观底批评”和“主观底批评”。

本间久雄在《文学概论》中，专门以一章的篇幅论述“客观底批评与主观底批评”。而他的“客观底批评”，又与所谓的“因袭底批评”即亚里士多德诗学传统，也就是与“形式底批评”相重合；所谓“主观底批评”，与“近代底批评”即“伦理底批评”“印象底批评”“鉴赏底批评”基本一致；对两者都不能完全覆盖的如泰纳的“科学地批评”，则给予单独论述。这基本覆盖了其后中国大多数文学原理文学批评专章的书写方式。[②] 不可否认，他这种分类既不是原创，也不一定合理，但不可思议的是，竟对中国当时学界的影响非常广泛，可以说，几乎当时所有的文学批评专章，都采用了这种分类。譬如曹百川的《文学概论》[③]，李幼泉、洪北平的《文学概论》[④] 等，基本是本间久雄在《文学概论》中的烦琐分类及阐释的缩

① 参见〔日〕本间久雄：《文学概论》，章锡琛译，上海，光明书店，1930，第 220 页。

② 参见〔日〕本间久雄：《文学概论》，章锡琛译，上海，光明书店，1930，第 211～219 页。

③ 曹百川：《文学概论》，上海，商务印书馆，1931。

④ 李幼泉、洪北平：《文学概论》，上海，民智书局，1930。

写版，包括陈彝荪以论文集形式出版的《文艺方法论》[1] 的“文艺批评论”专章也了无新意，仍然是本间久雄文学批评论的扩写版。只有华蒂(以群)的《文艺创作概论》，与前者比较而言，算是学术性较强的文学原理性质的著作，其中对于文学批评，有他自己的一些理解，并且能够用自己的话语方式表达，有所发挥，有所见地，相对而言，已十分难得。为了不遗漏中国现代文论中的任何有价值的思想元素，笔者还是尽量砂砾觅珠，剖析一下华蒂关于文学批评的论述。

不可否认，华蒂对于文学批评的论述，沿袭了本间久雄在《文学概论》中的思路，也是围绕文学批评的任务和态度展开的。但是，华蒂并没有像曹百川们那样简单地照搬本间久雄的话语，稍加添减，就算阐释了，而是从俗谚“一人一心，各有一说”谈起，推究出文学批评可能出现的“仁者见仁，智者见智”的情况，并且提出“文艺批评的中心任务，是在于估量及决定文艺作品的价值”的核心观点。人们“对文艺作品的价值观念之不同——这是在作品中所固有的，还是非固有的”，作品价值是“客观的，还是主观的”的不同回答，“便产生了种种样样的批评原理，与批评的态度”。应该说，这种逻辑推论的阐释方式，较之其影响源——本间久雄在《文学概论》中把观点晾在每一节前，或者直截了当地塞给读者，更符合学术著作的书写规范。

华蒂虽然套用本间久雄所谓“沿袭底批评”(华蒂修改为“古典主义的批评”)和“近代底批评”，但是他并没有受本间久雄思路的限制。因为在文学批评上，他有自己的核心观点，那就是文学批评就“在于估量及决定文艺作品的价值”。所以，他梳理、评价任何形式的文学批评，都以此为标准，而不是像本间久雄那样，只是对各种文学批评进行简单罗列。譬如，他认为古典主义批评尽管也是一种价值批评，却是价值先行的批评，即“是先行设定一个标准再估定作品的价值”的批评方式。“这种标准的设定，是完全观念的，机械的，往往是绝对不变的”，所以，这种“机械的”“绝对不变”的批评标准，在面对无论是体裁还是题材都千变万化的具体文学作品时，是无法“表出文学真正的价值”的。由此，华蒂把古典主义批评定位为“妨害了一切文学的进步”的“墨守成规的‘保守主义’”。[2] 这种观点在今天看来，当然只是常识的复述，但是在对西方文学尤其是文学理论、文学批评知之甚少的民国初年，能够在三言两语中道

---

① 陈彝荪:《文艺方法论》,上海,光明书店,1931。

② 华蒂(以群):《文艺创作概论》,上海,天马书店,1933,第118～119页。

出古典主义文学批评的弊端，抓住问题的实质，使读者更易于了解什么是古典主义批评，至少说明华蒂对此有自己的理解和研究，较之本间久雄有“青出于蓝而胜于蓝”之处。

对所谓“近代底批评”，华蒂也有自己的理解和表述。“近代批评的兴起，便是对这种古典批评的反抗运动与革新运动。”同时指出，作为近代批评的“印象批评，鉴赏批评，虽然在这两者之间不无差异，但是在其精神上和本质上，大体可视为没有多大的不同”，并且结合中国文学批评的情况，如周作人等的批评进行分析，既指出其“破坏了旧的批评标准，起而代之，开拓了一个文学批评的新分野”，“不设定何种外的标准，价值的规准只存在于主观之中”，使批评更接近作品实质的优势，也清楚地认识到，在这些批评的视野中，“文艺作品本身是没有独立的价值的，只有在对于读者的效果上”，“因之这所谓批评就不能不陷入于非常的相对主义”。[①] 应该说，华蒂对印象批评、鉴赏批评的评价还是比较客观、公允的，把文学作品的价值完全依靠读者主观感受来裁判而没有任何客观标准，无论如何不能算是一种周全可靠的方法。

其实，华蒂对“古典主义批评”及“近代底批评”的梳理分析不在于评介甚至研究本身，而在于他为文学批评寻找价值依据的努力，这是最为重要的。这使他突破了本间久雄知识介绍的模式，把梳理、评介各种文学批评，作为追问何种文学批评是“估量及决定文艺作品的价值”理想范式的途径，或者成为他立论的基础。华蒂梳理文艺社会学的鼻祖——泰纳的科学实证主义批评，就是为了更接近他所要推举的批评方式。

那么，华蒂所要推举的文学批评范式是什么呢？众所周知，泰纳的“时代”“种族”“环境”三要素，即所谓运用科学方法研究、分析文学，其实就是社会学批评的路数。当然，华蒂并不认为泰纳的文学批评就是理想的文学批评范式，但它是华蒂所追求的理想的文学批评范式社会-历史批评间不可逾越的过渡性方法，泰纳的文学批评只是客观地观察、分析各种艺术是怎样发生的，这是华蒂最为欣赏的；只不过，华蒂感到泰纳的批评方式还有欠缺，那就是有客观主义的嫌疑，因为“在作品评价上，严密的科学评价，现在是绝对没有的，作品评价最后的决定者，是主观”[②]。可见，华蒂对泰纳的社会学批评的研究，已远远超过了本间久雄的视野和深度，他试图通过泰纳“把科学的方法应用于艺术研究，企图建立科学的

① 华蒂（以群）：《文艺创作概论》，上海，天马书店，1933，第121页。

② 华蒂（以群）：《文艺创作概论》，上海，天马书店，1933，第127页。

美学"[①]，作为他所追求和建立的文学批评范式的一个理论源头，这更是本间久雄所不及的。

应该说，华蒂试图通过建立起自己的文学批评范式，寻找文学作品的价值依据和方法，以提高文学批评的有效性，而不同于本间久雄及受其影响者，只是为了在大学课堂上介绍文学知识，这是他的文学批评理论明显高出当时学界的原因。不仅如此，华蒂为了建立起有效的批评范式，还对相近的批评方式采取了排除性评介，以使自己的批评范式的面目更为明确清晰。具体些说，华蒂扫描了当时中国文坛关于文艺自由的争论，指出与其所追求的社会-历史批评相近的功利主义的相对主义批评方法的弊端。尽管华蒂很看重文学作品的社会价值，但是他认为作品的社会价值不应该建立在狭隘的功利主义基础上。华蒂不同意那种"以为文艺作品的价值，是由其作品对于某一社会，某一阶级，起了怎样的作用而受规定的，即不以价值存在于文学作品的本身"，而在于"帮助无产阶级事业的发达，胜利的，便是好作品，妨害的便是坏作品"。他认为这种狭隘的功利主义的荒谬性在于，否定了文艺作品具有客观价值，一切取决于评价者的主观需求，因此他们"是相对论者，而不是辩证论者"。于是华蒂在哲学层面上指出，即便是他们"帮助无产阶级事业的发达，胜利的"，但由于他们"否定作品价值的客观存在，便是站在观念论，主观论的立场，而且在评介上是陷入了无限的相对主义"。[②] 因此，不仅在理论上讲不通，而且在文学实践中，也是有害的。

那么，什么样的文学批评才是合理的？换句话说，如何寻找文学作品的价值？铺垫到此，华蒂终于明确提出："文学，艺术的价值，便在于这作品把客观现实作艺术反映，正确到了怎样的程度。"[③] 可以说，这就是华蒂所推崇的通过文学批评寻找文学或艺术价值的标准。这里边包含两个关键词：一是艺术的反映，二是正确的程度。如果把它们兑换为后来学界常用的词语，基本上就是所谓的审美性和真实性，简言之就是美和真。把美和真作为文学批评的标准，应该说大致不差。但是，如果把它们置于学理层面考察就会发现，所谓"艺术的反映"和"正确的程度"还是比较粗疏空泛的。譬如，什么是艺术的反映？它的确切内涵和外延是什么？它与非艺术反映的边界在哪里？是指表现手法、技巧乃至语言特色，还是本体性差异？这些，在当时还都不是不言自明的，都需要给予界定和回答。另

① 华蒂(以群)：《文艺创作概论》，上海，天马书店，1933，第123页。

② 华蒂(以群)：《文艺创作概论》，上海，天马书店，1933，第129、134页。

③ 华蒂(以群)：《文艺创作概论》，上海，天马书店，1933，第134页。

外，所谓的“正确的程度”又是如何判断的？因为相对文学所谓的“客观现实”其实是宏观的、流动的、抽象的，既不是指生活原型，也不是指具体的某一社会形态，在一定意义上，是一种虚拟和假定，因此很难判断究竟什么样的“艺术的反映”，才达到了“正确的程度”。

如果说，华蒂所谓的“正确的程度”就是指艺术的真实性的话，那么就应该对文学的真实性作出界定和阐释，而且不能把真实性理解得过于狭隘和机械。具体言之，文学真实性并不是纯客观的单质的存在，对于作家而言，真实性就是他所创造的艺术情境与某类社会生活的相似性；对于读者而言，真实性就是他通过解读文字，在头脑中重新创造的艺术情境所引起的与他相关、相类的联想、体验和同情。而且，文学的对象不是某个具体的事物或生活事件，这是它不同于科学和历史的地方。文学是相对于社会生活整体的艺术领域，社会生活中的任何人或事件都有可能成为文学创作的素材来源，但一般却不会是某一个人或事件的单纯摹写。就是说，文学的真实性并不是相对于某个人或事件而言的，它不必对具体的事物负责，而是相对于社会生活整体与之相似的无限可能性。虽然一般的创作会以生活中的某一人或事件为原型，但这种原型只是作家展开想象的基点，从来不是对之丝毫不差的摹写，完全不必考虑是否符合原型。质而言之，文学真实性并没有一个确然固定的标准，它并不存在于生活中某个具体的人和事件里，而是存在于文学与生活的种种关系的可能性之中。在此意义上，文学真实性如同“道”一样，潜隐地存在于万物之中，是一种不在场的在场。

当然，这只是从文学创作与生活的宏观关系而言的，在具体的创作中，文学的真实性来自作家对社会生活的观察、理解、体验、感悟、驾驭、穿透并超越。仅仅忠实于生活中的某些原型，并不能达到文学的真实性目的。对于作家而言，文学真实性主要取决于作家建立在相关生活体验基础上的想象力合理、思想力深刻、创造力新颖。对于读者而言，文学真实性是生成的，是以他对生活和文学的“前理解”，通过进入与作家共同创造的艺术情境之中而产生的认同感和同情心。一般而言，作家所创造的文学真实性，不等于读者通过解读所感受到的真实性，尽管两者具有可通约性。作家创造的文学之真，是他根据对生活的观察、理解、感悟、穿透等一系列的心理努力，以及艺术化表达而完成的有关生活的某种可能性。而这种生活的可能性，一般不是单因单果，而可能是多因多果。因为在文学的对面，不存在一个客观确定的人或事件可与之相比照，这不同于历史学还存在过一个历史本事，尽管这个历史本事已被历史的尘埃和叙事遮蔽，但毕竟曾经存在过。如果说文学有本事，那就是无数个散佚于生活之中的相类的人和事件，而这却是多种的可能。作家创造文学之真的目的在于叫读者去接受、认同或同情，而读者又是以对生活及文学多种多样的“前理解”去解读、领悟及二度创造，所以在作家和读者之间并不存在绝对的共识性的真实。

华蒂在利用排除法寻找并建立自己的社会-历史批评方法的过程中，对其他的批评方法，譬如印象主义、鉴赏批评等缺乏宽容，这也是一种理论偏执。其实，文学作品本身的客观性是无可置疑的，因此其所蕴含的价值在理论上也应该是客观存在的。但是文学作品的价值毕竟需要经过读者的阅读才能实现，因之，对于作品价值的认识，几乎就具有无限的可能性。作品价值存在的客观性是一回事，对于其认识的可能性及现实性却是另外一回事。客观性只能是潜价值，可能性是价值实现的前提，现实性则是读者阅读的效果，它们三者虽有联系，却不能混为一谈。在此意义上，任何批评方法都是探索作品奥秘的视角，而任何视角都有所敞亮，也有所遮蔽，全方位的视角是不存在的。所以，再好的批评方法也只能是“片面”的深刻。这就需要在批评标准上寻找一种“公约数”，而不是简单否定某种方法。由于华蒂的社会-历史批评的局限，他所寻找的“公约数”只是“真”，即“把客观的现实作艺术反映，正确到了怎样的程度”，而且几乎是唯一的。至于“善”和“美”，却少有提及。因为在此，华蒂以阶级性代替了人性，把所谓“永恒的人性”当作批判的对象，也就是把“善”的所余内涵归并到对“客观现实的正确反映”之中了。“美”只是笼而统之地以所谓“艺术反映”作为替代，而且把它置于“正确反映”的“客观现实”之下。当然，华蒂反对“意识形态”和“技巧”二元论还是有意义的。他认为“艺术作品的价值，既不单是意识形态的价值，也不单是技巧的或形式的价值，而是统一了这一切的单一的价值”①，只不过，他在此把艺术作品的价值过于简单化了。其实，这种观点，直到 20 世纪 60 年代他主编《文学的基本原理》时，仍然没有大的变化。

当然，不可否认的是，他所反对的作为内部批评的诸如印象批评和鉴赏批评的局限也是明显的，那就是过于个人化，缺乏共识性支持，有陷入绝对的相对主义之虞。华蒂认同的社会-历史批评，其优势是视野宏阔，将作品置于特定的社会历史背景之下，易于发见作品产生的原因，讲清其社会历史意义。但是，印象批评及鉴赏批评等内部批评较之社会-历史批

① 华蒂(以群):《文艺创作概论》,上海,天马书店,1933,第 135～136 页。

评，最大的优势是深入文本，以个人的切实的审美感受为依据，从而更容易得出符合作品实际的结论。与此相反，华蒂的社会-历史批评等外部框架批评，因缺乏个人性的鉴赏感受的支持，以真实性作为文学价值的核心，还不如此前茅盾的社会-历史批评，在一定程度上还能够兼顾审美性。华蒂受泰纳科学观念影响，过于注重文学作品"反映社会生活的正确程度"及其历史意义，在批评实践中，忽略审美的结果，往往使附会某种既定的政治概念、对文学作品作生硬切割或与社会生活作简单比照成为可能。所以，就批评界生态而言，只有"外部研究"与"内部研究"制衡性发展，而不是互相否定，才利于文学创作健康发展。

总的说来，在文学原理领域，华蒂的文学批评理论还是有贡献的。且不说他的批评范式较之曹百川们至少有自己的一些思想，就是他为建立自己的文学批评所走的路径及其对后来者的启发，也是颇有价值的。如前所述，华蒂先是通过梳理、评介西方"客观的"和"主观的"批评模式，不断地追问文学批评的性质、意义在于寻找文学作品的价值，并且沿着这个思路追问下去，甚至不惜对与其相近的狭隘的功利主义，实际上是单纯的意识形态批评，是"无限的相对主义"，进行分析否定，最后才明确提出自己的批评范式和批评标准。这是一种相对来说还算比较严谨的治学方法和论证方式，在当时满足于堆砌他人观点的文学原理书写中，还是颇为鲜见甚至是弥足珍贵的。即便是华蒂的文学批评范式不够严谨，或者在今天看来有些偏狭，但这毕竟是他试图建立的社会-历史批评，在后来几十年的理论探索及批评实践中，力求完善的努力，还是值得尊重的。况且，严格些说，任何批评模式都不是绝对正确或有效的批评方法和模式。所以，在此意义上说，华蒂所建立的批评模式虽然在一开始就存在对文学的审美价值重视不足等弊端，但是，事实上，这种范式在中国当代文学批评史上影响深远，虽然原因复杂，至少说明，这种批评方法还是有存在和研究价值的。

第六章 中西视域融合下的中国现代文论的效用性考察

按照学界纪年惯例，西方当代文学理论恰好与中国现代文学理论相对应。就是说，西方当代文学理论兴起之时，恰好是中国现代文学理论起步之际。这样，我们转过头来，换一种视野，看看当时的西方文学理论是怎样的一种情况，并以此作为中国现代文学理论效用性研究的参照系，也许是件有益且有趣的事。

无可否认的是，西方当代文学理论的发展几乎是突飞猛进的，虽然中国现代文学理论基本没有受太多的影响，但至少自新时期开始，就成为中国的文学理论界学习、追赶的主要目标了。所以，梳理一下西方文学理论发展历程，有利于我们对中国现代文论效用价值的正确认识。检讨起来，西方当代文学理论的发展路径基本有三：一是学科殖民，二是体内循环，三是偏重一极，不问其他。如果追问理论发展的动力，简单说，就是理论生产理论，不是人们惯常所认为的那样，由文学创作引发批评追踪阐释，积累到一定程度后，促使文学理论发生相应的调整，即提出新的概念、命题乃至体系的改变，等等，最终，再影响到文学创作及批评的发展方向、路径、形态等，如此循环往复，构成文学领域的生态平衡；而是上位否定，即上家的理论漏洞，引发下家纠偏的冲动，但是下家仍然是以偏颇纠正偏颇，在纠偏的同时，又为它的下家留下纠偏的漏洞，如此反复。可见，这是一种类似生物学的转基因技术：虽便捷却是非生态的短路的生产途径。下面，我们将详细阐述之。

一、学科殖民与预设结论

现代以来，西方的文学理论界似乎成了各种文学以外学科的实验场，借助“他者”目光审视文学本身，已成为文学理论推进、发展的生存依赖。譬如，从存在主义、现象学、结构主义、形式主义到解构主义等哲学都在文学理论领域领一时之风骚，并且相应地在不同程度上带动了文学理论研究的变化和发展。尽管变化不一定都是正向效应，但是变化总比停滞强。

应该肯定的是，文学理论对哲学的思想依赖由来已久。其实，每一种哲学都是对世界的理解和阐释方式，都有其特定的角度和话语优势，很难说哪一种哲学更科学、更进步、更具有思想价值和学理意义。哲学思想的更迭，不过是为突破原有视角盲区扩大理论话语阐释域的一种努力，一般不存在谁对谁的纯粹价值论意义的否定或学理上的超越。悲观一些讲，人类对世界的哲学理解至今仍近乎盲人摸象。当然，既不可能也不应该存在最周全、最完满、最权威、终极的阐释方式，否则，随着对这个世界失去阐释的必要，这个世界本身也似乎失去存在的合法性。所以，哲学的变迁并不等于学术的推进，受哲学变迁的影响，文学理论的变化更迭也是如此。

文学理论对哲学的依存关系，似乎得从头说起。文学理论所依附的哲学，大致经历了本体论、认识化、主体论、语言学哲学四个阶段。在古希腊本体论哲学的基础上，派生出了文学的摹仿论。在近代认识论哲学基础上，形成了文学的再现论、反映论等现实主义文学理论。而对认识论极端化、庸俗化发展的实证主义哲学，则成为极端模仿甚至记录、复制现实的自然主义文学理论思想基础。对认识论极端化、机械化倾向的反拨，则是以尼采的唯意志论、叔本华的生命哲学、胡塞尔的现象学、克尔凯郭尔的存在主义等为代表的非理性主义的三体论哲学的兴起，而与之相对应的，是现代主义文学理论的产生。至于福柯、罗兰·巴尔特等语言论哲学的出现，是由于主体论哲学对人的世界过分偏爱的不满，因此引发了文学理论朝以作品文本为中心的语言论研究的转向。

如果再详细一些梳理，就是古希腊摹方说具有客观唯心主义色彩，它那直觉的而非逻辑的推论，导致创作者与创作对象间关系的简单化、片面化的阐释，这既启发了反映论中有关再现的思想，又被建立在科学认识论基础上的反映论消解了其中原始、僵化的因素，摄取其合理内核，从而建立了一个较为完整的现实主义理论体系。而反映论的线性推演，却导致了文学社会学甚至庸俗社会学理论，例如从典型论中推导出的本质说、主流说、规律说及共性为“体”、个性为“用”等极端化的结论就是证明。后来，这种偏重于文学与外部世界联系的文学理论研究倾向，在表现论文学理论中得到一定的纠正。而主体论哲学的兴起，启发了文学理论学者，把目光留驻于创作主体的精神世界，于是弥补了文学心理学尤其是创作心理学研究的不足，使创作主体的地位受到空前的重视。从特定角度讲，这应是学理的推进。语言学哲学、结构主义哲学的兴起，克服了文学主体论研究中矫枉过正而出现的创作主体的绝对化，又引发了人们对作品文本内部结构的密切关注。但形式主义、新批评、结构主义等研究，又导致新的绝对化，把文本与外部世界切割开来、对立起来，并否定文本的一切社会价值及功用，把它看作是一个封闭的自足体，这又呼唤新的反拨，譬如后结构主义等等。可见，哲学的变迁带动了相应的文学理论的变化，哲学的潜隐也导致文学理论的彷徨，文学理论似乎一直是某种哲学在文学领域的阐释或旁证。耐人寻味的是，至少在西方，文学理论的变化，很少是因为文学本身的变化引起的，所以我们说这些大都是非生态的短路的由理论产生的理论。

与以上纯哲学学科不同的是晚近兴起的各种所谓“后”学理论。从严格的学科分类来讲，“后”学并不完全属于哲学，甚至很难对它们进行有效的学科归类，因此有人把它们统称为“理论”。这些理论，是在诸如语言学哲学、结构主义哲学等已成为明日黄花，文学研究又重新打开大门之时相继出现的。后现代后殖民主义、女性主义、新历史主义等理论，大都或同时或依次地介入文学研究领域。实践证明，这些理论虽然或多或少开拓了相关的研究视野，打开了几扇别致的窗户，但是仔细分析就会发现，这些理论强行介入，并没有深化文学的研究，只是借巢生蛋，为的是证明自身在文学研究领域的势力范围，或者说是为了证明自身的正确罢了。一个最重要的标志就是，无论是后现代后殖民主义、女性主义，还是新历史主义等，它们对文学研究的介入，都是预设结论。就是说，这些批评不是从文学文本出发的有所发现，而是从特定的理论出发，戴着它们的有色眼镜看文学中是否有符合其理论的标本，然后再进行所谓的分析。如果有，自然皆大欢喜，如果似是而非，就强行阐释，这样，牵强附会就在所难免。譬如，有人认为，方言日渐消失于文学作品是后殖民主义的结果，其实这种滥用的理论都违反常识；还有的一看是女作家就加盖上女性主义的标记，等等。可见，这些理论对于文学研究来讲，也是一种学科殖民。

问题还不仅限于此，这些预设结论的批评方法固然距离文学结论较远，但是这种结论毕竟还或多或少能够在文学文本中寻找到符合它尺寸的标本，至少，总算还与文学有些关系。文化研究就不同了，众所周知，文化研究基本不以文学为对象，甚至按照潜规则，文化研究几乎什么都可以研究，就是不研究文学，否则，你就没有得到文化研究的真谛。但是，令人费解的是，文化研究还必须算在文学理论的账上，也许是由于文化研究的几个领军人物都是研究文学出身吧，这一切，竟然曾经是一种时尚。正因为文化研究没有基本的学科归属，没有明确的研究对象，也没有稳定的研究方法，所以，没有思想的有效积累，没有价值维度的建设，它可以是政治学、民族学、性学、地缘学、语言学等等的交错集合，也可以什么都不是，著名的“索卡尔诈文事件”就是证明。总之，它太自由了，太难以界定、难以规范了，所以，曾经的显学，如今已走出“理论”，进入了“后理论”时代。作为学习者的中国学界，是否需要反思一下？

二、体内循环的上位否定

如果说，在文学理论被诸种外学科殖民时，上位否定的周期一般还较长，否定的程度还不够彻底的话，那么，在文学研究进入体内循环中，这种上位否定的频率就加快了，否定的程度也更为彻底了。原因可能是，学科殖民属于被韦勒克定义的“外部研究”，文学理论没有多少自主权，置换一次外学科，并不是文学理论界所能操控的，更多的则是靠外学科自身的运作规律施以影响。而体内循环，就是韦勒克所谓的“内部研究”，一切皆是文学理论界内人士所调配，所以，各领风骚三五年就是情理之中的事情了。体内循环当然并不是无序的随心所欲的，而是在以文本为中心的前提下进行的。

体内循环的主要形式，是新批评、结构主义、符号学、形式主义等，尽管它们的某些观点相左，各自言说，甚至相互攻击，但它们不约而同地把目光都集中在“文本”上，都是文本中心主义，而且对语言的本体性、文本的自足性一往情深。

新批评是“文本”中心论的先期叙述。从历史渊源上说，新批评理论家既反对把文学作品等同于历史文献的外部研究，也反对文艺复兴以来的浪漫主义、现代主义“作者”中心论，认为这是一种“意图误置”，因为文学远非作家个人生活经历的再现。例如，新批评理论家塔特声称：“在写出来之前，我从来不知道我对任何事物的想法。”沃伦对此深表同感：“诗人能够具有的唯一意图就是要写一首诗。至于他要写些什么，在这首诗全部完成以前他并不十分清楚。”出人意料的是，新批评主义者同样反对读者研究，针对当时盛行的印象主义批评，指出这是“感发误置”。这种对“读者”中心论的预设性审判，虽然为后起的接受理论、解构主义阐释学留下骂柄，但也不失为一种“先见”。

新批评的中心思想是“文本”自足论，认为文学是一个独立而独特的完整的自给自足、封闭的客观实体，它既不是世界的再现，也不是作者的表现，其价值就在于它自身，甚至与读者的感受无关。文学研究的唯一对象，即文本本身。而要遵守的法则，正如兰塞姆所言："批评必须更科学化，或者说更精确和系统化。"①

在今天看来，新批评的建树和局限同样明显。它的文本自足理论，为文学的自身定位提供了一个十分坚实的逻辑基础，这是此前其他理论所不及之处。同时，恰恰是这种自足性的绝对化，又把文学研究推向谬误。一个显而易见的道理是，一个封闭纯粹的自足体，无论如何都不可能完成自我阐释，即便是切片放大式"细读"，也代替不了文学活动世界的整体价值。其他诸如结构主义、符号学、形式主义等在文本中心论的前提下，各有侧重。譬如结构主义更关注文学文本的语言层面，力图探索文字符号间的关系，即系统性、层次性。它反对新批评对文本过分孤立的研究和对细枝末节的分析，却强调对文本的"深层结构"和规律的发现。即是说，文学文本中语词符号代表什么、表达了什么意义都无关紧要，重要的是发现符号之间的内在关系，应就符号来研究符号。"简言之，结构主义者以语言学为模式，试图发展'语法'即作品诸要素的系统排列及其被拼合的可能性，以此说明文学作品的形式和意义。"② 其实这是一种更孤立、更抽象的文本中心主义，甚至可以说，结构主义比新批评更排斥"世界"和"作者"在文学活动世界中存在的合法性。新批评尽管坚决反对"世界"中心论的摹仿说，但仍然承认客观世界是文学的素材或媒介，认为文本是现实的"反映"。它所谓文学文本的自足性，应该指文本构成后的存在状态，而不是完全否定构成过程中其他构成因的必要性。

形式主义与结构主义无论在渊源上还是在形态上，都具有很大的相似性和重合性，难怪有人把形式主义视为结构主义的换位表述。它们都深受索绪尔语言学、维特根斯坦分析美学的影响，十分关注文学文本的结构，也都以文学文本形式的自足性为价值旨归。差别在于，结构主义把目光留驻在文本词语的符号间的关系上，并试图开掘出文本的深层结构与规律；而形式主义则更多地探索文本书写的艺术化技巧，诸如意象的使用方法，语言、情节的"陌生化"效果及解读时的阻抗力的大小等。但它们在所谓"文学性"与文本内容（与现实世界联系的通道）的分离上，在"把文学看成是一种语言，一个自主的、内部连贯的、自我限制的、自我调解、自我证明的结构"③ 的观点上却保持惊人的一致。

① 史亮编：《新批评》，成都，四川文艺出版社，1989，第3页。

② 〔美〕乔纳森·卡勒：《论解构》，陆扬译，北京，中国社会科学出版社，2000，第13页。

③ 〔英〕特伦斯·霍克斯：《结构主义和符号学》，瞿铁鹏译，上海，上海译文出版社，1987，第72页。

不可否认的是，在对文本形式的内在结构及语言技巧的开掘利用上，结构主义和形式主义都具有一定的开拓性，尤其是在对无法考证作者与背景的散佚文本的分析上，这类封闭式研究，更有不可替代的功用。但文学毕竟不是科学认识对象，所以试图在文学文本的内部形式及语词关系中寻找永恒的内在结构与规律，毕竟还是偏狭天真了些。因为说到底，文学是作家个性化生命体验与情感的表征，而不是没有任何“夹杂物”（内容等现实因素）纯而又纯的形式本身。如果“世界”“作者”“读者”都缺席，那么这种至纯至美的文本“文学性”就无从谈起，所以这种形式存在的合法性究竟有多大是大可质疑的。难怪有人说它们是“兴于科学精神，而最终死于科学主义”，“使形式—结构一路批评一一死于句下”。[①] 正是新批评、结构主义、形式主义等这种极端化的“文本”中心主义，才为后来的接受理论、解构主义阐释学提供了被颠覆的理论缺口。

当然，上位否定的文学研究发展逻辑并不是与外学科隔绝的，只不过，这次不是完全由外学科变换引发文学研究方法的相应变迁，而是孕育、启迪之后，外学科就隐匿或退场了。一般认为，现象学是所有文本中心论的理论之源。从哲学分类来讲，现象学应该属于主观论哲学，是德国哲学家胡塞尔开创并流行于 20 世纪的一种介于实证主义和主观主义之间的“意识”哲学。这种学说认为，构成世界的本质，既不是物质本身及其表象，也不是客观存在的经验事实即人的感觉，而是不同于任何心理经验的纯粹意识。这在本体论哲学视野中，应该说是一种主观唯心主义。因为胡塞尔所谓的纯粹意识即现象，与后来的波普尔关于三个世界理论中的客观知识世界的世界，虽有相似之处，但并不相同。后者所谓的“客观知识世界”其实仍然属于认识论范畴，确切些说，是主体认识客体的结果。而胡塞尔此举并不是试图弥合主观与客观之间的裂痕，消解主客观的二元对立，而是为推出一个先验主体，这才是纯粹意识产生的原因。但是，现象学并不是毫无意义的，它的提出，目的在于为人们建立一种不受任何外在因素干扰的精致的主观科学。简单说，现象学认为，注意力，既不应该集中在客观事物上，也不是主观感受本身，而是基于两者的贯通并搁置判断的纯粹意识，即“先验主体”的“先验结构”。这给予人的启示是：在文学研究中，外在于作品的诸如社会历史背景、作家的生平经历、创作时的心理状态以及读者阅读时的感受等等，都可以忽略不计，而应该专注于作品文本自身，这样才能保证研究的客观性和公允性。

① 史亮编：《新批评》，成都，四川文艺出版社，1989，第 15～16 页。

当然，这只是一种可能性，胡塞尔的理论还不可能走得这样远。可以看出，他的“先验主体”的“先验结构”，在他较为繁复的表述中，主要还是指“存在于作者头脑中或作者写作时所‘意向’的‘思想客体’”①，甚至认为这才是文学作品的意义所在。就是说，胡塞尔的“先验主体”的“先验结构”尽管已经纯粹化了，但是它与可能被社会历史“污染”的作者创作意图，仍然有扯不断理还乱的纠葛，很难分得清楚。

正因为此，作为理论后继者，新批评反对的“意图误置”和“感受谬误”，才可以说是对现象学所谓保持“意识”即文本意义的纯粹性在理论上的顺延和发展。新批评兴起于20世纪二三十年代，繁荣于五六十年代的英国和美国文坛、大学，著名诗人、评论家T. S. 艾略特和大学教授I. A. 瑞恰兹是其理论先驱和代表人物。如果说，T. S. 艾略特在其《传统与才能》中明确否定诗人个性、风格的文学意义是为新批评的中性化的“文本细读”提供前提的话，那么，I. A. 瑞恰兹则通过引进语义学方法，使人们把注意力集中到文本语言本身，从而名正言顺地切断了作品与外部世界的关系：无论是文学所源的社会生活、时代背景，还是作者的创作意图，抑或是读者的阅读感受，都与文本的意义无关。可见，如果说，在胡塞尔的语境中，存在于作者头脑中或作者写作时所“意向”的“思想客体”与作者的创作意图还暧昧难分的话，那么，到了瑞恰兹那里，由于语义学方法的介入，文本意义的中立化就做得更为干脆彻底了。

如前所述，新批评的理论意义在于，它一反传统的社会-历史批评，或以文学所反映的社会生活的意义为作品意义，忽略作品自身的价值，或以作品为作家的生平传记表达，并以此判断作品的意义，终于将焦点放在了作品本身，这不能不说是一种重大的理论进步。但是，新批评并不是作为传统的社会-历史批评的反拨性补充，而是取而代之，索性关闭了文学文本与外界联系的一切通道，前面摈弃了时代社会及作家的人生体验，后面否定了读者阅读感受之于作品价值的逻辑联系，从而解除了作者对作品的价值所有权以及对其意义的解释权、控制权，也否定了读者对文本价值生成的参与权和判断权，把作品变成与作者、读者无关的中性的文本，将其绝对地孤立起来。这就是以一种偏颇代替了另一种偏颇，以一种极端取代了另一种极端。

结构主义和新批评同样是受现象学批评启发，关注作品本身，准确些说，是关注文本本身，但是在关注文本的什么的问题上，它们却各有偏

---

① 〔英〕特里·伊格尔顿：《文学原理引论》，刘峰译，北京，文化艺术出版社，1987，第82页。

重。它们同样是受语言学的影响，新批评主要是受语义学启发，关注的是作品文本的语言修辞，诸如悖论、反讽、张力、隐喻等等，即便是注意到结构，也只是到语词层面“肌质结构”为止的微观视域；而结构主义批评则主要是受索绪尔的结构主义语言学的“系统”观念和后来的列维-施特劳斯的结构主义叙事学影响，关注的是文学文本的“深层结构”和规律等相对宏观方面。

不可否认，新批评和结构主义在追求文学研究的科学性的方面，是一致的。但是，结构主义者反感前者在关注字词上过于琐屑，要创造出更为系统、宏观有气魄科学的理论来。于是，他们试图在神话里抽象出“神话素”，即各色神话模式，在各种故事中概括出若干故事类型来。这样，变化的只是故事本身，不变的是故事原型或深层结构，从而可以一劳永逸地解决文学的叙事问题。

值得肯定的是，结构主义及受其影响建立的叙事学，揭开了虚构故事的若干底牌，发现了讲故事万变不离其宗的特点，无论是对于文学创作还是文学研究，都具有一定的启发意义。它使创作更加自觉，从而能够在一定程度上避免雷同，使批评更容易入手，按图索骥，作者依据的是什么原型，采取的是什么结构，几乎一目了然。这应该是它效用性价值的最突出体现。但是，“水至清则无鱼”，编故事的方法太明晰，或者说太会编也容易编出事，势必忽略人生体验的意义，这是最要命的。文学批评也是这样，批评者掌握了编故事的基本套路，批评的关注点就是那几个故事原型或深层结构如何得到体现的，而对文学的人生价值和社会意义则往往视而不见了。

所以，在此意义上，新批评和结构主义都有反人道主义倾向，往往只见词语、结构，却没有人的主体地位。在这些理论家眼中，文学再也不是人学，只是词语的游戏和某些深层结构的承载物。最大的问题是，专门在文学文本中寻找所谓悖论、反讽、张力、隐喻等语词用法，或者是追寻所谓的深层结构，那么，作品在价值层面上就无法作出有效的区别。完全有可能，公认的世界级杰作并没有更多地体现出这些特点，而一般的作品反倒体现得非常充分。文学批评总归是要给出判断，如果是这样，该怎样判断？判断了又有什么意义？所以，这真是个难题。

三、走出封闭与绝对的相对主义

正因为理论界不满意于这种关起门来做研究的大事糊涂，小事精细，尤其是不能容忍切断读者感受这一维度，若如此，文学还有意义吗？于是，接受主义应运而生。至此，西方的文学研究已经分别以世界（摹仿说）、作者（浪漫主义理论、现代主义理论）、文本（新批评、结构主义）为中心，终于到了文学世界的最后一极——读者。

强调读者在文学世界中的作用是有划时代意义的理论事件，正如以文本为中心，反拨或结束了传统的或者是以世界为中心，或者是以作者为中心，在文学文本以外徘徊的研究一样。接受主义打破了新批评、结构主义以来的封闭，至少在末端开启了文学与外部世界连接的大门。况且，文学的目的最终还得在读者的阅读中达到，文学的价值也因此得到实现。没有读者，新批评的肌质也好，结构主义的深层结构也罢，都失去了意义。所以，新批评反对所谓的“感受谬误”至少是矫枉失为过正。正如作者的意图毕竟是解读文学意义的一个契机，只要不把它唯一化、绝对化，不让作者的意图垄断文学的全部意义，那么，与反对作者“意图误置”就是荒谬的一样，为否定读者反应的合法性就斥之为“意图谬见”，也是荒谬的。

其实，接受主义虽然是对新批评和结构主义的反拨，它兴起的时间晚于后两者，但是，换一个角度说，它也源自现象学。当然，作为现象学批评，固然要将注意力集中于文本，得出不受外界事物干扰的纯粹的结论，同样也曾排斥读者一维。然而，如果把现象学作为一种思维方式，由于现象学重阐释，这种阐释往往是通过解读文本来追寻作者“意图”这“先验主体”的“先验结构”的，那么，顺理成章，如何使阐释最大限度地接近“先验主体”的“先验结构”，就成为由现象学衍生而来的阐释学所要认真研究的。汉斯·罗伯特·尧斯、沃尔夫冈·伊瑟尔就是在海德格尔阐释学的影响下，逐渐把文学研究的重心过渡到读者身上。尧斯最有价值的思想是，提出了“期待视野”和“隐含读者”这两个概念。“期待视野”意味着打破了新批评及结构主义者企图通过封闭文本，避免文学意义受到社会历史污染的理论幻想，因为读者的期待视野不可能是现象学那种纯净的“先验主体”的“先验结构”，而是在社会生活及以往的阅读经验中形成的某种价值诉求或心理希冀，这些无疑会参与阅读，并干扰阅读效果，无论是正面的还是负面的。能够认识到并且把它们作为文学研究的一个因素，无疑是有意义的。如前所述，文学的意义，毕竟要靠阅读才能实现，而阅读又是由无数个潜在的读者完成的。所以，无论是对“期待视野”意义的估计，还是对“隐含读者”作用的预设，都强调并突出了读者的主体地位，使之由一个一直被忽略的角色，一度成为文学世界的主角，这是接受主义理论家最得意的地方。而且，接受主义还活化了文学世界。在此之前，文学一般就意味着静态的文本，只有读者介入，文本才能成为鲜活生动的艺术世界。这应该就是接受主义的主要效用性价值。

当然，并不能说直到接受主义兴起，人们才关注到读者存在的意义。其实，对读者的关注，从亚里士多德就开始了。否则，何以有“净化”一说。但这种关注在相当长的时期内还缺乏研究的自觉性和学理的明晰性，起码没有把读者明确地纳入文学活动世界，将其作为一个必不可少的维度来思考。直到存在主义者萨特，受海德格尔“他者”理论的启发，才自觉地把阅读行为上升到近于本体的层面来考量。可见，外学科对文学研究的影响在此仍有显示。萨特认为，没有阅读，文学作品“只是白纸上的黑色符号而已”。而且，“写作活动包括着一种不言而喻的准阅读在内”，“创作只有在阅读中才能臻于完备”。相反，无视读者的“作为客体的作品将永远不能问世”。因此，“阅读就是有指导的创造”，“一切文学作品都是一种吁求”。[①] 可见，萨特事实上已经把创作与阅读，即作者与读者通过文本联系起来了，这应是对“文本”中心论的一种反拨和纠偏。

在此意义上，接受理论是经典的“读者”中心论。它主要是反感于结构主义、新批评、形式主义等对文本的封闭式“细读”和对语词、符号等琐屑的分析，尤其是只把读者当作文本的“反光镜”，甚至作为“文本自身的一个功能”[②] 来对待，提出要创造性阅读文学文本。值得关注的是，接受理论把作者书写的文本叫作“第一文本”，而把读者解读的指称为“第二文本”，这种区别是有深意的。第一文本是一种“吁请结构”（呼唤结构），即文本中的空白吁求读者去完成未竟之意；而第二文本则是在读者的参与下，与作者共同完成的作品。就是说，接受理论在此已经默认地将被结构主义、新批评等一度孤立、封闭起来的文学文本解放出来，至少部分地归还了文本在文学世界中的联系功能：将作者与读者通过两重文本的创造衔接起来。正由于这种衔接，两重创造的中介不可能仅仅是所谓的“深层结构”或符号间的关系，而必然负载着某种社会意蕴的文本内容。于是，文学世界再一次被激活、打开、重新运作。虽然这仍是偏于读者的有限制运作，但较之其上位的“文本”中心论和即将登场的极端的“读者”中心论——解构主义阐释学，已经是难得的公允了。

不妨说，接受理论既扩大了文学研究的视野，使对读者一元的研究在学理上得到深入和推进，又丰富了对文学文本话语表述的不确定性、非精致化的本体把握，使文学价值由绝对主义走向相对主义。当然，这种相对主义与解构主义阐释学的绝对相对主义是有质的差异的。

---

① 〔法〕萨特：《为何写作》，薛诗绮译，《文学理论研究》1980 年第 2 期。

② 〔英〕特里·伊格尔顿：《文学原理引论》，刘峰译，北京，文化艺术出版社，1987，第 144 页。

接受理论一方面为读者的再度创造提供了理论根据，另一方面又规定了读者想象的范围和标界是“第一文本所包容的潜在含义”。在接受理论家看来，作者与读者既不是本物与反光镜的关系，当然也不允许读者自我指涉、无限阐释，而是对话关系。换句话说，文本“更像是一本管弦乐谱，不断在它的读者中激起回响”①。应该说，接受理论还是“我注六经”而非“六经注我”。在笔者看来，这种读者中心论还是较为适度的。

后继的解构主义阐释学则破坏了这种适度。他们认为接受理论是不彻底的读者中心论，因为它没有注意到文本词语的所指与能指的间隙，即“延异”的特征所造成的意义的“播撒”。任何文本其实都不存在一个终极意义或本真指向，读者应该在阅读中“自由嬉戏”。也就是说，文本先设的意义是无效的。无论作者“误置”的意图还是在文本书写中由于使用的模糊性语词所生发的意蕴，都是一种元叙述，一种先在的压迫，只有颠覆它、消解它，才能理直气壮地“误读”，才能彻底解放读者阅读的创造性，才能自由地“重写”文本，从而使文本意义由一元走向永远无法确证的绝对的多元。

把文本意义定为一元当然失之偏狭和绝对，但把文本意义绝对相对化更是个误区。如果说，前者是基于科学主义的偏执性的话，那么后者也是这种偏执性的反向表述：骨子里仍是非人文性的绝对化。譬如，解构主义者武断地颠覆了作者在文学活动世界中存在的合法性，认为“读者的诞生必须以作者的死亡为代价”，只有这样，才能获得“文本的读者快乐”。②并且断言，作家产生“意义的根据，即形式，而且似乎正是世界在填充这种形式”，文本无非是“一个空的场所，永远向意义作用开放着”。③ 一方面，解构主义阐释学把接受理论刚刚反拨纠正回来的作者与读者的逻辑关联消解掉了；另一方面，又把文本虚化或搁置，同时将读者推到高处不胜寒的绝对化境地，使以“作者之死”换取的读者无限阐释的“快乐”迅速土崩瓦解，从而加快了文学研究走出文学世界的步伐。原因在于，作为文学世界末端的读者元，一旦凌驾于一切元之上，那就意味着切断了与其他元的系统性关联，失去了与异质交换能量的可能性。这种对读者元研究的“不及物”性，必然在意义的无限“延异”中消解读者本身存在的合法性，其结果是读者元能量的衰竭或在无限指涉中与作者、文本一同“死亡”。这也许正是解构主义者的真正用意之所在：好为下一步文学与文学理论走

① 张延琛编：《接受理论》，成都，四川文艺出版社，1989，第2页。

② 〔美〕乔纳森·卡勒：《论解构》，陆扬译，北京，中国社会科学出版社，2000，第21页。

③ 〔美〕卡勒尔：《罗兰·巴尔特》，方谦译，北京，三联书店，1988，第49页。

出文学世界，向大众文化及文化研究靠拢，搬掉最后一块绊脚石。

至此，如果从亚里士多德的以世界为中心的摹仿说及其派生的现实主义的再现理论算起，历经浪漫主义、现代主义的以作者为中心，以及诸如现象学、形式主义、新批评、结构主义等的以文本为中心，再到接受主义及解构主义阐释学的以读者为中心，可以说，西方的文学研究大致走过了学科殖民的体外专断、封闭自指的体内循环，与突破封闭却偏重一极的矫枉过正，最后不得不走出文学世界的历程。其实，这种上位否定式的发展，走的是模仿科学发展的路数。众所周知，自然科学的发展，从来都是以非累积性的上位否定式为特征，即一般表现为一个相对正确的理论对过去相对错误的理论的克服，也就是前者在榨取了后者的全部合理性之后又将其完全抛弃掉。因此，科学的发展，就成了一个新理论不断吞食和取代旧理论的过程。这“吞食”和“取代”的根据就是旧理论因失去了客观有效性而不再具备价值的合理性，进而失去了存在的意义，正如现代物理学的出现意味着古典物理学阐释适用域的消失。作为科学实践及物化的结果，科技产品的价值，更是以客观有效性为绝对价值依据，一代代汽车、飞机、电子计算机的高频率的更新换代就是明证。科学的价值在时间的维度上是绝对不可逆的，但文学是活生生的艺术，而不是科学，由于对象特质所限，对于文学研究的方法，就不能简单地采取这种科学的上位否定式，而应该是在反拨或否定的同时，有所吸纳，有所补充，有所积累，这样不至于最后不得不走出文学世界。我们所以说西方文学理论走的是模仿科学发展的路数，是因为其中具有相当的人为性，至少是一代代的领军人物头脑中的科学主义在作祟，他们有意无意地按照自然科学的发展模式设计文学理论的路径，结果就是如上的样子。

四、文学批评理论的误用及其后果

严格些说，以上的诸种所谓理论，无论是新批评、形式主义、结构主义，还是接受主义乃至解构主义阐释学，其实都是批评理论，而不是真正意义的文学理论，尤其不是文学基本理论。所以才有人说，20 世纪是批评的世纪。可以说，近一个世纪以来，西方学界缺少真正意义的具有原理性质的文学理论，即便是冠名为“文学原理”或“文学理论”，其实也不过是文学批评流派述评，或者是以某一文学维度或某一批评方法为基点的明显偏颇的理论。前者如特里·伊格尔顿的《文学原理引论》，后者如韦勒克、沃伦的《文学理论》。为什么会是这样？从欧美大学的文学学科管理体制来讲，这也是无奈之举。譬如在美国，文学理论学科一般设置在英语系，众所周知，美国是一个喜欢新鲜事物的国度，一个教授如果连续几年没有研究成果，教职就可能不保。文学研究业内人士都了解，文学理论尤其是原理性质的理论创新非常艰难，缺乏创新的成果很难被业内认同，而文学批评面对的是具体流动性的文学文本及其他文学现象，相对而言，创新更容易一些。但是文学批评由于其个人化性质，它的创新不容易被学界普遍认同和接受。因此，作为折中，许多文学理论研究者看上了文学批评理论。这就是现代以来，文学批评理论林林总总，不仅在文学理论内部衍生出上位否定的一系列文学批评理论，而且借助外学科视角强行介入，产生所谓的“学科殖民”的文学批评的主要原因。

具体言之，文学批评理论不同于文学理论，它是阐释文学批评方法的理论，在一定意义上，是向文学界推荐某种文学批评视角、方法的说明书。可以说，变换一种角度，就可能展示一片新天地，譬如新批评、接受主义，就是基于对上家的不满而变换的角度，更何况，批评理论还可以借用其他学科的思想或方法，譬如精神分析学、女性主义、后现代、后殖民主义、新历史主义乃至酷儿理论、分形学等等，都曾经被拿来作为文学批评的方法。至于如何使用这些方法，一般就靠相应的批评理论来阐释了。批评理论家只要把他所推荐的方法的来路、价值、功用、操作程序等等说清楚了，一般就可以说是创建了一种比较完整的理论体系。而真正的文学理论创新，其实要提出一个新概念、新命题都是极其艰难的，能为学界所接受，更是难上加难。因此，西方主要是欧美学界为了多快好省地创新理论，就把文学批评理论作为文学理论替代物推了出来。这种表面热闹实际力不从心的文学理论代用品，每行一步，都埋下了被颠覆的伏笔，大家对此虽然心照不宣，但为了保护或争取各自的文化权力及资本倒也无可奈何。

应该说，以文学批评理论替代文学理论的后果是严重的。首先，它给人以一种误导，认为文学理论品格就是这样的：高频率替换，片面的深刻，相互否定，缺乏共识，甚至文学理论不是理论，而应该是批评理论，否则，就是本质主义。结果，大家或者是自说自话，或者是以偏激否定偏激。繁华的语词、缤纷的方法，掩饰着思想的贫困和学理的停顿，最后可能导致大家无话可说。

其次，这种以批评理论代替文学理论的做法，必然缺乏真正意义的理论建设，更遑论有效的积累。所以，一个世纪以来，欧美以批评理论替代文学理论，为创新而否定既往，一切为了创新。新，成为学科发展的本体性需求。众所周知，一个不言自明的常识是，不进行理论整体性建设，短路地转基因式地理论生产理论，而不是全面发展生态性的文学事业，就不可能是真正的有效积累，也就不能价值整合，结果就是打一枪换一个地方，回过头来看，理论问题依旧。

其实，问题并不在于西方产生了如此众多的批评理论，而在于人们把它们当作文学理论本身来使用。应该说，仅就文学批评来讲，方法越多越好。我们曾经多次强调，批评方法无非是窥视文学本体的窗户，多开一些窗户无论如何都不是坏事。但既然是窗户，就有所发现，也有所遮蔽。而且，窗户都是独立的，窗户与窗户之间一般无法合并，否则就不是窗户了。就是说，批评方法不是万能的，都是有局限的，批评方法之间，一般不能进行视角整合，只能互补。因此，试图把各种批评方法整合为一个文学理论体系是徒劳的。

本来，批评方法尽可以花样翻新，层出不穷，批评理论作为其推销的说明书，多一些也未尝不可。但是，把批评理论当作文学理论来使用，结果就是，人们会误以为，批评方法折腾遍了，批评理论就没啥可说了，文学理论也就终结了。这就是一个时期以来，西方及中国学界都在说文学理论已经终结，后来一窝蜂地去做“去文学化”的文化研究的原因。

另外，20 世纪西方文学批评理论的“发达”，是在缺少人学体温的上位否定式的科学主义思维下进行的。所以，高频率的更替，多半由于是远离人味儿的生硬切割或技术主义的琐细分析，譬如叙事学后结构主义等等，并没有实质性地提高文学创作及鉴赏的有效性，这使文学批评理论本来较之文学理论更应该切近文学实践，却反而越离越远，最后走出文学世界。

五、“援西入中”回头看：中国现代文论效用性研究的必要性与可能性

对比之下，中国现代文学时期的文学理论却没有这么奢侈，文学批评就是文学批评，文学批评理论就是文学批评理论，充其量，是作为文学理论的一个层面，一个组成部分，既没有替代，也不可能替代文学理论。因为当时的中国文学理论界，还仅仅处于初学、初建阶段，一切都刚刚开始，远没有积累到不创新就难有发展，更没有不创新就难以立足的生存压力。从前面的论述可见，譬如孙犁、朱光潜、成仿吾、胡风、叶圣陶、杨晦等人所创建的具有原创性的创作、鉴赏理论，基本还都是按照理论生成的自然秩序和法则，即先在文学创作及鉴赏实践中尝试，由文学批评发见总结，经过汰选和逻辑规范，最后升华为文学理论的。西方的学科殖民也好，体内循环也罢，都基本与中国现代文学理论无缘；上位否定或以某极

为中心推至极端的发展策略，更是水土不服。而主要处于学习阶段的中国现代文学理论，一般都是符合“我”的需求或直接拿来、修改后使用，或者是受到某种文学现象的暗示或启发，原生地孕育出某种理论。所以，“学科殖民”，在中国学者看来太麻烦，还要先学习入侵的学科，再学习受影响的文学理论，简直是隔着锅台上炕，直接上炕多便利！至于“体内循环”，更是不可取，“启蒙”“解放”的生存大事还忙不过来，哪里有闲心玩什么文字游戏！尤其在20世纪初，由于需求丰富而资源匮乏，各种理论生存空间广阔，它们既可以多元并进，也可以根据各自的习性需求自然生长，完全没必要交替更迭，因此“上位否定”在此也没有必要。这样，那些原生理论，看似不新潮，可能也不够严谨、成熟，但确是绿色生态的理论：既有创新，也有积累承传，更是适用有效。高频率的更新换代和玄而又玄的花样翻新，对于中国现代文学理论而言，的确是玩不起。所以如此，应该与中国文艺界普遍重视文学理论的效用性有关。

耐人寻味的是，仅在文学批评的层面来讲，虽然中国现代文学批评所选择和采用的方法、理论，基本是从西方借鉴而来的，它们在中国都生根、长叶、开花、结果了，而且几乎同时期的新批评、结构主义、形式主义等，当时也传播到了中国学界，譬如新批评的代表人物瑞恰兹等就是燕京大学的教授，为什么没有对中国现代文学批评发生明确的影响呢？在笔者看来，主要是所谓的水土不服。至于同样是舶来品，同样在这样的国度，为什么有的“服”，有的“不服”呢？追究起来，还是有原因的。例如成仿吾的“同情”式文学批评、李健吾的印象主义批评、傅雷的审美批评、李长之的社会精神分析学批评等，虽然也来自西方，但是这些批评方法和理论却与中国传统的“以意逆志”“知人论世”等有某些可通约之处。还有，可能是中国人头脑中科学主义观念不深，任何批评方法只有以人为中心才可能被人接受。所以，在人们的观念中，无论是作者还是读者，或者是作品中的人物形象，都应该在文学批评系统中有他们自己的位置，不可能一重视就偏，一强调就过。更为重要的是，中国当时正处于启蒙、解放的时期，怎么会接纳那些只见词语、深层结构、行动元，却不见人的游戏式的批评方法和理论呢？

况且，笔者不止一次地强调，批评方法不过是窥视作品的窗口，本无所谓高低贵贱，关键看是否有效。既然是窗口，就不可能是全方位的，它们固然有大小高低、方向及采光效果等差别，但在有所敞亮的同时，也必然会有所遮蔽。一方面，一种窗口不可能窥视一切形态屋子；另一方面，窗子的价值主要不在于其自身的形状和装饰，而在于它是否能够充分观察外边的世界，以及最大效果地展现房子的内部形态与结构。进一步说，任何一种批评方法只有相对于适合它的作品才有效。所以，无论是社会-历史批评，还是印象主义批评，抑或是审美批评、鉴赏批评等等，只要能够寻找到或者召唤到最适合发挥其特长的作家作品，就可以说是最好的。所以，中国现代文论中的诸种批评方法，都有其价值及应用范围和局限，也都有其存在的理由，包括对后世的影响。同时，历史也证明了，任何试图将一种批评方法定为一尊或独立于文学本体需求之外的想法，都是徒劳的。如果说，文学创作是无限的，那么，批评方法及文学理论也应该是无限的。随着文学本体的发展变化，文学批评方法及文学理论也会相应地繁衍出不同的形态来，无论这批评方法及文学理论是源于文学体制之外的诸如哲学、心理学、社会学的影响，还是基于文学体制内解析作品的需求，归根结底，总是要与当时中国文学界的效用性需求相关。这就是新批评、结构主义等批评方法及理论在中国现代文学史上不仅作为文学理论影响有限，甚至作为文学批评都水土不服，而诸如“为什么写”“依据什么写”“怎么写”“怎么读”等，这些带着人学体温，看似难登大雅之堂的小问题，一直是中国现代文学理论持久关注目标的原因。

余论　回抚的意义

通过如上回抚、梳理、分析、对比，我们应该能够得出如下结论：中国现代文论中蕴含了丰富的值得珍视的适合作效用性研究的资源。其中，有许多可谓真知洞见，还有诸多需要继续说下去的话题。同时，也应该看到，这些思想、理论及其元素没有多少是以成体系的完整的理论文本的形式存在，摆在那里等人去阐释、研究的，而是需要在浩如烟海的旧纸堆里披沙沥金，抖掉时代阻隔的尘垢，除却具体语境的遮蔽，将它们置放于当下相关的理论视域之下去审视。其意义，与其说是价值还原，倒不如说是在还原中赋予了新质。在具体的操作层面，笔者对本书的写作，采取的方法是汰选真知，发现洞见，意义阐释，借题发挥。于是，尘封的貌似不经意的话语可能就有了深意，常理因此焕发了真理的辉光，被赋予了新的意义，进而达到在承继中有所创新的目的。同时，本书还试图通过挖掘20世纪上半叶文学理论的常理性价值，补上从古色古香的传统文论到今天几乎已乏新可出，甚至要“去”文学的“理论”之间的断档，使20世纪中国文学理论的发展得到合乎逻辑的解释。下面，我们将通过书中的一些实例说明这一点，虽然这部分内容有些重复，但为了说明本书的基本价值，只好冒此风险了。

汰选真知，发现洞见，意义阐释，借题发挥，可以说是贯彻全书的研究主线。譬如，在本书中国现代文体论小说部分，曾引述刘半农的观点，所谓小说家最大的本领“第一是根据真理立言，自造一理想世界”，“第二是各就所见的世界为绘一惟妙惟肖之小影”，并认为，如果说，刘半农所谓“根据真理立言”还是出于启蒙诉求的急功近利而有些概念化意味的话，那么，“自造一理想世界”就隐约触及了小说的本体——小说的艺术世界与现实世界的关联性和对应性。关联性，是指小说创造的本源性；对应性，是指小说世界的与现实世界的异在性和独立性。至于“各就所见的世界为绘一惟妙惟肖之小影”，则是说小说家想要“自造一理想世界”，就应该具有“心思之细密，观察力之周至，直能将此世界此社会表面里面所具大小粗细一切事物，悉数吸至笔端，而造一人类的缩影”的能力。这包括观察视野的广阔、视角的细致；构思的周密、巧妙；对于所观察的事物，要从内到外，由表及里，方方面面，以细腻的笔法描绘出来。但并不是将这外在的世界照搬到小说之中，而是“造一人类的缩影”；就是说，小说世界一定要与现实世界在形态上具有相似性，且于内在逻辑上符合现实世界的人情事理。从如上阐释看，刘半农几句貌似平常的话，就有了深意，就有了穿越时代的价值，就此可以说，基本做到了所谓“汰选真知，发现洞见”。

为了使“汰选真知，发现洞见”更为充分地实现，本书采取一眼盯着历史，一眼瞄着当下的策略，以使历史的价值在当下的烛照和比对下凸显出来。譬如本书在论及沈从文所谓的“短篇小说的必要条件”，是“‘事物的中心’，‘人物的中心’，‘提高’或‘拉紧’”观点时，就是一方面阐释沈从文所谓以人物或事物为中心，“提高”或“拉紧”，就是为了增加密度，即剪裁更精练，故事更集中，结构更紧凑，文笔更精彩，至少在理论上是符合短篇小说实际的，也是必要的；另一方面，笔者还就此放开视野，把沈从文的观点与当下某些作家的创作体会联系起来，譬如擅长创作短篇小说的刘庆邦在 2013 年 5 月 8 日的《文艺报》上发表的《短篇小说的境遇与出路》一文中曾说：“短篇小说写的时间越长，反而觉得越难”，“每写一个作品都是在挑战自己。因为对短篇小说怀着敬畏之心，所以要严阵以待。这时写的短篇会发‘紧’发‘雕’，严谨得让人看不懂”。于是，笔者就此得出结论：从文学创作实际出发思考文体的特质，往往具有超越历史的穿透性。

此外，本书还在“汰选真知，发现洞见”的基础上，力图做到“意义阐释，借题发挥”，以期实现有所创新的目的。譬如笔者针对沈从文的一种文学创作观点“学术专家需要专门学术的知识，文学作者却需要常识和想象”，首先阐释道：作家要进行文学创作，是需要了解、懂得很多，但是一般只限于了解和懂得即可。因为作家把他所要表现的人物及生活真实生动地表达出来就足够了，一般并不需要把这人物及其生活的某些专门知识领域也分毫不差地再现出来。譬如要写一个科学家，也主要是写科学家日常生活中的喜怒哀乐及行为特征，充其量是写出科学家忘我痴迷的职业特点和精神品格，并不是要把他在研究的过程中所涉及的专门知识都写出来，这也是文学叫“人学”而不叫“科学”的原因，所以沈从文说只需要“常识”即可是准确的。然后，笔者对沈从文所谓作家所需要的“想象”来了个借题发挥，对于文学创作，提出了具有原创意味的三种想象：一是缺中补全的逻辑想象，二是设身处地的移情想象，三是无中生有的创造性想象。逻辑想象是现实性想象，是根据生活的常情常理即所谓的生活逻辑，以想象弥补现实存在的不足；移情想象是作家在创造人物形象时，要根据给定的该形象的性格内涵而为其设计出符合这一内涵的心理特征和行为轨迹；如果说，前两种想象都属于现实性想象的话，那么创造性想象是超越于现实的想象，就是现实中并不存在，而是作家根据理想虚构出来的。当然，这里所谓的现实中并不存在，是指这种想象的事物在整体上不存在，而是在作家理想的照耀下，对现实中的某些原质的因素、片段的意象进行重新组合，创造为一种新的形象。最后本书得出结论：这三种想象，都是构成文学创作最基本也是最重要的想象形式，等等。

有时，本书还将“意义阐释”与“发现洞见”结合在一起，譬如在论及孙犁关于文学创作的一个观点，即他为文学描写确定的一个标准——“人们生疏的东西，你应当给它一个准确的描写；人们熟悉的就应该给它一个新鲜的最能唤起印象的描写”[①] 时，笔者认为，这就是孙犁在人物描写上的洞见，并对此阐释道：孙犁把“生疏的东西”和“人们熟悉的”在描写上作不同的要求是富有深意的。对于大家不熟悉的事物，只要能够描写准确就可以了。原因在于，既然是大家陌生的，那么准确的描写本身就会引人注意，就能够产生新鲜感，就会造成一种初验效应，留下较为深刻的印象。当然准确地描写陌生的事物还要求认真观察、分析和体验该事物。但是，在文学创作中大家都陌生的事物并不多见，更多的是大家都熟悉的事物，这就要求作家必须有能力绕过大家熟悉的感觉而写出别人不曾有过的感觉来。因为人们对于已经熟悉的事物早在心中保有一定的印象，如果作家只流于描写的准确性，那么人们心中已有的印象就会成为相应感受的抵制，就会还没来得及引发心灵的感动和震颤，就直接进入了概念认同层。心理学认为，人们在接触事物的过程中，即便是通过言语描写事物，感受的路线越短，阻力越小，在心理上发生的影响就越差，就越容易造成适应性麻痹，因为熟悉的事物缺乏激活联想的动能。因此，这种要求虽然有些高，一般也很难做到，却是每个真正意义的作家必须迈过的坎。

在对孙犁如上观点作了创造性阐释之后，笔者很自然地联系到俄国形式主义的代表人物什克洛夫斯基关于反常化的名言：“……那种被称为艺术的东西的存在，正是为了唤回人对生活的感受，使人感受到事物，使石头更成其为石头。艺术的目的是使你对事物的感觉如同你所见的视象那

---

① 孙犁：《文艺学习——给〈冀中一日〉的作者们》，《孙犁文集》（四），天津，百花文艺出版社，1982，第44页。

样，而不是如同你所认知的那样；艺术的程序是事物的'反常化'（остранение）程序，是复杂化形式的程序，它增加了感受的难度和时延，既然艺术中的接受过程是以自身为目的的，所以它理应延长；艺术是一种体验事物之创造的方式，而被创造物在艺术中已无足轻重。"笔者认为，其实，孙犁如上关于熟悉的事物"应该给它一个新鲜的最能唤起印象的描写"论述，虽然在学理上没有直接推论出什克洛夫斯基所谓的"增加了感受的难度和时延"的结论，但是已经有所暗示、有所涉及了。而且，在应用的层面上，孙犁这种"最能唤起印象的描写"，是建立在对人生丰厚的体验和对事物独特的观察、分析的基础上的。而什克洛夫斯基则把"体验事物之创造的方式"看得高于一切，至于艺术的创造物，却显得"无足轻重"了，这是一种形式主义理论的逻辑推论。在此意义上应该说，孙犁关于文学描写的新鲜感方面的论述较之什克洛夫斯基的反常化思想，虽然在学理上有所欠缺，但是对创作更具有指导意义。因此，笔者将孙犁这种创作理论的特质归纳为：生活先于文学，体验优于技巧，理论的目的在于对创作有效。在根本上说，这源于孙犁在尚实观念制约下的尚用思想。如上分析，可以说是做到了"意义阐释"与"发现洞见"紧密结合的范例。

为了有所创新，在某些时候，本书干脆"借题发挥"到"接着说"的程度。比如，在论及叶圣陶的鉴赏性批评时，本书曾借叶圣陶建议对作品无法确定看法的读者"不妨听听别人的话"①，一方面，充分肯定了这种说法是有一些参考价值，正如一个人在拿不准什么事情的时候，听听别人的看法可能有所益处一样；但是，另一方面，笔者又修正补充道：这"不妨听听别人的话"应该是有前提的，那就是读者确实踏踏实实地读过作品，有过自己的感受和想法，否则，就会因此失去自己的感受和想法。于是，笔者继续阐发道：在严格意义上说，真正的文学鉴赏应该在一种"虚境"的心理状态下进行，而还没有开始鉴赏就想听听"别人的话"，则有可能形成足以干扰正常鉴赏，产生相应艺术感受的某种"预定观念"。所谓的预定观念是指某些先于欣赏实践的与所要欣赏的作品有关的评价、研究等方面的信息，这些信息常常在欣赏者心中形成一种固定的模式，从而造成欣赏感受的惰性，使欣赏成为按图索骥式的心理印证。就是说，即便是这种预定的观念符合作品实际，也因为欣赏者没有从感受作品本身出发，而是按照别人的思维路线去印证这种结论，至多是寻找复制别人的感

① 《叶圣陶论创作》，上海，上海文艺出版社，1982，第139页。

受。这样一般是不会获得一份真实而由衷的感受和体验的。这与看电视转播的比赛是一样的，如果观众们事先了解了比赛的情况，尤其是知道了结果，哪怕场面情况再紧张激烈，观众也不会有太大的心理波动，因为他们心里有底。这“底”，会时刻在下意识中提醒观众不要介入感情，否则会白白浪费；相反，如果是直观现场或现场直播，一切都处于未然状态，那么场面上的一切都会时刻牵动着观众的神经，观众的情绪与之起，随之落，为之忧，因之喜，与运动员（当然是所倾向的一边的）感情同步。鉴赏文学作品也是如此，如果事先了解了别人的看法，就等于有了心理底数，而这底数就可能在感受过程中，在不露声色的情况下，向鉴赏者不时发出某些定向信息，使鉴赏者的感受在一定程度上，也许是在不由自主的情况下，为之左右。即便这观念是正确的，至少也使欣赏者失去一种审美的切实性，一种亲历的在场感。所以，在此情况下，如果这“别人的看法”是正确的，至多是印证了他人的感受而没有形成自己的感受，如果这种“底数”是错误的，那情况就更遭，欣赏者很可能随着这预定的错误的“底数”进入一个与作品实际相背离的错觉之中，进而使一些天真的欣赏者感到茫然无措，或宁可坚信这错误的结论也不敢相信在欣赏中自己获得的某种感受。类似的“接着说”，好处在于既不脱离所论述的话题的语境，又对当时出于种种原因可能悬置的问题作一种穿越时空的追问和理论的解决，使读者就此获得一种知识与学理的完整感。

总之，本书以中国现代文论为对象，以能够直接影响文学创作等文学实践为价值标准，披沙沥金，就是要借有所发见而有所创新，盘活这份理论遗产，为当下的文学理论及文学创作建设提供一份历史的参照和现实启迪。

参考书目

1.马宗霍:《文学概论》,上海,商务印书馆,1926。

2.潘梓年:《文学概论》,上海,北新书局,1926。

3.沈天葆:《文学概论》,上海,梁溪图书馆,1926。

4.汪静之:《诗歌原理》,上海,商务印书馆,1927。

5.金鸣銮:《文学原理》,上海,民智书局,1929。

6.胡怀琛:《中国小说研究》,上海,商务印书馆,1929。

7.李幼泉、洪北平:《文学概论》,上海,民智书局,1931。

8.马仲殊:《文学概论》,上海,现代书局,1931。

9.李何林:《小说概论》,北平,北平文化学社,1932。

10.赵景深:《文学概论讲话》,上海,北新书局,1933。

11.薛祥绥:《文学概论》,上海,启智书局,1935。

12.许钦文:《文学概论》,上海,北新书局,1936。

13.曹百川:《文学概论》,上海,商务印书馆,1937。

14.顾仲彝、朱志泰:《文学概论》,上海,永祥印书馆,1946。

15.冯雪峰:《论文集》,北京,人民文学出版社,1952。

16.《茅盾论文集》,北京,人民文学出版社,1978。

17.郭沫若:《文艺论集》,北京,人民文学出版社,1979。

18.郭沫若:《文艺论集续集》,北京,人民文学出版社,1979。

19.《茅盾论创作》,上海,上海文艺出版社,1980。

20.《雪峰文集》第1～4卷,北京,人民文学出版社,1981～1985。

21.《孙犁文集》,天津,百花文艺出版社,1982。

22.《叶圣陶论创作》,上海,上海文艺出版社,1982。

23.北京师范大学中文系文艺理论教研室编:《文学理论学习参考资料》,沈阳,春风文艺出版社,1982。

24.舒舍予:《文学概论讲义》,北京,北京出版社,1984。

25.《徐懋庸选集》第一卷,成都,四川人民出版社,1983。

26.朱光潜:《诗论》,北京,三联书店,1984。

27.《文艺理论卷》,长沙,湖南人民出版,1984。

28.《胡风评论集》,北京,人民文学出版社,1985。

29.《成仿吾文集》,济南,山东大学出版社,1985。

30.《茅盾文集》第20～22卷,北京,人民文学出版社,1990～1993。

31.温儒敏:《中国现代文学批评史教程》,北京,北京大学出版社,1993。

32.吴中杰:《中国现代文艺思想史》,上海,复旦大学出版社,1996。

33.刘炎生:《中国现代文学论争史》,广州,广东人民出版社,1999。

34.戴逸主编:《二十世纪中华学案·文学卷》,北京,北京图书馆出版社,1999。

35.杜书瀛、钱竞主编:《中国20世纪文艺学学术史》,上海,上海文艺出版社,2001。

36.庄锡华:《文学理论的世纪风向标》,南京,江苏文艺出版社,2001。

37.张奎志:《体验批评:理论与实践》,北京,人民出版社,2001。

38.《毛泽东文艺论集》,北京,中央文献出版社,2002。

39.郑振铎编选:《中国新文学大系·文学论争集》(影印本),上海,上海文艺出版社,2003。

40.朱光潜:《文艺心理学》,北京,三联书店,2005。

41.王嘉良:《现代中国文学思潮史》,北京,中国社会科学出版社,2008。

42.杨晦著,董学文选编:《杨晦文选》,北京,北京大学出版社,2010。

43.许觉民、张大明主编:《中国现代文论》,合肥,安徽教育出版社,2010。

44.陈思和主编:《中国现代文论选》,上海,上海教育出版社,2010。

45.黄大地编选:《中国现代学术经典·黄药眠卷》,北京,北京师范大学出版社,2012。

46.陈国球:《文学如何成为知识?文学批评、文学研究与文学教育》,北京,三联书店,2013。

47.〔日〕本间久雄:《文学概论》,章锡琛译,上海,开明书店,1931。

48.〔美〕韦勒克、沃伦:《文学原理》,刘象愚等译,北京,三联书店,1984。

49.〔苏〕波斯彼洛夫:《文学原理》,王忠琪、徐京安、张秉真译,北京,三联书店,1985。

50.〔英〕特里·伊格尔顿:《文学原理引论》,刘峰译,北京,文化艺术出版社,1987。

51.〔美〕佛科马、伊布思:《20世纪文学理论》,林书武等译,北京,三联书店,1988。

52.〔日〕厨川白村:《苦闷的象征》,鲁迅译,天津,百花文艺出版社,2000。

53.〔比〕乔治·布莱:《批评意识》,郭宏安译,桂林,广西师范大学出版社,2002。

54.〔美〕格拉夫:《自我作对的文学》,陈慧、徐秋红译,石家庄,河北人民出版社,2004。

55.〔美〕布鲁姆:《西方正典:伟大作家和不朽作品》,江宁康译,南京,译林出版社,2005。

56.〔俄〕瓦·叶·哈利泽夫:《文学学导论》,周启超等译,北京,北京大学出版社,2006。

57.〔英〕彼得·威德森:《现代西方文学观念简史》,钱竞等译,北京,北京大学出版社,2006。

58.〔英〕安德鲁·本尼特、尼古拉·罗伊尔:《关键词:文学、批评与理论导论》,汪正龙、李永新译,桂林,广西师范大学出版社,2007。

59.〔美〕杰里·克利弗:《小说写作教程——虚构文学速成全攻略》,王著定译,北京,中国人民大学出版社,2011。

60.〔美〕雪莉·艾利斯编:《开始写吧!——虚构文学创作》,刁克利译校,北京,中国人民大学出版社,2011。

61.〔法〕安托万·孔帕尼翁:《理论的幽灵——文学与常识》,吴泓渺、汪捷宇译,南京,南京大学出版社,2011。

62.〔美〕杰克·哈特:《故事技巧——叙事性非虚构文学写作指南》,叶青、曾轶峰译,北京,中国人民大学出版社,2012。

63.〔美〕安·拉莫特:《关于写作——一只鸟接着一只鸟》,朱耘译,北京,商务印书馆,2013。